争先界

쟁선계 12

2013년 8월 8일 초판 1쇄 인쇄
2013년 8월 13일 초판 1쇄 발행

지은이 이재일
발행인 이종주

기획 팀 김명국
책임 편집 박미주

발행처 (주)로크미디어
출판등록 2003년 3월 24일
주소 서울시 용산구 원효로97길 46 5층
Tel (02)3273-5135 Fax (02)3273-5134
홈페이지 rokmedia.com E-mail rokmedia@empal.com

ⓒ 이재일, 2013

값 11,000원

ISBN 978-89-257-3420-0 (12권)
ISBN 978-89-257-3094-3 04810 (세트)

이 책은 (주)로크미디어가 저작권자와의 계약에 따라
발행한 것이므로 본서의 내용을 무단 복제하는 것은
저작권법에 의해 금지되어 있습니다.

작가와의 협의에 의해 인지는 생략합니다.
잘못된 책은 바꾸어 드립니다.

爭先界

쟁선계

| 이재일 장편소설 |

차례

석鼫, 복蝠, 효梟	7
삼생도三生島	65
북행北行	101
상량上梁	159
매신장부賣身葬父	189
초상회담礁上會談	239
수능별리차誰能別離此	271

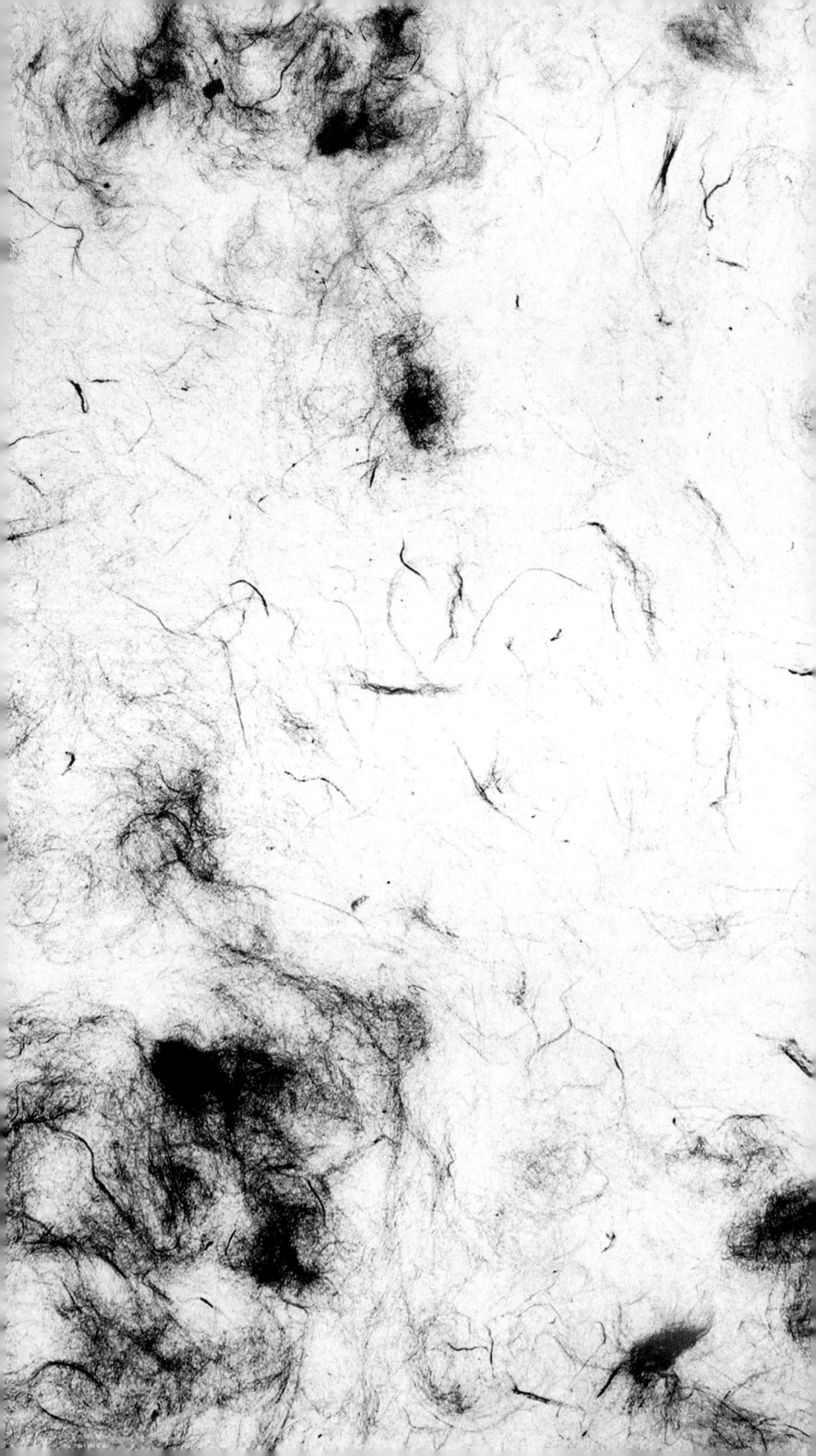

석鮨, 복蝠, 효梟

(1)

아들을 잃은 슬픔은 어떤 종교도 보듬지 못한다.
아들을 잃은 고통은 어떤 신도 치유할 수 없다.
…….
학산은 아들의 뼛가루를 양손에 그러쥔 채 소리 없이 오열했다. 아무리 움키려 애를 써 봐도 사막 모래처럼 고운 뼛가루는 자꾸만 손 주름 사이로 흘러내렸다. 하나 설령 손안에 움킨다 한들 무슨 소용이 있으랴. 무생물은 무생물일 뿐 결코 생물이 될 수 없었다. 그러므로 뼛가루는 아들이 될 수 없었다. 살아온 해수만큼 그의 자랑이 되어 주었던 아들은 더 이상 그와 같은 하늘 아래 존재하지 않는 것이다. 단 한순간도 받아들이고 싶지 않은 이 현실을 평생 짊어지고 살아야 한다는 끔찍한 깨달음이 그를 진저리치게 만들었다.

 아아! 시신을 잃어버린 아들에게는 영혼의 안식이 허락되지 않을 것이다. 육신이 불탄 것도 모자라 영혼마저도 자한남 Jahannam(지옥)의 영원한 겁화 속에서 몸부림치게 되리라. 오, 알라시여, 불쌍한 영혼에게 자비를 베푸소서.
 그러나 학산의 기도는 더 이상 이어지지 않았다.
 아들을 죽인 자!
 나를 이 지독한 슬픔과 고통에 밀어 넣은 자!
 뇌수가 분노로 들끓었다. 체액이 증오로 말라붙었다. 아들의 뼛가루를 움켜쥔 앙상한 두 주먹 위로 검푸른 핏줄이 도드라졌다. 학산은 유골함에 파묻다시피 하고 있던 고개를 천천히 들었다. 실핏줄이 터져 혈구血球처럼 변한 노안 속으로 새파란 원념의 불꽃이 타오르기 시작했다.
 "……석대원!"
 학산의 회교식 이름은 하산 자바냐. 자바냐는 '무자비하게 꿰뚫은 자'를 의미했다.
 이제 학산은 자신이 남은 생을 바쳐 무자비하게 꿰뚫어야 할 자가 누구인지 너무도 분명히 알게 되었다.

 재월의 해가 저물고 기도 시간이 모두 끝나자 학산은 기도실을 나왔다. 그가 기도실로 쓰는 두 평 남짓한 골방 앞에는 흑자색 유삼 차림에 청수한 외관을 지닌 노학자 한 명이 그가 나오기를 기다리고 있었다. 이곳 국자감의 총책임자인 국자제주 곽홍력이었다.
 곽홍력은 국자제주의 직함과 어울리지 않는 소박한 물건 하나를 나무 쟁반에 받쳐 들고 있었다.

"고생했네. 들게나."

학산은 곽흥력이 내민 물건을 잠시 쳐다보다가 받아 들었다. 표면에 매화가 그려진 하얀 사기그릇 안에는 불린 쌀을 푹 끓여 체에다 거른 것에 어장魚醬을 넣어 약하게 간을 한 어향미음魚香米飮이 담겨 있었다.

"고맙네."

학산은 사기그릇을 받아 입으로 가져갔다. 멀건 미음이 목구멍을 타고 배 속으로 흘러들어 갔다. 생명을 상징하는 온기가 황량해진 몸을 따듯하게 데워 주었다. 기분이 좋아졌다.

기분이…… 좋아?

미음 물에 젖은 입술이 사납게 일그러졌다. 성글게 남은 잿빛 수염이 파르르 떨렸다. 슬픔과 고통 속에서 어찌어찌 이어 나가는 동물적인 삶이 너무도 수치스럽게 느껴졌다. 오련五鍊을 통해 완성한 무감지신無感之身으로도 억누르지 못할 격렬한 분노, 선명한 증오가 다시 한 번 학산의 어깨를 경련케 만들었다.

쨍!

바닥에 던져진 사기그릇이 분노처럼, 증오처럼 날카로운 포효를 내지르며 깨져 나갔다. 놀란 얼굴로 자신을 쳐다보는 곽흥력을 학산이 똑바로 바라보았다.

"사씨 남매가 필요하네."

곽흥력의 청수한 얼굴 위로 난처한 기색이 떠올랐다.

"그들이 둥지 밖에서 임무 수행 중에 있다는 사실은 자네가 더 잘 알고 있지 않은가."

"사씨 남매가 필요하네."

학산이 다시 한 번 말했다. 그의 신분은 산로. 국자감의 또 다른 모습인 응소의 주인이었다. 그러므로 국자감이 응소로서의 면모를 드러내는 순간에는 아무리 국자제주라도 산로의 뜻에 응해야 했다. 이것은 산로와 국자제주 사이에 백수십 년간 존재해 온 암묵적인 규칙이었다. 곽홍력은 한숨을 쉬었다.
"알았네."

(2)

 호남 강호에서 영향력 높은 문파를 따질 때마다 세 손가락은 아니더라도 다섯 손가락 안에는 항상 꼽혀 왔던 금편방金鞭幇의 소방주 혁련동명赫連東明은 지금 자신이 얼마나 바보 같은 표정을 짓고 있는지 알지 못했다. 혈기 방장하던 스무 살 무렵 한눈에 반해 그 뒤 몇 년간 가슴앓이를 해 오다가, 끝내 다른 남자의 아내가 되었다는 소문을 듣고 다시 몇 년을 시름으로 보내게 만든 첫사랑의 여인과 술자리를 나누고 있다니!
 두근거리는 심장 소리를 들킬세라 급히 들이켜 댄 술잔의 수만 해도 벌써 열을 넘기고 있었다. 하지만 불콰하게 달아오른 얼굴은 반드시 술기운 탓만이 아니었다. 이루지 못한 상사想思는 어떤 독주보다 사람을 들뜨게 만든다.
 "세월 참 빠르죠?"
 혁련동명과 마주하고 있던 여인은 짤막하게 운을 띄운 뒤 백조처럼 우아한 고갯짓으로 주위를 둘러보았다.
 늦은 오후에 시작된 연회는 어느덧 해 질 녘을 훌쩍 넘겨 야연夜宴으로 이어지고 있었다. 수십 개의 장대들에 의해 높이 걸린 주홍의 등구燈球들이 연회장으로 쓰인 금편방의 정원을 커다란 빛의 반구로 내리덮고 있었다. 비록 부유한 살림은 아니지만 주최자인 혁련동명의 사부는 이번 연회를 위해 경비를 아끼지

않았다. 덕분에 창고 깊숙한 곳에 잠들어 있던 십오 년 묵은 소흥주들은 오늘 하루 자신의 향기를 마음껏 뽐낼 수 있었다. 달콤한 술 향기에 실린 유쾌한 웃음소리, 경쾌한 잔 부딪치는 소리가 곳곳에서 들려오고 있었다.

성황이라고까지는 하지 못하더라도 그래도 갖춰야 할 흥은 다 갖춘 것으로 보이는 연회장 안을 잠시 둘러보던 여인이 시선을 다시 혁련동명에게로 옮겨 놓았다.

"혁련 공자와 이렇게 마주한 것도 벌써 십 년이 다 된 것 같네요."

지금은 비록 검은 면사에 가려져 눈으로 확인할 수 없지만, 혁련동명은 저 얇은 비단 자락 너머에 무엇이 숨어 있는지를 똑똑히 기억하고 있었다. 오뚝하게 곤두선 콧날, 도톰하게 부풀어 오른 입술, 그리고 오른쪽 귓밥 아래에 수줍게 찍혀 있는 작고 까만 복점福點까지도. 자신의 청년 시절을 잠 못 이루게 만든 그 모든 아찔한 매력들이 세월을 훌쩍 뛰어넘어 장년기의 초입에 선 그를 다시금 흔들어 놓고 있었다. 고개를 저어 떨쳐 버리기엔 너무나도 감미로운 동요였다.

"그, 그렇습니다. 벌써 십 년이 지났군요."

혁련동명의 첫사랑이자 용봉단의 두 단주 중 한 명인 화반경은 시원시원해 보이는 큰 눈 가득 눈웃음을 지으며 들고 있던 술잔을 면사 아래로 가져갔다. 면사가 들춰지며 새하얀 턱 선이 드러난 순간 혁련동명은 자신도 모르게 마른침을 꿀꺽 삼키고는, 턱밑에서 울려 나온 그 커다랗고도 음흉한 소리에 놀라 허겁지겁 잔을 비워야만 했다. 흑백이 분명한 눈동자로 그 모습을 빤히 지켜보던 화반경이 고개를 살짝 갸웃거렸다.

"이곳으로 오기 전에 혁련 공자께서 아직 성혼하시지 않았다는 얘기를 듣고 무척 놀랐어요. 이렇게 헌앙하신 분이 어째서 여태껏 좋은 짝을 만나지 못했을까요?"

"바로 당신 때문이잖소!"

목구멍까지 치고 올라온 대답을 또 한 잔의 술과 함께 억지로 삼킨 혁련동명은 숫보기처럼 흔들리는 마음을 감추기 위해서라도 화제를 돌릴 필요가 있음을 깨달았다. 술잔을 내려놓은 그가 짐짓 심각한 표정으로 말했다.

"남동쪽에 웅크리고 있던 무양문의 마귀들이 마침내 본색을 드러내고 천하를 상대로 혈겁을 자행하기 시작했다는 얘기를 들었습니다. 화 가주께서 심려가 크실 거라고 생각합니다."

현재 화반경의 신분은 용봉단의 단주인 동시에 오래전 무양문주 서문숭에 의해 멸문의 화를 입은 화씨세가의 후계자이자 여주인이기도 했다. 그래서 같은 종류의 화를 입은 형산검문의 장문인 강이환에게 시집간 이후로도 남편의 성을 좇아 강 부인이라는 종속적인 호칭으로 불리는 대신 화 단주, 혹은 화 가주라는 독립적인 호칭으로 불리고 있었다. 그녀가 다른 남자와 연관 지어진 것을 어떻게든 부정하고 싶은 혁련동명으로선 후자 쪽을 선호하는 게 당연했다.

"호호, 혁련 공자께서는 저를 아직까지도 어리고 나약한 소녀로만 보시는 모양이에요."

"예?"

예상치 못한 대목에서 터져 나온 화반경의 짜랑거리는 교소에 혁련동명은 눈을 끔벅거렸다. 그런 혁련동명을 향해 화반경이 곧바로 정색을 하고 말했다.

"심려보다는 설레는 마음이 더 커야 마땅하지 않을까요? 마침내 조상님들의 한을 풀어 드릴 기회가 찾아왔으니까요."

"아!"

"뜻 있는 동도들이 건정회의 기치 아래로 하나둘씩 모이고 있어요. 서문숭이 지난날의 죄과를 심판받을 날이 머지않았다는 뜻이죠. 사불승정邪不勝正이란 네 글자는 만고의 진리가 아니겠어요. 비록 작금의 위세가 아무리 등등하다 한들, 결국 무양문의 마귀들은 지옥 불에 떨어지고 말 거예요. 악을 증오하는 하늘의 큰 도리가 반드시 그렇게 만들 겁니다."

"그, 그렇습니다."

당황하여 대꾸를 하는 동안에도 혁련동명은 자신이 감탄하고 있는 건지 어이없어하고 있는 건지 분간할 수 없었다. 이 얼마나 호기 넘치는 여장부란 말인가! 만천하가 두려워 마지않는 서문숭과 무양문을 상대로 천도 운운하며 자신감을 뽐낼 수 있다니!

"나만 한 가지 견디기 힘든 일은 대업을 이루기 위해 부군과 떨어져 있어야 한다는 점이에요. 어려서는 부모형제를 여의더니만 장성해서는 멀쩡한 부군과도 생이별로 살아야 하는 걸 보면, 제 팔자도 어지간히 드센가 봐요."

앞서 내보인 호기와는 달리 약간 구슬픈 어조로 흘러나온 화반경의 이 말이 혁련동명의 내부에 있는 남자를 또다시 자극했다. 그의 첫사랑은 지금 외로워하고 있었다. 강이환이란 자가 다시 한 번 미워졌다.

"하면 부군께서는 지금 어디에 계시는지?"

"그이는 호북에 있어요. 용봉단의 형제자매들을 이끌고 일찌감치 건정회에 합류했죠. 신무전에서도 병력을 파견한다는 소식이 있었으니, 지금쯤 그곳에는 대강남북의 영웅들이 구름처럼 모여 있을 거예요."

"올 초 무당산에서 건정회가 결성되었다는 얘기는 들었습니다. 당시 소생도 사부님께 참가를 권유해 보았지만…… 으음."
 별생각 없이 뱉은 이야기를 신음으로 얼버무린 혁련동명이 얼른 말머리를 돌렸다.
 "무당파 장문진인을 회주에 추대하셨다고 하지요?"
 다행히 화반경은 혁련동명이 얼버무린 말이 무엇인지 호기심을 보이지 않고 곧바로 장단을 맞춰 주었다.
 "청산에서 수양하시는 선장仙長께 속된 수고를 끼치게 되었으니, 젊은 사람으로서 부끄러울 따름이에요."
 그러면서 사과라도 하듯 고개까지 숙여 보이니, 혁련동명이 펄쩍 뛰며 손을 내둘렀다.
 "별말씀을 다 하십니다! 무당파라면 소림사와 더불어 오랜 세월 동안 정파 무림의 종주 역할을 해 온 도가 문파의 최고봉이 아니겠습니까. 회맹의 주인 역할을 무당파의 장문진인이 맡는 것은 당연한 일이겠지요. 직접 뵌 적은 없지만 아마 그분께서도 무척 자랑스러워하셨을 겁니다."
 "그러면 다행이고요."
 잠시 말을 멈춘 화반경이 무슨 이유에서인지 나직이 한숨을 쉬었다. 그녀가 쓴 면사의 아랫자락이 작게 팔락거리며 갸름한 턱 선이 또 한 번 모습을 드러냈다.
 "위로는 북악 신무전부터 아래로는 만산 녹림도까지, 천하의 정의를 세우고 강호의 도의를 바로잡으려는 의지가 이렇듯 굳건하답니다. 한데 정작 저희 용봉단의 안방이나 다름없는 이곳 호남 땅에서는……."
 화반경은 말을 잇지 않고 시선을 다른 방향으로 돌렸다. 오십 명가량이 즐길 수 있는 이 연회장에서 가장 상석이라고 할

수 있는 자리에는 머리가 허옇게 센 노인 세 명이 술잔을 기울이며 화기애애한 담소를 나누고 있었다. 남자가 둘에 여자는 하나인데, 그중에서도 그녀가 시선을 준 사람은 눈 사이가 좁아 성마른 인상을 주는 육십 대 남자였다. 혁련동명은 물론 그 남자를 잘 알고 있었다. 자신의 사부이자 금편방의 방주인 추순경秋舜慶이 바로 저 사람이었다.

추순경으로 말할 것 같으면 호남 강호에서 꽤나 알아주는 인사로서, 일곱 자 길이의 금편으로 펼쳐내는 조화가 사뭇 놀랍다 하여 경천편驚天鞭이라는 별호로 불리고 있었다. 그러나 나이 오십을 넘긴 다음부터는 다른 별호로 더욱 자주 불리게 되었으니, 지금 화반경의 시선을 좇아 사부를 바라본 혁련동명이 자신도 모르게 얼굴을 일그러뜨린 것도 바로 그 별호 때문이었다. 그 별호가 무엇인고 하면…….

화반경이 목소리를 낮춰 말했다.

"고교이부도鼓橋而不渡라는 말은 예전부터 들어 왔지만 그래도 혁련 공자의 사부님께서는, 아, 실례되는 말씀인 줄은 알지만, 저분께서는 지나치게 신중하신 것 같아요."

고교이부도.

돌다리는 두들겨 보고 건너라는 말이 있는데, 두들겨 보고서도 건너지 않는다면 단지 신중한 것만이 아니라 겁까지도 많다는 증거이리라. 십 년 만에 재회한 첫사랑의 입에서 사부의 낯뜨거운 별명이 흘러나오자 혁련동명은 얼굴을 더욱 일그러뜨리고 말았다. 그러나 제자 된 몸으로 사부를 폄하하는 대열에 합류할 수는 없는 노릇. 그는 마땅찮아 하는 입을 억지로 벌려 겁 많은 사부를 위해 변명을 늘어놓았다.

"원래는 그런 분이 아니신데, 사모님께서 세상을 뜨신 칠 년 전부터 매사에 소극적으로 변하셨습니다."

"아! 그런 일이……."

"아마 사모님께서 그렇게 가신 일을 당신 책임이라고 여기신 모양입니다. 당신께서 조심하지 않은 탓에 사단이 벌어진 것이라며 두고두고 한스러워하셨지요."

추순경의 아내는 사고로 죽었다. 그리고 그 사고에는 추순경의 책임 또한 일정 부분 있다고 볼 수 있었다. 그러나 사고는 어디까지나 사고였다. 이미 벌어진 과거사에 집착하여 강호인으로서의 호협함을 저버리는 것은 장부로서 올바른 처신이 아니라고 혁련동명은 생각했다.

"노방주께 그런 아픈 과거가 있는 줄은 몰랐어요. 사실 이처럼 연회를 베풀어 성대히 환영해 주시는 것만으로도 저희 입장에서는 머리를 조아려 감사드려야 할 일이죠. 이건 혁련 공자께만 드리는 말씀인데, 이곳 호남 땅을 주유하는 동안 저희가 문전박대당한 회수는 셀 수도 없답니다. 하기야 서문승이라는 늙은 도적과 무양문 마귀들의 위세가 하늘을 찌르고 있으니, 그들이 자라처럼 목을 움츠리는 것도 무리는 아닐 거예요."

화반경은 말을 하는 동안 고운 눈썹을 몇 번이고 찡그렸다. 혁련동명은 그녀가 당한 수모를 마치 자신이 직접 겪기라도 한 양 마음속 깊은 곳으로부터 뜨거운 무엇인가가 불끈 치밀어 오르는 것을 느꼈다. 그는 목소리에 힘을 주어 말했다.

"사부님께서 가주의 제안을 확실히 거절하신 것은 아니라고 봅니다. 지금 용봉단의 두 공봉분들과 즐거이 이야기를 나누시는 모습만 봐도, 강호가 지나치게 혼란스러워지는 데에 대한 우려로 단지 주저하고 계실 뿐이지 아직 마음을 정하지는 않으셨다는 것을 알 수 있습니다."

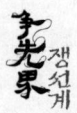

지금 추순경과 이야기를 나누고 있는 노인과 노파는 용봉단에서 공봉 자리를 맡고 있는 봉산인棒山人 염백閻栢과 약선파파藥仙婆婆 당주지唐周智였다. 작년까지만 해도 용봉단의 주된 활동 무대가 이곳 호남이었던 까닭에 저들 세 사람의 친분은 무척 돈독한 편이라고 할 수 있었다. 금편방의 방주 추순경이 건정회에 가입해 달라는 화반경의 제안의 대해 완곡하나마 거절의 뜻을 분명히 밝혔음에도 불구하고 스무 명에 가까운 그녀의 일행을 방파 안으로 들여 연회를 열어 준 데에는, 노우들 간의 그런 친분이 커다란 이유로 작용했음은 물론이었다.

"소생이 내일 날이 밝는 대로 다시 한 번 사부님께 간청을 드려 보겠습니다. 강호의 호걸들이 한마음으로 모이고 있는 마당에 우리 금편방만 대문을 걸어 닫고 숨어 지낸다면, 장차 혼란이 가시고 천하가 태평해진 연후에 우리가 무슨 낯으로 동도들의 얼굴을 볼 수 있겠습니까."

진심을 담은 혁련동명의 절절한 말에 찡그려 있던 화반경의 눈썹이 제자리로 돌아왔다. 그를 향한 그녀의 눈길에 그윽한 빛이 어리기 시작했다.

"술과 친구는 옛것이 가장 좋다더니, 혁련 공자께서 제게 보여 주시는 우의는 마치 이 소흥주처럼 향기롭군요."

화반경이 오른손에 든 잔을 혁련동명 쪽으로 내밀었다. 혁련동명은 눈물이 날 것 같은 심정이 되어 그녀가 내민 잔에 자신의 잔을 부딪쳐 갔다.

"우정과 신의가 아무리 땅에 떨어졌더라도 소생은 옛 친구의 어려움을 외면하는 무정한 사람이 아닙니다!"

술잔에 담긴 호박색 소흥주를 단숨에 들이켠 혁련동명이 결연한 어조로 말을 맺었다.

"소생을 믿어 주십시오! 강호 도의를 바로 세우는 대업에 우리 금편방도 일익을 감당할 수 있도록 소생이 사부님을 설득해 보겠습니다."
"고마워요. 정말 고마워요, 혁련 공자."
십 년이 지나도록 사그라지지 않은 뜨거운 열정에 대해 보상이라도 해 주려는 듯, 화반경은 그녀가 처녀 시절 만들어 놓은 수많은 짝사랑의 희생자들 중 한 명을 향해 은밀하면서도 감미로운 눈웃음을 보내 주었다.

꿈을 꾸었다.
꿈속에서 만난 아내는 사십 년 전 꽃다운 시절처럼 아름다웠다. 그래, 바로 그 모습이었다. 초야初夜의 아내는 그렇게 연자주색 나군을 입고 있었고, 머리 위에는 색색의 꽃들로 주위를 두른 봉관鳳冠(중국 여인들이 혼례 때 쓰는 봉황 장식이 있는 모자)을 쓰고 있었다. 그런 아내가 너무도 고와서, 그는 신방의 촛불이 꺼지고 어둠이 짙게 깔린 뒤로도 한참을 손가락 하나 건드려 보지 못한 채 그저 바라보고 있을 수밖에 없었다.
하지만 당신은 먼저 가 버렸지. 나만 이렇게 남겨 두고서.
언감생심 원망 같은 것은 할 수 없었다. 그날 몸이 불편한 아내에게 마장馬場 구경을 가자고 권한 것은 자신이었고, 어떤 악동 놈이 터뜨린 폭죽에 놀라 말들이 미쳐 날뛸 때에도 아내의 곁을 지키지 못한 것은 자신이었다. 조심했어야 했건만, 더 신중했어야 했건만. 해를 거듭할수록 때늦은 후회만이 쌓여 갈 뿐이었다.
그게 벌써 칠 년이나 됐구나.
그런데 아내는 왜 초야의 젊은 모습으로 나타난 것일까? 이

때까지는 제법 나이 든 모습으로 찾아와 주었건만. 초야. 초야?
 ……어?
 그러고 보니 아내가 초야에 입은 옷은 연자주색 나군이 아니었 잖아. 맞아, 붉은색 혼례복. 거의 모든 새색시들이 그러듯 아내 또한 혼인식 날 내내 붉은색 혼례복을 입고 있었어. 그렇다면 꿈속의 아내가 입고 있던 연자주색 나군은 대체 어디서 나온 거지?
 "아!"
 사위가 어둠에 잠긴 새벽녘, 꿈에서 깨어나 침상에 우두커니 앉아 상념에 잠겨 있던 추순경의 입에서 부지불식간에 탄성이 새어 나왔다. 어제 오후 용봉단 인사들을 위해 열어 준 연회장에서 자신에게 인사를 올린 사람들 중 하나가 꿈속의 아내가 입고 있던 것과 똑같은 연자주색 나군 차림이었다는 사실을 떠올린 것이다. 용봉단의 두 단주 중 하나인 화반경과 언니 동생 하고 지내는 사이라고 했던가. 나이는 아주 어리다 할 수 없어서 스물네댓 살 정도로 보였고 얼굴은…… 얼굴은…….
 이 대목에서 추순경은 가뜩이나 좁은 미간을 더욱 끌어모을 수밖에 없었다. 그 여자의 얼굴이 이상하게도 기억나지 않았던 것이다. 미녀라도 기억날 테고 추녀라도 기억날 텐데, 오직 한 가지 그 여자가 입고 있던 연자주색 나군만, 그것도 아내의 꿈으로 인해 기억났을 뿐이었다. 음? 한 가지라고?
 다시 생각해 보니 연자주색 나군 한 가지만 기억나는 것이 아니었다. 망치에 찍히듯 또렷이, 연속적으로, 되살아나는 장면들이 있었다.
 쿵!
 포권을 올리며 상체를 숙일 때 앞섶 사이로 선명히 드러난 움푹한 가슴골이 기억났다.

쿵!

인사를 마치고 돌아설 때 나군 자락이 휘감기던 엉덩이의 아슬아슬한 곡선이 기억났다.

쿵!

우연인 체 눈길을 보낼 때마다 어김없이 마주쳐 오던 아지랑이 같은 미소가 기억났다.

추순경 스스로도 놀랄 만큼 세밀한 심상心象들이 물감으로 그린 듯 선명하게 재생되고 있었다. 이토록 선명한 기억들이 어째서 지금까지는 의식의 깜깜한 공백 속에 갇혀 있었던 것일까?

바로 그때 추순경을 더욱 놀라게 만드는 일이 벌어졌다. 방문이 소리 없이 열리더니 한 여자가 침실 안으로 모습을 드러낸 것이다. 바로 그 여자였다.

"자, 자네……?"

흐릿한 촛불 빛을 받아 신비로운 음영으로 나풀거리는 연자주색 나군 자락을 바라보는 동안, 추순경은 실재와 비실재가 한 덩이로 뭉뚱그려지는 듯 망연해지고 말았다. 지금 막 새로운 꿈을 꾸기 시작한 걸까? 갑자기 생생히 되살아난 어제의 심상들이 자신을 새로운 꿈속으로 인도한 걸까? 그 여자를 바라보고 있는 이 순간이 현실이라고는 도저히 믿기지 않았다.

"자네는…… 자네가 이곳에 어떻게……?"

토막토막 흘러나온 추순경의 물음에 그 여자는 아무런 대답도 주지 않았다. 그저 강물 위를 스치는 기러기처럼 추순경이 있는 침상 쪽으로 사뿐사뿐 걸어올 따름이었다.

그 여자가 추순경으로부터 한 뼘쯤 떨어진 곁자리에 걸터앉았다. 그러고는 한동안 자신의 발끝을 내려다보기만 했다. 추순경은 자신도 모르게 그 여자의 발끝으로 시선을 주었다. 발목에

서 포개져 위로 올라온 그 여자의 오른발 발가락 끝에는 덩굴무
늬를 은실로 수놓은 분홍색 꽃신이 대롱대롱 걸려 있었다. 꽃신
바깥으로 드러난 맨발의 동그란 뒤꿈치가 잘 익은 복숭아처럼
탐스러워 보였다. 그는 자신도 모르게 마른침을 꿀꺽 삼켰다.
 이윽고 그 여자가 꼼지락꼼지락 발장난을 치기 시작했다. 왼
발 끝으로 오른발에 신겨진 꽃신 앞부분을 지그시 누르더니 그
안으로 오른발을 조심히 집어넣고 빼기를 반복한 것이다. 지루
함을 이기지 못한 어린아이의 장난 같은 그 동작이 어찌나 육감
적으로 보이던지! 추순경은 눈앞에서 나타났다 사라지기를 반
복하는 작고 가지런한 발가락들로부터 시선을 뗄 수 없었다.
 그러던 어느 순간 그 여자의 발장난이 뚝 끊겼다. 발가락은
꽃신 속에 숨어 버리고, 공양물을 빼앗긴 영가靈駕처럼 간절한
눈빛이 되어 버린 추순경에게 마침내 그 여자의 눈길이 옮겨
왔다.
 "사효査梟."
 그 여자가 약간 잠긴 목소리로 말했다.
 "응?"
 "제 이름이 사효라고요. 기억해요?"
 까맣게 잊고 있었는데 이 말을 듣는 순간 불꽃이 켜지듯 기억
이 났다. 연회장 상석에 앉은 자신에게 포권을 올리며 그 여자
는 말했다. 이름이 사효라고.
 "맞아, 자네 이름이 사효였어."
 "올빼미예요, 제 이름의 뜻은."
 "올빼미? 그렇구나. 효는 올빼미란 뜻이지."
 "밤은 올빼미의 시간이에요. 지금은 바로 그런 밤이고요."
 사효라고 이름을 밝힌 여자가 풍성히 늘어뜨려진 흑갈색 머

리카락을 왼손으로 부드럽게 쓸어 올렸다. 감춰진 겨드랑이가 수줍게 들썩이고 늘씬한 목선이 새하얗게 드러났다. 창포 향을 닮은 머리 냄새와 그 아래 깔린 은밀한 여자의 냄새가 추순경의 늙은 코를 개처럼 벌름거리게 만들었다.

"당신을 처음 보았을 때부터 이 시간을 기다렸어요."

"이 시간이라니?"

"당신과 이렇게 나란히 앉아 이야기를 나누는 시간 말이에요."

이렇게 대답하며, 추순경과 한 뼘쯤 떨어진 곳에 앉아 있던 사효가 딱 그 한 뼘만큼만 몸을 이동했다. 침의와 연자주색 나군의 엉덩이 부위가 바스락 소리를 내며 달라붙더니, 늙은 남자와 젊은 여자는 두 장의 홑껍데기를 사이에 두고 서로의 체온을 나누기 시작했다.

"기분이 어떤가요, 이렇게 가까이 있으니?"

머리카락 끝을 매만지던 사효의 왼손이 추순경의 오른팔 상박으로 스르르 옮아 왔다. 누르는 것도 아니고 어루만지는 것도 아니었다. 그런데도 침의 위에 얹힌 손바닥이, 그 살갗 아래에 숨겨진 혈관의 가녀린 맥동까지도 잡아낼 수 있을 만큼 생생히 느껴지고 있으니 참으로 신기한 일이 아닐 수 없었다.

안 돼. 이래서는 안 돼.

추순경은 머릿속에서 자꾸만 빠져나가려는 이성의 끈을 붙잡기 위해 필사적으로 노력해야만 했다.

"이, 이보게, 자네도 알다시피 나는 이미 늙었고……."

"정말요?"

사효가 추순경을 향해, 기습적으로, 고개를 돌렸다. 눈처럼 새하얀 흰자와 극명하게 대비되어 오싹한 기분마저 들게 만드는 새까만 눈동자가 추순경의 두 눈을 똑바로 향하고 있었다.

한 자도 떨어지지 않은 곳에 떠 있는 그 눈동자는 모든 것을 빨아들이는 암흑의 무저갱이었다.
"정말⋯⋯이냐고?"
그 눈동자를 바라보던 추순경이 넋 빠진 목소리로 중얼거렸다.
나는 정말로 늙은 건가? 이런 상황에서도 아무런 행동도 취하지 못할 만큼 늙어 버렸단 말인가? 여보, 내가 벌써 그런 늙은이가 되어 버린 게요?
전신의 피가 갑자기 끓어올랐다. 수십 리를 달린 것처럼 호흡이 거칠어지고, 심장은 당장이라도 갈비뼈를 뚫고 뛰어나올 것처럼 요동치고 있었다. 그것을 막아 주기라도 하려는 듯, 오른팔 상박에 얹혀 있던 사효의 손바닥이 추순경의 왼쪽 가슴을 지그시 눌러 왔다.
"가슴이 이렇듯 힘차게 뛰는 남자는 절대로 늙은 게 아니에요. 여자는 그 점을 아주 잘 알지요."
이 말과 함께 내뿜어진 달짝지근한 숨 냄새가 콧속으로 훅 밀려든 순간, 추순경의 이성을 지탱해 주던 최후의 끈이 툭 끊어지고 말았다. 관습과 체면, 도리와 당위로 한 갑자 넘게 쌓아올린 허위의 성벽이 함락된 것은 이렇듯 한순간이었다.
"그래! 나는 늙은이가 아니야!"
고교이부도의 신중함은 더 이상 이 침실 안에 존재하지 않았다. 추순경은 발정 난 짐승처럼 울부짖으며 사효를 힘껏 끌어안았다. 마르고 또 풍염한 교구가 그의 손길 아래 거칠게 짓눌렸다.
"아아."
사효는 그의 손길을 거부하지 않았다. 소맷자락 밖으로 빠져나온 늘씬한 두 팔이 기다렸다는 듯이 추순경의 목을 감아 안았다. 추순경은 핏줄이 불거 나온 늙은 손을 허겁지겁 움직여 연자주색 나군의 가슴 자락을 활짝 헤쳤다.
　여자는 연자주색 나군 아래 아무것도 입고 있지 않았다.

　다음 날 아침, 건정회 가입 건을 두고 상의하기 위해 사부의 침실을 찾은 혁련동명은 침상에 똑바로 누운 채로 의식을 찾지 못하는 사부를 발견하게 되었다. 사부는 침의를 입은 채 침상에 얌전히 누워 있었고, 실내에서 누군가와 다투거나 암습을 당한 흔적은 찾아볼 수 없었다. 사부의 얼굴에서도 고통이나 경악의 기미는 보이지 않았다. 눈을 지그시 내리감은 얼굴은 평온했고, 입가에는 은은한 미소마저 어려 있는 것 같았다. 맥박과 호흡 모두 정상. 단지 깊은 잠에 빠진 어린아이처럼 아무리 불러도 깨어나지 못할 따름이었다.
　혁련동명은 곧바로 인근에서 가장 이름난 의원을 불러 사부의 증세를 살피게 했다. 사부의 머리카락 속부터 발가락 끝까지 샅샅이 살펴본 의원은 갑작스럽게 찾아온 중풍으로 인해 뇌문腦門으로 향하는 혈관들 중 일부가 터졌다는 진단을 내렸다. 그러면서 사부의 연세에서는 그리 드문 일이 아니라는 말을 측은함이 어린 얼굴로 덧붙였다.
　사실 추순경의 건강은 아내가 세상을 뜬 이후 꾸준히 나빠졌다고 해도 과언이 아니었다. 그런 마당에 오랜만에 찾아온 노우들과 더불어 평소에는 자제하던 과음까지 하게 되었으니, 이부자리에 든 채로 풍을 맞았다 한들 특별히 괴이쩍다 할 일은 아니었다. 물론 함께 술을 마신 노우들이나 그들이 속한 용봉단에게 책임을 떠넘길 성격의 일도 아니었다.
　침실을 나선 의원이 초조한 얼굴로 따라 나온 혁련동명에게 마지막으로 남긴 말은 무척이나 단정적이었다.

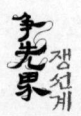

"의식이 돌아온 뒤에도 정상 생활로 복귀하지는 못할 겁니다. 육체적으로든 정신적으로든 말입니다."

금편방의 방주이자 호남 강호의 유명한 명숙인 경천편 추순경은 이로써 눈은 뜨되 사물을 판별하지는 못하고 입은 벌리되 의견을 말하지는 못하는, 문자 그대로 백치가 되어 버렸다.

망연자실한 심정으로 반나절을 허비한 혁련동명은 점심 무렵이 되어서야 자신이 해야 할 중요한 일이 있음을 깨달았다. 모름지기 배에는 선장이 있어야 하고 방파에는 방주가 있어야 한다. 그리고 혁련동명으로 말할 것 같으면, 추순경이 젊은 시절 거둔 유일무이한 제자였고 금편방의 소방주 노릇을 한 것도 벌써 십 년이 넘어가고 있었다. 이는 방주인 추순경에게 모종의 변고가 발생했을 시 그가 금편방의 전권을 물려받는 데 이의를 제기할 사람이 아무도 없음을 의미했다.

방파 안에서 장로입네 행세해 오던 몇몇 밥버러지 같은 늙은이들로부터 형식적인 추인을 받은 다음, 혁련동명은 곧바로 금편방의 신임 방주에 오르게 되었다. 상황이 상황인 만큼 금번 취임식은 졸속으로 진행될 수밖에 없었지만, 자신의 어깨에 지워진 짐이 얼마나 무거운 것인지 잘 아는 그로서는 취임식이 허술히 진행된 데 대해 어떠한 불만도 품지 않았다.

"사부님의 일은 무척 안되었지만, 혁련 공자께서 향후 금편방을 이끄시게 된 것은 진심으로 축하드려요."

"고맙습니다. 부족한 능력이나마 진충갈력하는 마음으로 방파를 이끌어 나가겠습니다."

금편방 인근의 객잔에서 머물고 있던 용봉단주 화반경은 혁련동명의 방주 취임을 축하하는 첫 번째 외부 인사가 되어 주었다. 취임식을 마친 혁련동명이 금편방의 방주로서 첫 번째로 취한 조치는 당연히 모든 방도들을 이끌고 건정회에 가입하는 것이었다. 이때 화반경의 뒤편에서는 연자주색 나군을 입은 젊은 여자가 소리 없이 미소 짓고 있었다.

응소가 자랑하는 사씨 남매의 막내, 사효가 목표물을 제거하는 방식은 이처럼 육감적이면서도 은밀했다.

(3)

북경 보운장의 주인 왕고는 천하제일 거상답게 준비성이 철저한 사람이라서 다음 대에도 자신의 후손들이 천하 상권을 좌지우지하는 데 부족함이 없도록 각종 장치들을 안배해 놓았다. 그중 대표적인 장치가 전국 각지의 머리 좋고 패기 있는 청년 상인들을 자신의 보운장에서 추진하는 사업에 끌어들이는 것이었는데, 강서성의 젊은 미곡상 이사홍李思弘은 그 과정에서 특별히 두각을 나타낸 인물이라고 볼 수 있었다.

이사홍의 능력을 일찌감치 알아본 왕고는 보운장 깊숙한 곳에 위치한 자신의 호화로운 침실에서 그가 무릎을 꿇고 복종과 충성을 맹세한 시점부터 전폭적인 지원을 아끼지 않았다. 금전적, 물질적인 보조는 물론이거니와, 상리商理에 밝고 기장記帳에 능한 서기와 사교계 진출을 위해 필수적이라 할 수 있는 시서가무詩書歌舞 방면의 이름난 풍류 선생들까지 보내 줌으로써 그가 운영하는 대풍곡회大豊穀會가 강서성 굴지의 상회로 성장하는 데 커다란 도움을 주었다. 하지만 그가 왕고로부터 받은 가장 큰 지원이라면 뭐니 뭐니 해도 혼맥婚脈이라고 봐야 했다. 왕고의 중신에 힘입어 자그마치 강서성 도지휘사都指揮使씩이나 되는 사람의 딸을 아내로 맞이하게 되었으니 말이다.

도지휘사, 혹은 도사都使라면 해당 성의 위소衛所를 총괄하는 군무의 총책임자. 품작도 까마득 높아 정이품이나 되었다. 이전까지만 해도 조금 잘나가는 후발 상인들 중 한 명에 불과하던 이사홍은 그 한 번의 결혼으로써 강서성 권력층의 최중심부로 단숨에 진입하는 쾌거를 이루게 되었다.

이사홍은 영리하면서도 사려 깊은 사람이었다. 비록 천하제일 거상의 중신이 있다 한들, 그의 됨됨이가 변변치 않았다면 심기 깊고 야심 많기로 소문난 강서성 도지휘사가 어찌 자신의 고명딸을 선뜻 내주었겠는가. 그는 자신의 결혼에 깔린 은밀한 내의內意를 어렵지 않게 알아차렸고, 이후 여섯 해 반이라는 긴 시간이 흐르는 동안 상위와 장인 간에 오가는 정기적이고도 상례적인 교류를 이용해 북경의 거상과 강서의 군벌을 잇는 암중 가교 역할을 훌륭히 수행해 왔다.

치이ㅡ.

물기 머금은 생가지가 풀벌레처럼 울었다. 불꽃을 배 밑에 깐 나무껍질 위로 작은 방울들이 고통스럽게 도드라졌다 갈라지고, 그때마다 뿜어진 연기가 모닥불을 시허옇게 맴돌다 여덟 자 위에 넓게 쳐진 검은 유포油布에 부딪쳐 어둠 속으로 스러졌다.

싸리비가 추적추적 내리는 밤.

적석망積石莽이라는 이름이 붙은 붉고 황량한 벌판에는 돌밭을 뚫고 드문드문 자란 몇 그루의 나무들과 그보다 많은 수의 대나무 장대들을 버팀목 삼아 쳐진 십여 장의 유포들이 하룻밤 야숙을 위한 크고 작은 임시 지붕들을 만들고 있었다.

그 유포들 아래에는 한 대의 덮개 있는 마차와 아홉 대의 덮개 없는 수레, 그리고 오늘 하루 그것들을 이끌고 온 이십여 명의 고단한 남자들이 비를 피하고 있었다. 공간이 부족해 유포 아래 들지 못한 마소들은 인근의 적당한 나무나 돌기둥에 몸뚱이를 바짝 붙인 채 불편하나마 이 밤을 보낼 채비를 마친 상태였다.

그렇게 초경 무렵에 이르자 유포마다 피운 모닥불은 대부분 꺼져 흐릿한 깜부기불만 남은 뒤고, 그나마 모닥불이라 부를 만한 제대로 된 불길을 피워 올리고 있는 것은 가장 큰 유포 아래에 있는 하나에 불과했다. 그 모닥불가에 둘러앉은 두 사람 중 하나가 갑자기 유포 바깥에 대고 크게 소리를 질렀다.

"오소삼吳小三, 이놈! 지금 졸고 있는 게냐!"

스무 걸음쯤 떨어진 으슥한 곳, 교대 시간이 되는 바람에 방금 잠자리에서 불려 나온 이십 대 땅딸막한 청년이 화들짝 놀란 얼굴로 마차 벽에 기대고 있던 등을 황급히 떼어 냈다.

"그제 불침번 때도 병든 닭 새끼처럼 꾸벅거리더니만, 이놈이 여전히 정신을 못 차리고!"

팔소매를 둥둥 걷어붙이며 자리에서 일어서려는 그 덩치 좋은 털보를, 모닥불을 공유하고 앉아 있던 염소수염의 초로인이 점잖게 만류했다.

"눅눅한 날씨에 다들 어렵사리 잠든 눈칠세. 혼낼 일이 있거든 지금 큰소리 낼 게 아니라 날이 밝은 연후에 하도록 하게."

털보는 사색이 된 청년을 향해 '아침에 두고 보자'는 식으로 주먹을 흔들어 보인 뒤 치켜든 엉덩이를 다시 바닥에 붙여 놓았다. 그 큼직한 주먹으로부터 적지 않은 것을 배운 듯, 청년은 마차 벽에 기대 세워 둔 불침번용 홍모창紅毛槍을 움켜잡고 숙영지 주위를 부리나케 돌아다니기 시작했다.

"비가 오니 눅눅하긴 해도 덥지는 않아서 다행입니다. 어젯밤에는 어찌나 지랄맞게 덥던지, 원."

털보가 투덜거리자 염소수염이 양손을 반대쪽 겨드랑이 아래에 찔러 넣으며 그 말을 받았다.

"말복이 지났으니 더위도 수그러들 때가 되었지. 그나저나 비 때문에 행보가 더뎌지지는 않을까 걱정이네."

털보는 유포 너머를 힐끗 올려다보았다. 젖은 양털처럼 무겁고 축축한 밤하늘이 손에 잡힐 듯 낮게 깔려 있었다.

"길게 내릴 비 같지는 않군요. 게다가 여기서 십여 리만 더 가면 잘 닦인 관도가 나오니, 진창에 수레바퀴 빠질 걱정은 하지 않으셔도 될 겁니다."

자신 있게 대답한 털보가 모닥불 가장자리에다 걸쳐 말려 놓았던 장작 하나를 불길 속에 꽂아 넣었다. 불길이 새로운 제물 위로 붉고 노란 혓바닥을 문지르기 시작했다.

"그렇다면 다행이고."

하지만 말과는 달리 염소수염의 얼굴에는 근심이 가득해 보였다. 기다란 나뭇가지로 모닥불을 쑤석거리던 털보가 그 기색을 살피다가 조심스럽게 물었다.

"대풍곡창의 주인인 이사홍, 이 대인이 우리 표국에게 가장 중요한 고객들 중 하나라는 점은 잘 알지만 그래도 국주님까지 이렇게 따라오실 줄은 몰랐습니다. 혹시 이번 표행에 제가 모르는 뭔가라도 숨어 있나요?"

염소수염, 강서 일대에서 십칠 년간 표기鏢旗를 내걸어 온 남창표국南昌鏢局의 국주 진이립秦理立은 주위를 재빨리 둘러본 뒤 털보에게 속삭이듯 반문했다.

"위소로 올라가는 이번 군량미에 이 대인이 도지휘사 영감께

보내는 생신강生辰綱(생일 선물)이 끼어 있다는 사실은 자네도 알고 있겠지?"

이 반문을 들은 털보, 남창표국의 수석표두이자 진이립의 오랜 심복인 감용甘用이 어이없다는 듯 너털웃음을 흘렸다.

"하하, 이 대인이 결혼을 한 이후로 육 년간 말복이 지날 때마다 이번과 똑같은 표물을 운반한 게 바로 전데, 제가 그 사실을 모를 리 있겠습니까."

"똑같지 않네."

"예?"

"이번에 올라가는 표물은 앞서 올라간 것들과 성격이 조금 다르다는 얘길세."

"다르다니, 어떻게 다르다는 말씀입니……?"

"목소리를 낮추게. 표사들과 쟁자수들이 들어서 하등 좋을 것이 없을 테니까."

감용에게 주의를 준 진이립이 엉덩이를 슬쩍 들어 자리까지 가까이 옮기더니 더욱 낮은 목소리로 말을 이어 갔다.

"소문나면 곤란한 얘기니 자네만 알고 있게나. 이번 생신강에는 북경 보운장에서 보낸 물건이 포함되어 있다네."

감용의 고리눈이 더욱 휘둥그레졌다.

"보운장이면 천하제일 거상이라는 그 왕고 대인의……?"

"맞아, 바로 그 보운장이지."

왕고라는 이름에 담긴 무게에 잠시 버거워하던 감용이 이내 고개를 갸웃거렸다.

"하지만 보운장은 자체적으로 표국을 여럿 운영하고 있지 않습니까. 그중에는 천하 삼대 표국에 꼽히는 금마표국金馬鏢局 같은 쟁쟁한 곳도 있는데, 왜 하필 우리 같은……."

'지방의 군소 표국에 표물을 맡긴단 말입니까?'라는 뒷말을 생략한 것은 국주인 진이립의 체면을 고려한 때문이리라. 그 속내를 알아챈 진이립이 쓴웃음을 지으며 대답했다.

"그만큼 은밀할 필요가 있다는 뜻이겠지. 그래서 사위가 장인에게 정기적으로 올리는 생신강에다가 포함시켰을 테고."

"대체 무슨 물건이기에?"

"금붙이들이 들어 있는 것 같은 패물함 한 짝과 편지 한 통인데, 금붙이들 따위야 왕고 같은 위인에게는 그저 인사치레에 불과할 테고, 정작 중요한 것은 편지 쪽이 아닐까 싶네. 그래서……."

말을 멈춘 진이립이 입고 있는 무복의 가슴 자락을 슬쩍 들춰 보였다. 무복에 가려진 그의 배 윗부분에는 말가죽으로 만든 복대가 단단히 감겨 있었다. 문제의 편지가 담긴 복대였다.

"자네를 못 믿는 것은 아니네만, 우리 표국의 존망이 걸린 일이라는 판단에서 국주인 내가 직접 표행에 따라나서게 된 길세. 사안이 사안인지라 자네에게도 사전에 귀띔 주지 않은 점, 미안하게 생각하네."

감용은 호걸풍의 생김새답게 이런 종류의 일로 꽁해지는 성격이 아니었다. 그는 눈을 끔뻑거리다가 너털웃음을 흘렸다.

"하하, 그래서 이 고생을 사서 하시는 거였군요. 사안이 중요하면 보안에 주의를 기울이는 게 당연한 일인데 저한테 미안해하실 건 또 뭡니까."

진이립이 앞섶을 오므리며 빙긋 웃었다.

"이해해 주니 고맙군. 안 그래도 자네를 위해 따로 생각해 둔 것이 있으니, 감사는 이번 표행을 무사히 끝낸 연후에 하기로 하지."

"아이쿠, 그래 주시면 저야 고맙…… 엇?"

갑자기 파라락, 날갯짓 소리가 두 사람이 지붕 삼은 유포 자락 아래로 들어왔다. 감용이 짤막한 경호성을 터뜨리며 모닥불을 쑤석거리던 나뭇가지를 허공에 대고 휘저었다. 하지만 유포 아래로 들어온 새까만 덩어리는 불붙은 나뭇가지를 요리조리 피해 가며 두 사람의 머리 위를 맴돌고 있었다.

"저, 저게 대체 뭔가?"

"까마귀…… 아니, 박쥐로군요. 하! 저 정신 나간 놈이 여기가 제집인 줄 알고 기어들어 왔나 봅니다. 잠깐만 기다리십시오. 제가 당장 쫓아내겠습니다."

박쥐가 좀처럼 유포 밖으로 나가려 들지 않자 감용이 인상을 쓰며 자리에서 일어섰다. 수더분한 인상과 달리 그의 손 속은 당초처럼 매운 것으로 알려져 있었다. 비록 손때 묻은 자오봉子午棒 대신에 부젓가락으로 쓰던 나뭇가지를 쥐고 있긴 해도 길 잃은 박쥐 한 마리를 쫓아내는 것은 일도 아닐 터였다.

그러나 그 박쥐가 한 마리가 아닌 수백 수천 마리라도 과연 그럴 수 있을까?

파라라라라라라라락!

가늘게 이어지던 싸리비 소리를 순식간에 덮어 버린 요란한 날갯짓 소리가 남창표국의 야숙지로 밀려들었다.

"기상! 모두 기상!"

밖에서 불침번을 서던 오소삼의 고함 소리마저도 순식간에 먹힐 만큼 엄청난 기세였다.

"이런!"

사태의 심각성을 그제야 깨달은 진이립과 감용이 개인 봇짐에 꽂아 두었던 병기를 뽑아 들고 유포 밖으로 달려 나갔다. 유포 바깥쪽 비구름 덮인 밤하늘은 작고 까만 폭군들에 의해 이미

점령당한 뒤였다.

"어이쿠!"

"저, 저게 다 뭐야?"

난데없는 소동에 놀란 표사와 쟁자수 들이 병기를 뽑아 들고 잠자리에서 속속 뛰쳐나왔다. 그들을 향해 진이립이 외쳤다.

"박쥐 떼다! 잠자리를 찾아 날아온 모양이니 당황하지 말고 침착하게 대처하라!"

"창이나 봉처럼 긴 무기를 사용해!"

감용이 뒤따라 외치며 일곱 자 길이의 자오봉으로 허공을 힘껏 휘저으니 철썩, 하는 묵직한 소리와 함께 갓난아기 몸통만 한 박쥐 한 마리가 봉대에 걸려 곤죽이 되어 버렸다. 여기에 용기를 얻은 표사와 쟁자수 들이 저마다 쥐고 있던 병기들을 닥치는 대로 휘두르기 시작했다.

"쥐새끼 같은 놈들이 감히 어르신들의 단잠을 방해해!"

"에잇! 죽어라, 요놈!"

야심한 시각에 갑작스럽게 닥친 일이라 놀랍고 두려웠을 뿐이지, 머릿수가 아무리 수십 배에 이른다 한들 벌레들이나 잡아먹고 살던 조그만 미물이 어찌 훈련받은 인간을 당할 수 있으랴.

빨래를 후려치는 듯한 철썩거리는 소리가 한동안 분주히 이어지더니, 얼마 후 야숙지 위를 가득 메우던 박쥐 떼는 백여 마리의 동족들을 바닥에 버려둔 채 나타날 때와 마찬가지로 밤비 속으로 모습을 감추었다. 시간으로 따지면 반 각이나 채 되었을까. 그리 길지 않은 소동이었지만 인간의 정신을 쏙 빼놓는 데에는 부족함이 없었다.

'아차!'

얼굴에 묻은 박쥐 피를 소매로 닦아 내던 진이립은 문득 떠오른 생각에 이사홍의 생신강과 보운장의 패물함이 실린 마차 쪽으로 급히 달려갔다. 그럴 리는 없겠지만 만에 하나 조금 전의 박쥐 소동이 누군가에 의해 의도적으로 조장된 것이라면, 그자의 목적은 저 마차에 실린 표물에 있을 것이 분명했기 때문이다.

다행히 마차 안의 표물들은 무사해 보였다. 그것들 중에서 가장 주의를 기울여야 하는, 그래서 생신강 궤짝들 틈바구니 깊숙한 곳에 눈에 잘 띄지 않도록 끼워 넣은 보운장의 패물함을 꺼내어 겉을 감싼 오색의 비단 보자기까지 열어 본 진이립은 패물함의 뚜껑을 봉한 대풍곡회의 인장이 무사한 것을 확인하고는 안도의 한숨을 내쉬었다. 그런데 다시 보니 약간의 변화는 있는 듯했다. 패물함 바닥과 비단 보자기 사이에 깔린 넓적한 물체를 발견한 진이립은 고개를 갸웃거렸다.

"이게 뭐지?"

패물함을 들춰 보니 전표만 한 크기의 넙데데한 판때기 하나가 나왔다. 하지만 표면에 얇은 밀랍 막이 도포되어 있어서 안에 든 것이 무엇인지는 확인할 수 없었다.

진이립은 미간을 찌푸렸다. 이 패물함은 생신강 중에서도 특별히 중요한 물건이었다. 그래서 대풍곡회의 주인 이사홍은 표국주인 자신이 보는 앞에서 봉인지를 붙인 뒤 오색의 비단 보자기를 꺼내어 손수 포장하기까지 했다.

'그때 이 밀랍 판때기도 함께 포장했던가?'

필시 주의를 기울이고 봤을 터인데도 알쏭달쏭, 있던 물건 같기도 하고 없던 물건 같기도 했다.

사실 표국과 협의하여 장부에 기재하지 않은 물건은 표물에 포함시키지 않아도 무방했다. 그것이 이 바닥의 오랜 관행이었

고, 그래서 누군가 저 물건을 슬쩍한다고 해도 뭐라고 할 사람은 없을 터였다. 하지만 진이립은 감히 그럴 수 없었다. 물건을 보내는 사람이나 물건을 받는 사람이나, 그의 입장에서 보면 허튼수작을 부려 볼 만한 대상이 아니었던 것이다.

그때 마차의 열린 문 밖에서 감용의 목소리가 들려왔다.

"왜 그러십니까, 국주님?"

"음, 아무것도 아닐세. 다행히 표물에는 별문제 없는 것 같군."

진이립은 풀어헤친 비단 보자기로 판때기와 패물함을 꼼꼼히 재포장한 뒤 본래 있던 자리에 끼워 넣었다. 그의 오랜 경험으로 미루어 보면, 장부에 기재된 물건이 사라지지 않은 이상 별문제 없는 것이 맞았다. 장부에 없던 물건이 생겨난 것은 이번이 처음이지만, 생각해 보니 그 또한 문제 되지는 않을 것 같았다. 그의 입장에서는 받은 대로 가져다주면 될 뿐.

"그놈의 박쥐들 때문에 욕봤네. 어서 주변을 정리하고 사람들을 다시 재우도록 하게. 내일은 오늘보다 먼 거리를 움직여야 할 것 같으니까."

"알겠습니다."

진이립의 말에 감용이 싹싹하게 대답했다. 따로 지시를 내리지도 않았는데 표사와 쟁자수 들은 진창에 널려 있는 박쥐의 사체들을 알아서 치우는 중이었다. 하긴 비 냄새에 섞인 고약한 피비린내만으로도 머리가 아플 지경이었으니, 저 구역질나는 물건들 틈바구니에서 눈을 붙이고 싶은 사람은 아무도 없을 것이다.

육벽陸碧은 한 성의 군무를 총괄하는 도지휘사답게 더위가 가시지 않은 날씨에도 불구하고 번쩍거리는 전포 차림으로 진이립을 맞이했다. 그런 육벽을 향해 장황하지는 않지만 공손하다는 느낌은 충분히 받을 만한 정중한 인사를 올린 뒤, 진이립은 말가죽 복대 속에 품어 가져온 두 통의 편지를 꺼내 눈썹 높이로 내밀었다. 한 통은 대풍곡회의 젊은 미곡상이 존경하는 장인에게 보내는 것이요, 다른 한 통은 북경의 천하제일 거상이 강서성의 군권자에게 보내는 것이었다.

육벽은 굳이 자리를 비켜 달라고 하지 않았다. 진이립을 앞에 세워 두고 두 통의 편지를 읽는 내내 그의 각진 얼굴에는 아무런 변화의 기미도 떠오르지 않았다.

잠시 후 육벽은 실내등으로 서탁 위에 밝혀 둔 유리 등롱의 뚜껑을 열고 두 통의 편지를 가져다 댔다. 여름철 습기에도 먹물이 번지지 않도록 동백기름을 얇게 먹인 유선지油扇紙는 금세 불길에 휩싸였다. 불길이 두 통의 편지를 남김없이 집어삼키는 모습을 묵묵히 내려다보던 육벽이 이윽고 진이립을 향해 몸을 돌렸다. 무표정하던 그의 얼굴 위로 사무적인 친근함이 떠올랐다.

"원로에 수고가 많았네."

진이립은 다시 한 번 허리를 굽혔다.

"표기를 내건 사람으로서 당연히 해야 할 일입니다. 수고라고 하시면 황송할 따름이지요."

"연말쯤에는 거처를 남창으로 옮길 듯하니 내년부터는 진 국주가 일 보기에 한결 쉬워질 걸세."

육벽은 남창에서 멀리 떨어진 이곳 위소 인근에 거처를 두고 있었다. 만일 저 말대로 남창으로 이사를 한다면, 군량미를 운반하는 일감이야 그대로겠지만 생신강을 운반하는 일감은 날아가게 되는 셈이었다. 배보다 큰 배꼽이 떨어지게 되었으니 서운하지 않다면 거짓이겠지만, 진이립은 그런 마음이 얼굴에 드러

나지 않도록 주의하며 육벽의 말에 호응해 주었다.
"축하드립니다. 마님께서 무척 기뻐하시겠군요."
"안 그래도 그 사람 때문에 결정한 일일세. 늘그막에 외지고 거친 곳에다가 데려다 놨다고 어찌나 등쌀이 심하던지, 원. 다행히 북문로 인근에 저택을 마련할 수 있을 것 같으니, 이제는 그 사람도 별소리 못하겠지."
남창성 북문로라면 세도가들만이 모여 사는 부촌 중에서도 부촌으로 알려져 있었다. 이번 생신강을 보낸 이사홍의 부귀가 富貴家도 바로 그 북문로에 자리 잡고 있었다.
진이립은 육벽의 말을 들으며, 지금은 재로 변해 버린 보운장의 편지에 무슨 내용이 적혀 있는지 짐작하게 되었다. 장사란 주는 것이 있으면 받는 것도 있는 법. 왕고는 북문로의 저택을 제공하는 대가로 강서성 도지휘사에게 무엇을 요구했을까?
"사위가 편지에 쓴 물건이 바로 이건가?"
바닥에 놓인 다른 궤짝들과는 달리 서탁 위에 얌전히 올려놓은 비단 보자기 꾸러미 위에 슬쩍 손바닥을 얹으며 육벽이 물었다. 물론 이사홍이 쓴 편지를 직접 읽어 보지는 않았지만 저 말의 행간을 읽어 내기란 그리 어렵지 않았다.
"그렇습니다."
"흠."
육벽이 비단 보자기의 매듭을 풀자 보운장에서 보낸 패물함과 그 밑에 깔린 밀랍 판때기가 모습을 드러냈다. 진이립이 그랬던 것처럼 후자는 무척 의외인 듯, 육벽의 눈썹이 미간 쪽으로 모였다.
"무슨 물건인데 이리 밀랍봉까지 해 놓았을꼬?"
붓통 안에 들어 있던 절지용切紙用 대나무 칼로 판때기 위에

도포된 밀랍의 가운데 부분을 조심히 그어 내린 육벽이 어느 순간 나직한 탄성을 흘렸다.

"호오."

"엇!"

하지만 이를 지켜보던 진이립은 조금 다른 의미에서 짤막한 경호성을 터뜨리고 말았다. 밀랍이 떨어져 나가며 모습을 드러낸 물건의 정체가 황금으로 만든 박쥐였기 때문이다.

그 금편복金蝙蝠을 보고 있노라니 진이립으로서는 이틀 전 적석망에서 표국 사람들의 잠을 설치게 만든 박쥐 소동이 자연스럽게 떠오르지 않을 수 없었다. 박쥐 소동 다음에 나타난 물건이 하필이면 박쥐 모양을 한 금붙이라니, 무척이나 공교로운 일이 아닐 수 없었다.

"음? 표정이 왜 그런가?"

육벽의 물음에 진이립은 퍼뜩 정신을 차렸다. 예상치 못한 시점에 대면하게 된 금편복으로 인해 지금 자신이 강소성의 실세와 마주하고 있다는 사실을 잠시 망각했던 것이다. 그는 경직된 입가를 얼른 풀며 대답했다.

"아, 아닙니다. 집안에 거는 종이 박쥐는 많이 보았지만 황금으로 만든 박쥐는 처음 보는지라······."

"아하, 괘복자掛蝠子, 掛福子로 쓰라고 보낸 물건이었나? 그래서 수실이 달린 게로군."

괘복자는 복을 부르기 위해 집 안에 걸어 놓는 장식물로서, 복을 뜻하는 '복福' 자와 박쥐를 뜻하는 '복蝠' 자의 발음이 같다는 점에 착안한 어떤 옛사람이 만들어 낸 일종의 미신이요, 부적이기도 했다. 육벽은 정교하게 세공된 금편복의 다리 부분에 걸린 색색의 수실을 손가락으로 펼쳐 보았다.

"세심도 하지. 박쥐처럼 거꾸로 걸어 놔라 이 뜻이겠지?"

괘복자란 게 원래 거꾸로 매다는 물건이었다. 그래서 장사를 하는 가게의 입구나 웬만큼 산다는 사람의 침실에 들어가 보면 거꾸로 매달린 박쥐 '복' 자나 복 '복' 자를 흔히 발견하게 된다. 이를 형상화한 종이 박쥐도 물론 거꾸로 매단다.

"황금으로 만든 괘복자라니, 침실에 매달아 놓으면 안사람 눈이 휘둥그레지겠군. 흐음, 내 취향은 아니네만 수실에 배여 있는 사향 냄새도 여자들에게는 꽤나 먹혀들 테니 말일세. 안 그런가?"

"그렇군요."

진이립이 코를 조심히 벌름거리며 고개를 끄덕였다. 수실을 사향 향수에 절였는지, 금편복이 등장한 뒤로 실내에는 날콩 비린내를 닮은 기묘한 향기가 감돌고 있었다. 천하제일 거상으로부터 받은 귀하면서도 세심한 선물에 기분이 고양된 듯, 표정 없기로 유명한 육벽의 입가에 흡족한 미소가 걸렸다.

이유야 어떻든 간에 고객이 저리도 즐거워하고 있으니 진이립의 입장에서는 반가운 일이 아닐 수 없었다.

"그럼 다른 표물들도 확인해 주시겠습니까?"

진이립이 표물의 목록들이 적혀 있는 장부를 내밀며 청하자 육벽이 손을 가볍게 내둘렀다.

"진 국주와 한두 해 거래해 온 것도 아닌데 번거롭게 확인은 무슨. 알아서 잘 가져왔겠지. 수령증이나 주시게."

"도지휘사님의 뜻이 그러시다면……."

진이립은 미리 준비해 온 수령증 두 장을 서탁 위에 나란히 펼쳐 놓았다. 육벽은 그것들의 하단에 자신의 이름을 일필휘지로 써 넣음으로써 수결을 마쳤다.

두 장의 수령증을 꼼꼼히 살펴본 진이립은 한 장을 육벽 쪽으로 밀어 놓고, 남은 한 장을 반으로 접어 장부 사이에 끼워 넣었다.

"이것으로 금번 양곡 운송 표행을 마무리하겠습니다. 저희 표국을 이용해 주셔서 감사합니다."

진이립은 사무적이면서도 정중한 말로써 업무가 끝났음을 고했다. 육벽이 서탁 서랍에서 비단 주머니 하나를 꺼내 내밀었다.

"덕분에 매년 이맘때마다 사위 자식의 효도를 받는 복을 누리는군. 남창으로 돌아가거든 고생한 아랫사람들에게 술자리라도 한번 열어 주게나."

엉겹결에 받아 보니 묵직한 무게가 은정전恩情錢치고는 예사롭지 않은지라 진이립은 두어 차례 사양하는 시늉을 보여야만 했다. 물론 예의상 해 보는 것이 너무도 확연한 그 사양이 받아들여질 리 없다는 것은 두 사람 모두 잘 알고 있을 터였다.

덕분에 진이립은 육벽만큼이나 흡족한 마음으로 도지휘사의 집무실을 나설 수 있었다.

다음 날 인시寅時(오전 3시~5시) 초.

위소 인근 마을에 자리 잡은 도지휘사의 사택이 내려다보이는 언덕 위로 허름한 이륜 수레 한 채가 삐거덕거리는 바퀴 소리를 내며 올라가고 있었다. 수레를 끄는 사람은 체구가 작고 등이 조금 굽은 사내였다. 커다란 방갓을 깊숙이 눌러쓴 탓에 사내의 얼굴을 확인할 수는 없었다.

사내가 끄는 이륜 수레 위에는 가운데 부분이 불룩한 둥근 나무통 하나와 서궤처럼 보이는 네모난 상자 하나가 실려 있었다.

흔들리는 것을 방지하기 위해서인지 그것들은 굵은 동아줄과 수레 양 측면에 달린 여섯 개의 쇠고리들에 의해 단단히 고정되어 있었다.

언덕 마루에 다 오른 사내는 인근에 웃자란 억새 수풀 속에 수레를 감춘 뒤 동아줄을 풀기 시작했다. 반 각가량을 허비하여 동아줄을 다 푼 사내는 우선 둥근 나무통을 수레에서 내렸다. 나무통이 흔들릴 때마다 그 안에서는 쥐의 울음소리를 닮은 찍찍거리는 소리가 나직하게 울려 나왔다.

나무통을 땅바닥에 세워 놓은 사내가 손바닥으로 나무통의 뚜껑을 탁탁 내리쳤다.

"보채지 마라, 이놈들아. 조금만 기다리면 너희들을 미치게 만들어 줄 그 여왕님을 만나게 될 테니까."

이 소리를 알아들었는지 찍찍거리는 소리가 잦아들었다. 어쩌면 나무통의 흔들림이 멈춰서일지도 몰랐다.

다시 수레로 돌아간 사내가 앞서와는 판이한 조심스러운 손길로 네모난 상자를 들더니 나무통 옆에 있는 편편한 바위 위에 내려놓았다.

"슬슬 시작해 볼까."

사내가 상자의 뚜껑을 열었다. 밀폐된 공간 안에 갇혀 있다가 공기 중으로 확 풍겨 올라온 짙은 초석과 유황 냄새가 사내의 코를 벌름거리게 만들었다.

상자 안에는 기다란 끈에 어른 주먹만 한 가죽 주머니가 묶여 있는 기이한 물건들이 잔뜩 들어 있었다. 얼핏 보면 애꾸가 상한 눈을 가릴 때 쓰는 안대처럼 보이기도 하지만, 사실 그 물건의 용도는 복대였다. 복대는 복대이되 인간보다 훨씬 작은 짐승의 배에 두르도록 만들어진 특수한 복대.

사내는 상자에서 꺼낸 복대들을 바위 위에 죽 늘어놓았다. 다음은 나무통. 사내가 나무통의 뚜껑을 열었다. 서늘한 새벽 공기가 나무통 안으로 흘러들자 찍찍거리는 울음소리가 다시 한 번 기승을 부리기 시작했다.

"자, 누구부터 할까."

손바닥을 비비며 나무통 안을 들여다보던 사내는 이윽고 오른손을 통 안에 집어넣어 작은 짐승 하나를 꺼냈다. 머리 부분에 두꺼운 공단으로 만든 주머니를 뒤집어쓴 그 짐승의 정체는 다름 아닌 박쥐였다.

나무통 바깥으로 꺼내진 박쥐는 땅바닥 위에 내려놓아도 날개를 접은 채 얌전히 앉아 있을 뿐 움직이려 하지 않았다. 사내는 그 이유를 잘 알고 있었다. 반향정위反響定位라 하여, 박쥐는 외부를 향해 특수한 소리를 발사한 뒤 그 반향을 통해 자신의 위치를 결정한다. 때문에 지금처럼 두꺼운 천으로 머리를 덮어 놓으면 반향을 포착하는 능력이 사라져 본능적으로 움직이려 들지 않는 것이다.

사내는 박쥐의 몸통에다 복대 하나를 묶기 시작했다. 가죽주머니가 배 부분에 오도록 고정시킨 뒤 몸통과 양 날갯죽지에 끈을 친친 감아 매듭까지 동이자, 갑갑함을 느꼈는지 박쥐가 낮은 울음소리를 몇 차례 냈다. 그러나 박쥐가 보인 저항은 그게 전부였다.

"하나는 됐고……."

시간이 갈수록 머리에 공단 주머니를 쓰고 배에 복대를 두른 박쥐의 수가 늘어났다. 인형에게 옷을 입히는 소꿉장난 같은 그 작업에 사내는 온 심혈을 기울였고, 그로 인해 나무통 안에 있던 스무 마리 박쥐 모두에게 복대를 다는 데에는 반 시진에 가

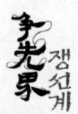

까운 시간이 소요되어야만 했다.

작업을 다 마친 사내가 구부리고 있던 허리를 오랜만에 펴고 하늘을 올려다보았다. 어느덧 묘시로 접어드는 시각. 앞으로 반 시진 후면 동이 틀 터였다. 생각보다 시간이 걸리기는 했지만 위소의 기상 시간까지는 아직 반 시진이 남았으니 때를 놓친 것은 아니었다. 따지고 보면 잠에서 깨어나기 반 시진 전이 가장 흐트러지기 쉬운 시간이니 오히려 적기라고도 할 수 있었다.

사내는 가까운 곳에 앉아 있는 박쥐 한 마리를 붙잡아 머리에 씌워 놓은 공단 주머니를 벗겨 냈다. 개와 돼지와 쥐의 특징들을 한데 섞어 놓은 것 같은 작고 사악한 얼굴이 미명의 어둠 속에 모습을 드러냈다.

갑작스러운 환경 변화에 놀란 듯 잠시 굳어 있던 박쥐가 완두콩만 한 눈알에 비해 지나치게 커 보이는 코와 귀를 부산스럽게 쫑긋거리기 시작했다. 사내는 놈이 저러는 이유를 충분히 짐작할 수 있었다. 놈과 같은 날짐승의 입장에서는 그리 멀다 할 수 없는 곳으로부터 풍겨 오는 어떤 냄새를 맡았기 때문이리라.

"카악!"

박쥐가 날카로운 이빨을 드러내며 몸뚱이를 세차게 뒤챘다. 냄새가 놈을 슬슬 미치게 만들고 있는 것이다.

"가라."

사내가 움켜쥐고 있던 손가락을 펼치자 손안에 있던 박쥐가 기다렸다는 듯이 밤하늘로 날아올랐다. 몇 번의 거친 날갯짓으로 자유를 확인한 놈이 한 치의 주저함도 없이 날아가는 방향에는 강서성 도지휘사가 새벽잠에 빠져 있는 커다란 사택이 자리하고 있었다.

"너희들도 뒤처지고 싶지는 않겠지?"

사내는 자비심 많은 판관처럼 남은 열아홉 마리 박쥐들에게도 차례대로 자유를 안겨 주었다. 머리를 덮고 있던 공단 주머니가 제거된 놈들은 뒤처지면 큰일이라도 날세라 첫 번째 박쥐를 좇아 역동적인 비행을 시작했다.
 서역의 사막 지대에 사는 박쥐들 중에는 특이하게도 개미나 벌처럼 한 마리 여왕 박쥐를 중심으로 군락을 이루는 종이 있다. 여왕 박쥐를 포함한 암컷들은 그 두 배가 넘는 수의 수컷들과 구별된 다른 동굴에서 살아가는데, 이는 충분히 성장하지 못한 새끼들을 포악한 아비 군#들로부터 보호하기 위함이라는 것이 정설이다.
 번식기는 일 년에 두 차례. 이때가 되면 여왕 박쥐는 배설물을 통해 독특한 분비물을 내보내고, 이에 자극받은 수컷들은 오랜 금욕 생활을 깨트리고 암컷들이 머무는 동굴로 날아들기 시작한다. 여왕 박쥐의 분비물이 암수 박쥐들의 합방을 알리는 환합주歡合酒의 역할을 하는 것이다.
 여왕 박쥐의 분비물은 사향노루의 그것만큼이나 강렬하면서도 자극적이어서 사막 지대의 여인들에게는 가장 인기 좋은 향수 재료로 알려져 있다. 하여 공처가를 왕으로 둔 어떤 왕국에서는 군대를 정기적으로 파견하여 박쥐의 서식지를 수색한다는 이야기도 전해 온다.
 바로 그 분비물에 오랜 시간 절여 놓은 수실이 언덕 아래 도지휘사의 사택 안에 있었다. 어제 하루 강서성 도지휘사 육벽의 기분을 흡족하게 만들고 그 마나님의 눈을 휘둥그레지게 만든 박쥐 모양의 황금 괘복자는, 기실 그 수실을 침실 안에 자연스럽게 들여놓도록 할 목적으로 만들어진 물건이었다.
 부차적으로 딸린 재료가 황금인 만큼 제작비는 만만찮게 들

었지만 사내는 그다지 신경 쓰지 않았다. 사내가 주인으로 섬기는 산로의 뒤에는 그만한 제작비쯤 가볍게 지원해 줄 수 있는 든든한 후원자가 버티고 있었기 때문이다.

이제 사내가 날려 보낸 스무 마리의 발정 난 박쥐들은 그 수실에 생식기를 꽂아 넣기 위해 맹목적으로 돌진할 것이다. 그것은 말 그대로 목숨을 건 구애. 왜냐하면 놈들이 두르고 있는 복대의 주머니 안에는…….

쾅! 퍼퍼펑!

스무 마리 박쥐들을 삼킨 사택의 중심부에서 요란한 폭음과 함께 시뻘건 불길이 솟구쳐 올랐다. 스무 개의 복대들에 채워져 있는, 동서양을 망라한 각종 화기술에 달통한 사내가 발명한 황린소이분黃燐燒夷粉에는 열 근도 안 나가는 박쥐가 몸을 부딪치는 충격에도 어김없이 반응할 만큼 감도 높게 제작된 기폭 장치가 연결되어 있었다. 오늘 밤 빅쥐들을 미치게 만든 번식 본능의 대가는 이렇듯 값비쌌다.

도지휘사의 사택에서 폭음과 불길이 치솟자 그리 멀지 않은 곳에 있던 위소 둔영이 막대기로 쑤셔 놓은 벌집처럼 소란스러워지기 시작했다. 나팔소리와 북소리가 요란히 울리는 가운데 수십 개의 횃불들이 어지러이 움직이더니, 잠시 후 둔영의 목책이 열리고 십여 기의 기마들과 그 다섯 배가 넘는 병사들이 허둥지둥 달려 나오는 모습이 보였다. 언덕 위에 앉아 그 모습을 감상하던 사내가 엉덩이를 툭툭 털며 일어나 빈 나무통과 상자를 다시 수레에 싣기 시작한 것은 그즈음이었다.

정리해 보면, 사내가 육벽을 노리기 시작한 것은 무양문이 발호한 직후인 이달 초순 무렵이었다.

육벽은 사내가 주인으로 섬기는 산로에게, 보다 정확히 말하면 산로의 뒤에 도사리고 있는 후원자에게 위험 요소가 될 공산이 큰 인물이었다. 그는 몇 년 전부터 북경의 보운장과 선이 닿아 있었고, 보운장의 주인 왕고가 그를 상대로 수차례 크고 작은 성의를 보인 데에는 지금과 같은 격변기에 적절한 군사적 도움을 받으려는 의도가 숨어 있었다. 산로와 산로의 후원자는 왕고의 안배가 현실로 이어지는 것을 달가워하지 않았다. 그래서 사내를 파견했다.

사내는 언덕 아래 불타는 사택을 다시 한 번 돌아보았다. 불길은 오래지 않아 잡힐 것이다. 저만한 양의 황린소이분이면 황제와 황후가 잠자는 교태전交泰殿이라도 한 식경 안에 능히 전소시킬 수 있었고, 위소 인근에 지어진 도지휘사의 사택이란 게 추가로 태울 만한 건물들을 주렁주렁 달고 있을 만큼 호화롭지도 않았으니 말이다.

황린소이분의 폭발적인 화력이 장마철 홍수만큼이나 모든 것들을 무자비하게 쓸어가 버린다는 사실은 사내가 이전에 행한 몇 차례의 작업들을 통해 훌륭히 입증된 바 있었다. 때문에 화마가 휩쓸고 지나간 자리에는 원형을 파악할 수 없는 잿더미 외에는 어떠한 흔적도 남아 있지 않을 것이다. 폭약을 안고 뛰어든 조그만 구애자들의 사체도, 그 구애자들을 끌어들인 향기로운 수실과 황금 괘복자도, 그리고 최종적으로는 사내가 지난 스무 날 동안 목표로 삼아 온 강서성 도지휘사의 목숨까지도.

억새 풀숲에 숨겨 두었던 이륜 수레를 끌어내던 사내는 잠시 손길을 멈추고 생각해 보았다. 지방 관아의 어수룩한 추관이며 포쾌들 따위가 이번 화재 사건의 이면에 누군가 오랜 시간 공을 들여 추진한 정교한 살인 계획이 감춰져 있다는 사실을 알아낼 수 있을까? 사내가 씩 웃었다. 그들로서는 죽었다 깨어나도 짐

작하기 힘든 일. 결국 강서성 도지휘사의 사인은 원인 불명의 폭발과 그에 따른 화재로 마무리될 것이다.

응소가 자랑하는 사씨 남매의 둘째, 사복査蝠이 목표물을 제거하는 방식은 이렇듯 체계적이면서도 기발했다.

(4)

장세중張世重은 자신의 앞자리에 놓인 서각배犀角杯의 손잡이를 만지작거렸다. 물소의 뿔을 통째로 다듬어 만든 그 커다란 술잔은 올 초 단오절 뱃놀이를 나온 남경의 어떤 졸부 놈이 애지중지하던 물건인데, 겉보기에 그럴싸하고 무게도 묵직해서 당시 통행세로 받아 낸 몇 가지 품목들 중 공희孔嬉 다음으로 마음에 들어 하는 물건이었다.

서각배 안에 담긴 술도 예시로운 것이 아니었다. 작년 연말 장강 하구의 해하방海河幇을 쓸어버리는 과정에서 찾아낸 금곡주金穀酒가 그 술의 이름이었다. 누가 오지랖 넓은 놈들 아니랄까 봐 남해 먼바다를 지나는 왜국 상선을 털던 중 찾아냈다나. 남국의 왕실로 가는 귀한 술이라기에 군침 흘리는 수하들을 못 본 체하고 창고 깊숙한 곳에 보관해 두라고 했는데, 오늘에야 비로소 뚜껑을 열게 된 것이다.

그런 서각배, 그런 금곡주로써 베푼 술자리인 만큼 장세중으로서는 충분한 성의를 보였다고 자신할 만했다. 물론 상대를 존중하기 위해서가 아닌, 자신의 위엄을 내보이기 위한 성의이긴 하지만.

"우선 건배를."

느릿하게 말한 장세중이 서각배의 뿔 닮은 손잡이를 잡고 탁자 위로 치켜 올렸다. 그의 것과 짝을 이루는 두 개의 서각배가 뒤따라 올라왔다.

"크흐!"

밥그릇만 한 서각배에 가득 찬 금곡주를 단숨에 비운 장세중은 곱슬곱슬한 턱수염에 맺힌 술 방울을 팔뚝으로 훑어내며 맞은편을 쳐다보았다. 그를 좇아 올라왔던 두 개의 서각배에는 금곡주가 거의 그대로 남아 있었다. 주인들이 간신히 입술만 축인 듯. 잔을 비운다는 의미의 건배乾杯와는 거리가 멀었다. 장세중이 입술을 실룩거렸다.

"입에 안 맞는 모양이외다. 꽤나 귀한 술인데……."

그러자 탁자 맞은편에 앉은 두 사람 중 더 나이 든 쪽이 노회한 미소를 지으며 말했다.

"이 사람의 주량이 어떠한지는 총채주總寨主께서도 잘 아시지 않습니까."

물론 알고 있었다. 녹림의 늙은 이무기, 칠성노조 곽조가 거느린 일곱 장군들 중에서 가장 머리 좋고 침착하다는 문곡성文曲星 채요명蔡曉明은 고리타분한 생김새답게 음주가무를 즐기는 사람이 아니었다. 그렇다면 다른 쪽은 어떨까? 장세중의 눈길이 채요명의 옆자리에 앉은 물빛 장삼 차림의 장년인에게 옮아갔다. 그 장년인은 저처럼 입을 다물고 앉아 있을 때조차도 스스로를 납득시키고 있는 듯한 사교적인 분위기를 풍기는 잘생긴 남자였다.

"남 문주의 주량은 어떻소?"

장세중의 질문을 받은 장년인, 상산 팔극문의 문주 남립이 채요명의 것과 비교해도 전혀 뒤지지 않는 노회한 미소를 지으며 대답했다.

"장강의 영웅들에 견줄 수야 없겠지만 그래도 어디 가서 꿀리지는 않을 주량은 가졌다고 생각합니다."

"하면 왜 건배를 하지 않으셨는지?"

"중요한 일이 아직 끝나지 않았기 때문이지요. 귀한 술의 진미를 맛보는 것은 그 일을 마친 뒤에 해도 늦지 않을 것 같군요."

"흐흠, 그 중요한 일이라는 게 그러니까……."

장세중은 말꼬리를 길게 늘이며 의자 등받이에 육중한 몸을 묻었다. 의자 등받이에 걸려 바닥까지 드리운, 사 년 전 민강岷江의 군소 수채들을 병합할 때 전리품으로 얻은 사천 묘웅猫熊(판다)의 윤기 나는 검은 가죽이 범종처럼 둥그스름한 그의 등판을 푹신히 받아 주었다.

"귀하들이 만든 건정회란 단체에 우리 장강수로채長江水路寨를 복속시키는 일을 말씀하시는 게요?"

남립의 입가에 걸린 미소가 짙어졌다.

"오해가 있으셨군요. 우리 건정회는 장강수로채의 사업에 간여할 생각이 추호도 없습니다."

"하면?"

"말씀드렸을 텐데요. 그저 오는 중양절重陽節(음력 9월 9일)까지만 본 회의 사업에 협조해 주시면 됩니다. 달수로 두 달도 되지 않는 짧은 기간이지요."

"그 협조라는 게 구체적으로 어떤 일을 하라는 건지 가르쳐 주실 수 있겠소?"

"어렵지 않은 일입니다. 무양문이 장강을 건널 때 장강수로채에서 약간의 수고만 해 주시면 되니까요. 예를 들면 그들이 징발한 배를 불태운다든지, 아니면 그들이 강상을 지날 때 배 밑바닥에 구멍을 낸다든지 하는 식의 아주 미미한 수고 말입니다.”

 장세중의 살진 눈두덩 위에 보일 듯 말 듯 한 작은 경련이 파르륵 일었다. 그의 눈에 비친 남립은 뻔뻔할 만큼 당당해 보였다. 그리고 그 정도는 아니더라도 채요명 또한 별반 위축된 기색은 보이지 않았다. 바로 그 점이 그를 몹시 불쾌하게 만들었다. 누구든 성의를 무시당하면 불쾌해지는 게 당연했다. 그는 불쾌함을 떨쳐 버리려는 듯 곱슬곱슬한 구레나룻을 북북 긁은 뒤 채요명에게로 시선을 돌렸다.
 “채 장군께 몇 가지 묻겠소.”
 “그러시지요.”
 장세중은 곧바로 질문을 던지는 대신 주위를 천천히 둘러보았다. 지금 그가 건정회에서 온 두 특사와 마주 앉아 있는 장소는 피처럼 붉은 갈대밭과 그 곁을 굽이치는 격류로 인해 혈위탄血葦灘이라는 이름이 붙은 넓은 모래톱이었다. 모래톱을 병풍처럼 빙 둘러 서 있는 오륙 장 높이의 바위 절벽들 위에는 붉고 푸르고 노란 원색의 깃발들이 상류로부터 불어오는 바람을 받아 기세 좋게 나부끼고 있었다. 그가 느릿하게 물었다.
 “저 깃발들을 아시오?”
 채요명은 녹림의 지낭답게 견문에 밝았다.
 “물론입니다. 총채주께서 다스리시는 하왕채河王寨를 상징하는 하백신기河伯神旗가 아닙니까.”
 혈위탄의 바위 절벽들 위에 자리 잡은 하왕채는 장강을 터전으로 살아가는 수많은 수적들에게 있어서 성지와도 같은 곳이라 할 수 있었다. 하왕채의 주인이 장강수로채의 총채주로서 자리매김한 것은 벌써 오십 년도 더 되는 장세중의 부친 대의 일이었다.

고개를 천천히 끄덕인 장세중이 이번에는 혈위탄의 갈대밭 곳곳에 정박되어 있는 작은 배들에게로 시선을 돌렸다.
"저 배들을 아시오?"
"빠르기가 준마와 같다 하여 수상녹이水上騄耳라 이름 붙은 쾌속선이로군요."
여덟 명이 한 조로 기동하는 하왕채의 쾌속선들은 전설 속에 등장하는 명마의 이름으로 불릴 만큼 빠르고 날렵했다. 껍데기만 번지르르한 수영水營의 군선쯤은 하품을 하면서 몰아도 따돌릴 수 있을 정도였다.
장세중은 또 한 번 고개를 끄덕인 뒤 이번에는 자신이 앉은 묘응 가죽 의자로부터 열 걸음쯤 떨어진 후위에 석탑처럼 버티고 서 있는 네 명의 흉한들을 턱짓으로 가리켰다.
"저 사람들을 아시오?"
채요명의 답변에는 이번에도 막힘이 없었다.
"녹림에 칠성장군이 있다면 장강에는 사대하장四大河將이 있지요. 안 그래도 네 분 모두를 한자리에서 뵙는 영광을 갖게 되어 감사히 여기던 참이었습니다."
각기 장어와 가물치와 메기와 미꾸라지로 상징되는 사대하장은 장세중에게는 팔다리 사지와 같은 위인들이었다. 덕분에 장세중은 검고 커다란 알로 남을 수 있었다. 흑곤黑鯤(검은 물고기알). 바로 장세중의 별호였다. 그는 세 번째로 고개를 끄덕였다.
사실 서각배나 금곡주는 장식에 불과했다. 술잔과 그 안에 담긴 술이 아무리 귀한들 그것으로 세울 수 있는 위엄에는 한계가 있기 때문이다. 그러므로 방금 장세중의 고개를 끄덕이게 한 세 가지 장치들이야말로 그가 오늘의 술자리를 위해 준비한 진짜 성의라고 할 수 있었다. 그 성의가 통하였다면, 남립과 채요명이 저리 태연해서는 안 되었다. 하물며 장강의 제왕인 자신을 상대로 협조를 빙자한 명령을 내리는 짓 따위는 더더욱 해서는 안 되는 것이었다. 장세중은 마침내 마지막 질문을 던지지 않을 수 없었다.

"두 분께서는 대체 무엇을 믿으시는지?"

남립과 채요명에게 있어서는 무척이나 중요한 질문이 될 터였다. 대답 여하에 따라 혈위탄의 저 갈대숲을 더욱 붉게 물들인 수많은 고기밥들과 같은 신세로 만들어 줄 용의도 있었기 때문이다.

채요명이 이번에는 대답을 회피하고 옆자리에 앉은 남립을 슬쩍 돌아보았다. 그 눈짓을 받은 남립이 품에서 얄팍한 책 한 권을 꺼냈다.

"작년에 염련鹽聯이 풍비박산 난 사실은 총채주께서도 들어 보셨으리라 믿습니다."

철탑마왕鐵塔魔王이라는 가당치도 않은 별호로 불리던 여문통 余門通과 그 휘하의 짠 내 나는 소금장수들이 겁도 없이 혈랑곡주의 후계자와 강호를 유람 중이던 소림의 고승들을 건드렸다가 박살 난 이야기는 지난 한 해 동안 장강 수적들의 술자리를 즐겁게 만들어 준 단골 안주였다.

남립이 탁자 위에 올려놓은 책자를 장세중 쪽으로 밀어 보내며 말을 이었다.

"수뇌부들은 죽거나 병신이 되었지만 하부 조직은 아직 남아 있습니다. 본 회에 협조해 주시는 대가로 그 조직을 드리지요."

국법으로 엄금하는 종목의 대부분이 그렇듯, 소금 밀매업은 이문이 많이 남는 장사였다. 실제로 나라에서 수매하는 가격과 시장에서 판매되는 가격의 비율을 살펴보면 천일염은 최소 열

배, 정제 암염은 그 이상이었다. 그런 알짜배기 장사의 유통권을 장악할 수 있다니 구미가 당기지 않는다면 거짓일 터. 그러나 장세중은 코웃음을 쳤다.
"남의 물건으로 생색을 내시겠다? 물질하는 천것들이라고 너무 우습게보시는군."
물길을 주된 교역로로 삼는 염련은 군자연하기 좋아하는 백도 문파들의 연합체인 건정회와는 씨알부터 다를뿐더러, 태행산에 눌러앉은 칠성노조와도 거리가 멀었다. 굳이 족보를 따진다면 물길을 공유하는 장강수로채 쪽이 훨씬 가깝다 할 터인데, 그런 염련을 놓고서 제깟 것들이 뭔데 주느니 마느니 찧고 까분단 말인가.
"하지만 명부가 있으면 도움은 되겠지."
장세중은 곱슬곱슬한 털로 뒤덮인 두툼한 손을 내밀어 탁자 위에 놓인 책자를 집어 들었다. 그는 처음부터 자신의 물건인 양 그 책자를 슬쩍 넘겨보더니 의자 등받이 위로 내밀었다. 사대하장 중 하나가 다가와 장부를 받아 갔다. 맞은편의 남립과 채요명은 아무 말도 하지 않고 그 모습을 지켜보고 있었다.
"지금부터 두 분께 이야기를 하나 들려 드리리다."
장세중은 묘응의 가죽에 파묻어 두었던 육중한 상체를 탁자 위로 끌어당기며 말을 이어 나갔다.
"장강 하구에 가면 먼 옛날 용들이 놀았다 하여 용유하龍遊河라는 이름이 붙은 물길이 있소. 요즘엔 용들 대신 철갑상어들이 많이 올라오는 곳이오. 한데 그 철갑상어들 중에 성질이 유독 포악한 놈이 둘 있었소. 몸집이 크고 이빨도 아주 날카로웠지. 아시는지 모르겠지만, 물고기란 족속들은 인간과 달리 나이를 먹을수록 계속 커진다오. 그놈들도 날이 갈수록 몸집이 커져,

나중에는 서로의 영역을 넘보지 않으면 안 되는 시기가 오고야 말았소."

장세중은 양손을 들어 올려 탁자 위에서 탁 소리 나게 마주 잡았다.

"자, 그놈들이 마침내 마주쳤소. 한 놈이 죽기 전에는 끝나지 않을 필사의 혈투가 시작된 것이오."

마주 잡은 양손을 힘주어 누르며 잠시 뜸을 들이던 장세중이 두 사람에게 물었다.

"어떤 놈이 이겼겠소?"

"강한 놈이 이겼겠지요."

남립의 대답에는 성의가 담겨 있지 않았지만 장세중은 그래도 씩 웃어 주었다. 간살스러운 성의 따위는 어차피 바라지도 않았다.

"그렇소. 강한 놈이 이기고 약한 놈은 물어 뜯겨 넝마가 되었소. 하지만 승자의 말로도 그리 행복하지는 않았지. 싸움에서 입은 상처가 덧나 결국에는 배를 뒤집고 물 위로 떠오르고 말았으니까. 강자와 약자, 승자와 패자가 모두 사라진 용유하는 그 밑에서 숨죽이고 살던 다른 철갑상어의 몫으로 돌아갔소. 움츠려야 할 때를 안 덕분에 목숨을 건진 것은 물론이거니와 부상으로 용유하까지 얻게 되었으니, 이만하면 진정한 강자, 진정한 승자라 할 수 있지 않겠소?"

장세중의 이야기를 묵묵히 경청하던 채요명이 혼잣말처럼 중얼거렸다.

"어부지리, 조개와 도요새의 싸움에 어부가 횡재한다……."

"아니, 아니."

장세중은 고개를 저었다.

"녹림의 지낭께서 이번에는 잘못 짚으셨소. 천하를 두고 다투는 대단한 싸움에 나 같은 천한 수적이 어찌 어부 노릇을 할 수 있겠소. 언감생심 횡재를 바라지도 않소. 다만 어느 한쪽에 고개를 숙이고 붙었다가 장차 닥칠지도 모르는 화를 입는 일만큼은 피하는 것이 옳지 않겠나, 이 뜻이오."

그러자 남립이 물었다.

"본 회가 승리한 뒤에 닥칠 화는 두렵지 않으십니까?"

장세중은 짐짓 어깨를 움츠렸다.

"두렵지 않을 리가 있겠소. 하지만 그보다 더욱 두려운 것은 무양문이 승리한 뒤 건정회에 협조한 우리 형제들에게 책임을 묻는 일이라고 생각하오. 내 눈에는 건정회라는 철갑상어가 먼저 수면 위로 떠오를 것 같아 보이니 말이오. 물론 두 분께서는 동의하시지 않겠지만."

남립의 얼굴에 살갗처럼 들러붙어 있던 미소가 서서히 사라지기 시작했다. 시종이 여일한 채요명과는 비교되는, 마음 깊이가 생각보다 얕은 자라는 생각이 들었다. 하긴 백도라는 위선자들이 다 그랬다. 스스로는 심기가 깊다고 생각하지만, 백도연하는 잘난 자존심이 그 깊이를 메워 버리고 마는 것이다.

남립이 이제까지와는 달리 각을 세운 목소리로 물었다.

"하면 아까 명부를 받은 것은 무슨 의미이신지?"

"두 분의 목숨 값이라고 한다면 너무 살벌할 테고, 음, 좋은 이야기 하나 들려 드린 값이라고 칩시다. 덤으로 뭍까지 무사히 모셔다 드리지."

장세중이 의자 등받이 위로 통통한 손가락 하나를 까딱거렸다. 물기를 머금어 단단해진 모래를 저벅저벅 밟으며 다가오는 사대하장들의 발소리가 들렸다.

"후회하실 텐데?"

가식적인 예의를 쫙 뺀 남립의 반응에 장세중은 이제껏 유들유들하던 표정을 지우고 그를 똑바로 쳐다보았다.

"건정회든 무양문이든 우리 장강수로채보다 강자인 것은 인정하오. 하지만 강자에게 머리 숙여 가며 살 작정이었다면 고향에서 오리배에게 얌전히 수탈당하며 땅뙈기나 부쳐 먹고 살 것이지 이 험한 수적질을 왜 시작했겠소? 약자에게는 약자가 사는 방식이 있소. 어두워지기 전에 그만 돌아가시오. 이 혈위탄 주위에는 훤한 대낮에도 위험한 여울이 많으니까."

두 사람이 자리에서 일어섰다. 예를 갖추어 포권을 올린 채 요명과 달리 남립은 하직 인사 대신 싸늘한 한마디를 남기고 떠났다.

"저 혈위탄의 여울이 언제까지나 총채주를 지켜 준다고 믿지는 마시길."

장세중은 그저 웃기만 했다.

그날 술시戌時(오후7시~9시) 초.

저녁 식사를 마친 장세중은 휘하의 모든 수적들에게 소집령을 내렸다. 장소는 두 시진 전 남립과 채요명을 상대했던 혈위탄의 모래톱. 넓고 편편해 수하들을 소집할 일이 생길 때마다 그가 애용하는 장소이기도 했다.

모처럼 만에 내린 소집령인 만큼 위엄을 드러낼 필요가 있었다. 그래서 평소에는 거추장스러워 거들떠보지도 않던 견갑肩甲에 호심패護心牌까지 착용하기로 마음먹었다. 요 몇 달 그의 잠자리 시중을 들어 주던 공희가 호심패의 등 끈을 매듭짓고 있을 때, 숙소 밖에서 사대하장 중 첫째인 철만鐵鰻(철갑장어)의 묵직한

목소리가 들려왔다.

"총채주, 모두 모였습니다."

장세중이 등 뒤에 있는 공희에게 물었다.

"다 되었느냐?"

"아, 아직……."

"그렇게 꾸물거리다간 다른 년이 네 자리를 차지하게 될 게다."

공희의 손놀림이 갑자기 부산스러워졌다. 남경 사는 졸부의 애첩이던 그녀가 이 하왕채로 거소를 옮긴 것은 금년 단오절부터였다. 애첩 년 호강시켜 준답시고 장장에 놀잇배를 띄운 졸부는 운 나쁘게도 '하백의 놀잇배'와 마주치게 되었고, 크게는 타고 있던 십 인승 놀잇배부터 작게는 머리에 꽂은 새끼손가락만 한 은동곳까지 깡그리 상납한 연후에야 풀려날 수 있었다. 졸부가 소유하고 있던 놀잇배와 은동곳 사이의 크기에 해당하는 모든 물건들은 그날부로 장세중의 소유가 되었다. 공희도 물론 그 품목에 포함되어 있었다.

"다 되었사옵니다."

다른 년에게 장세중의 침실을 내준 여자가 어떤 처지로 전락하는지 자신에게 자리를 내준 전임자를 통해 똑똑히 배운 공희가 급히 고했다. 장세중은 가슴팍에 얹힌 호심패를 몇 번 당겨 단단히 묶였음을 확인했다.

"오래 걸리지 않을 테니 술상이나 봐 둬라."

"알겠사…… 어머!"

장세중은 대답을 하기 위해 고개를 숙이는 공희를 견갑 두른 어깨로 툭 밀치고는 문으로 걸어갔다.

휘우우웅!

밖으로 나오니 밤바람이 제법 드셌다. 이런 날에는 상선이며 유람선 들이 몸을 사리게 되니, 수적들로서는 가히 달갑지 않은 바람이라 할 수 있었다.

숙소 밖에서 기다리던 철만이 장세중을 향해 고개를 꺾었다. 수십 개의 다발들로 땋아 내린 철만의 뒷머리가 여울 쪽에서 불어오는 강바람에 물수세미처럼 나부끼고 있었다.

"아침에 일 나간 형제들 중 일부가 아직 돌아오지 않았습니다. 어디서 바람을 피하고 있는 모양입니다."

"하백이 노하셨으니 어쩔 수 없는 일이지. 앞장서게."

가뜩이나 그믐께인 데다 하늘에는 먹장구름까지 두껍게 끼었으니 여느 때 같으면 먹물 속을 걸어가는 기분이었을 것이다. 하지만 바위 절벽 사이로 난 내리막길을 걷는 장세중은 전혀 불편함을 느끼지 않았다. 앞장선 철만이 치켜든 횃불도 있거니와, 혈위탄 모래톱 위에 밝혀진 수십 개의 횃불들이 총채주의 왕림을 반겨 주고 있었기 때문이다. 송진을 듬뿍 입힌 횃불들은 드센 바람에도 꺼지지 않았다.

"총채주께서 오셨다!"

카랑카랑한 쇳소리로 외친 사람은 사대하장 중 가장 푸짐한 뱃살을 가진 탓에 장세중으로부터 명실상부하지 못하다고 종종 놀림당하는 섬추纖鰍(마른 미꾸라지)였다. 그러자 모래톱에 모여 있던 수적들은 일제히 입을 다물며 자세를 바로 했다.

장세중은 이곳까지 앞세웠던 철만을 모래톱에 남겨 둔 채 혈위탄에 만들어 놓은 유일한 나무 부두 위를 걸어갔다. 부두 끝에는 그의 전용선이자 하왕채의 주장선이기도 한 하백방河伯舫이 정박해 있었다. 그는 사다리를 딛고 하백방의 갑판 위로 올라갔다. 강물의 신 하백의 놀잇배는 인간의 놀잇배처럼 작지 않

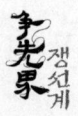

앉다. 뱃머리에 올라서니 불빛의 커다란 테두리 안에 개미 떼처럼 모여 있는 오백여 수적들이 한눈에 내려다보였다.
"형제들은 들어라!"
하백방의 뱃머리를 딛고 선 장세중이 입을 열었다. 섬추의 것만큼이나 우람한 복부에서 울려 나온 굵직한 목소리가 혈위탄의 거센 물소리를 뚫고 밤하늘로 울려 퍼졌다.
"오늘 건정회에서 보낸 특사란 자들이 우리 하왕채를 다녀갔다. 그들은 내게 자신들을 위해 일하라는 명령을 내렸다. 형제들에게 묻노니, 내가 누군가?"
"흑곤! 장강의 제왕!"
오백여 명의 입에서 동시에 터져 나온 대답은 천둥소리처럼 굉장했다. 혈위탄 건너편 절벽에 부딪혀 돌아온 메아리가 사라질 즈음, 장세중이 다시 입을 열었다.
"그렇다! 나, 흑곤은 장강의 제왕, 장강수로채의 총채주다. 그런 내게 자기들 밑으로 머리를 숙이고 들어오라는 자들이 있다. 이게 말이나 되는가!"
"말도 안 됩니다!"
"토막 쳐서 물고기들에게 던져 줍시다!"
장세중은 왼손을 번쩍 들었다. 산발적으로 터져 나오던 외침들이 사그라졌다.
"단칼에 목을 벨 수도 있었지만 좋은 말로 거절하고 돌려보냈다. 불필요한 살생으로 무당산 늙은 말코와 태행산 늙은 이무기를 자극할 필요는 없었기 때문이다. 그러나 나, 흑곤의 위엄을 똑똑히 보여 주었으니 두 번 다시 그런 망발을 지껄이지는 못할 것이다. 이 자리를 빌려 다시 한 번 선언하노니, 장강은 우리들의 것! 그 누구도 이 장강 위에서는 우리에게 명령을 내리지 못한다! 형제들이여, 내가 누구라고?"
"흑곤! 흑곤! 흑곤!"
 장세중은 열띤 함성으로 자신의 별호를 연호하는 수적들을 지켜보며 흐뭇한 미소를 짓다가 다시 한 번 왼손을 번쩍 들었다. 파도처럼 이어지던 연호가 칼로 자른 듯 뚝 끊겼다.
 "모두 알다시피 무양문이 세상에 다시 나왔다. 그들은 강북으로 올라가기 위해 이곳 장강으로 오는 중이다. 건정회란 작자들이 우리에게 요구한 일도 무양문의 도강을 저지하라는 것이었다."
 무양문이라는 세 글자에 담긴 마법이 수적들의 얼굴에 떠오른 맹목적이고 야만적인 자긍심을 앗아 가 버렸다. 그들은 서로를 돌아보며 걱정스러운 눈빛을 교환했다.
 "물론 나는 무양문과 싸울 생각이 없다. 간교한 자들을 위해 무양문의 도강을 저지할 생각도 없지만, 그렇다고 무양문을 위해 이 장강 위에 배다리를 만들어 줄 생각도 없다."
 장세중은 허리춤에 차고 있던 도끼를 뽑아 들었다. 하왕채의 전 주인이자 장강수로채의 전대 총채주인 부친에게서 물려받은 초혈부招血斧가 하백방의 뱃머리 아래로부터 비쳐 올라온 횃불들의 빛을 받아 으스스한 쇳빛을 번뜩거렸다.
 "당분간 우리 형제들은 어느 편도 들지 않는 중립을 취할 것이다. 그러나 만일 우리를 건드리는 자가 있다면, 그곳이 건정회든 무양문이든 목숨을 걸고 싸울 것이다. 알겠느냐!"
 뒤따른 대답 소리가 마음에 들지 않았다. 장세중이 다시 한 번 부르짖었다.
 "알겠느냐!"
 "옛!"
 비로소 만족한 장세중이 초혈부를 높이 치켜 올리며 오늘 밤

연설을 마무리 지었다.

"어떤 자가 말했다. 저 혈위탄의 여울이 나를 지켜 주지는 못할 거라고. 그러나 나, 흑곤을 지켜 주는 것이 혈위탄의 여울만이 아니라는 사실을 그자는 알지 못했다. 나는 우리 형제들을 혈위탄의 여울만큼이나 믿는다. 장강의 형제들이여! 나와 함께 이번 환난을 헤쳐 나갈 준비가 되었는가!"

"우와아아아!"

폭발적인 함성이 대답을 대신했다. 한쪽 구석에서는 '흑곤! 흑곤!' 외치는 연호가 다시 한 번 일어났다.

장세중은 양양한 얼굴로 발아래 펼쳐진 장관을 내려다보았다. 소집령을 내릴 때마다 이 하백방을 연단으로 사용해 온 까닭도 바로 저 소리들을 연호를 가장 극적으로 즐기기 위함이었다. 등 뒤에서 흐르는 혈위탄의 거센 물소리마저 삼켜 버리는 저 소리들을 듣고 있노라면 자신이 진짜로 제왕이 된 듯한 기분마저 들었다.

그러나 오늘 밤만큼은 그래서는 안 되었다. 혈위탄의 거센 물소리마저 삼켜 버린 함성과 연호 소리에 '그것'이 다가오는 기척까지 묻히고 말았다는 사실은, 오늘 밤 장세중에게 더없이 큰 불운으로 작용했다. 혈위탄의 여울과 장강의 형제들은 언제나 철옹성이 되어 줄 수 없었다. 모름지기 무인이라면 무엇보다 앞서 자신의 병기를 믿어야 했다. 그러므로 그는 무엇보다 앞서 자신의 초혈부를 믿었어야 했다.

혈위탄 건너편 기슭을 병풍처럼 두른 절벽들 중 가장 높은 봉우리 위에서 처음 모습을 드러낸 '그것'은 바람을 타고 활강하는 물수리처럼 혈위탄의 탕탕한 격류 위를 사뿐히 날아 넘었다. 그러고는 진로를 아래로 틀어 장세중이 올라 있는 하백방을 향해 빛살처럼 내리꽂혔다.
 하백방의 돛대 뒤에서 떨어져 내리는 '그것'을 발견한 몇몇 수적들이 손가락질을 하며 비명 같은 경호성을 터뜨렸지만, 장세중의 눈에는 자신을 향한 환호의 몸짓으로 비칠 따름이었다.
 끽!
 후두부 한복판 뇌호腦戶를 하방으로 비스듬히 뚫고 들어온 뾰족한 쇠붙이가 두개골과 소뇌와 연수를 한꺼번에 부수고 턱 아래 염천廉泉으로 빠져나간 순간까지, 장세중은 그 어떤 것도 느끼지 못했다.

 입속이 찝찔했다.
 암격暗擊에 성공한 직후 장세중이 걸친 견갑에 얼굴 아랫부분을 찧은 결과였다. 하지만 장세중의 비대한 몸뚱이는 착지에 적잖은 도움을 주었다. 마른 자였다면 관절 한두 군데는 상했을지도 모른다.
 소음이 가까워지고 있었다. 눈이 뒤집혀 부두 위를 달려오고 있을 수적들이 내지르는 성난 고함 소리라는 것을 짐작할 수 있었다. 사내는 장세중과 한 덩이로 엉켜 뱃머리 부근에 처박힌 몸을 급히 일으켰다. 목표물의 생사 여부는 굳이 확인할 필요도 없었다. 오른 팔목에 고정된 한 자 길이의 기형검, 천돌穿突에 꿰인 채 딸려 올라오던 장세중의 머리통이 꼬챙이 같은 원추형 검신을 따라 주르륵 빠져나가더니 둔탁한 소리를 내며 갑판 위에 떨어졌다. 뚫린 구멍에서는 핏물보다 뇌수가 더 많이 흘러나왔다. 즉사.
 사내는 하백방의 중앙 갑판을 향해 달려갔다. 그곳에는 높이가 오 장이 넘는 높다란 돛대가 서 있었다. 그는 노련한 뱃사람처럼 날렵한 몸놀림으로 돛대를 타고 올라갔다. 돛대 꼭대기를 붙잡고 아래를 내려다보니 이제 막 갑판 위로 뛰어오르는 수적들의 모습이 보였다. 지붕 위에 올라간 닭을 쫓는 개들. 지금과 비슷한 경우를 겪을 때마다 그는 그런 생각이 들었다.

사내는 두 다리로 돛대를 감싼 채 수숫대처럼 가늘고 긴 양팔을 활짝 펼쳤다. 양팔 아랫선에서 시작되어 허벅지 옆선에서 끝나는 날다람쥐의 비막飛膜처럼 생긴 넓은 가죽 막, 부풍장浮風帳이 돛대 위에 부는 드센 바람을 맞아 공처럼 팽팽하게 부풀어 올랐다.

잠시 눈을 감고 바람을 읽던 사내가 어느 순간 돛대를 딛고 있던 두 다리를 힘껏 박찼다. 바람에 맞서던 부풍장이 깃털처럼 가벼워지는가 싶더니, 무당거미처럼 길쭉하고 가느다란 그의 몸뚱이가 적당한 상승기류를 받아 허공으로 두둥실 떠올랐다. 돛대 아래 모인 수적들이 욕설을 퍼부으며 단창과 손도끼 들을 던져 올려 보았지만, 그야말로 하늘을 나는 새를 돌멩이로 잡으려는 형국에 지나지 않았다. 사내의 신형이 밤하늘의 어둠 속으로 멀어져 갔다.

사내가 혈위탄 건너편 절벽에서 모습을 드러낸 뒤 다시 밤하늘의 어둠 속으로 사라지기까지 걸린 시간은 반의반 각도 되지 않았다. 건정회의 협조 요청을 일언지하에 거절한 대담무쌍한 장강수로채의 총채주는 그 짧은 시간 사이 영문도 모르는 채 죽임을 당해야만 했다.

향후 장강수로채는 총채주의 부재로 인한 혼란을 겪게 될 것이다. 그 혼란을 잠재우며 등장할 다음번 총채주가 어떤 자일지, 전임자의 유지를 좇아 중립을 유지할 자일지 아니면 전임자의 죽음을 타산지석 삼아 건정회에 협조할 자일지에 대해 사내는 아무런 관심도 없었다. 예측과 판단은 그의 임무가 아니었다. 그의 임무는 살인. 언제나 그랬듯, 그는 자신에게 주어진 살인의 임무를 부풍장과 천돌로써 묵묵히 수행할 뿐이었다.

응소가 자랑하는 사씨 남매의 첫째, 사석查覤이 목표물을 제거하는 방식은 이렇듯 직선적이면서도 명료했다.

서로 다른 지역에서 임무를 수행한 탓에 사씨 남매가 둥지에서 온 전령을 만난 날짜에는 며칠의 시차가 있었다. 전령은 둥지의 행정관이자 산로의 대리인인 국자제주 곽홍력이 쓴 편지를 사씨 남매에게 전해 주었다.

편지에는 한 인물의 인적 사항과 함께 놀라운 내용이 적혀 있었다. 그 인물을 제거하는 데 성공한 자를 산로의 새로운 후계자로 임명한다는 내용이었다. 지금까지 사씨 남매가 임무에 성공한 대가로 받은 보상은 대체로 만족할 만한 것이라고 할 수 있었다. 그러나 이번처럼 굉장한 보상이 걸린 적은 없었다. 둥지의 주인이 되는 것은 둥지 출신의 모든 자객들에게는 자신이 속한 세계의 신이 되는 것과 같았다.

사씨 남매는 만 하루 휴식을 취하는 동안 그 인물에 대한 인적 사항을 완전히 암기할 수 있을 때까지 몇 번이고 거듭해서 편지를 읽었다.

며칠의 시차를 둔 각각의 다음 날, 사씨 남매는 산로가 지목한 새로운 목표물을 각자의 방식으로 제거하기 위해 길을 떠났다.

삼생도 三生島

(1)

전생과 현생과 내생을 통틀어 삼생三生이라 한다.
윤회하는 세계관 속에서 삼생의 세 요소는 외따로 존재하지 않는다. 그러므로 백련교에서는 생명을 가진 모든 존재들에게 전생의 업을 풀고 현생의 죄를 씻어 내생의 복을 지으라고 가르친다.
그러나 전생은 안개 속에 잠긴 듯 기억나지 않고 내생은 빛 없는 무저갱처럼 어둡기만 하다. 인지 가능한 시간과 공간에 얽힌 채 살아가는 대부분의 생명들은 과정에 해당하는 현생에만 치중할 뿐, 원인이 되는 전생과 결과가 되는 내생을 꿰뚫어 보지 못한다. 바퀴가 구를수록 업은 쌓여만 가고 죄는 씻을 길 없으니, 복된 내생을 지나 윤회의 사슬을 끊고 열반에 오르기란 수미산을 소매 주머니에 담는 것만큼이나 힘들다.
현생에 존재함으로 인하여 현생에서는 도저히 해결하지 못하는 이 역설적인 난제를 굽어살피는 분이 불교에서는 부처요, 백련교에서는 무생노모다. 성화聖火의 화신이기도 한 무생노모는 답을 간구하는 모든 중생에게 지혜를 내려 주신다. 성화의 또 다른 화신인 명존과는 달리 한없이 자비로우며, 그 뜻은 삼라만상을 두루 통찰한다.

삼생은 무생노모의 품 안에 있다. 그녀는 삼생의 주재자이자 어머니다.

그러나…….

검은 바위벽에 새겨진 무생노모는 아이의 눈에 담기에는 너무나도 컸다. 그래서일까. 오 장 높이에 떠 있는 그녀의 얼굴에는 삼생을 굽어살피는 자비로운 미소가 걸려 있지만 아이는 고개를 숙인 채 그 얼굴을 외면했다.

갈백색 거친 베로 짠 푸한 승포 차림의 그 아이는 머리카락을 빡빡 깎은 동녀승이었다. 파르란 맨살을 고스란히 드러낸 조그만 뒤통수는 고깔 승모라도 씌워 주고픈 충동이 일 만큼 애처로워 보였다. 무생노모가 새겨진 바위벽 아래에는 아이를 통째로 담아도 될 만큼 커다란 옥향로 세 개가 설치되어 있었다. 삼생의 세 가지 세상을 상징하는 그것들이 피워 올리는 백, 녹, 황, 삼색의 향연이 아이의 동그란 민머리 위를 민들레 씨앗처럼 맴돌고 있었다. 그 향연의 무게마저도 버거운 걸까? 아니면 주위에 내려앉은 정적에 짓눌린 걸까? 아이의 뒷모습은 꺼지기 직전의 초처럼 금방이라도 바닥으로 흘러내릴 것 같았다.

열 발짝쯤 떨어진 돌기둥 옆에서 그 뒷모습을 바라보던 목연은 더 이상 견디지 못하고 아이의 이름을 부르고 말았다.

"관아야."

차가운 돌바닥을 향해 수그리고 있던 조그만 민머리가 잠깐 움찔거렸다.

"관아야, 이모야."

목연은 다시 한 번 불렀다. 동녀승이 고개를 들고 뒤를 돌아보았다. 파리한 안색 탓에 더욱 커다래 보이는 눈망울에는 물기가 맺혀 있었다. 목연은 동녀승에게로 걸음을 옮겼다.

"점심 공양 시간이야. 밥 먹으러 가야지."

목연의 말에 동녀승이 고개를 작게 흔들었다.

"목 시주, 난 배가 안 고파요."

"관아야, 둘이 있을 땐 옛날처럼 그냥 이모라고 불러도 돼."

안쓰러움이 배인 목연의 말에, 그리 먼 옛날도 아닌 불과 세 달 전만 해도 서문관아라는 이름으로 불리던 동녀승이 또 한 번 고개를 흔들었다.

"안 돼요. 도주島主 스님이 나 때문에 감 아저씨하고 오빠들이 죽었다고 말씀하셨어요. 자기 때문에 사람이 죽으면 영혼에 검은 이불이 씌워진대요. 그 이불은 무상노모님이 아니면 누구도 벗길 수 없대요. 그리고 그 이불을 쓰면 절대로 옛날로 돌아갈 수 없대요."

목연은 눈썹을 찡그렸다. 검은 이불. 삼생도三生島 사람들은 업을 그렇게 비유하곤 했는데, 그 비유가 여덟 살 아이에게는 무척이나 강렬했던 게 분명했다. 거의 매일같이 입에 담을 만큼.

"그래서 난 옛날처럼 목 시주를 이모라고 부를 수 없어요. 옛날로 돌아가게 해 달라고 무상노모님한테 열심히 기도해 봤지만, 노모님은 아무 대답도 안 하세요. 난 검은 이불을 영영 못 벗게 되려나 봐요."

관아의 눈에서 커다란 눈물방울이 굴러떨어졌다. 목연은 꺼끌꺼끌한 베치마의 자락을 손으로 말아 쥐고 관아의 옆에 쭈그려 앉았다.
"이모가 여러 번 말했잖아. 감 아저씨와 오빠들은 너 때문에 돌아가신 게 아니라고. 그분들은 자신들의 임무를 위해 나쁜 사람들과 싸우다가 불행을 당하신 거야."
"하지만 그 임무가 나를 지키는 거였잖아요."
"그 임무가 너를 지키는 것이었을 뿐이야. 다른 임무였어도 그분들은 마찬가지로 최선을 다하셨을 거야. 너 때문이 아니란다. 너는 아무 잘못이 없어."
"그러면 도주 스님은 왜 내 이름을 과상過償이라고 지은 거예요?"
언제나처럼 목연은 이 대목에서 대답할 말을 찾을 수 없었다. 이곳 삼생도를 관장하는 배화존자拜火尊者는 관아가 전륜계轉輪階를 올라 삼생도에 처음 발을 들인 날 과상이라는 법명을 내리고, 다시는 옛 이름을 사용하지 말 것을 엄명했다. '잘못을 갚는다'는 의미의 그 법명은 여덟 살짜리 계집아이가 감당하기에 너무 무거운 짐이 아닐 수 없었다.
"그리고 할아버지는 왜 나하고 목 시주를 이곳으로 보내신 거예요?"
목연은 마찬가지로 대답할 수 없었다.
서문숭이 관아를 삼생도로 보낸 이유는 관아가 백도인들에게 납치당한 것으로 위장하기 위함이었다. 그날 서문숭의 밀명에 의해 삼생도로 보내진 사람은 관아만이 아니었다. 관아를 백도인들의 마수로부터 구출해 온 목연을 비롯해 당시 노모문을 지키던 열두 명의 수문위사들과 다치고 기진한 두 사람을 치료한 의원 두 명까지도 지상에서의 삶을 접고 전륜계의 삼백삼십삼

계단을 올라야만 했던 것이다. 그 복잡하고 부조리한 사연들을 여덟 살짜리 계집아이에게 어찌 설명할 수 있단 말인가.

그날, 뒷짐을 지고 자신을 내려다보던 서문숭의 무시무시한 얼굴이 다시 한 번 목연의 머릿속에 떠올랐다.

―보고 싶다면 보여 주마, 이 서문숭이 어떤 사람인지를.

입도入島 첫날, 삼생도의 도주인 배화존자는 커다란 삭도削刀로 관아의 머리카락을 빡빡 밀어 버리고 과상이라는 불길한 법명을 내림으로써 출가를 결정지어 버렸다. 그러면서 잔인하게도 관아의 작은 어깨 위에 당시 복천교에서 순사한 감낙과 청년 무사들의 목숨을 지워 놓았다.

만일 그러한 일련의 조치들이 관아 스스로 삼생도의 무미건조한 생활에 적응하라는 의도에서 시행된 것이라면, 목연은 그 의도의 주체일 것이 분명한 서문숭에게 박수라도 쳐 주고 싶었다. 의도는 훌륭히 통했다. 관아는 자신을 지키려다 목숨을 잃은 어른들을 위해 날마다 눈물을 흘려 줄 만큼 착한 아이였으니까.

그러나 박수를 쳐 줄지언정 더 이상 서문숭을 존경할 수는 없을 것 같았다. 어린 손녀를 도구로 이용하는 할아버지는, 그 목적이 아무리 정당하고 위대하다 하더라도 절대로 좋은 할아버지가 될 수 없었다. 이제 목연에게 있어서 서문숭은 오직 두렵기만 한 교주일 따름이었다.

"가자꾸나."

목연은 자신을 올려다보는 관아에게 힘없이 말한 뒤 자그마한 엉덩이 밑으로 손을 찔러 넣었다. 지금의 관아는, 그래도 목발에 의지하여 어찌어찌 돌아다니던 세 달 전과는 달리, 자신에게 안기거나 업히지 않으면 아무 데도 다니지 못하는 쇠약한 아이로 바뀌어 있었다. 서문숭이 하루가 멀다 하고 삼생도로 올려 보내는 온갖 진귀한 영약들도 마음의 문을 닫아 버린 관아에게는 무용지물인 것 같았다.

헐렁한 승포에 가려진 앙상한 두 팔로 목연의 목을 끌어안은 관아가 말했다.

"목 시주, 요즘 들어 자꾸만 상숙이 미워져요. 상숙은 나하고 한 약속을 지키지 않았어요. 나 같은 나쁜 아이는 이제 완전히 잊었나 봐요."

석대원이 밉기는 목연도 마찬가지였다. 그러나 그 미움이 싫어함과는 다르다는 것을 그녀는 잘 알고 있었다. 관아도 마찬가지일 것이다. 다만 더 좋아하기 때문에 원망하며 살 수밖에 없는 관계의 속성이 여덟 살짜리 아이로서는 받아들이기 힘들 뿐이었다.

"관아야, 너는 나쁜 아이가 아니란다. 그리고 상숙은······."

목연은 말을 멈추고 다시 석대원을 생각했다. 그는 위기에 빠진 고향집을 구하기 위해 무양문을 떠났다. 하지만 그다음 소식은 알지 못했다. 삼생도는 세상 밖의 공간. 이곳에 갇힌 사람은 전륜계 아래에서 벌어지는 일들에 관해 알 방도가 전혀 없었다.

"······상숙은 관아를 잊을 사람이 아니란다."

목연은 자신의 목을 감은 관아의 팔에 갑자기 힘이 들어가는 것을 느꼈다.

"정말요?"

"그는 약속을 지키러 꼭 올 거야."

그러나 이렇게 대답하면서도 목연은 관아와 눈을 마주치지 못했다. 스스로조차 믿음이 가지 않는 희박한 희망을 아이에게

들키고 싶지는 않았기 때문이다.

 목연은 둘 데 없는 처연한 눈길을 허공으로 들었다. 저 높은 곳에 음각된 무생노모의 미소가 그녀를 내려다보고 있었다.

(2)

 입가에 자비로운 미소를 머금은 수수한 할머니로 형상화되는 무생노모와는 달리 전장을 누비는 장수처럼 중무장을 한 명존은 언제나 위압적인 느낌을 안겨 주었다. 주로 미륵의 얼굴로 형상화되곤 하지만 부동명왕의 얼굴을 하고 있을 때도 있었다.

 지금 서문복양西門福陽이 마주한 거대한 석문 위에는 바로 그 부동명왕의 얼굴을 한 명존이 고리눈을 무섭게 치뜨고 그를 노려보고 있었다. 다른 날 같으면 마땅히 고개를 숙이고 수결을 지어 올렸겠지만 오늘은 달랐다. 그는 자신을 노려보는 명존의 두 눈을 똑바로 마주 보며 석문의 문고리에 손을 얹었다. 강철로 만든 문고리는 명존의 눈빛처럼 차갑고 단단했다. 그는 그 문고리를 힘주어 당겼다.

 그으으―.

 석문을 매단 무쇠 경첩들이 거북한 마찰음과 함께 몸을 접자 명존의 얼굴 복판에 긴 균열이 생겼다. 서문복양은 짧게 심호흡을 한 뒤 그 균열 안쪽으로 발을 들여놓았다.

 흔한 회칠조차 입히지 않아 바위의 질감을 그대로 드러내고 있는 그 석실은 무척이나 살풍경했다. 사방 십 장에 높이가 이 장 조금 못 되는 그 석실에는 석문 쪽 벽면에 여덟 개, 나머지 세 벽면에 각각 열두 개씩 네모난 벽감壁龕을 내 놓은 것을 제외하고는 집기라고 부를 만한 것이 아무것도 없었다. 심지어는 엄지 손가락 굵기의 강선들 수백 가닥이 천장 너머에서 잡아당기고 있는 까닭에 천장 부재들을 받치는 기둥조차 필요하지 않았다. 마흔네 개의 벽감들 속에서 흘러나오는 유등잔의 주황색 불빛이 그 섬뜩할 만큼 살풍경한 실내를 비추고 있었다.

그 살풍경 속에 한 사람이 서 있었다. 수수한 베 단삼을 입고 뒷짐 진 채 문을 등지고 선 그 사람에게선 방금 본 명존의 부조와는 비교조차 할 수 없는 막강한 위압감이 뿜어 나오고 있었다. 실내 안에 멈춰진 공기마저도 완전하게 틀어쥐고 있는 듯한 그 뒷모습을 향해서는 걸음을 내딛는 것조차 힘들 지경이었다. 그러나 서문복양은 그 사람을 향해 걷기 시작했다.

그 사람으로부터 일 장쯤 떨어진 곳에 걸음을 멈춘 서문복양이 허리를 숙였다. 그 사람의 발밑을 중심으로 방사형으로 퍼져 나간 사십여 개의 흐릿한 그림자들을 쳐다보면서 서문복양이 낮게 고했다.

"부르심을 받고 왔습니다."

그 사람이 천천히 몸을 돌렸다. 석실과 한가지로 바위를 깎아 만든 듯한 차갑고 단단한 얼굴이 유등잔의 불빛 속으로 드러났다. 이곳 무양문에서 서문복양을 마음대로 호출할 수 있는 유일한 존재, 바로 서문숭이었다.

"오랜만이구나."

서문숭이 감정을 읽을 수 없는 평온한 목소리로 말했다.

"예."

서문복양은 숙인 허리를 천천히 펴 올리고는 서문숭의 두 눈을 똑바로 쳐다보았다. 평소 같으면 명존을 똑바로 쳐다보지 못하듯 부친 또한 똑바로 쳐다보지 못하던 그였다. 하지만 오늘은 달랐다. 아니, 다르고 싶었다.

서문숭은 존재하는 자체만으로도 굽어보는 모든 것들을 찍어 누르는 거대한 바위산 같았다. 그런 서문숭과 눈싸움을 하는 것은 상승의 경지에 오른 지 오래인 서문복양으로서도 견디기 힘든 일이 아닐 수 없었다. 죽을힘을 다해 끌어당긴 턱 근육에서 저절로 힘이 빠져나가고 있었다.

그렇게 얼마나 지났을까.

뜻밖에도 눈길을 먼저 돌린 것은 서문숭 쪽이었다. 서문숭은 발치에 놓여 있던 두 자루 목도를 향해 두 손바닥을 슬쩍 내밀었다. 목도들이 자석에 딸려가 들러붙는 쇳가루처럼 그의 손바닥으로 뛰어올랐다.

잠시 목도들을 살펴보던 서문숭이 그중 한 자루를 서문복양에게 던졌다. 엉겁결에 목도를 받아 든 서문복양은 참았던 숨을 토해 내며 눈을 깜빡였다. 그사이에 흘린 식은땀으로 등덜미가 축축이 젖어 있었다.

"이곳이 어디인지는 알겠지."

서문복양은 이곳이 어디인지 물론 알고 있었다. 무위관. 무공에 대한 서문숭의 기벽이 만들어 낸 세상 어디에도 없는 괴특한 연무장.

"위와 아래가 없는 곳이다. 오직 상대만이 있을 뿐."

서문복양은 과거 이 무위관에 몇 번 다녀간 적이 있었다. 하지만 무위관의 주인인 부친과 싸울 목적으로 온 적은 한 번도 없었다. 그는 서문숭의 신하이자 의자이자 유일한 제자이기도 했다. 군사부君師父는 일체라는데, 주군이자 스승이자 부친이기도 한 서문숭을 상대로 언감생심 무위無位를 전제할 수는 없었기 때문이다. 비슷한 심정이었는지 서문숭 또한 자신의 후계자를 싸움 한판의 상대로 점찍지는 않았다. 그런 의미로 볼 때······.

"덤벼 보거라."

서문숭의 저 말은 대단한 파격이 아닐 수 없는데.

"알겠습니다."

파격을 보인 것은 서문숭만이 아니었다. 여느 때 같으면 설령 부친이 뭐라 하든 극구 사양하며 피할 서문복양이지만, 지금은 그러지 않았다.

서문복양은 큰 걸음으로 네 걸음을 물러나 부친과의 거리를 벌린 다음 목도의 손잡이를 양손으로 움켜잡고 호흡을 가다듬기 시작했다. 진기가 전신을 휘돌며 단삼의 소맷자락이 바람을 불어넣은 것처럼 슬쩍 부풀어 올랐다가 가라앉았다. 박달나무로 만든 목도가 낮고 묵직한 울음으로써 화답해 왔다.

우우웅ㅡ.

서문복양의 경지는 결코 낮지 않았다. 남패 무양문의 후계자가 어찌 약자일 수 있으랴. 서문숭, 제갈휘 같은 천외천의 고수들이 주위에 있다 보니 부각될 기회가 없었을 뿐, 무양문 내에서 열 손가락 안에 꼽힐 만한 강자의 반열에 오른 지도 이미 오래전이었다. 그러나 상대는 바로 그 천외천의 고수.

자신에게 칼끝을 겨누어 올리는 아들의 모습을 무표정한 얼굴로 지켜보던 서문숭이 두 발을 어깨 넓이로 벌리며 말했다.

"첫 합에 모든 것을 걸어라. 그다음은 기회가 없을 테니까."

한 수는 받아 주겠다는 뜻.

서문복양은 대답하지 않았다. 아니, 대답할 수 없다는 표현이 정확했다. 오른손에 쥔 목도로 하방을 비스듬히 가리키고 있는 지금의 부친은 스승으로서 가르침을 내릴 때의 부친이 아니었다. 물론 스승과 제자로 마주했다고 해서 기세를 누그러뜨려 줄 부친은 아니었다. 부친의 기세를 접할 때마다 서문복양은 마

치 벌거숭이인 채로 폭풍과 마주하는 듯한 느낌을 받았다. 번갯불들이 내리꽂히는 황야에 홀로 버려진 듯한 느낌을 받았다. 그 초월적인 강함이라니!

그러나 지금 부친을 둘러싼 기세는 당시 부친이 내뿜던 그것과 어딘지 모르게 달랐다. 무엇보다도…….

'저 목도.'

부친이 쥔 목도가 어느 순간 바람에 날리는 밀가루처럼 풀어지고 있었다. 서문복양은 눈을 깜박였다. 박달나무로 만든 목도가 어찌 가루로 풀릴 수 있을까. 다시 살펴본 부친의 목도는 원래의 상태 그대로였다. 그런데도 자꾸만 사라져 가는 것처럼 여겨졌다. 나아가 그 목도를 쥔 부친 자체가 사라져 가는 것 같았다.

세간에는 서문숭의 천중무애도법天重無碍刀法이 천하제일 도법이라고 알려져 있다. 하지만 부친을 다년간 사사하여 그 천중무애도법을 일심으로 수련한 서문복양이기에, 지금 부친이 보여 주는 기세가 천중무애도법의 그것과 전혀 다르다는 사실을 알 수 있었다.

'거기서 한 발 더 나가셨단 말인가?'

자신도 모르게 실소가 나왔다. 천중무애도법에서 '무애'란 막힘을 초극하는 것. 그런데 저 부친은 그 무애마저도 이미 초극해 버린 듯했다. 그것을 뭐라고 불러야 할까? 무애 너머의 무애? 하! 진실로 위대한 부친이 아닌가! 그런데…….

그런데 왜!

"차앗!"

서문복양은 이미 사라져 버린 듯한, 그러나 그 자리에 존재하는 것이 분명한 부친을 향해 힘차게 뛰어들었다. 전신을 휘돌던 강맹중후強猛重厚한 진기가 박달나무 목도에 실려 허공을 갈랐다.

지금껏 살아오면서 이처럼 절실하고, 이처럼 치열하고, 그래서 이처럼 강력한 일격을 휘두른 적이 있었던가?

하늘의 무게[天重]를 실은 막을 수 없는[無碍] 힘이 서문숭의 정수리를 향해 수직으로 떨어졌다…….

……그 순간 부친의 목도가 어떤 움직임을 보였는지는, 눈으로는 보았으되 머리로는 인지되지 않았다. 시간이, 혹은 공간이, 아니면 그것들을 파악하는 자신의 사고 한 귀퉁이가 어긋난다는 느낌이 얼핏 뇌리를 스친 순간, 부친이 서 있는 자리 왼편의 돌바닥이 뾰족하게 쪼개지며 튀어 올랐다.

빡!

곧바로 한 자쯤 뒤떨어진 곳에서 돌가루가 솟구치고.

빡!

다시 한 자 뒤.

빡!

다시 한 자 뒤.

빡!

그러고는 줄줄이.

빠바바바—.

지면에 낙하한 공이 반동으로 튀어 오르는 높이가 점차 낮아지듯, 돌바닥 위를 달려가는 뾰족한 파괴들의 행진은 거리가 멀어질수록 위력을 잃어 가고 있었다. 그 파괴들을 불러온 근원이 자신이 휘두른 천중무애도라는 사실을 깨달은 것은 복부 앞에서 폭발한 정체 모를 힘에 휩쓸려 가랑잎처럼 날려 갈 무렵이었다. 두 발이 바닥에서 떨어진 시간은 무척이나 짧았을 텐데도, 그사이 서문복양은 기억 속에 가라앉아 있던 어떤 장면을 떠올리고 있었다. 그는 몸이 새우처럼 접힌 채 뒤로 날려가면서도

생각했다. 부친의 저 수법, 분명히 본 적이 있었다. 그리고 그 생각이 끝날 무렵…….

쿵!

사 장 가까운 거리를 날아가 아까 들어온 석문에 세차게 등을 부딪친 서문복양은 척추가 일시에 으스러지는 듯한 고통에 입을 딱 벌렸다. 그는 비명조차 제대로 지르지 못하고 석문의 바닥 굽이로 무너지고 말았다.

"큽! 쿨룩쿨룩!"

짜부라졌던 복강이 다시 부풀어 오르며 격렬한 기침이 입술을 비집고 터져 나왔다. 가슴 앞자락으로 끈적끈적하게 흘러내리는 것이 눈물인지 침인지 분간할 수 없었다. 만신창이로 분절된 의식을 다시 이어 준 것은 부친의 목소리였다.

"그러고도 무기를 놓치지 않은 것을 보면 그동안 놀지는 않은 모양이구나."

서문복양은 눈앞을 가물거리게 만드는 고통 속에서도 자신의 오른손을 돌아보았다. 몸체는 어디론가 날아가고 손잡이만 몽땅하게 남겨진 목도가 왠지 우스워 보였다.

"일어나라."

서문숭이 말했다. 앞서와 여일하게 평온한 목소리였다.

"그러……지요."

서문복양은 목구멍을 비집고 올라오려는 기침들을 억지로 밀어 삼키며 부친의 명에 따랐다. 혼자의 힘으로 일어설 수 있다는 사실이 무척 신기했다. 그러고 보니 석문에 부딪힌 충격이 컸을 뿐, 그밖에 별다른 부상의 기미는 찾아볼 수 없었다. 부친이 사정을 봐준 덕분이리라. 당연한 얘기겠지만, 부친이 마음만 먹었다면 자신의 뼈가 설령 무쇠로 이루어졌다 한들 무사하지 못할 터였다.

서문숭은 들고 있던 목도를 바닥에 아무렇게나 던져 놓은 뒤 뒷짐을 지며 말문을 열었다.

"어제 전륜계에 다녀갔다고 하더구나."

서문복양은 고개를 움찔거렸다. 부친으로부터 호출을 받았을 때 저 얘기가 나오리라 예상한 바 있었다. 물론 이렇게 무참히 깨진 뒤에 나오리라고는 예상하지 못했지만. 서문복양은 자조하며 대답했다.

"정작 계단은 밟아 보지도 못했습니다."

서문숭이 고개를 끄덕였다.

"호계사자護階使者가 허락하지 않았겠지."

호계사자란 세상과 삼생도를 잇는 전륜계의 삼백삼십삼 계단을 지키는 자를 가리킨다. 이목구비 중 무엇도 달려 있지 않은 무면無面의 가면으로 얼굴을 감춘 그 정체불명의 문지기는 천하에서 오직 두 사람, 백련교주와 삼생도주의 명령에만 따른다. 여기에는 그 어떤 예외도 없었다.

"전륜계에는 왜 간 것이냐?"

서문숭이 물었다. 서문복양은 대답 대신 부친의 위맹한 얼굴을 빤히 쳐다보았다.

"관아를 찾아간 것이냐?"

"……."

"쓸데없는 짓을 했구나."

"아비가 자식을 찾아간 것이 쓸데없는 짓이라고는 생각하지 않습니다."

부자의 눈길이 다시 한 번 얽혔다. 다시 잠시간의 눈싸움. 이번에도 먼저 눈길을 피한 것은 부친 쪽이었다. 그런 부친을 향

해 서문복양이 한 걸음 다가서며 물었다.
"날 때부터 어미를 여의고 육신마저 성치 않은 아이입니다. 그 아이를 반드시 삼생도에 유폐하셔야 했습니까?"
서문숭은 대답하지 않았다. 서문복양은 다시 한 걸음을 내디뎠다.
"좋습니다, 세상의 눈을 속이기 위해 어쩔 수 없이 그리하신 것이라 알겠습니다. 하지만 왜 소자에게까지 그 일을 감추신 겁니까?"
이는 부친에게 언제나 고분고분하기만 하던 서문복양이 오늘 하루 파격을 드러낸 이유이기도 했다. 관아가 납치된 줄로만 알고 마음 졸이던 지난 세 달을 생각하면 아무리 천성적으로 순후한 그라도 분노와 배신감을 참을 수 없었던 것이다.
서문숭은 잠시 내리깔고 있던 시선을 천천히 올려 서문복양의 눈을 똑바로 쳐다보았다.
"어떻게 알았느냐?"
"누군가에게서 들었다면, 그 사람마저도 삼생도에 가두실 생각이십니까?"
"필요하다면 그렇게 해야겠지."
지체하지 않고 나온 이 단호한 대답에 서문복양은 냉소했다.
"그렇다면 소자 또한 삼생도로 가야겠군요. 아버님께서 감추고자 하신 비밀을 알았으니 말입니다."
그런데 잠시 생각하던 서문숭이 고개를 흔드는 것이었다.
"아니다."
"예?"
"너는 예외다."
우습게도 이 대답이 서문복양의 흥분을 어느 정도 진정시키는 역할을 했다. 굴종에도 중독성이 있는 것인지, 세상 누구보다도 경외하는 부친으로부터 특별한 대우를 받는다는 사실 앞에 기쁘고 고맙기까지 했다.

분노와 배신감, 그리고 기쁨과 고마움. 마음속에서 무질서하게 용출되는 서로 상반된 감정들이 서문복양을 혼란스럽게 만들었다. 그런 아들에게 서문숭이 근엄한 표정으로 말했다.

"쥐새끼 같은 작자들이 내 앞마당과도 같은 이곳 복건 땅에서 어떤 가증스러운 짓을 저질렀는지는 너도 잘 알 것이다. 수백 년을 이어 온 본 교의 위엄이 이토록 땅에 떨어진 적은 여산의 백련정白蓮井이 피에 잠기던 그날을 제외하고 일찍이 없었다. 개인의 사정을 돌아볼 시기는 이미 지났다. 중요한 것은 본 교가 여전히 건재하다는 사실을 천하인들의 머릿속에 똑똑히 새겨 넣는 일이다. 그러기 위해 관아는 납치된 것이어야 할 필요가 있었다."

그러리라 생각했다. 그럼에도 아무 잘못 없는 자신의 딸이 희생당하는 것을 부당하다 여기고 있었는데, 지금 부친의 말을 직접 듣고 보니 자신이 잘못 생각한 것은 아닌지 의심스러워졌다. 서문숭의 말에는 직접 들어 본 사람만이 알 수 있는 굉장한 설득력이 담겨 있었다.

훈계받는 아이처럼 어깨를 늘어뜨린 채 부친의 이야기를 듣던 서문복양이 고개를 들고 조심스럽게 물었다.

"하면 관아는 언제쯤 삼생도에서 나오게 되는 건가요?"

서문숭은 선뜻 대답하지 않았다. 서문복양이 다시 물었.

"이번 일이 마무리될 때까지 그곳에 두실 생각이십니까?"

역시 대답이 없었다.

갑자기 함구하는 부친의 모습에 의아해하던 서문복양은 어느

순간 무서운 생각 하나를 떠올리곤 어깨를 부르르 떨었다.
"설마……?"
다시금 차갑게 응고되는 서문숭의 눈빛이 그 생각을 확신으로 바꿔 놓았다.
"설마 그 이후로도 계속……?"
서문숭은 그제야 입을 열었다.
"거짓된 교주는 교도들에게 신망을 얻지 못한다. 관아는 납치되었고, 그것은 사실이 되어야 한다. 어제도, 오늘도, 그리고 이후로도 영원히."
"하, 하지만! 하지만 아버님의 목적을 달성하신 뒤에는 관아를 되찾아온 것으로 해도 되지 않습니까?"
서문복양은 경직되려는 혓바닥을 필사적으로 움직여 다시 물었다.
"그러면 아버님께서 원하신 대로 관아가 저들에게 납치당하지 않은 것을 감출 수 있지 않습니까?"
"아니."
서문숭이 말했다.
"관아가 안다. 목연이 알고 수문위사들이 알고 의원들이 안다. 그들은 모두 삼생도에 있어야 한다."
서문복양은 자신도 모르게 주춤주춤 뒷걸음질을 쳤다. 자신의 신망을 유지하기 위해 여덟 살짜리 손녀를 포함한 십여 명의 교도들을 평생토록 삼생도에 유폐시키겠다는 서문숭의 비정함 앞에서 그는 분노와 배신감을 뛰어넘는 공포를 느낄 수밖에 없었다.
"너는 내 결정을 받아들여야 한다."
"바, 받아들이라고요?"
"내가 왜 너를 이 무위관으로 불렀는지 아느냐?"

서문숭이 바위처럼 차갑고 단단한 얼굴로 물었다. 그러고 보니 부친의 호출을 받았을 때 그런 의문을 품은 기억이 났다. 왜 하필 무위관일까? 해답은 서문숭에 의해 곧바로 밝혀졌다.

"너는 내 칼을 꺾지 못했다. 내 칼을 꺾을 수 없는 자는 내 결정을 꺾을 수 없다. 너는 내 결정을 받아들여야 한다."

약자는 강자를 받아들여야 한다. 이것이야말로 패도였다. 남패의 지존 서문숭이 추구하는 패도!

어깨의 떨림이 멈추지 않았다. 그러다가 문득 아까 부친이 한 말이 떠올랐다. 서문복양은 떨리는 입술을 벌려 그것을 확인했다.

"그, 그렇다면 소자는 예외라고 말씀하신 뜻은……?"

"너는 내 자리를 물려받아야 하는 후계자다. 후계자가 사라지면 교단과 문파의 뿌리가 흔들린다. 비밀이 누설되어 벌어질 위험보다는 그쪽의 위험이 더 심각하다."

"단지 그 이유 때문입니까?"

"그렇다."

"어떻게…… 어떻게 그럴 수가……."

서문복양은 더 이상 버티지 못하고 그 자리에 털썩 주저앉고 말았다.

저 사람이 서문숭이었다!

저 사람이 자신의 부친이었다!

서문숭은 바닥에 주저앉아 몸을 떨고 있는 아들을 쇳조각처럼 온기 없는 눈동자로 내려다보았다.

"다시 한 번 전륜계에 얼씬거리면 관씨關氏 형제를 삼생도로 보내겠다."

관씨 형제라면 서문복양에게는 주종지간을 뛰어넘는 친구와도 같은 사람들이었다. 관아가 없는 지금, 서문복양을 강제시킬

만한 인질로 그들만 한 존재는 없었다. 부친이 아들을 다루는 방식은 잔인할 만큼 정확했다.

"용무는 끝났다. 돌아가거라."

서문복양은 후들거리는 오금에 억지로 힘을 집어넣어 몸을 일으켜 세웠다. 서문숭은 그런 아들을 외면하고 천천히 돌아섰다. 처음 무위관에 들어설 때 본 것과 마찬가지로 완강한 뒷모습이 서문복양의 눈앞을 가득 메우고 있었다. 그 뒷모습을 향해서는 더 이상 한마디 말도 떼어 놓을 수 없을 것 같았다.

부친의 등을 쳐다보며 망연히 서 있던 서문복양은 결국 몸을 돌릴 수밖에 없었다. 지독한 무력감이 무너진 마음 위에 채찍처럼 퍼부어지고 있었다. 그 와중에도 굴종에 익숙해진 두 다리는 돌아가라는 부친의 명을 순순히 따르고 있었다.

그렇게 무위관의 석문 앞에 이르렀을 때, 서문복양은 아까 자신이 날아와 부딪친 곳을 중심으로 실금 같은 동심원의 균열이 돌 위로 퍼져 있는 것을 볼 수 있었다. 그는 걸음을 멈췄다. 토막 난 사고들이 연상의 고리에 딸려 올라오고 있었다.

자신의 천중무애도를 무위로 만들던 부친의 그 수법!

그리고 아까 허공을 날아가는 동안 기억 속에서 끄집어낸 어떤 장면!

작년 말 부친은 제갈 숙부의 손님으로 무양문을 찾아온 어떤 청년과 공개리에 비무를 벌인 적이 있었다. 청년의 능력은 서문복양에게 질투심을 안겨 줄 만큼 출중했지만 부친이 천중무애도법의 공능을 본격적으로 발휘하자 둘 사이의 우열은 곧바로 드러났다. 천중무애의 절대적인 거력 아래 청년은 커다란 덩치를 제대로 가누지 못했고, 그 뒤로 몇 수 못 가서 청년이 패배를 인정하리라는 점을 의심한 이는 아무도 없었다.

그때 청년의 분위기가 바뀌었다. 그 변화를 어떻게 설명할 수 있을까? 검신에 어린 강렬한 붉은빛처럼 날카롭고 패도적이고 무섭던 분위기가 어느 순간 만물을 조화롭게 포용하는 물로 거듭난 것 같았다. 그런 청년을 향해 부친은 천중무애의 거력을 쏟아 냈지만, 그 회심의 일격은 애꿎은 연무장 바닥만 쪼개 놓는 데 그치고 말았다.

―자네는 천선자 선배와 무슨 관계인가?

당시 부친은 분명히 그렇게 말했다.
그날의 그 장면을 되새기자 서문복양의 눈빛에 힘이 들어갔다. 조금 전 자신의 천중무애도를 받아 내던 부친의 수법은 당시 청년이 보여 주었던 바로 그 수법을 닮아 있었던 것이다. 그것은 놀라운 일이 아닐 수 없었다. 닮으려는 것은 스스로의 부족함을 인정하는 것. 그런데 고수 중의 고수, 지존 중의 지존인 서문숭에게도 닮고자 하는 무엇인가가 존재하다니!
석문을 향해 얼어붙은 듯 멈춰 있던 서문복양이 천천히 몸을 돌렸다.
"아버님."
무위관 한가운데 뒷짐을 진 채 서 있는 서문숭은 아들의 부름에도 미동조차 보이지 않았다. 되살아나는 무력감에 서문복양은 입술을 깨물었지만, 더 이상 움츠러들어서는 안 된다고 생각했다. 그러기엔 전륜계 위에 갇힌 관아가 너무 불쌍했다. 그는 돌처럼 부동한 부친을 향해 큰 소리로 외쳤다.
"만일 아버님의 칼을 꺾는 자가 나타난다면 그 결정을 거두시겠습니까?"

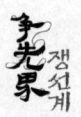

웃는 것일까? 서문숭의 견고한 어깨선 위로 잔물결이 스쳐 갔다. 잠시 후 등을 돌리고 선 그로부터 담담한 대답이 돌아왔다.

"물론이다."

잠깐의 시차를 두고 서문숭이 덧붙였다.

"그런 자가 나타난다면."

(3)

진맥하는 사람이나 진맥받는 사람이나 모두 늙은이를 뜻하는 '노老' 자로 이름으로 대신했다.

저 나이가 되어서도 부친으로부터 물려받은 이름을 제대로 쓰지 못하는 데에는 당연히 범상치 않은 사연이 있을진대, 그들의 얼굴 살갗에 켜켜이 덮인 주름살들이 그 사연을 쉬 캐묻지 못하도록 만들고 있었다. 그러므로 주름살이 덮는 것은 젊음만이 아니었다. 삶에 새겨진 고되고 아프고 우울한 사연마저도 무심히 덮어 버리는 것이다.

진맥하는 노인이 장시간 구부리고 있던 몸을 천천히 펴 올렸다. 웬만한 청년 못지않은 후리후리한 키와 대나무처럼 꼿꼿한 허리, 연황색 장삼 상의에 수놓인 빨간 동백꽃으로 인해 나이답지 않은 활력을 풍기는 노인이었다. 하지만 진맥하는 내내 침대 발치에 우두커니 서 있기만 하던 석대원을 향해 돌아서는 그 노인의 얼굴에는 말로 하는 것만큼이나 확실해 보이는 짙은 곤혹스러움이 담겨 있었다. 물론 진맥한 결과가 그리 좋지 않다는 뜻. 석대원의 얼굴도 덩달아 어두워졌다.

"흐으음."

진맥하던 노인, 당노인은 표정만큼이나 무거운 침음으로 말문을 열었다.

"그게…… 딱 짚어서 어디가 어떻게 안 좋다고 말하긴 어렵소. 다만 거의 모든 장기가 제 기능을 다하지 못하고 있는 상황이오. 신체 내부의 음양 조화가 제대로 이루어지지 않고 있고, 경맥을 흐르는 기혈이 전체적으로 너무 허하오. 한마디로 기운이 없다는 뜻이지."

잠시 말을 멈추고 침대를 돌아본 당노인이 탄식했다.

"허, 저 사람, 돌아올 때만 해도 이 지경은 아니었던 걸로 아는데……."

석대원은 과거 호공당의 부당주 목연이 지나치게 덩치가 큰 그를 위해 특별 제작해 보내 준 지나치게 넓은 침대를 내려다보았다. 그곳에는 침대와 비교되는 탓에 지나치게 작아 보이는 또 한 사람의 노인, 한로가 주름 늘어진 눈을 감고 잠들어 있었다. 아니, 잠들어 있다는 표현은 틀렸다. 본인은 알지도 못하는 사이 양귀비 즙을 탄 차를 마시고 의식을 잃은 상태였으니까.

의식을 잃은 한로를 자신의 침대로 옮겨 놓은 다음 밖에서 기다리고 있던 당노인을 불러 진맥하게 하는 그 모든 번거로움을 석대원이 감수할 수밖에 없었던 것은, 멀쩡한 정신으로는 젊은 주인 앞에서 아픈 시늉을 절대로 드러내지 않으려는 늙은 비복의 굳은 의지 때문이었다.

그 점을 떠올린 석대원은 쓰게 웃었다.

'의지가 아니야. 그건 고집이지. 쇠심줄보다 질긴 똥고집.'

돌이켜 보면, 당노인이 방금 말한 대로, 무양문에 돌아올 때만 해도 한로의 상태는 지금보다 훨씬 나았다. 최소한 석대원의 눈에는 그렇게 보였다. 중독에 관해서는 활인장에서 나온 수다쟁이 당사 영감이 염려하지 않아도 된다고 장담한 바 있었고,

주인을 보호하다 독문도들에게 당한 외상 또한 그런대로 아물어 가는 듯 보였다. 때문에 석대원도 그런 정도로만 여기고 크게 신경 쓰지 않고 있었다. 며칠 전 자신과 마주 앉아 저녁 식사를 하던 중 그대로 앞으로 고꾸라져 국수 그릇에 얼굴을 처박는 광경을 목격하기 전까지는.

미지근한 우육탕에 익사할 뻔한 것을 건져 올려 반 시진가량 뉘여 놓았더니 눈을 끔뻑거리며 정신이 돌아왔다. 요 며칠 밤잠을 설쳐 그랬다는 말도 안 되는 핑계를 한두 번은 그냥 들어 넘겼지만, 어제 점심께 방문 앞의 간이의자에 앉은 채로 까무룩 늘어져 버린 한로를 발견하자 더 이상 모른 체 넘어갈 수 없다는 생각이 들었다. 석대원에게 있어서 한로는 보모이자 비복이자 한때는 유일한 친인이 되어 준 소중한 사람. 석대원은 몇 가닥 되지도 않는 자신의 인간관계에서 커다란 동아줄 하나를 속절없이 잃고 싶지 않았다. 나이가 많다는 이유로 금번 출정에서 빠진 십군의 당노인을 어젯밤에 찾아간 것은 그래서였다.

올봄 금부도를 다녀오는 과정에서 몇 차례 대할 기회를 얻은 당노인은, 종잡기 어려운 성격이라는 주위의 평가에도 불구하고, 석대원의 눈에는 꽤나 마음씨 살가운 호호영감처럼 비쳤다. 그리고 실제로도 그랬다. 십군의 문도들과 석대원 사이에 쌓은 인연의 끈이라는 게 아침 이슬의 무게에도 버거워하는 거미줄만큼이나 희미할 것이 분명할 텐데도, 그는 한로를 진맥해 달라는 석대원의 청을 두말 않고 들어주고, 심지어는 자신의 약상자를 열어 고집쟁이 환자를 고분고분하게 만들어 줄 양귀비즙까지 내어 주는 친절까지도 베풀어 주었다. 석대원으로서는 참으로 고마운 일이 아닐 수 없었다. 그러나 그렇게 해서 받은 진맥의 결과가 그저 기운이 없는 것이라니…….

석대원은 난감하지 않을 수 없었다. 상한 곳이 있으면 상한 곳을 치료하고 곪은 곳이 있으면 곪은 곳을 들어내면 되지만, 기운이 없다는 진단은 너무 광범위했다. 그는 팔짱 낀 한쪽 주먹으로 볼따구니를 툭툭 두드리며 인상을 썼다. 어떻게 한다?

"아쉽지만 내가 할 수 있는 일은 별로 없을 것 같소. 보통 늙은이라면 날씨 좋은 곳에 피병避病 가서 몇 개월 몸조리나 하고 돌아오라 권하겠지만, 두 분 형편에 그럴 수도 없을 테고……."

근심 어린 목소리로 말을 이어 가던 당노인이 문득 생각난 듯 표정을 바꾸었다.

"교주님께서 석 공자를 각별히 생각하시는 것 같던데, 광명전에 청해 보는 것은 어떻소?"

"광명전에요? 무엇을……?"

"본 문은 석 공자가 생각하는 것보다 훨씬 부유하다오. 광명전 성약고聖藥庫에는 각지의 교도들이 교주님의 강녕을 바라며 보내온 영약들이 산더미처럼 쌓여 있소. 저런 증상에도 효과가 있는 약이 있을지는 모르지만, 그래도 손 놓고 바라보기만 하는 것보다야 낫지 않겠소? 성약고 관리는 호공당이 맡고 있으니 목 낭자에게 부탁하면…… 흠흠."

술술 풀어 놓던 당노인이 '목 낭자'가 나오는 대목에서 헛기침으로 말끝을 삼켰다. 석대원은 그 이유를 잘 알고 있었다. 현재 그 목 낭자, 목연은 관아가 납치되는 것을 막지 못한 책임을 지고 모처에 유배되었다고 한다. 당노인도 말하던 중에야 그 사실을 떠올린 게 분명했다.

목연과 관련된 소식을 의형인 제갈휘와 더불어 무양문으로 귀환한 뒤에야 접하게 된 석대원은 그녀에 대한 서문숭의 처결에 지나친 면이 있다고 생각했다. 석대원이 아는 목연은 세심하

고 자상한 보모는 될 수 있을지언정, 작심하고 달려드는 강호인들을 상대로 아이를 지켜 낼 만큼 강한 호위는 못 되었기 때문이다. 간단히 말해 그녀의 능력을 벗어난 일. 한 인간에게 책임을 지울 때에는 그 인간이 가진 능력을 반드시 고려해야만 한다는 것이 상벌에 관한 석대원의 지론이었다.

그러나 무양문에는 무양문만의 문규가 있었다. 제식祭式을 총관장하는 제사장의 혈족이라는 신분조차 고려하지 않는 엄정한 문규 앞에, 다리 한 짝을 문파 바깥에 걸치고 있는 허울뿐인 객원순찰통령이 뭐라 왈가왈부할 수 있겠는가.

뭐, 솔직히 말하자면 목연을 보지 못하게 된 것이 반드시 나쁜 일만은 아니었다. 금부도에서 돌아온 뒤, 자신의 상처 안으로 자꾸만 들어오려고 시도하는 그녀가 몹시 부담스러웠던 것도 사실이니까. 석대원은 그녀의 커다란 눈망울을 접할 때마다 적잖은 미안함을 떠올리곤 했다.

'나는 당신이 생각하는 그런 남자가 아닙니다. 나를 향한 그 눈길을 거두세요.'

이 말을 몇 번이고 해 주고 싶었지만…… 결국 하지 못했다. 말을 꺼냈다가 자신에 대한 그녀의 마음이 단지 호의 수준을 넘어서지 않는다는 점을 알게 되었을 때, 그 무안함을 견디기 힘들 것 같았기 때문이다.

'무안함 따위가 뭐라고. 나는 어쨌거나 목 낭자에게 그 말을 해 주었어야 했어.'

지금 석대원은 후회하고 있었다. 여자와의 관계에 있어서만큼은, 그는 여전히 섣부르고 무지했다. 한 가지를 깨우칠 때마다 그에 해당하는 비싼 수업료를 지불해야 할 만큼. 그나저나 목연은 언제쯤에나 유배에서 풀려날 수 있을까? 시간 날 때 한

번 알아봐야겠다는 생각이 들었다.

상념에 잠긴 석대원 앞에서 머뭇거리던 당노인이 조심스럽게 물었다.

"한로는 그렇다 치고, 석 공자는 좀 어떻소?"

"저요?"

"고향에 다녀오기 전만 해도 상태가 안 좋다는 얘기가 여기 저기서 들리던데, 지금은 괜찮아 보여서 하는 말이오. 그…… 가슴앓이가 지금은 좀 진정되었소?"

석대원은 대답 대신 멋쩍게 웃었다. 그간 자신이 겪은 지옥 같은 번민이 남들 눈에는 단순한 상사相思로 비친 듯했다. 이거 야 원, 사춘기 소년도 아니고……. 체면을 단단히 구긴 것 같았 다. 이 무양문 속에서 자신의 체면이란 것이 있다면 말이다.

한 가지 신기한 점은, 무양문을 출발하기 전까지 자신을 그 토록 괴롭히던 심마心魔가 고향을 다녀온 사이 부쩍 희석되었다 는 사실이었다. 마음고생이란 게 원체 굳은살이 박이기 쉬운 종 목이란 이유도 있겠고 그사이 고향집을 구하기 위해 생사를 건 싸움을 치렀다는 이유도 있겠지만, 그보다는 형 석대문으로부 터 받은 핏줄의 위안이 황폐해진 마음을 치유하는 데 결정적인 요인이 되어 준 것 같았다.

―그 나무 아래 묻어 드렸다. 묘비에 네 이름 자리를 비워 두 었으니 한번 찾아뵙거라.

무양문으로 귀환하는 길에 제갈휘의 양해를 구하고 찾아간 그 나무 아래에는 아담하지만 돌보는 이의 세심한 마음 씀씀이 를 한눈에 알아볼 수 있는 동그란 봉분이 석대원을 기다리고 있

었다. 봉분 아랫녘에 조성해 둔 파릇한 이파리들은 아마도 모친이 생전에 좋아하시던 금잔화이리라. 마련해 간 술을 붓고 절을 올린 다음, 봉분 앞에 세워진 묘비의 빈자리, '석대문'과 '석대전'이라는 이름 사이의 공간에 자신의 이름 석 자를 새겨 넣으며 석대원은 다시 한 번 마음을 채워 오는 형의 온정을 느낄 수 있었다. 돌이켜 보면 그런 따사로움을 얼마나 간구하며 살아왔던가! 그의 마음속에서 형의 존재는 이미 아버지의 자리를 대신할 수 있을 만큼 듬직이 자라나 있었다.

"아, 그리고 군조와 싸우다가 다쳤다는 얘기도 들었소. 일군 사람들 얘기로는 꽤 심각했다고 하던데, 이참에 한번 진맥해 봐도 되겠소?"

호기심으로 눈을 빛내며 한 발짝 다가서는 당노인에게 석대원이 손사래를 쳤다. 무양문으로 귀환한 지도 어언 두 달. 그의 몸 상태가 어떠한지는 누구보다 그가 가장 잘 알았다. 그리고 그는 친절을 가장한 저 얕은 호기심을 거절할 만한 가장 좋은 핑계 또한 알고 있었다.

"당시 강동에는 활인장에서 나오신 분이 계셨습니다. 그분이 여러모로 세심히 돌봐 주셨지요. 그러니 지금 당 선생께 불필요한 수고를 끼쳐 드릴 필요는 없을 것 같습니다."

당노인은 석대원의 속내를 알아차린 것 같았다.

"하긴 천하제일 의가라는 활인장의 의원에게 이미 치료받았다면 나 같은 돌팔이가 걱정할 일은 아니겠구려. 어쨌거나 단짝으로 다니던 주종인데, 함께 병이 난다면 돌볼 사람이 없겠지요. 한쪽이라도 무탈하다니 무척 다행이오."

이후로도 한로의 증세에 관한 몇 마디 이야기가 더 오간 뒤 당노인이 떠났다. 문밖까지 따라 나가 당노인을 배웅하고 온 석대원이 침대에 누워 있는 한로를 향해 말했다.

"깨신 것 아니까 일어나세요."

한로의 호흡이 달라진 사실을 알아차린 것은 당노인이 방을 나가기 조금 전이었다. 머리 위에서 들려오는 두 사람의 대화 소리에 무슨 일인지 파악하느라 계속 잠든 시늉을 하고 있었던 모양이었다. 아니면 무안함을 감추려고 그랬는지도 모르고.

이윽고 시체처럼 누워 있던 한로가 눈을 뜨더니 상체를 부스스 일으켰다. 양귀비 즙의 힘을 빌려 한잠이나마 숙면을 취한 덕분인지 아침나절보다는 한결 사람다워진 안색이었다.

"공연한 짓을 하셨소."

예상대로 한로는 첫마디부터 투덜거렸다. 석대원은 어깨를 으쓱거렸다.

"종이 비실거리면 주인이 불편해지지요. 그게 싫었을 뿐 다른 뜻은 없었소."

야박한 소리에 한로의 눈매가 불퉁하게 일그러졌지만 석대원으로서는 그 모습이 오히려 반갑게 다가왔다. 고약할 만큼 소중한 저 노인네는 저렇게 투덜거리고 짜증 내는 쪽이 훨씬 생기 있어 보였다.

"내가 얼마나 잤소?"

"글쎄요, 두 시진쯤 되려나."

"두 시진이라면…… 점심때가 지났겠구려. 예서 기다리시오. 주방에 가서 식사를 가져올 테니."

그러면서 덮고 있던 이불을 걷어 내려고 하니 석대원이 얼른 다가가 그 손목을 붙잡았다.

"점심은 알아서 먹었소. 종이 안 차려 준다고 해서 굶고 다닐 만큼 꽉 막힌 주인은 아니니 걱정 마시오."

그러면서 석대원은 주방에서 미리 가져다 놓은 찬합을 침대 위로 올려놓았다. 찬합 안에는 아마도 정상이 아닐 한로의 입맛을 감안하여 나름 신경을 써서 주방에다 주문한 죽 한 그릇이 들어 있었다. 찬합을 보며 눈이 휘둥그레지는 한로를 향해 석대원이 씩 웃으며 물었다.

"종의 밥까지 차려 줘야 하는 주인의 신세가 참으로 처량하다고 생각되지 않으시오?"

물론 농담으로 던진 말이고, 당연히 투덜거림으로 맞장구쳐야 할 한로이건만, 뜻밖에도 묵묵부답이었다. 이를 이상히 여겨 한로의 기색을 살피던 석대원은 기함하고 말았다. 한로의 눈시울이 금방이라도 눈물을 쏟아 낼 것처럼 붉게 달아오른 것을 발견했기 때문이다. 한로는 그런 눈시울을 하고서 마른 진흙처럼 찰기 없는 목소리로 중얼거렸다.

"성질도 고약한 늙은것이 몸뚱이마저 쇠약해져서 소주께 폐를 끼치는구리. 선계에 계신 노선주老先主께서 이 모습을 보시면 어찌 생각하실지……."

저 구슬픈 자학이 이제껏 한로로부터 들은 그 어떤 구박보다 석대원을 당황하게 만들었다. 잔소리에 신경질도 모자라 이제는 팔순 노파처럼 눈물까지 꿀쩍거리다니! 하여간에 고약한 노인네가 아닐 수 없었다.

"제기랄! 밥 한 끼 차려 왔다가 별소리를 다 듣네. 다음부터는 손가락 하나 까딱 않고 가만히 앉아서 식사 시중을 받을 테니, 어서 먹고 기운이나 차리시오. 그리고……."

석대원은 벽장 서랍에서 작은 목갑 하나를 꺼내 와서 찬합 옆 이불 위에 툭 던져 놓았다.

"별것 아닌 물건이지만 중기中氣를 회복하는 데 제법 도움이 된다고 하니 오늘 안에 반드시 복용하도록 하시오. 이건 주인으로서 내리는 명령이오."

당노인이 아까 한 말은 대부분 사실이었다. 서문숭이 석대원을 각별하게 생각한다는 말도 사실이었고, 무양문이 석대원의 생각보다 부유하다는 말도 사실이었다.

제갈휘로부터 무슨 언질을 받았는지, 귀환 보고를 하는 자리에서 서문숭은 심신 양면으로 피폐해진 석대원을 위해 성약고의 사대 영약 중 하나라는 염정옥장유焱精玉漿油를 하사하는 은혜를 베풀었다. 그러나 원주인조차 아까워서 함부로 먹지 못했다는 그 절세의 영약이 석대원의 한마디에 별것 아닌 물건으로 전락해 버린 사실을 안다면, 큰마음 먹고 은혜를 베푼 서문숭으로선 야속해할 일이 아닐 수 없으리라.

목갑을 알아본 한로가 석대원을 올려다보았다. 얼굴에 들어찬 주름들이 흘러내릴 것처럼 출렁거리고 있었다.

"소, 소주……!"

석대원은 손을 크게 내둘러 한로의 말을 잘랐다.

"아아! 내 저녁밥은 신경 쓰지 마시오. 난 이제부터 미륵봉에 올라가 본격적으로 수련에 들어갈 작정이니까. 요 며칠 운기가 잘 풀리던데, 잘하면 오늘쯤 소과小果를 얻을지도 모르겠소."

화제를 돌릴 목적으로 꺼낸 말만은 아니었다. 무양문에 귀환한 뒤부터 마음을 다잡고 매진한 공부가 현 단계에 이르자 어느 정도 진전의 기미를 보였던 것이다. 오늘 하려는 미륵봉행 또한 한로의 문제와는 무관하게 며칠 전부터 벼르고 계획한 일. 석대원은 커다란 수탉처럼 고개를 꼿꼿이 세우며 짐짓 오만한 투로 말했다.

"잘나가는 주인을 보필하려면 한로도 하루빨리 기운을 차려

야 할 게요."

 그러고는 한로로부터 다른 말이 나오기 전에 검가에 얹혀 있는 혈랑검을 낚아채듯 움켜쥔 뒤 부리나케 방을 나가 버렸다. 오늘 중에는 절대로 안 돌아올 테다, 마음먹으며.

 석대원이 떠난 방 안에 그 사람이 모습을 드러낸 것은 한로가 찬합 안에 있던 죽 그릇을 억지로 비운 직후였다. 어디로 어떻게 들어왔는지는 물론 알 수 없었다. 한로는 지금까지 단 한 번도 그 사람의 출입을 알아챈 적이 없었다. 하지만 그 점으로 인해 놀라워해 본 적 또한 없었다. 만일 천하의 누군가가 그 사람의 출입을 알아차렸다면, 한로는 그 점에 더욱 놀라워할 터였다.
 그 사람의 외양은 여러모로 유별났다.
 우선 신체에 착 달라붙는 암녹색 의복이 유별났다. 암녹색이라고 하지만 전체적인 색상이 그렇다는 뜻이지, 연녹색과 황복색과 황백색 술무늬가 기묘하게 섞여 있어 얼핏 보면 풀숲의 어느 한 부분을 벗겨 입은 것 같았다. 얼마 되지도 않는 소매 품과 바짓단을 단단히 동이고 있는 투수와 각반, 거기에 흙먼지로 뽀얗게 덮인 가죽신 또한 비슷한 보호색을 물들여 놓았으니, 저런 차림을 하고서 수풀 속에 숨는다면 웬만한 눈썰미로도 잡아내기 힘들 것이 분명했다.
 하지만 그 사람에게서 찾아볼 수 있는 진정한 유별난 점은 의복이 아니라 본신의 생김새였다. 십이간지十二干支 중 말을 상징하는 오신午神이 강림한다면 아마도 저런 얼굴을 하고 있지 않을까? 옆통수는 빡빡 민 채 정수리를 따라 두 치 폭으로 한 줄만 남긴 머리카락은 말의 갈기처럼 목덜미 아래로 늘어뜨렸고, 한 뼘에 가까운 당나귀 귀는 눈썹 높이를 훌쩍 넘겨 올라가고 있었다. 흰자위가 부족한 동글동글한 두 눈은 양 관자놀이까지 벌어졌고, 술잔을 올려놔도 될 만큼 펑퍼짐한 콧마루는 수염 없는 인중을 내리덮은 채 입술 바로 위까지 이어져 있었다. 대관절 인간의 상판인지 말의 상판인지…….

"형편없군, 형편없어."

인간과 말을 절묘하게 합쳐 놓은 듯한 그 사람이 한로를 향해 한마디를 툭 던졌다. 인사치고는 몹시 고약했다.

"뭐가?"

한로는 빈 죽 그릇을 찬합에 집어넣으며 심드렁하게 물었다.

"꼬챙이처럼 꼬장꼬장하던 한자고가 지금은 칠십 먹은 영감쟁이 양물처럼 흐느적거리고 있으니 형편없다는 말일세."

정작 꼬챙이처럼 생긴 것은 그 사람의 팔이었다. 거미 다리처럼 길고 가느다란 그 팔로 팔짱을 척 끼며 본격적으로 야죽거리기 시작하는 그 사람에게 한로는 대거리 자체를 하지 않기로 마음먹었다. 팔로 갈 기운까지 몽땅 두 다리로 몰려 버린 희한한 쇠비건각衰臂健脚의 체질을 타고난 덕분에, 누구를 때릴 재주는 없지만 누구에게도 맞지 않을 재주는 충분히 갖춘 위인이 바로 저 위인이었다. 그 재주를 믿고서 저러는 것일 게다. 정식으로 붙는다면 한주먹감도 안 되는 약골이 야죽야죽 주둥이질은 어찌나 얄밉던지. 그런 위인을 상대로 성질을 부려 봐야 본인만 손해라는 점을 한로는 잘 알고 있었다.

그러는 동안에도 얄미운 주둥이질은 계속 이어지고 있었다.

"……독중선의 손 속이 독하다는 얘기는 내 일찍부터 들어 왔네만, 지금 자네 꼬락서니를 보니 그 말이 참말임을 알게 되었네. 참으로 궁금하군. 대체 그 노독물이 무슨 대단한 수법을 부렸기에 천하의 혈랑검동血狼劍童께서 이 지경이 되셨을꼬?"

놔두면 한도 끝도 없이 이어질 태세라 한로는 이쯤에서 저 얄미운 주둥이를 틀어막기로 결심했다.
"쓸데없는 소리 그만하고 자네 할 일이나 하게, 최당崔當."
대나무처럼 마디가 불거진 한로의 말에 인간과 말을 절반씩 섞어 놓은 듯한 그 사람, 최당이 팔짱을 풀며 말의 것을 닮은 눈알을 순진스레 끔벅거렸다.
"매정도 하셔라, 오랜만에 만난 친구 사이에 너무 빡빡하게 구는 것 아닌……."
"내게 좀도둑 친구 따위는 없네."
한로는 낮지만 차가운 목소리로 쏘아붙였다. 땡볕에 그을려 가뜩이나 거무스름한 최당의 안색이 더욱 까매졌다.
"조, 좀도둑? 황제의 보물창고를 내 집 안방처럼 드나들던 나더러 지금……."
"잡힌 도둑은 모두 좀도둑이지."
최당이 입술을 사납게 옹송그렸다. 그 모습을 보며 한로는 후회했다. 최당은 한때 강호제일의 신투神偸 소리를 듣던 대도大盜였다. 그러나 단 한 번의 실수로 붙잡히고 말았고, 그 결과 소중한 것을 잃게 되었다. 그의 생애에 깊이 새겨진 상처랄까. 주둥이를 틀어막을 요량으로 그 상처를 헤집어 놓았으니, 확실히 지나친 감이 있었다.
"내가 심했군. 사과하지."
한로가 곧바로 말했다. 그러자 최당의 표정이 묘하게 바뀌었다. 마치 귀신이라도 본 듯한 얼굴이었다.
"자네, 정말로 상태가 안 좋은 게로군."
이처럼 빨리 뉘우치는 한로를 본 적이 없었기 때문이리라. 한로는 자신을 슬쩍 내려다보고는 입술을 비틀었다.

"소주를 지근에서 모시는 일이 쉽지는 않더군. 내가 늙었다는 사실을 시시각각 절감할 만큼."

최당은 잠시 말없이 한로를 쳐다보다가 주의를 환기하듯 고개를 크게 끄덕였다.

"좋아, 지금부터 내가 할 일을 하겠네. 운 노사부의 전언이 있으셨네."

한로는 표정을 고치고 최당의 입을 주시했다. 최당이 이제까지와는 달리 또박또박한 목소리로 말을 시작했다.

"대계가 시작되었다. 북악남패를 비롯한 전 강호가 한바탕 혼란의 소용돌이 속에 얽혀 돌아간 다음에 마침내 그들이 본색을 드러낼 것이다. 나는 그들이 본색을 드러내는 시점까지 우리의 힘을 최대한 비축하는 한편, 우리와 함께 그들을 상대할 제삼의 세력을 규합할 것이다. 검주가 등장할 시기는 바로 그때가 될 터이니, 혈랑검동은 자칫 검주가 작금의 소용돌이에 휘말려 해를 입는 일이 없도록 보필에 각별히 유의하도록 하라."

'그들'을 언급할 때마다 최당의 두 눈에서는 증오로 뭉친 한 광이 서리서리 뿜어 나왔다. 한로는 그런 최당을 충분히 이해할 수 있었다. 황궁비고를 들락날락거리던 일세의 대도를 실패한 좀도둑으로 전락시킨 장본인이 바로 그들이었으니까. 물론 최당의 소중한 것을 앗아 간 자들도 그들이었다.

"대계가 시작되었다······."

이것은 전령을 맡은 자의 규칙이었다. 최당은 토씨 하나 바꾸지 않은 똑같은 내용의 전언을 세 번 반복해서 말했다. 매번 '그들'이 등장하는 대목마다 눈빛을 원귀처럼 번뜩이면서.

"다 외웠는가?"

최당의 물음에 한로는 고개를 끄덕였다. 최당이 목대에 주었

던 힘을 풀며 한숨을 쉬었다.

"내 일은 다 마쳤으니 시원한 차나 한 잔 주게나. 남쪽은 아직도 더럽게 덥군. 요북遼北 지방에서는 벌써 첫 서리가 내렸는데 말일세."

"요북에 다녀왔는가?"

최당은 대답 대신 어깨만 으쓱거렸다. 한로는 묵묵히 고개를 끄덕였다. 대륙의 동서남북 구석구석을 제집처럼 싸돌아다니는 위인이 바로 저 최당, 전설적인 경공술의 대가인 양각천마兩脚天馬 최당이었다. 요북 아니라 그 어디를 다녀왔다고 한들 그다지 놀랄 일은 아니었다.

한로가 탁자 위에 놓인 찻주전자를 가져다 냉차를 한 잔 따라 주자 최당이 단숨에 비워 내고 입을 다셨다.

"히야! 차 맛이 기가 막히군."

"명색이 차향茶鄕이라는 복주가 바로 이곳 아닌가."

"그렇군. 돌아가는 길에 몇 근 사다 드려야겠어."

누구에게 차를 사다 줄지는 굳이 물을 필요도 없었다. 강동 제일가의 초막 안에 살고 있는 왜소한 대머리 노인. 한로는 그 노인을 처음 만났을 때를 떠올렸다. 당시의 노인은 지금의 쭈그렁바가지 같은 모습과는 좀체 연결이 되지 않는 청수한 중년 유생의 모습을 하고 있었다. 하긴 그 시절에도 차 얘기만 나오면 눈빛부터 달라지던 어른이시긴 했지.

작은 실소로 추억을 걷어 낸 한로가 최당에게 넌지시 물었다.

"그 어른께서는 잘 지내시는가?"

"뭐, 그런대로 잘 지내신다고 할 수 있겠지. 다만 워낙 연로하셔서……."

연로하다는 표현이 그 어른만큼 잘 어울리는 사람은, 최소한 한로가 생각하기에는 없었다. 하지만 당분간은 천수 걱정을 하지 않아도 괜찮을 것 같았다. 평생을 바쳐 온 대계가 바야흐로 목전에 이르러 있었다. 설령 죽을병에 걸렸더라도 무슨 조화를 부려서든 버텨 낼 어른이었다. 그 어른의 의지는 인간의 한계를 능히 초월시켜 줄 만큼 강했다.

최당이 갑자기 생각난 듯이 물었다.

"검주께서는 좀 어떠신가?"

"검주?"

한로의 반문에 최당이 커다란 콧방울을 실룩거리며 말했다.

"일전에 강동에 오셨을 때 먼발치에서 지나가시는 것을 뵌 적이 있네. 한데 상태가 어째 이상해 보이더군. 그런 몸으로 독중선과 악전을 치르셨다고 하니 혹시라도 어디가 상하시지는 않았을까 걱정이 드는군."

야죽쟁이답지 않게 진심이 느껴지는 말이었다. 한로는 문득 궁금해졌다. 지근에서 시중을 드는 자신은 예외라 쳐도, 자신과 뜻을 함께하는 이들의 대부분은 그들이 검주라 칭하는 석대원과 상견례조차 나누지 않은 상태였다. 그럼에도 주군으로서 받들기를 꺼려 하지 않는 것은, 과연 소망 때문일까 원한 때문일까.

답은 두 가지 모두일 것 같았다. 원한에서 비롯된 소망. 소망함으로 인해 잊지 못하는 원한. 한로는 그렇게 생각하며 천천히 입을 열었다.

"놀라지 말게."

"응?"

"검주께서는 예전보다 더욱 강해지셨다네."

놀라지 말라고 당부까지 했건만, 말 닮은 얼굴이 경악으로 물드는 것을 지켜보며 한로는 오랜만에 기분 좋게 웃을 수 있었다.

북행北行

(1)

고진감래苦盡甘來라고, 큰 낙을 바라는 사람일수록 큰 고생을 마다해서는 안 되는 게 이치였다. 이는 강호세가에 전해 오는 무공에도 그대로 적용된다고 하겠다. 뛰어난 무공일수록 많은 노력을 요구한다. 때문에 남부 지방에서 손꼽히는 절공으로 알려진 해남관가海南關家의 남명공南冥功을 대성하기 위해서는 적지 않은 것들을 희생해야만 했다. 대표적인 것은 세 가지.

첫째, 대성할 때까지 동정지신을 유지해야 했다. 의도치 못한 몽정이야 어쩔 수 없다지만 그 흔한 수음조차 허용되지 않았다. 둘째, 음주와 같은 향락적인 행동을 절제해야 했다. '한 잔 술에 일 년을 돌아간다[一杯迂一春]'는 유명한 계명이 나온 것도 그래서였다. 셋째, 매일 자시마다 중음중명공重陰重冥功이라는 특유의 행공법을 펼쳐 음기를 축적하고 정제하는 일을 이어 나가야 했다. 하루라도 빼먹으면 그 단계에서 관로管路가 막혀 더 이상의 진전을 바랄 수 없다고 한다.

적공의 어려움이 이 지경인데도 백 년에 한두 명씩은 대성한 인물을 배출하는 것을 보면 그들의 끈질김도 어지간하다고 할 터였다. 남송 시대에 가문이 시작된 이래 남명공을 가장 빨리 대성한 사람은 원나라 초기에 이름을 떨친 명옥선생冥玉先生 관은설關銀雪이라는데, 강남제일의 기재 소리를 듣던 그마저도 대성에 걸린 연수가 열일곱 해에 이르렀다고 하니 다른 대성자들의 인고가 어떠했는지는 능히 짐작할 수 있었다.

난공에 따른 문제는 또 있었다. 남명공에 입문하는 이는 대체로 적통 후계자인데 대성할 때까지 결혼을 미루다 보니 가주가 되어 나이 오십을 넘기도록 자식을 보지 못하는 경우도 왕왕 발생하게 되는 것이다. 이 문제를 해결할 목적으로 해남관가에서는 다른 가문에서는 찾아볼 수 없는 독특한 후계 제도를 고안해 냈다. 가주의 동생이 먼저 결혼해 아들을 낳으면 아직 수련 중인 가주에게 입양시켜 가문을 물려받도록 하는 '형제 입양'이 그 제도의 핵심이었다.

때문에 해남관가의 다음 대를 이끌어 갈 관씨 형제, 관대랑關大郎과 관이랑關二郎은 엄밀히 말해 사촌지간이었다. 형 관대랑의 친부는 현 가주의 동생, 동생 관이랑의 친부는 현 가주. 물론 둘 다 현 가주의 자식으로 입적되어 있었다. 형제 입양 제도의 결과였다.

둘 사이의 나이 차는 단지 육 년. '단지'라는 표현이 이상하게 들리겠지만, 해남관가의 족보를 들여다보면 이십 년 이상 차이 나는 형제도 드물지 않았다. 이를 관대랑의 양부이자 관이랑의 친부인 해남관가의 현 가주가 그만큼이나 빨리 남명공을 대성

했기 때문이라고 여기기 쉬운데, 그게 아니었다. 해남관가의 현 가주는 인내심보다는 계산력이 더 발달한 현실주의자였다. 그래서 스스로 재질이 부족함을 일찌감치 인정하고 한 번뿐인 인생을 실현 가망 없는 난공에 쏟아붓는 수고를 적당한 시기에 멈춰 버린 것이다. 이어 급히 가정을 꾸리고 자식을 낳으니 그게 바로 관이랑이었다.

사정이 이러하다 보니, 동생이긴 하지만 실은 가주의 적자인 관이랑의 입장에서는 육 년 연상의 사촌형에게 빼앗긴 자신의 생득권生得權을 되찾기 위해 무슨 행동이든 취할 만도 한데, 실제로는 전혀 그러지를 않았다. 이유는 간단했다. 관대랑을 대신하여 그 고단한 남명공에 입문할 의향이 없었기 때문이다. 게다가 관대랑이 남명공을 수련하는 이상 어차피 자신이 먼저 결혼하여 아들을 낳을 테고, 그러면 그 아들이 관대랑에게 입양되어 결국에는 가문을 물려받게 될 텐데, 굳이 자신의 대에서 분란을 일으켜 해남관가의 오래되고도 독특한 가풍을 무너뜨릴 이유가 없었던 것이다.

머리가 특출 나게 좋은 육건은 이 같은 길고도 내밀한 사정을 '자시가 넘어선 시각'에 자신의 처소를 찾아온 관이랑의 '적당히 취한 모습'에서 한순간에 돌이켜 볼 수 있었다.

얼핏 생각해 보면, 서문숭의 후계자이자 무양문의 부문주인 서문복양의 일등 심복이라고 알려진 관씨 형제 중 동생이 군사이자 대장로인 육건을 개인적으로 찾아올 만한 이유는 떠올리기 힘들었다. 이처럼 늦은 시각에 저처럼 취한 상태라면 더욱 그러할 터였다. 이는 들고 온 사안이 그만큼 중대하다는 뜻. 늙으면 잠이 없어진다는데, 모처럼 만에 단잠에 빠져 있던 육건이 천근만근 같은 눈까풀을 억지로 들어 올리며 접견을 허락한 것도 그 때문이었다.

다만 단잠을 방해받은 앙심은 쉬 가라앉지 않는지 첫마디부터 곱게 나오지는 않았다.

"한잔 걸친 모양이로군. 쯧쯧, 금욕으로 수련하는 가형 보기에 부끄럽지도 않던가."

늘어진 턱살에 잠기운을 덕지덕지 붙이고 있는 뚱보 양 관사를 따라 육건의 침실로 들어온 관이랑이 얼른 고개를 숙였다.

"존장의 처소에 주취酒臭를 풍기게 되어 송구스럽습니다. 다만 가형의 몫까지 마시느라 이리된 것이니 해량해 주십시오."

"가형의 몫까지? 그게 무슨 소린가?"

"실은 주군을 모시고 술자리를 가졌습니다. 여느 때와는 다르게 무척 흐트러진 모습을 보이시고, 거기에 저뿐 아니라 가형에게까지 자꾸 술을 권하시는 통에……."

"부문주께서?"

육건은 올 성근 염소수염을 손가락으로 배배 꼬며 눈살을 찌푸렸다. 관이랑이 주군으로 섬기는 서문복양은 음주를 즐기는 호주가와는 거리가 멀 뿐만 아니라 수련을 목적으로 금욕 중인 수하에게 술을 강권하는 몰상식한 상관은 더더욱 아니었기 때문이다. 모든 일탈에는 합당한 이유가 있는 법. 육건은 그 이유를 생각해 보았다. 답은 곧 나왔다.

"어제 오전 중에 찾아가신 무위관 때문인가?"

관이랑이 고개를 들고 육건과 눈을 맞췄다. 온후한 선비풍의 형과는 달리 매서운 무인의 예기가 엿보이는 그 얼굴—이 또한 친형제간이 아닌 탓이리라—위로 감탄하는 기색이 떠올랐다.

"군사께서도 역시 알고 계셨군요."

육건은 물론 그 일에 대해 소상히 알고 있었다. 그는 무양문

안에서 벌어지는 각종 대소사에 대해 거의 실시간으로 보고받을 수 있는 장치를 마련해 두고 있었다. 하나 문도들을 암암리에 사찰한다는 점에 대해서는 별다른 가책을 느끼지 않았다. 그는 반백년 가까운 세월 동안 문파 내의 조정자로서 일해 왔고, 스스로를 충직한 일꾼이라고 믿고 있었다. 늙고 꼬부라진 몸뚱이로도 이런 오밤중에마저 일에 붙들려 살아야 하는 충직하면서도 가련한 일꾼. 젠장, 한가롭고 평화로운 말년은 멀어진 지 오래였다.

'그런 마당에 가책까지 느껴야 한다면 내가 너무 불쌍해진단 말이지.'

육건이 뱃속으로 투덜거릴 때 관이랑이 말을 이어 나갔다.

"주군께서는 그 일로 크게 격앙된 듯 보이셨습니다. 이런 말씀까지 드려야 되는지 모르겠지만, 주사도 조금 있으셨고요. 자연 술자리가 길어질 수밖에 없었습니다."

"주사라."

육건은 고개를 끄덕였다.

"뭐, 부문주의 심정을 이해 못 할 바는 아니지. 어쨌거나 그래서 자네가 이처럼 술 냄새를 풍기는 게로군."

관이랑이 취한 까닭에 대한 설명은 들었다. 이제는 이 시각에 찾아온 까닭에 대한 설명을 들을 차례였다. 해남관가의 자제들은 대체로 영민한 편이라 관이랑 또한 그 순차를 정확히 인지하고 있었다.

"실은 술자리에서 저희 형제들에게 하신 말씀이 있었습니다. 만취하신 주군을 거소에 모셔다 드린 뒤 가형과 잠시 의논해 보았는데, 아무래도 군사님께서 아셔야 할 일인 것 같아 이렇게 찾아뵙게 되었습니다."

형 대신에 동생이 찾아올 수밖에 없는 사정도 짐작할 수 있었다. 자시가 넘은 시각이니 관대랑은 지금쯤 자신의 연공실에 틀어박혀 가전의 중음중명공 행공에 한창 빠져 있을 터였다. 형 대신 원치 않는 술도 마시고, 형 대신 곤란한 말도 전하고, 난공을 수련하지 않다 뿐이지 해남관가에서 동생 노릇을 하기도 그리 쉽지만은 않겠다는 생각이 들었다.

"눈치를 보아하니 짧은 얘기는 아닐 것 같군. 일단 이리로 앉게나."

관이랑을 다탁 쪽으로 이끈 육건이 문가에 짝다리를 버티고 서 있는 양 관사를 째려보았다.

"양 관사, 너는 하품만 쩍쩍거리지 말고 손님 오시면 차 같은 거 내오는 법 좀 배우라고."

그 뒤로 육건은 양 관사가 내온 차를 마시며 관이랑과 일각가량 이야기를 나누었다. 들어 보니, 미묘한 면이 없지는 않지만, 자신이 알아야 할 일이라던 관이랑의 말에 대체로 공감하게 되었다.

관이랑이 돌아간 뒤, 달아난 잠을 불러오기 위해 침대 위에서 전전반측하던 육건은 인시寅時(오전 4시 전후)께에 잠을 포기하고 이부자리를 벗어났다. 지난밤 만취했다고는 하지만 부문주도 건강하다면 건강한 사람, 오늘 내로 일을 벌이지 말라는 법은 없었다. 태평하게 새벽잠에 취해 있을 때가 아닌 것이다.

"하아, 이 나이 먹고 새벽 댓바람부터 고자질쟁이 노릇까지 해야 한단 말인가."

자조 섞인 한숨을 내쉰 육건은 입고 있던 얇은 침의 위에 겉옷을 대충 걸쳐 두르고 처소를 나왔다. 양 관사가 머무는 방 쪽에서는 코고는 소리가 우레처럼 울려 나오고 있었다. 빌어먹을 놈.

미명의 시각.

딴딴한 암흑을 무너뜨리고 흑청색으로 서서히 풀어지는 밤하늘의 끝자락엔 낫처럼 홀쭉한 그믐달이 걸려 있었다. 점점하던 새벽별들이 제 빛을 잃어 가는 가운데 밤새 내린 이슬은 질 좋은 가죽신 위를 진주알처럼 구르고 있었다.

미륵봉을 오르는 산길의 한 굽이에서 걸음을 멈춘 육건은 이마에 맺힌 땀을 훔치며 헐떡거렸다.

"정말이지 이제는, 헉, 가마가, 필요한, 나이가 되었어."

이 한마디를 하는 동안 밭은 숨을 몇 번이나 내쉰 공이 아주 없지는 않았는지, 푸르륵 소리와 함께 육건의 앞자리에 수의처럼 칙칙한 빛깔의 포대 하나가 훌쩍 떨어져 내렸다. 포대는 육건을 향해 즉시 허리를 꺾은 뒤 등을 돌려 보였다.

"업어 주겠다고?"

육건이 묻자 움직이는 포대, 사실은 포대처럼 푸한 장포를 걸친 남자가 고개를 끄덕였다.

"고마우이."

육건은 망설이지 않고 남자의 등에 업혔다. 늙은이 소리를 달고 살기는 해도 늙은이 취급 받는 것은 달가워하지 않는 그였지만, 봐주는 이 없는 고독한 새벽 산행에 더 이상 기운을 빼고 싶지는 않았다. 게다가 소문이 돌아 체면을 구길 염려도 없었다. 저 남자를 포함한 네 마리 반인반귀, 사망량은 첫째를 제외하고는 모두 벙어리들이었으니까.

파파파―.

어깨에 두르고 있던 겉옷의 끝자락이 세차게 펄럭거렸다. 남자는 꼬불꼬불한 산길을 마치 얼음이라도 지치듯 안정적이고 매끄럽게 달려 올라갔다. 남자의 구부린 등 위에 허리를 꼿꼿이 세운 채 뒤로 휙휙 지나가는 새벽 경물을 감상하던 육건이 어느 순간 코를 벌름거리기 시작했다. 얼굴을 기분 좋게 두드리는 바람결 속에서 퀴퀴하면서도 알싸한 어떤 냄새를 맡았기 때문이다. 목적지가 멀지 않았다는 뜻이었다.

잠시 후 목적지에 도착하자 남자가 칼로 자른 듯 멈춰 섰다. 늙은 다리로 올라왔다면 일출을 훌쩍 넘긴 뒤에야 도착했을 산길을 고맙게도 콧노래 한 곡조 부를 시간 만에 가뿐히 주파한 셈이었다.

"휘유, 덕분에 편히 올라왔구먼."

남자의 등에서 땅으로 내린 육건이 푸한 장포의 뒷자락을 두어 번 두들겨 주었다. 몸을 돌린 남자가 허리를 한 번 접어 보이고는 허깨비라도 되는 양 그 자리에서 퍽 사라져 버렸다. 저 반인반귀들의 몸놀림은 언제 봐도 두렵고 신기했다. 육건은 혀를 내두르며 몸을 돌렸다.

미륵봉의 북쪽 사면으로 이어진 산길이 몇 발짝 앞에서 작은 샛길로 갈라져 있었다. 들 '입入' 자 모양으로 포개진 두 개의 커다란 선돌 아래로 고개를 들이밀고 있는 그 샛길에서는 새벽안개처럼 농밀한 수증기가 덩어리져 흘러나오고 있었다. 한층 짙어진 퀴퀴하면서도 알싸한 냄새, 유황 냄새는 바로 그 수증기 속에 어려 있었다.

선돌 아래를 지나 유황 냄새 자욱한 수증기 속으로 걸어 들어가던 육건이 어느 순간 흠칫 놀라며 걸음을 멈췄다. 다섯 평 남짓한 아담한 원뿔형 가죽 천막 아래, 민망한 속옷 차림의 젊은 여자 하나가 얇은 비단 홑이불을 배에 감은 채 잠들어 있는 것을 발견했기 때문이다.

이곳에 사람이 있다는 것은 가벼운 문제가 아니었다. 하나

다시 생각해 보니 그리 놀랄 일만은 아니었다. 교주의 보이지 않는 호위, 사망량이 사람을 판단하는 기준은 지극히 단순했다. 교주에게 접근시켜도 되는 자와 교주에게 접근시키면 안 되는 자. 교주의 신외두뇌身外頭腦라 칭할 만한 육건은 물론 전자에 해당되었다. 저 여자도 필시 그럴 터였다. 만일 후자였다면 일찌감치 사지가 토막 나 눈에 안 띄는 어딘가에 버려졌을 것이기에.

'그건 그렇다 치고…….'

천막 아래에 잠들어 있는 여자를 내려다보던 육건의 얼굴에 서글픔이 맺히기 시작했다. 잠결에 속옷이 말려 움푹한 가슴골에다가 사타구니 거웃까지 고스란히 드러낸 저 모습을 보고서도 전혀 가슴 떨리지 않는다는 사실이 그를 서글프게 만들고 있었다. 춘삼월 호시절에도 꽃 피울 수 없는 고목.

'늙었구나, 늙었어.'

속으로 뇌까리던 육건은 퍼뜩 정신을 차렸다. 늙은 것도 서러운 일이거늘 늙은 변태 소리까지 듣는다면 견디기 힘들 것이다. 그는 천막 쪽을 외면하며 나직이 기침을 했다.

"흠, 어흠."

비단 홑이불이 부스럭거리는 소리가 울리더니, '어머.' 하는 작은 경호가 뒤따랐다. 육건이 점잖게 물었다.

"낯이 익은 얼굴인데 뉘신가?"

속옷 자락을 급히 여미는 소리. 이불을 걷고 일어나는 소리. 이어서…….

"소, 소녀는 화강華康이라 하옵니다."

"화강이라면 교례향주敎禮香主의 여식이로군. 이 유림지硫淋池엔 어쩐 일로 와 있는 겐가?"

"교주님께서 시중을 들라고 하셔서…….''
가뜩이나 기어들어 가던 말소리가 끄트머리에 가서는 아예 들리지도 않았다.
 육건은 천천히 고개를 돌린 다음 늙은 변태와는 가장 거리가 먼 표정을 지으려 애쓰며 여자를 바라보았다. 비단 홑이불을 턱 밑까지 끌어 올린 채 서 있는 여자는 끓는 물에서 방금 건져 올린 문어처럼 붉게 달아올라 있었다. 저 모습으로 미루어 방금 여자가 말한 시중이란 게 단순한 옷 수발이나 목욕 수발만은 아니었으리라는 심증이 짙어졌다. 그러자 스스로 늙었다는 사실이 더욱 서러워졌다. 교주가 누리는 저 호사로운 풍류가 자신에게는 이미 다른 세상의 일이 되어 버린 지 오래였던 것이다.
 그때 뭉클거리는 수증기를 비집고 안쪽으로부터 우렁우렁한 목소리가 굴러 나왔다.
 "순진한 시녀에게 괜한 흑심 품지 마시고 담그러 오셨으면 어서 벗고 들어오시오.''
 이 말에 여자가 이불자락을 움켜쥔 손등에 파란 힘줄을 돋아 올리며 커다란 두 눈 가득 경계심을 떠올렸다.
 "흑심이라고? 허허.''
 육건은 또 한 번 서러워졌다. 자고로 늙으면 죽어야 했다.

 달걀흰자 썩는 냄새가 감도는 수면 위로 암초처럼 솟구쳐 오른 구릿빛 어깨는 호사로운 풍류를 누릴 자격이 충분할 만큼 강건해 보였다. 그 앞에 서 있자니 주름으로 쪼그라든 단구가 더더욱 쪼그라드는 기분이었다. 평소에는 이런 적이 없었는데, 유림지 입구에서 눈요기 한번 한 값을 톡톡히 치르려는지 육건 특유의 노회한 여유가 좀체 세워지지 않고 있었다. 마치 다리 사

이에서 달랑거리는 늙고 조그만 양물처럼 말이다.

유림지의 넓은 노천탕을 독탕으로 즐기던 남자, 서문숭이 온천물에 하체를 담근 채 엉거주춤 서 있는 육건을 돌아보았다.

"그렇게 서 계시지 말고 어서 담그시구려."

고소원이라, 육건은 서문숭 옆 구석진 자리에 얼른 쪼그려 앉았다. 뿌연 유황천이 초라한 나신을 가려 주자 여유가 조금은 살아나는 기분이 들었다. '으흐흐.' 하고 가볍게 진저리를 친 육건이 서문숭을 돌아보며 말했다.

"천하를 휘젓고 계신 분치고는 팔자가 참 좋아 보이십니다."

"내 손으로 직접 휘젓는 게 아니라서 오히려 근질근질하기만 합디다. 한잔하시겠소?"

"사양 않겠습니다."

서문숭이 수면 위로 왼손을 들어 올려 뭔가를 끌어당기는 시늉을 했다. 그러자 저만치에 떠 있던 배 모양의 나무 쟁반이 보이지 않는 줄로 당긴 듯 스르르 끌려왔다.

조롱조롱조롱.

얼음 통에 재 놓은 명대초주 한 잔에 여유가 조금 더 살아났다. 뜨거운 온천물에 몸 담그고 차가운 냉주 한 잔을 마시노라니, 호사로운 풍류라는 게 반드시 여자가 곁들여져야만 하는 것은 아니지 싶은 생각마저 들었다. 육건은 빈 잔을 배 쟁반 위에 올려놓으며 합죽하니 웃었다.

"아주 좋습니다. 그나저나 눈치 없는 늙은이가 교주의 높은 흥취를 훼방 놓은 것은 아닌지 모르겠군요."

서문숭은 얼음 통과 빈 잔들이 담긴 배 쟁반을 손짓 한번으로 밀어내고는 육건을 똑바로 쳐다보았다.

"육 장로께서 이 유림지로 나를 찾아올 적엔 언제나 하실 말씀이 있으셨지요. 뭡니까, 오늘은?"

육건은 이 단도직입적인 한마디로부터 현재 서문숭의 심기가 썩 편치 않다는 점을 짐작할 수 있었다. 그 까닭은 아마도…….

'어제 무위관에서 부문주를 독대한 일 때문이겠지.'

에둘러 말해 봐야 혓바닥만 고단해질 것 같아 육건은 얼굴의 웃음기를 지우고 곧장 본론으로 들어갔다.

"지난밤에 관씨 형제 중 둘째가 저를 찾아왔지요."

"관이랑이? 흥."

서문숭이 냉소했다. 앞으로 나올 말에 대해 어느 정도 짐작하고 있는 눈치였다.

"어제 이야기는 대충 들었습니다. 부문주에게 너무 심하게 대하신 것은 아닌지요?"

"심해요? 관이랑이 그러던가요?"

"그냥 제 생각이 그렇다는 얘기입니다. 늙은이들은 원래 걱정이 많지요. 살아온 해수와 걱정은 비례하나 봅니다. 흘흘."

육건의 헛웃음에도 서문숭의 굳은 안색은 풀리지 않았다. 아니, 시간이 흐를수록 점점 더 살벌해지고 있었다.

"자식 농사에는 인내심이 제일이라는 얘기를 들었지만, 이번 만큼은 놈에게 정말 실망했소이다."

"실망이라…… 부문주의 어떤 점이 그리 마음에 차지 않으셨는지?"

"어떤 점 같소?"

서문숭의 날 선 반문이 육건을 당황하게 만들었다. 그답지 않은 평범한 답밖에 떠올리지 못한 것은 그래서일 터였다.

"글쎄요, 대의멸친大義滅親이라는 말도 있지만 어린 자식을 가여워하는 부모 마음이란 게 어쩔 수 없지 않겠습니까?"

"하하!"

서문숭이 짧게 웃었다. 채찍질만큼이나 가혹하게 들리는 웃음이었다. 그러고는 단호히 고개를 흔들었다.

"그게 아니오. 관아 문제에 대해서만큼은 나도 놈을 책망할 생각이 없소."

"하면……?"

"놈의 순진함이 실망스럽다는 거요!"

서문숭이 정색을 하고 말을 이어 갔다.

"대체 관씨 형제를 제 놈에게 붙여 준 사람이 누구인지에 대해 한 번이라도 심각하게 되새겨 본 적이 있는지 의심스럽소. 친동기 같은 두터운 정을 나누는 주종지간? 물론 없지는 않소. 나와 제갈 아우가 그런 사이니까요. 하지만 나는 지존이에요, 지존. 제갈 아우는 내 힘으로 직접 내 사람으로 만들었고요. 놈은…… 아니지요. 제 힘으로는 아무것도 잃어 보지 못한 온실 속 화초 같은 놈이 남이 붙여 준 종자들에게 간 쓸개 다 내주는 꼴이라니! 관이랑이 대장로를 찾아간 사실을 알았을 때 놈의 얼굴이 어떻게 변할지 보고 싶어지는구려."

육건은 산불처럼 맹렬한 노기를 드러내는 서문숭의 얼굴을 잠시 쳐다보다가 고개를 절레절레 흔들었다.

"그러지는 마십시오. 그건 너무…… 잔인한 일입니다."

서문복양뿐만 아니라 관씨 형제에게도 잔인한 일이었다. 서문복양은 배신당했다 여길 테지만, 관씨 형제는 밀고자가 아니었다. 그들은 후계자를 보필하는 부관으로서 자신들이 할 일을 했을 뿐이기에.

"안 할 생각이오. 놈을 아껴서가 아니라, 그런 충격을 견딜 만한 심지가 놈에게는 없다는 것을 아니까."

서문숭이 냉소하며 말했다.

서문복양은 서문숭의 친자가 아니었다. 성화의 또 다른 화신인 서문숭은 광명심법光明心法을 대성한 뒤로 후손을 가질 수 없는 몸이 되었다. 이는 역대 백련교주들에게 내려오는 비밀 아닌 비밀. 후손을 갖지 못한다 하여 남성이 사라지는 것은 아니었다. 남성으로서의 능력은 오히려 왕성해졌다. 다만 광명의 공능을 입어 불꽃처럼 강렬해진 씨앗을 제대로 수용하고 배양할 만한 튼튼한 밭이 인간 여자들 중에는 존재하지 않았기 때문이었다.

여산혈사 때 사망한 서문숭의 조부 서문호충도 광명심법을 대성한 뒤로는 후손을 가지지 못했다. 서문호충과 서문숭, 이들 조손간에 차이점이 있다면 광명심법을 대성한 시기라고 할 수 있었다. 조부인 서문호충은 득남하고서도 한참 후인 마흔을 전후하여 대성했지만 그 손자인 서문숭, 이 불세출의 무공 천재는 어처구니없게도 강호 출도 전인 열아홉 살에 대성해 버린 것이다. 그러니 그 전에 안배해 놓은 씨가 있을 턱이 없었다.

이후, 저 낙일평의 너른 벌판에서 선조들의 한을 푸는 데 성공한 서문숭은 남방의 복건으로 내려와 무양문을 창건한 이래로 오늘 새벽 화씨 성을 가진 시녀와 야외 정사를 벌일 때까지 셀 수도 없을 만큼 많은 여자들과 관계를 맺었다. 그러나 그 씨를 잉태했다는 여자는 단 한 명도 나오지 않았다. 어차피 직손直孫을 보지 못함을 알고 있는 마당에 정실부인이 무슨 소용 있을까. 그러므로 광명전 후원에 거하는 아홉 명의 희첩들은 그저 서문숭 개인의 살아 있는 연애 편력사遍歷史에 불과할 따름이었다.

서문숭이 먼 친척 조카인 서문복양을 어렵사리 찾아내 양자

로 들인 데에는 이러한 사정이 감춰져 있었다.

이에 육건은 새삼스레 생각해 보았다. 어린 나이에 부친을 여의고 자식마저도 낳을 수 없는 남자가 친부자간의 끈끈하고도 복잡한 속정을 안다는 것이 과연 가능하기나 한 일일까? 어려운 일이었다. 아니, 불가능한 일이었다. 그러므로 서문복양은 서문숭의 후임일 뿐 아들은 될 수 없었다. 처음에도 그랬거니와 앞으로도 영원히 그럴 터였다.

육건은 문득 서문복양이 불쌍해졌다. 모든 아들이 위대하고 강한 아버지만을 바라지는 않을 것이기에.

"그래, 관이랑이 무슨 말을 하던가요?"

서문숭의 물음이 육건의 우울한 상념을 부서뜨렸다. 육건은 자신이 왜 이 이른 시각에 교주를 찾아 미륵봉을 올랐는지를 떠올려야 했다.

"부문주가 객원순찰통령을 만나려 한다더구요."

"음."

육건의 말에 서문숭이 짧은 신음을 흘렸다. 하지만 표정으로 보아 이 또한 전혀 의외라고는 여기지 않는 듯했다.

"짐작하고 계셨습니까?"

"어제 무위관을 떠나기 전에 놈이 말하더구려. 만약 내 칼을 꺾는 사람이 나타난다면 뜻을 굽히고 삼생도에 있는 관아를 자유롭게 해 주겠느냐고."

"교주의 칼을 꺾는다고요?"

반문하던 육건은 픽 웃고 말았다. 무공에 관한 한 서문숭은 재고할 여지조차 없는 절대 강자였다. 이 세상에 그의 칼을 꺾을 수 있는 사람이 존재할 리 없었다. 다음 세대 최강자로 꼽히는 연벽제, 그 불패의 검객도 서문숭에게만큼은 견줄 수 없을 것이다. 이 무양문에 적을 둔 사람들이라면 누구나 육건의 이런 평가에 동의할 터였다.

"부문주는 그 사람이 객원순찰통령이라고 생각했나 봅니다."

육건이 한심하다는 투로 말했다. 한데 서문숭은 뜻밖에도 심각한 표정이 되었다.

"그래도 놈이 무공 수련은 열심히 했나 보구려. 그 와중에도 내 수법을 알아본 것을 보면."

"예? 부문주에게 무슨 수법을 보이셨기에?"

"그런 게 있소."

서문숭은 그 점에 대해 자세히 설명해 주지 않았고, 육건도 더는 캐묻지 않았다.

"실은 그 일을 알려 드리려고 이렇게 이른 시각부터 교주를 찾아뵌 겁니다. 조만간 무위관에서 객원순찰통령을 상대하셔야 될지도 모르니 대비하시라고요."

단지 그뿐이라고 하기엔 뭔가 찜찜한 구석이 남아 새벽잠도 물려 가며 미륵봉에 오르긴 했지만, 그래도 결국에는 단지 그뿐이 될 거라고 생각했다. 과정이야 여하튼 무위관에 찾아간 객원순찰통령을 서문숭이 한번 상대해 주기만 하면 끝나는 일이니까. 그가 서문숭의 칼을 꺾을 수 있다고? 허. 허허.

그러나 서문숭의 생각은 조금 다른 모양이었다.

"조금 곤란하구려."

"예?"

서문숭은 정말로 곤란한 듯 손가락으로 턱밑을 긁적거리다가 말을 이어 갔다.

"관아 문제가 얽혔다면 석가 꼬마도 진심으로 싸우려고 나설 게 아니오. 그 일만큼은 피하고 싶소. 무슨 수가 없겠소?"

"예에?"

육건은 자신의 귀를 의심할 수밖에 없었다. 천하제일 무공광인 동시에 천하제일 고수라고 해도 전적으로 동의할 수밖에 없는 저 서문숭에게 피하고자 하는 상대가 존재하다니!

서문숭은 입을 딱 벌리고 있는 육건을 힐끔거리고는 한숨을 내쉬었다.

"무섭다는 게 아니오. 석가 꼬마가 진심으로 나와 준다면야 나로서도 반가운 일이니까. 하지만 그 싸움에 걸린 상품이 겨우 어린 계집아이 따위라니 도무지 내키지 않는다 이 말이오. 석가 꼬마와 진검 승부를 가린다면 최소한 강호 천하 정도는 걸려야 합당하지 않겠소?"

서문숭이 객원순찰통령을 높이 평가한다는 점을 모르는 바는 아니었다. 처음 대면한 순간부터 그랬거니와, 사실 객원순찰통령을 높이 평가하기는 육건 본인도 마찬가지니까. 하지만, 설마 하니 이 정도까지인 줄은 미처 몰랐다.

서문숭은 물에 젖은 머리를 한차례 쓸어 넘긴 뒤 묵직한 음색으로 말했다.

"나, 서문숭이 평생에 걸쳐 진심으로 감탄하고, 나아가 기필코 극복하고 싶었던 사람은 오직 두 사람, 만용천선萬容天仙의 천선자와 신비혈랑神秘血狼의 혈랑곡주뿐이오. 한데 그들 양종의 절기를 이어받은 것이 바로 그 석가 꼬마란 말이오. 내가 그와의 승부를 어찌 가벼이 여기겠소?"

듣고 보니 서문숭의 심정도 이해할 수 있을 것 같았다. 하지만 이해하는 것과 공감하는 것은 다르다. 손가락으로 턱수염 가닥을 비비 꼬던 육건이 조심스럽게 말을 꺼냈다.

"아무리 그래도…… 지금 객원순찰통령의 수준을 감안하면 교주의 평가가 조금 과하지 않나 생각합니다."

서문숭이 피식 웃었다.

"그건 대장로께서 나 정도 되는 고수가 아니라서 하시는 말씀이오."

잠시 말을 끊고 고개를 한차례 턴 서문숭이 이제까지와는 다른 조금 잠긴 목소리로 물었다.

"대장로께서는 아시오, 내가 광명심법을 어떻게 대성했는지를?"

육건이 대답 없이 멀거니 쳐다보기만 하자 서문숭은 옛일을 회상하듯 시선을 머리 위에 일렁이는 짙은 수증기로 들어 올렸다.

"어느 날인가 벽이 나타났소. 그러자 회의가 일었소. 기억이란 게 새겨지기 시작한 순간부터 선조들의 복수와 교단의 부흥을 이뤄야 한다는 명분 아래 무공 수련에만 매달려야 하는 내 고달픈 운명이 정말로 싫었소. 그때까지 했던 것처럼 그 벽을 깨트려야 앞으로 나아갈 수 있는데, 그러고 싶지 않았소. 그래야 한다는 생각 자체가 들지 않은 거요. 그저 내 안으로 깊이 파묻힌 채 아무것도 하지 못하는 무기력한 나를 지켜보는 고통이란……."

서문숭이 허공에 매달고 있던 시선을 육건에게로 내리며 무겁게 덧붙였다.

"정말이지 지옥을 헤매는 것만 같았소."

지금으로부터 사십여 년 전이니 육건으로서는 그래도 검은 머리가 더 많던 까마득한 옛적의 일이었다. 그래서일까. 당시의 서문숭이 파행의 기미를 드러낸 적이 있었나를 곰곰이 되새겨 보았지만, 그저 아스라하게만 여겨질 뿐 딱히 생각나는 것은 없

었다. 당시의 서문숭은 실로 용봉 같은 청년 기재요, 여산혈사에서 생존한 모든 교도들에게는 어둠을 밝혀 주는 횃불 같은 존재였다. 오직 그랬던 것 같았다.

한데 정작 서문숭 본인은 지옥을 헤매고 있었다니…….

"참 우습지 않소? 그 지옥을 어떻게 벗어났는지는 전혀 기억나지 않으니 말이오. 뭐, 번민하고 방황하던 중에 뭔가를 깨우쳤을지도 모르고, 아니면 갑자기 회심하여 뭔가에 순응했을지도 모르오. 한데 지옥을 벗어나고 보니, 놀랍게도 광명심법의 진전을 가로막고 있던 벽이 사라져 버린 것이었소. 그 기간 중에 내 안에서 벌어진 변화는…… 지금으로써는 어떻게 설명할 도리가 없구려. 다만, 사라진 벽 너머로 한 걸음을 내딛자 광명심법이 이미 이루어졌음을 알게 되었소. 몇 년 뒤에 완성한 천중지력天重之力과 무애지경無碍之境의 실마리를 얻은 것도 바로 그때였소."

함께 공유한 과거에 대한 반추는 육건의 고개를 끄덕이게 만들었다. 그렇게 무심코 고개를 끄덕이다가, 어느 순간엔가 육건은 '아!' 하고 탄성을 내뱉었다. 독중선과 싸우러 강동으로 출발하기 직전, 마치 지옥을 헤매고 다니는 것만 같던 객원순찰통령의 황폐한 몰골이 뇌리를 스치고 지나갔기 때문이다.

"하면……?"

서문숭은 고개를 끄덕였다.

"지금의 석가 꼬마는 이 서문숭이 천하를 걸고 싸워 볼 만한 상대가 되었소."

말을 멈추고 잠시 생각하던 서문숭이 그답지 않은 간곡한 목소리로 말했다.

"그래서 드리는 부탁이오. 최소한 당분간이라도 석가 꼬마가 관아에 대한 일을 알지 못하게 해 주시오."

육건은 거듭된 놀라움 속에서도 골치가 아파지기 시작했다. 한가하고 평화로운 말년이 더욱더 멀어지고 있었다.

(2)

그 방은 작았다.

얼마나 작은가 하면, 아이 하나가 들어 있기에 딱 맞을 만큼 작았다. 만일 석대원 같은 거구가 들어간다면 벽과 천장에 끼어 숨도 제대로 못 쉴 지경이 되어 버릴 터였다. 그러나 석대원은 그 방에 들어가기를 주저하지 않았다. 문을 여닫을 필요는 없었다. 문이라는 것 자체가 존재하지 않는 방이었다. 그저, 그냥 들어갈 수 있었다. 접촉해서는 안 될 것 같은 것과 접촉하는 듯한 불안감이 찾아들었지만 그 시간은 매우 짧았다.

막상 석대원이 들어가자 방이 스스로 벽과 천장을 넓혀 받아 주었다. 예상한 것보다 훨씬 쉽게 방 안으로 들어온 그는 이것이 과연 무엇을 의미하는지 곰곰이 생각해 보았다.

아이도 나를 만나고 싶은 걸까?

방 안에는 과연 아이가 있었다. 뭐라 형용할 단어를 찾기 힘든, 그래서 무채색이라고밖에 표현할 방도가 없는 그 방의 한가운데, 지하 동굴처럼 고립되고 정지된 공간 속에 동그마니 서 있던 아이가 석대원에게로 몸을 돌렸다. 그날 울고 있던 모습 그대로였다. 그러나 지금 아이는 울지 않았다. 웃지도 않았다. 뭐라 형용할 단어를 찾기 힘든, 그래서 무표정이라고밖에 표현할 방도가 없는 얼굴을 아이는 하고 있었다. 마치 그 방처럼.

아이가 말했다.

"왔구나."

"응."

"네가 여기 올 줄 몰랐는데."

"나도 여기 올 수 있을 줄 몰랐어."

석대원은 투덜거리듯 덧붙였다.

"힘들었어."

사실이었다. 어찌나 힘든지 그 자리에서 무너질 것 같았다. 특히 왼손은……. 앉고 싶었다. 하지만 방 안에는 걸터앉을 만한 집물이 하나도 없었다. 석대원은 별수 없이 맨바닥에 주저앉아야만 했다. 기다리고 있던 피로가 몰려왔다.

"정말 힘들었나 보네."

아이가 한 발 다가왔다. 석대원은 앉아서도 아이의 얼굴을 내려다볼 수 있었다. 지금의 자신이 워낙 크기는 하지만…… 마음 한구석에서 의의함이 일었다.

이때 이렇게 작았던가?

잘 기억나지 않았다. 하긴 중요한 문제는 아니었다. 이 방 안에서의 일들이 기억과 반드시 일치할 필요는 없을 테니까.

"이 땀 좀 봐."

아이가 손을 올려 석대원의 이마에 맺힌 땀을 닦아 주었다. 차가운 손바닥이 이마에 닿자 석대원은 몸을 떨었다. 인두로 지져진 듯 이마가 화끈거렸다. 다행히 아이의 손은 그에게서 곧 떨어져 나갔다. 석대원은 작게 한숨을 쉬었다.

"그런데 왜 온 거야?"

한 발 물러난 아이가 물었다. 석대원은 그 질문을 스스로에게 해 보았다.

왜 온 거지?

사고가 턴 빈 공간 같은 두개골 속을 맴돌았다. 오는 길이 너무 힘들던지 대답이 떠오르는 것은 한참 지난 뒤였다. 석대원은 땀이 차오른 윗입술을 어렵게 떼어 그 대답을 아이에게 들려주었다.

"너를 만나려고."

아이가 흰자 없는 새까만 눈을 반짝였다.

"정말?"

석대원은 고개를 끄덕였다. 아이가 양손을 치켜들며 그 자리에서 팔짝 뛰었다.

"야호!"

방을 구성하는 벽과 천장이 아이의 환호에 맞춰 파도처럼 밀려갔다가 제자리로 되돌아왔다. 헤아릴 수 없이 많은 색조들이 벽과 천장에서 일어나 무채색의 공간 속을 넘실거렸다. 그 광경을 지켜본 석대원은 눈을 찌푸렸다. 아까도 든 생각이지만, 아이와 방은 하나처럼 보였다. 그것도 완전히. 앞으로 그가 해야 할 일을 생각하면 결코 바람직한 현상이 아니었다. 일이 무척이나 힘들 것이라는 예감이 들었다.

아이는 석대원의 그런 마음을 알지 못하는 것 같았다. 아니면 알면서도 무시하거나.

"날 만나고 싶었어?"

아이가 확인하듯 물었다. 석대원은 다시 고개를 끄덕였다.

"잠깐만 기다려 봐. 선물을 줄게."

아이는 등을 돌리고 뭔가를 꼼지락거리더니 돌아서서 석대원을 향해 한 손을 내밀었다.

"자."

석대원은 아이의 손을 내려다보았다. 그 손에는 진보랏빛 액

체가 찰랑거리는 자그마한 표주박이 들려 있었다. 낡고, 손때 묻고, 한쪽 가장자리에 쐐기 모양으로 이빨이 빠진 저 표주박을 그는 본 적이 있었다. 추억이 화로 밑바닥의 잔불처럼 되살아났다. 피로와 걱정 속에서도 웃음이 새어 나오려고 했다.

꽤 오래전인데 저게 아직 그대로 있었네.

석대원은 웃음을 억지로 삼키고는 짐짓 책망하는 투로 말했다.

"또 화원에 갔구나. 화 노인이 화내면 어쩌려고 그래?"

아이가 표주박을 쥐지 않은 손을 내둘렀다.

"화 노인은 괜찮아. 그가 진짜로 화내지는 않는다는 건 너도 잘 알잖아."

맞아, 그랬지.

화 노인은 괴팍하고 무서운 사람이지만 아전에 대해서만큼은 언제나 너그러웠다. 이유는 잘 모르지만, 화 노인은 이상하리만치 아전을 감싸고돌았다. 꼬맹이 소란은 그 점을 샘냈고, 눈치 없는 아전은 그 점을 알지도 못했지만, 꼬맹이도 아니고 눈치 없지도 않은 석대원은 그 점을 이용하려 애를 썼다. 화 노인의 보물에 손을 댈 적마다 아전을 끌어들인 것이다.

당시의 일을 떠올린 석대원이 아이에게 물었다.

"그러려면 아전이 있어야 할 텐데?"

아이가 돌연 시무룩해졌다.

"아전은 이제 없어."

석대원은 주위를 둘러보았다. 아이의 기분에 공조하듯 방이 서서히 줄어드는 듯한 느낌이 들었던 것이다. 아이가 덧붙였다.

"아전은 날 미워해."

무시무시한 공감이 그림자처럼 석대원을 따라붙었다. 공감은 그의 사고를 맹렬하게 몰아붙여 박제당한 동물처럼 한 가지 형태로 고착시켜 놓았다. 분절된 말토막들이 그 사고 위에 심처럼 박혀들었다.
 아전은, 날, 미워해.
 아전이 자신을 미워할까 봐 석대원은 오랫동안 두려워하면서 살아야만 했다. 원망에 찬 눈으로 자신을 노려보는 아전의 차가운 얼굴은 그의 밤을 괴롭힌 몇 가지 악몽들 중 큰 부분을 차지해 왔다. 그리고 그 점은 지금도 마찬…….
 ……아니다!
 석대원은 고개를 짧게 흔들어 공감을 잡아뗐다. 공감에 사로잡혀 있던 사고를 해방시켰다.
 아전은 나를 미워하지 않는다.
 그러므로 나도 나를 미워할 필요가 없다.
 이 구원 같은 믿음을 안겨 준 사람은 형이었다. 석대원은 형으로부터 받은 그 믿음을 아이에게도 가르쳐 주고 싶었다.
 "아전은 널 미워하지 않아."
 아이가 숙인 고개를 좌우로 마구 흔들었다.
 "아냐. 아전은 날 미워해."
 "왜 그렇게 생각해?"
 좌우로 흔들리던 아이의 고개가 가운데에서 딱 멈췄다. 아이가 고개를 들고 석대원의 눈을 똑바로 쳐다보았다. 아이의 새카만 눈 속으로 붉은빛이 번뜩거렸다.
 "나 때문에 아빠가 죽었잖아."
 석대원은 아이의 눈에 피어난 붉은빛이 사방으로 번져 나가는 것은 볼 수 있었다.
 뱀.
 붉은 뱀.

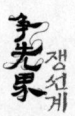

붉은 뱀들이 벽과 천장을 달리기 시작했다. 방은 순식간에 붉은 소용돌이 속에 갇혀 버렸다.

석대원은 왼손을 머리 위로 들어 올렸다. 붉은 뱀들이 그의 왼손을 향해 세차게 달려들었다.

파파파파ㅡ.

수천수만 개의 이빨들이 왼손에 틀어박혔다. 왼손이 피로 만든 커다란 주머니처럼 시뻘겋게 달아오르다가 산산이 부서졌다. 이게 몇 번째인지 기억나지도 않았다. 이 방에 들어오기까지 그는 수없이 많은 붉은 뱀들과 싸워야 했다. 그는 또다시 땀을 흘렸다.

"아파?"

고개를 살짝 틀고 석대원의 얼굴을 빤히 올려다보는 아이의 눈에서는 아까의 붉은빛이 사라져 있었다. 아이의 눈은 흑요석처럼 새카맣기만 했다. 그 눈을 들여다보며 석대원은 힘없이 대답했다.

"하나도 안 아파."

"피, 아프면서."

아이가 입술을 삐죽이고는 한 손에 여전히 들고 있던 표주박을 다시 내밀었다.

"마셔. 아픈 게 나을 거야."

"고마워."

석대원은 표주박을 받아 안에 든 진보랏빛 액체를 꿀꺽꿀꺽 마셨다. 액체가 목구멍을 넘어가는 동안 그 이름이 기억났다.

자오란주.

본가 남장미 화원의 가장자리, 동쪽에서 여섯 번째 정원석 아래 묻힌 술독.

화 노인이 보물처럼 여기던 자오란주 덕분인지 부서진 왼손이 쭉쭉 자라났다. 석대원은 자신의 왼손을 이리저리 뒤집어 보았다. 이 방에 오기까지 부서지고 자라나기를 수없이 반복한 손이지만, 이번처럼 빨리 자라기는 처음이었다.
　"걔들이 싫어?"
　아이가 이상하다는 듯이 물었다. 정확한 대답을 찾기 곤란한 질문이라서 석대원은 잠시 생각해야만 했다.
　"싫지는 않은데, 무서워."
　이것이 정확한 대답이었다. 석대원은 붉은 뱀들을 싫어하지 않았다. 그러나 지금은 무서워하고 있었다.
　"겁쟁이구나? 난 하나도 안 무서운데."
　아이는 자기가 정말로 안 무서워한다는 것을 보여 주려는 듯 그 자리에서 붉은 뱀이 되었다. 석대원은 눈을 찡그렸다.
　"그러지 마."
　"왜?"
　아이의 외마디 물음이 칼처럼 석대원을 찔렀다. 석대원은 자신도 모르게 움츠러들었다.
　아빠는 왜 죽었을까?
　외백부 때문에?
　그렇다면 나는 왜 집에서 쫓겨난 거지?
　아, 나 때문이기도 하구나.
　그래서 가족들이 날 쫓아낸 거구…….
　……아니다!
　그게 아니라는 것을 형이 분명히 가르쳐 주었다. 이제 석대원은 자신 있게 대답할 수 있었다.
　"아빠는 너 때문에 죽지 않았기 때문이야."

그것은 너무나도 값비싼 대답이었다. 석대원은 그 대답을 얻기 위해 실로 가혹한 희생을 치러야만 했다.

붉은 뱀의 세모난 대가리가 예리한 칼로 그은 듯 세로로 쫙 갈라지더니 아이의 얼굴이 튀어나왔다.

"거짓말."

"거짓말이 아니야."

석대원이 왼손을 앞으로 뻗었다. 아이를 다리부터 삼키고 있던 붉은 뱀이 바람 빠진 종이풍선처럼 쪼그라들더니 그의 손바닥 안으로 빨려들었다. 격렬한 진동과 함께 왼손이 다시 한 번 부서졌다. 그는 지탱하던 기둥 하나를 잃어버린 석조 건물처럼 괴로운 신음을 흘렸다.

다시 나타난 아이는 이번에는 친절하게 굴지 않았다. 발을 동동 구르며 짜증을 부렸다.

"왜 자꾸 걔들을 괴롭히는 거야? 얼마나 착한 애들인데!"

믿음이 석대원을 굳세게 만들어 주었다. 그는 떼쟁이 막내 동생을 대하는 맏형처럼 엄하게 말했다.

"내 말 잘 들어."

아이가 짜증을 멈추고 석대원을 올려다보았다.

"넌 이 방에서 나가야 해."

아이의 얼굴이 순간적으로 두려움에 휩싸였다. 아이가 새카만 눈을 불안하게 깜박거리며 물었다.

"날 죽이려는 거야?"

석대원은 고개를 저었다. 그러나 곧바로 끄덕였다. 그는 이 방에서 나가는 순간 아이의 존재가 사라질 것이라는 점을 알고 있었다. 존재의 소멸은 곧 죽음. 비록 그 존재가 생물적인 범주에 포함되지 않더라도 큰 차이는 없을 터였다. 그러므로 그는 아이를 죽이려고 하는 것이 맞았다.
 아이의 말투가 갑자기 변했다. 닳고 닳은 장사꾼처럼 매끄러워지고 교활해졌다.
 "생각해 보라고. 나를 죽이면 착한 걔들도 죽는다는 것은 알잖아. 걔들을 얻기 위해 네가 얼마나 큰 고통을 참아 냈는지 벌써 잊은 거야? 한로가 휘두르던 그 무섭던 채찍질을 정말로 잊은 거야? 몇 번이고 죽을 뻔했잖아. 실제로 죽으려고 했던 적도 있고. 그런데 그렇게 힘들게 얻은 걔들을, 다른 사람도 아닌 네 손으로 직접 죽인다는 거야? 걔들이 너를 얼마나 강하게 만들어 주었는지 몰라서 그래?"
 아이의 말은 모두 사실이었다. 석대원으로서는 참으로 어렵게 얻은 힘이었고, 그 힘은 그를 강대하게 만들어 주었다. 그러나 슬픔, 두려움, 증오, 살기, 그것들을 양분으로 삼는 힘이란 너무도 위험했다. 그는 독문과의 싸움을 통해 그 사실을 똑똑히 깨달았다. 당시의 그는 칼날 위에 서 있는 것만큼이나 위험한 상태였다. 형이 나타나 주지 않았다면, 그래서 자신의 어깨에 화상으로 일그러진 흉측한 손을 얹어 주지 않았다면, 그는 그 힘에 속절없이 먹혀 버렸을 것이다.
 그랬다면 어떤 일이 벌어졌을까?
 핏빛 마귀[血魔鬼].
 석대원은 소림의 광비 대사가 말한 그 핏빛 마귀가 되고 싶지 않았다. 그러기 위해서는 버려야만 했다. 내 유년의 한과 고통을 베어 먹고 자라난 그 위험하기 짝이 없는 마귀의 힘을.
 "가자."
 결심한 석대원이 자리에서 일어섰다. 부서진 왼손은 어느덧 자라나 있었다.

아이가 핏물을 뒤집어쓴 듯 붉어지기 시작했다. 아이가 온몸으로 뿜어내는 어둡고 사악한 감정들이 왼손의 맥동을 통해 그대로 공유되어 오고 있었다. 슬픔, 두려움, 증오, 살기…….

"너나 가 버려!"

아이가 날카롭게 외쳤다. 방이 순식간에 조롱박처럼 짜부라들며 석대원을 세차게 밀어냈다. 밀려드는 사악한 감정들에 맞서느라 정신을 집중하고 있던 석대원은 속절없이 방 밖으로 밀려날 수밖에 없었다.

이대로 물러갈 수는 없다는 생각이 들었다. 석대원은 빈틈없는 공간으로 스스로를 닫아 버린 그 방을 향해 한 걸음 내디뎠다. 그는 저 방이 쇳덩이처럼 단단히 닫혀 있더라도 들어갈 자신이 있었다. 아무리 어려워도 한번 간 길이었다. 한번 간 길은 다음에도 갈 수 있는 것이다.

석대원의 의지를 읽은 방이 빈틈없이 닫힌 공간을 따리 풀듯 풀더니 붉은 뱀으로 바뀌었다. 붉은 뱀이 아가리를 벌리고 갈라진 혀를 날름거렸다.

넌 날 죽이지 못해.

말의 울림이 끝난 순간 붉은 뱀이 사라졌다. 아니, 붉은 뱀은 석대원의 왼손을 물고 있었다. 아니, 붉은 뱀은 석대원의 왼손이었다.

……본래부터 석대원의 왼손이었다.

싸앗!

붉은 뱀이 석대원의 목을 향해 솟구쳐 올랐다.

석대원은 싸움을 시작했다.

그것은 이제까지 치른 것들을 모두 합한 것만큼이나 길고 힘겨운 싸움이었다.

석대원은 눈을 뜬 뒤로도 한참을 그대로 앉아 있었다. 여느 때와 달리 현실감이 쉬 돌아오지 않았다. 행공이 그만큼 어려웠다는 증거였다. 그는 모든 의식을 호흡에 집중했다.
　들숨, 날숨, 들숨……. 그리고 긴 날숨.
　후우우―.
　정신적인 피로와는 별개로 오랜 행공을 통해 정순해지고 충만해진 천선기天仙氣가 신체 구석구석을 천천히, 그리고 기분 좋게 일깨워 나갔다. 바위처럼 굳어 있던 감각이 부드럽게 풀리는 느낌이었다.
　그다음으로 찾아온 것은 자신이 지금 장엄한 자연을 마주하고 있다는 사실에 대한 새삼스러운 자각이었다.
　미륵봉 정상에서 바라보는 일출은 압도적이었다. 청동의 궁륭穹窿처럼 검푸르던 미명이 갖가지 빛들의 물결로 허물어지는 가운데, 어둠에 빼앗겼던 본색을 돌려받은 만물은 폭군을 몰아내는 데 성공한 백성처럼 기뻐하고 있었다. 그들이 치마처럼 길게 드린 첫 번째 그림자의 반대편에는 지평선 위로 고개를 막 내민 노라발간 태양이 자리하고 있었다. 태양을 향한 그들의 소리 없는 찬가가 천지를 아침빛으로 물들여 가고 있었다.
　일출의 한 토막을 바라보는 동안 석대원은 완전히 현실로 돌아왔다. 그사이 얼마나 시간이 흐른 것일까? 그가 미륵봉 정상에 올라 행공에 들어간 것은 하오의 태양이 머리를 비출 무렵이었다. 지금은 다음 날 동틀 녘. 그러니 이번 행공에는 평소의 몇 배나 되는 시간을 투자한 셈이었다. 그리고 그 결과는…….
　석대원은 왼손을 가슴 앞으로 올려 내려다보았다. 행공을 마치기 직전에 행한 마지막 싸움이 떠올랐다. 그의 거친 입술이 슬쩍 비틀리며 자조 섞인 혼잣말이 새어 나왔다.

"이게 한곈가?"

붉은 뱀은 맹렬하고 난폭하고 심지어 교활하기까지 했지만 믿음으로 무장한 석대원을 해칠 수도, 물러나게 할 수도 없었다. 다음은 석대원의 차례였다. 상상하기 힘든 거대한 고통을 견뎌 내면서 그는 마침내 붉은 뱀을 제압할 수 있었다. 하지만 그가 할 수 있는 일은 거기까지였다.

붉은 뱀은 아이가 되고, 아이는 다시 방으로 들어갔다. 방이 어떤 식으로 자신을 닫아걸든 석대원은 그 안으로 들어갈 수 있었지만, 아이를 방에서 끌어내는 데는 번번이 실패하고 말았다. 그것은 밥으로부터 생쌀을 꺼내는 것과 비슷했다. 아이는 이미 방으로 동화되고 변질되어 있었다. 아이를 당기면 방이 딸려왔다. 아이를 놓으면 방이 닫혔다.

결국 포기하고 잡고 있던 아이의 손목을 놓을 때, 고개를 들고 자신을 바라보던 그 새까맣고 요악한 눈빛을 석대원은 잊을 수 없나.

······넌 날 죽이지 못해.

정말로 그럴지도 모른다는 생각이 들었다.

형으로부터 샘솟기 시작한 믿음은 석대원을 굳세게 만들어 주었다. 그는 그 믿음에 힘입어 붉은 뱀을 제압할 수 있었다. 그러나 그것은 위험한 불씨를 더욱 깊숙한 곳에 묻어 놓은 것에 지나지 않았다. 불씨 자체를 제거하는 데는 실패한 것이다. 마음이 개운치는 않지만, 지금으로써는 이게 한계라고 인정할 수밖에 없었다.

아이와 방 그리고 붉은 뱀.

유년과 현재 그리고······.

"······혈옥수."

석대원은 나직이 불러 보았다. 주인의 부름에 꼬리를 열심히 흔드는 충직한 강아지처럼, 혈옥수의 홍광이 왼손 손바닥 위로 재빨리 모습을 드러냈다. 그 교활한 붉은 뱀은 자신을 버리려고 결심한 냉정한 주인으로부터 필요성을 인정받기 위해 자신이 예전보다 더욱 온순해지고 더욱 강력해졌음을 낮고 묵직한 진동으로 드러내 보였다.

즈으응.

그 매력을 어떻게 표현할 수 있을까? 인생의 절반을 함께해 온 혈옥수가 속삭이는 파괴를 향한 욕구는 언제나 거역하기 힘들 만큼 짜릿짜릿했다. 석대원은 자신의 몸속에서 씨근덕거리는 이 맹수를 당장이라도 풀어놓고 싶은 충동을 가까스로 억눌렀다. 단지 가두는 것만이 지금 자신이 할 수 있는 최선의 일이라면, 간수 역할에 충실해야 했다. 모름지기 충실한 간수라면 자신이 지키는 감방의 열쇠를 잘 간직할 필요가 있었다.

왼손이 서서히 본래의 모습을 되찾았다. 놈의 구슬픈 울음소리가 석대원의 마음 깊숙한 곳, 그 황량하던 무채색의 방 안을 메아리치는 듯했다.

"너를 두 번 다시 불러내는 일이 없기를 바란다."

석대원이 스스로에게 다짐하듯 중얼거렸다. 자신이 불러내지 않는 이상 놈은 두 번 다시 이 세상에 모습을 드러내지 못할 것이다. 비록 놈을 완전히 제거하는 데에는 실패했을지라도 놈을 몸속에 단단히 가두는 일 정도는 가능할 것 같았다. 아니, 가능해야만 했다.

그사이 태양은 지평선 위로 완전히 모습을 드러냈다.

석대원은 단단히 틀고 있던 반가부좌를 풀고 여섯 시진이 넘는 긴 시간 동안 그의 몸을 지탱해 주던 바위에서 몸을 일으켰

다. 그가 입고 있는 검은 마의는 물기에 후줄근히 젖어 있었다. 밤새 내린 이슬 때문인지 행공 중에 흘린 땀 때문인지 알 수 없었다. 어느 쪽이든 유쾌하지 않은 것은 마찬가지였다.

석대원은 바위 위에 어깨 넓이로 선 채로 무릎을 구부리며 양팔을 머리 위로 둥글게 들어 올렸다. 새벽 기운이 서린 축축하고 서늘한 공기를 허파 깊숙한 곳에 채운 그는 지식止息의 요결로써 전신의 숨구멍을 닫고는 천천히 몸을 움직이기 시작했다.

도가에서 전해 내려오는 동공動功(신체를 움직이면서 행하는 운공)의 일종인 홀흔무忽欣舞.

오랜만에 해 보는 투로가 처음에는 어색했지만, 시간이 조금 지나자 끊이지 않고 흘러가는 완만한 곡선 위에 자신의 움직임을 실어 낼 수 있었다. 갈수록 더해지는 조양朝陽의 기운이 닫힌 뇌정腦頂을 조금씩 열어 주는 가운데, 깊은 물속을 휘젓는 듯한 부단하고도 느린 움직임이 오랜 좌공坐功으로 굳은 관절과 근육을 부드럽게 풀어 주었다. 이 단계에 이르자 석대원은 비로소 숨구멍을 열고 호흡과 동작을 어우를 수 있었다.

따듯함은 아랫배부터 시작되었다. 단전에서 샘솟아 전신을 휘도는 천선기가 어느 순간인가 석대원의 모공으로부터 실처럼 흘러나오더니 그의 살갗 위에 얇고 투명한 열기의 막을 펼쳐 놓았다. 옷 속 깊숙이 스며들어 있던 물기들이 수증기로 끓어오르기 시작했다. 치이익. 그는 잠깐 사이에 새하얀 운무에 휩싸였다.

갑작스럽게 생겨난 온도 차가 미륵봉 위를 맴돌던 서늘한 새벽 공기를 석대원의 주위로 끌어내렸다. 새벽 공기는 수증기와 만나 뿌연 와류渦流로 맴돌다가 다시금 하늘로 올라갔다. 공기 중에 섞인 물방울들 위에서 산란된 아침 햇살이 미륵봉 위에 수백 줄기의 토막 난 무지개들을 펼쳐 놓기 시작했다. 마치 오색의 빛으로 짠 얇은 비단 같았다. 석대원은 홀흔무를 멈추고 홀린 듯이 머리 위를 올려다보았다.

"아아!"

그것은 실로 천의무봉한 광경이 아닐 수 없었다. 하늘 옷[天衣]에서는 봉흔縫痕을 찾을 수 없다. 존재의 굴레를 초월한, 환상처럼 나타나 안개처럼 사라지는 옷으로부터 그 어떤 바늘땀인들 찾을 수 있으랴!

석대원은 그 잔잔하면서도 신비로운 광경에 온 정신을 빼앗기고 말았다. 그의 정신은 햇살에 비껴 서쪽으로 뻗어 나가는 무지개들에 실려 존재의 굴레를 초월하고 있었다. 난생처럼 느껴 보는 무한한 자유가 그를 소리 없이 떨리게 만들었다. 그것은 일종의 심득心得. 기름진 옥토 위에 건강한 씨앗이 뿌려진 것이었다.

하나 천시가 아직 무르익지 않은 탓일까?

옥토에게는 자신의 품으로 파고든 씨앗을 충분히 느낄 만한 여유가 주어지지 않았다. 무지개가 사라진 순간, 무한히 자유롭던 정신은 육신이 올라 있는 바위 위로 국한되고 말았다. 새장 속으로 돌아온 새는 자신이 안타까워해야 한다는 것조차 깨닫지 못했다. 그저 잠에서 깨어난 것처럼, 꿈에서 벗어난 것처럼, 초월적인 경험이 남긴 아련한 흔적 위에서 황홀해할 따름이었다.

비록 부지불식간에 벌어진 일이긴 하지만, 심득의 씨앗을 품을 수 있다는 것은 현재 석대원의 심신이 더할 나위 없이 좋은 상태임을 보여 주는 증거였다. 군조와의 싸움에서 입은 심신의 극심한 손해는 더 이상 그에게서 찾아볼 수 없었다. 무엇보다 중요한 사실은, 그 과정에서 스스로를 얽어 묶던 지독한 심마를

뚫어 내는 데 성공했다는 점이었다.

심마를 뚫어 낸 대가는 무공의 증진으로 나타났다. 이는 절정의 경지에 오른 고수들에게서 왕왕 찾아볼 수 있는 현상이기도 한데, 사실 그 경지에서 어떤 진보를 이루기란 바늘구멍을 통과하는 것만큼이나 어려웠다. 스스로 만든 마음의 장애를 스스로의 힘만으로 무너뜨려야 하기 때문이다.

자신과의 싸움만큼 어려운 싸움이 세상에 또 있을까? 그러므로 자승자강自勝者强, 자신을 이기는 자가 진정 강한 자라고 성현께서는 가르치신 것이다.

이제 석대원은 자신이 만든 마음의 장애를 무너뜨림으로써 자신과의 싸움에서 한차례 승리했다. 완전한 승리는 아니더라도 자승자강을 달성한 것이다.

일찍이 군조와의 싸움에서 한차례 겪어 본 바 있는, 자아를 송두리째 잃어버릴지도 모를 위험을 감수하면서까지 그 방에 다시 찾아간 까닭도 바로 거기에 있었다. 그때와는 달리 심마에 맞서서 자아를 지켜 낼 자신감이 있었고, 또 혈옥수를 버리게 되더라도 지금보다 약해지지 않을 자신감이 있었던 것이다.

자, 첫 번째 자신감은 그 방에서 무사히 돌아옴으로써 증명했다. 이제는 두 번째 자신감을 증명할 차례였다. 더 이상 혈옥수의 위험한 힘을 불러내지 않고서도 적들과 얼마든지 싸워 나갈 수 있다는 자신감을.

석대원은 무지개들이 사라진 하늘에 붙박아 두고 있던 눈길을 천천히 아래로 내렸다. 그의 눈길이 고정된 곳은 그가 올라선 바위 머리. 그곳에는 붉고 길쭉한 물체 하나가 쇠말뚝처럼 꽂혀 있었다. 어제 오후 이곳에서 행공을 시작하기 전, 검집째로 바위에 꽂아 놓은 혈랑검이었다.

사르릉— 사르릉—

지금 이 순간 혈랑검은 물을 기다리는 물고기였다. 불을 기다리는 불쏘시개였다. 검집 안에 몸을 감춘 채 모종의 기대감으로 가녀리게 떨고 있는 그 요한 검신이 마치 신체의 일부라도 되는 양 생생하게 감지되었다. 아니, 지금은 정말로 자신의 일부가 된 것 같았다.

혈관 속을 맥동하는 인간의 생기와 강철 위를 물결치는 검의 생기가 같은 울림으로 일치된 순간 섬광 같은 전율이 정수리에서 발꿈치까지 훑고 지나갔다. 석대원은 몸을 부르르 떨며 자신도 모르게 소리 내어 불렀다.

"나와라."

화악!

바위에 박혀 있는 검집 속을 스스로 뛰쳐나와 반갑다는 양 머리 주위를 한 바퀴 맴도는 혈랑검을 향해 석대원이 오른손을 쭉 내밀었다. 검자루에 감긴 새까만 어피魚皮가 굳은살 박인 손바닥 안으로 단단히 밀착되어 왔다. 등나무 덩굴처럼 억센 다섯 손가락이 검자루를 힘차게 움켜잡았다. 한층 깊어진 천선기의 공능이 가장 효과 좋은 용매처럼 물질 간의 경계를 허물어뜨렸다.

인간과 강철이 하나가 된 순간!

검객과 보검이 하나가 된 순간!

신검이 드높은 검명을 힘차게 뽑아 올렸다.

짜아아아아아앙—!

폭포수처럼 온몸을 두드리는 검명의 쩌릿쩌릿한 여운 속에서 석대원은 혈랑검을 움직였다. 새아침의 맑은 쪽빛 속으로 선홍빛 싱싱한 검기가 물결처럼 번져 나갔다. 검기가 맺어 내는 물결의 모든 자락마다 그의 의지가 살아 숨 쉬고 있었다. 그 느낌

이 믿을 수 없을 만큼 생생했다.
성장은 고통스러운 것만이 아니었다. 석대원은 마음속에서 북받치는 희열을 참을 수 없었다.
"하하하!"
검객의 장쾌한 웃음소리가 미륵봉의 아침을 흔들었다.

(3)

인생지사 새옹지마라는 얘기를 듣기도 많이 듣고 하기도 많이 하면서 살아온 육건이지만, 지난밤 관이랑의 방문을 받은 뒤로 한숨도 못 잔 것이 도움 될 데가 있을 줄은 미처 몰랐다.
"어째 안색이 무척 안돼 보이십니다. 무슨 근심이라도 있으신지요?"
안색이 좋아 보이면 오히려 이상한 일. 거울에 비춰 보면 충혈된 토끼눈과 움푹 꺼진 눈두덩과 해골에서 떨어져 더욱 늘어진 주름살 덕분에 십 년은 더 나이 들어 보일 터였다. 여기서 십 년 더라면……? 머리 좋은 육건에게는 산수라고 부를 수도 없을 만큼 간단한 셈이겠지만 그는 애써 사고의 방향을 틀었다. 십 년 뒤를 헤아리면서 살 나이는 이미 오래전에 넘긴 그였다.
어쨌거나 잠을 설친 덕분에 말 꺼내기는 편해졌다.
"순찰통령 눈에도 그리 보이는가?"
우울함을 잔뜩 발라 내보낸 육건의 반문에, 열린 방문 너머 양 관사의 투실투실한 머리통 위로 불쑥 솟아 있던 거한, 석대원의 얼굴이 아래위로 끄떡여졌다.
"그렇습니다."
"눈썰미가 좋군. 본시 젊은 사람은 늙은이의 안색 따위는 제대로 살피지 않고 사는 법이건만."

육건이 계속 늙은이 티를 내며 의뭉을 떨자 석대원의 얼굴이 조금 더 심각해졌다.

"혹시 어디 편찮으신 데라도 있으신지요?"

"왜? 조만간 부고장이라도 날아들 것 같아서?"

"그럴 리가……. 황송한 말씀을 하시는군요."

"아니면 뭔가?"

석대원이 잠시 머뭇거리다가 말했다.

"안 그래도 요사이 노복의 몸이 불편해 걱정이 이만저만이 아닙니다. 그러던 참에 군사 어른께서 소생을 부르신다기에 광명전에다 약 청탁이나 부탁드려 볼까 하는 마음으로 찾아온 것인데, 군사 어른께서도 편찮으시다면……."

"한 노인이 몸이 불편해?"

그 살쾡이 같은 위인은 어느 면으로 보나 환자와는 어울리지 않았다. 육건이 재우쳐 물었다.

"어디가 어떻게 안 좋은데?"

"어제 십군의 당 선생이 진맥했는데, 중기가 쇠해 전체적으로 허해졌다고 하더군요."

"당노인이 그랬다면 실제로도 그런 거겠지. 알겠네. 순찰통령에게는 가족 같은 사람인 만큼 내 특별히 신경 써 줌세."

"감사합니다."

석대원이 넙죽 고개를 숙였다. 이만하면 원만한 대화를 위한 밑불은 충분히 지펴졌다는 생각이 들었다. 육건은 석대원에게 손짓을 보냈다.

"문 밖에서 그러고 있지 말고 들어오게나. 양 관사, 너는 주방에 일러 음식 준비한 것 내오게 하고."

양 관사는 대답도 제대로 하지 않고 뿌루퉁한 얼굴을 홱 돌리더니 주방 쪽으로 가 버렸다. 붙잡아다 주리를 틀고 싶은 마음이 저절로 솟구칠 만큼 불손한 행동임에 분명하지만, 요번만큼은 특별히 눈감아 주기로 했다. 가뜩이나 아침잠 많은 놈을 꼭 두새벽부터 닦달해 사람을 불러오게 한 책임을 일정 부분 인정했기 때문이다. 게다가 그렇게 찾아간 숙소에서 정작 찾는 사람은 코빼기도 보이지 않았다나.

홀몸으로 터덜터덜 돌아와 '어젯밤에 안 들어왔다고 노복이 그러던데요.'라고 주절거리는 것을 등때기를 후려치며 '올 때까지 기다렸다가 데려오면 되잖아!'라고 다시 보냈고, 한로의 눈총이 두려워 건물 바깥만 배회하다가 반나절이 지나서야 숙소로 돌아오는 석대원을 만나 마침내 임무를 완수하게 된 것이니, 부동不動을 최고의 미덕으로 여기는 게으른 놈이 오죽 부아가 났겠는가 말이다. 잠시 후 들여올 요리 그릇에다 침이나 뱉지 않으면 다행일 터였다.

"어서 들어오라니까."

"알겠습니다."

덩치가 덩치인지라 고개를 넙죽 숙여 상인방上引枋 밑을 통과한 석대원이 육건이 가리키는 의자에 앉았다. 불과 여섯 시진 전에 관이랑이 앉아 서문복양에 관해 고하던 바로 그 의자였다. 불과 여섯 시진이라니! 자신의 신속한 일 처리에 새삼 감탄하며 육건도 맞은편 의자에 자리를 잡고는 석대원의 얼굴을 찬찬히 들여다보았다. 같은 높이의 의자에 마주 앉았는데도 서 있는 사람을 올려다보는 듯한 기분이 드는 것이 크기는 큰 놈이었다.

괜히 고개를 들기가 싫어진 육건은 자두만 한 크기로 불룩하게 튀어나온 석대원의 목젖에 시선을 고정한 채 말문을 떼어 놓았다.

"나이 든 종은 골골거리는데 젊은 주인은 어째 신수가 더 훤해진 것 같군. 요새 무슨 좋은 일이라도 있었나 보지?"

석대원이 쇠스랑 같은 손으로 뒤통수를 긁적이다가 애매한 대답을 내놓았다.

"뭐, 그렇다고 할 수도 있겠군요."

육건은 눈살을 찌푸렸다.

"그러면 그런 거고 아니면 아닌 거지, 젊은 친구가 흐릿하게 굴기는……. 왜? 자네도 누구처럼 무공이 한 단계 늘기라도 한 겐가?"

"예? 누가 또 무공이 늘었답니까?"

눈을 크게 뜨고 하는 반문 속에는 시인의 뜻이 담겨 있었다. 그것을 똑똑히 읽은 육건은 주름진 콧등까지 찡그리고 말았다. 오늘 새벽 유림지에서 교주로부터 들은 말이 사실로 판명 났기 때문이다. 그는 별수 없이 시선을 석대원의 얼굴 쪽으로 올렸다. 야인의 냄새를 짙게 풍기는 그 크고 투박한 얼굴이 새삼스러워 보일 수밖에 없었다. 서문숭이 비록 불세출의 무공 천재라고는 하지만 이십 대 때의 서문숭과 지금의 서문숭 사이에는 메울 수 없는 커다란 간극이 존재했다. 그런데…….

—지금의 석가 꼬마는 이 서문숭이 천하를 걸고 싸워 볼 만한 상대가 되었소.

이 얘기인즉슨, 지금의 석대원은 비슷한 나이 대의 서문숭보다 훨씬 강하다는 뜻이었…… 이게 말이 돼?

"말이 되냐고!"

"예? 뭐가요?"

움찔 놀라는 석대원을 보며 육건은 작게 혀를 찼다. 나이 먹은 뒤로 가끔씩 이랬다. 뇌와 혓바닥이 한 몸이 되어 버린 양 생각과 말이 뒤섞여 나와 버리는 것이다.

"……아닐세. 뭐, 무공 얘기는 내 전문 분야가 아니니 그만하기로 하세. 아, 요리가 나오는 모양이군. 점심 전이지?"

이 말에 석대원이 갑자기 낙타 한 마리를 통째로 먹어 치울 것 같은 얼굴로 크게 탄식하는 것이었다.

"솔직히 말씀드리면 어제 점심 이후로 아무것도 먹지 못했습니다."

"흘흘, 그 얼굴을 보니 거짓이 아니라는 걸 알겠네. 주방에다 신경 좀 쓰라고 일러 두길 잘했다는 생각이 드는군. 기대해도 좋을걸세. 이 통유각通幽閣 주방을 책임지는 왕 숙수는 광명전에서도 탐을 내는 특급 숙수니까."

육선은 손바닥을 비비며 즐거워했다. 소 돼지도 잡기 전에는 잘 먹일 필요가 있었다. 이른바 도축의 권도.

육건의 말은 허풍이 아니었다. 시녀들에 의해 줄줄이 들려 나온 커다란 접시들에 담긴 요리들은 날것이거나, 재거나, 찌거나, 볶거나, 튀긴 것을 막론하고 하나같이 맛있었다. 특히 만찬 후반 두 명의 시녀가 커다란 찜기에 맞들고 들여온, 내장을 제거한 어린 돼지의 배 속에 꿩고기, 두부, 배추 그리고 여덟 가지 향신료를 채워 넣은 뒤 소홍주로 두 시진 동안 쪄 낸 팔향취저八香醉猪는 일찍이 서문숭이 베풀어 준 광명전의 만찬장에서도 경험해 보지 못한 극상의 진미를 맛보여 주었다.

석대원이 감탄할 일은 거기에서 끝이 아니었다. 접시들이 거의 비워졌을 무렵, 육건이 한 되쯤 들어가는 자그마한 흑자색 단지 하나를 탁자 위에 올려놓고는 양양한 목소리로 말했다.
"교주가 찾아와도 안 내놓았던 보물일세."
겉을 싼 기름종이를 벗긴 뒤 뚜껑 가장자리에 둘린 딱딱한 진흙 봉封을 떼어 내자 한 줄기 그윽한 향기가 파문처럼 실내로 퍼져 나갔다.
"자그마치 삼백 년 묵은 산삼으로 담근 술이지. 한 잔에 한 해가 건강하고 석 잔에 무병장수할 수 있다네."
설마라는 생각이 들었지만 석대원은 입을 딱 다물고 오로지 감동한 얼굴로 술잔을 내밀기만 했다. 단지를 기울이는 육건의 두 손이 가늘게 떨리는 모양을 보니 보물이라는 말만큼은 사실인 모양이었다.
"흐으음."
마셔 보니 부드러운 맛이며 깊은 향이 과연 기가 막혔다. 이만하면 상품 중에서도 상품이라고 할 수 있었다. 물론 어릴 적 아전과의 추억이 담긴 자오란주보다는 못했지만. 육건이 기대에 찬 눈길로 물어 왔다.
"어떤가, 죽여주지?"
"아주 좋군요. 그럼 염치 불구하고 삼배를 청하겠습니다."
석대원은 빈 잔을 다시 내밀었다. 육건이 눈을 끔뻑이며 그의 손에 들린 잔을 쳐다보았다.
"나도 원단에 한 잔씩밖에는 못 마시는 귀한 술이라고. 그냥 올 한 해 건강한 걸로 만족하면 안 될까?"
갑자기 고리게 구는 육건에 대한 석대원의 대답은 짧았다.
"무병장수."
"끄응."

육건은 아까워서 죽을 것 같은 얼굴로 산삼주 두 잔을 더 따랐다. 그런 다음 혹여 더 달랠까 봐 두려운지 부리나케 뚜껑을 덮고는 준비해 둔 말캉말캉한 진흙 띠로 가장자리를 꽁꽁 메워 버렸다.

그 모습을 안주 삼아 느긋하게 무병장수의 꿈을 완성한 석대원이 입맛을 다시며 육건에게 물었다.

"배 속이 든든해지니 이제야 뭔가 실수했다는 생각이 드는군요. 미끼를 문 뒤에야 덫인 줄 아는 미련한 곰처럼 말입니다. 무슨 곤란한 용건이 있으시기에 소생에게 이리 잘 대해 주시는지 궁금합니다."

육건이 주름진 눈을 홉뜨고 볼멘소리를 냈다.

"아니, 우리 사이에 그게 무슨 서운한 소린가? 마음 맞는 후배 불러다 놓고 맛있는 거 한 끼 먹이는 데 꼭 무슨 용건이 있어야 한단 말인가?"

석내원은 그저 웃기만 했다. 그 묵직하고 지긋한 웃음 앞에, 짐짓 억울한 체 의뭉을 떨던 육건이 제풀에 꺾이고 말았다.

"자네가 굳이 그렇게까지 나온다면, 뭐, 부탁할 게 아주 없다고는 하지 않겠네."

"말씀해 보십시오."

"아까 근심이 있느냐고 물었지? 잘 봤네. 내가 요새 근심이 좀 있어."

"무슨 근심이신지?"

"하아!"

육건이 별안간 한숨을 푹 내쉬었다.

"그 '꽁지머리들' 말일세……."

석대원은 말머리만 듣고서도 저 셈속 빠른 노인네가 다음으로 줄줄이 붙여 낼 이야기들이 무엇인지를 금방 알아차렸다. 그래도 접대받은 예의상 장단은 적당히 맞춰 주기로 했다.
"그들이 무슨 잘못이라도 저질렀습니까?"
"암, 저질렀지. 그것도 큰 잘못을."
"그들이 무슨 잘못을 저질렀기에……?"
"아무 잘못도 저지르지 않은 잘못."
만약 농담이라면 재미없는 농담이었다. 하지만 농담을 하는 기색은 아니라서 석대원은 눈살을 찌푸렸다.
"그게 무슨 말씀이신지?"
육건이 눈두덩 옆쪽에 힘을 주어 이마의 주름을 정수리 쪽으로 한껏 밀어 올리며 투덜거렸다.
"무슨 잘못이라도 저질러 줘야 두 개의 고집 센 손모가지를 뎅강 잘라 버리고 그 철궤를 가로챌 수 있을 텐데, 숙소에 틀어박혀 먹고 자고 싸는 일밖에 하지 않으니 자르고 싶어도 자를 명분이 없다 이 말일세. 그러니 그 잘못이 어찌 작다 하겠는가."
육건이 말하는 '꽁지머리들'이란 금부도에서 귀환할 때 금부도주 민파대릉이 석대원에게 붙여 준 두 명의 여진인들, 힐바와 오란차를 가리켰다.
민파대릉, 생김새만큼이나 특이한 사고방식을 가진 뇌족의 족장은 석대원이 금부도를 떠나기 직전 두개골 속에 충성심과 고집밖에 들어 있지 않은 것 같은 두 명의 여진인과 천장포의 핵심 부품 축융이 들어 있는 한 개의 철궤를 하나의 덩어리로 묶어서 선물하는 말도 안 되는 만행을 저질렀다. 그 결과 석대원은 각자의 손목에 쇠사슬로 묶인 철궤를 맞든 두 명의 이족 남자들을 남의 처마 아래까지 데리고 들어와야만 하는 민망한 상황에 처하게 되었다.

이후 몇 달간, 힐바와 오란차는 자신들이 몸뚱이를 걸고 보호하는 바로 그 철궤처럼 살았다. 사람이 물건처럼 산다는 게 어찌 쉬운 일이겠느냐마는, 그들은 민파대릉에 대한 금석 같은 충성심과 임무에 대한 뒤웅박 같은 고집으로 그 일을 해냈다. 석대원은 아직도 그들이 대소변을 어떤 방식으로 처리하는지 알지 못했다.

그리고 또 한 가지, 이것은 석대원이 강동에서 돌아온 뒤에야 알게 된 사실인데, 그 두 여진인들에다 덤으로 자신까지 엮인 삼인 일조가 무양문의 괴짜 수재 집단, 별수재들로부터 성토의 대상이 되었다는 소식을 전해 듣게 되었다. 성토의 수위는 믿을 수 없을 만큼 신랄했다. 아니, 저열했다고 해야 하나? 어쨌든, 소식을 함께 전해들은 한로가 주둥이만 살아 있는 그 재수 없는 먹물들을 당장 도륙하러 달려가지 않은 것만 보아도 한로의 몸 상태가 정상이 아님을 짐작게 해 주었다.

각설하고, 두 여진인들이 고집 세다는 육건의 말에는 석대원도 전적으로 동의했다. 살인적인 복건의 여름을 시작부터 끝까지 고스란히 보내는 동안에도 그들은 손목에 찬 쇠사슬을 결코 벗으려 하지 않았다. 비록 열쇠구멍이 쇳물로 틀어막혀 벗고 싶어도 벗을 수 없는 형편이긴 하지만, 만일 그들이 바라기만 했다면 석대원은 언제라도 그들을 쇠사슬로부터 해방시켜 줄 작정이었다. 심마에 빠져 폐인처럼 지낼 때조차도 그들이 청하였다면 흔쾌히 들어주었을 것이다. 석대원으로서는 천장포의 존재 자체가 마음의 짐칸 위에 더해진 귀찮고도 무거운 짐 보따리들 중 하나였기 때문이다.

대체 자신 같은 강호 무부에게 대포 따위가 무슨 소용이라고! 그 대포가 제아무리 무쌍한 위력을 지녔더라도 말이다.

"저기 저 문짝 보이는가?"

육건의 말에 석대원이 고개를 돌려 자신이 들어왔던 방문을 쳐다보았다.

"어때, 새것 같지? 잘 모르겠다고? 새것 맞아. 호공당의 목수를 불러다 새로 짠 지 닷새밖에 안 되었으니까. 한데 저게 올여름 들어 몇 번째로 맞춘 문짝인지 아는가? 자그마치 일곱 번째라고, 일곱 번째."

"문이 왜 그렇게 자주 망가졌습니까?"

"왜긴 왜야! 그 배은망덕한 별수재란 놈들이 열흘이 멀다 하고 찾아와서 발길질을 해 대니까 그렇지!"

"발길질을 해요? 저 문에다요?"

석대원은 놀랍기도 하고 두렵기도 했다. 무양문의 대장로이자 군사가 사는 방 문짝을 차 부수는 용감무쌍한 먹물들에게 허울뿐인 객원순찰통령과 오랑캐 둘로 이루어진 삼인 일조 따위가 눈에 차기나 할까? 상상하는 것만으로도 진저리가 날 만큼 귀찮은 미래가 자신의 앞에서 손짓하고 있는 것 같았다.

이심전심이었는지도 모른다. 육건이 왜소한 어깨로 부르르 진저리를 치더니 힘없이 말했다.

"순찰통령, 이제 난 정말로 지쳤다네. 더는 그 망할 놈들의 패악을 막아 줄 힘이 없단 말일세. 그러니 자네가 나서서 제발 그 꽁지머리들을 설득해 주게. 내 그 둘을 위해서라면 특별히 천표선이라도 띄워 줄 용의가 있으니까, 제발 그 빌어먹을 쇠사슬 좀 풀어 놓고 처자식들 기다리는 그리운 고향 섬으로 돌아가 달라고 말일세. 자네도 그 불쌍한 여진인들이 망할 놈들의 악다구니에 걸려 욕보는 꼴은 보고 싶지 않을 게 아닌가."

그 모습이 어찌나 지쳐 보이는지, 석대원은 육건의 청을 아

무 조건 없이 들어주고 싶었다.

그러나 누군가의 청을 들어주기 위해 다른 누군가와의 약속을 어겨서는 안 되었다. 석대원은 민파대릉과 한 약속을 잊지 않았다. 뇌족의 수준 높은 화기술이 집약된 포중마물砲中魔物 천장포를 비각의 야욕을 부수는 데에만 오롯이 사용하겠다는 복수의 약속!

만일 천장포의 수준 높은 기술이 무양문에 넘어간다면 그들은 그 기술을 서문숭의 야망과 백련교의 대업을 달성하는 데 우선적으로 사용할 것이 분명했다. 비각의 존재는 무양문에도 알려져 있긴 하지만 서문숭, 이 광오한 지존은 그 존재를 안중에도 두지 않는 눈치였다. 비유하자면, 귀찮기는 해도 눈에 띄기만 하면 하시라도 잡아 죽일 수 있는 등에 정도로 여긴달까. 그러므로 서문숭은 천장포를 훨씬 더 요긴한 곳에 사용하려 들 것이다. 등에를 잡아 죽이는 데 대포를 쏠 사람은 없을 터이기에.

그리고 육긴의 청을 들어줄 수 없는 보다 실질적인 이유는 따로 있었다.

"군사님의 고충은 십분 이해합니다만, 솔직히 말씀드려 저로서는 도와드릴 방법이 없군요."

각부별로 분해된 천장포를 천표선에 선적하던 날, 축융이 든 철궤에 제 손목을 묶고 나타난 두 사람 중 한어를 할 줄 아는 힐바는 석대원에게 이렇게 말했다.

―저희들은 이 쇠사슬에 목숨을 걸었습니다. 이 쇠사슬을 자르시는 것은 저희들의 목을 자르시는 것과 마찬가지입니다.

그 말을 떠올린 석대원이 한숨을 쉬고는 말했다.

"별수재들에게서 그들을 구하기 위해 그들의 목을 자를 수는 없는 노릇 아닙니까."

그러자 육건이 갑자기 눈을 빛내며 얼굴을 탁자 위로 밀어 올렸다.

"방법이란 게 말일세, 다 사람이 궁리해 내기 나름이지."

"예?"

"굳이 그들의 목을 자르지 않고서도 그들을 돌려보낼 방법이 있다 이 얘길세."

석대원으로서는 귀가 솔깃해지는 얘기가 아닐 수 없었다.

"어떤 방법입니까?"

"예를 들어 순찰통령이 멀리, 음, 저번처럼 소주에 잠시 다녀 오는 정도가 아니라 '아주 멀리' 떠난다면 어떻게 되겠는가?"

"아주 멀리……?"

"가령 저 북쪽, 산서 지방 같은 데로 말일세. 설마 그런데도 그 꽁지머리들이 아는 사람 하나 없는 이 무양문에서 순찰통령을 기다려 줄까?"

그 생각은 해 본 적이 없었다. 그래서 석대원은 시간을 들여 생각해 보게 되었다.

"글쎄요, 그들 고집이라면 기다릴 것 같기도 하고……."

"기름칠을 적당히 해 주면 안 그럴걸."

"기름칠요?"

"그래, 출발하기 전에 순찰통령이 꽁지머리들에게 슬쩍 흘리는 거지. 눈치가 수상하다. 내가 떠나면 무양문에서 무슨 수를 써서든 축융을 뺏으려 들 것 같다. 마귀가 괜히 마귀겠느냐. 너희들 둘 죽이는 건 일도 아닐 거다. 그러니 아까운 목숨 낭비하지 말고 그냥 나한테 맡기고 돌아가라……. 왜, 그 철궤에다 요

상한 장치들도 해 두었다며? 어차피 우리가 가지고 있어 봤자 뇌문주가 순찰통령에게 준 열쇠 없이는 소용없는 물건일 테니까, 열쇠를 순찰통령이 가져간다고 말하면 꽁지머리들도 납득하지 않을까?"

기름칠을 하기 위한 장황한 방법을 배우는 동안 석대원의 눈초리는 조금씩 길쭉해지고 있었다. 그 눈길에 담긴 의심의 기미를 읽은 듯, 육건이 고개만으로도 모자라 양손까지 세차게 내저으며 말했다.

"아아, 열쇠 달란 소리는 안 할 테니 염려하지 말게. 그 열쇠, 순찰통령이 고이 가지고 가라고. 내 입장에서는 순찰통령과 꽁지머리들이 그 망할 놈들의 눈에 띄지 않기만 하면 되는 거니까. 축융은, 나아가 천장포는 순찰통령 자네의 것이야. 그 점은 내가 책임지고 보장해 주겠네. 정말로 탐이 난다면 자네에게 솔직히 얘기하고 호교십군들 몽땅 보내서 힘으로 뺏겠네. 이건 명존 앞에서 맹세할 수도 있어."

명존까지 들먹이는 것을 보니 술수를 부려 축융을 손에 넣으려는 수작은 아닌 것 같았다.

"하지만 그러기 위해선 소생이 멀리 가야 할 일이 있어야 할 게 아닙니까? 소생은 소생만 믿고 이역만리까지 찾아온 사람들을 속이고 싶진 않습니다."

육건이 눈을 부릅떴다.

"속이긴 왜 속여? 실제로 그럴 일이 있는데."

"예?"

"자네, 관아랑 친하지?"

갑자기 튀어나온 관아 얘기에 석대원은 어리둥절해졌다.

"그렇습니다만……?"

"자네도 들었겠지만 관아는 자네가 본가로 간 사이 백도의 위선자들에게 납치되었네."

 만일 석대원의 마음 밑바닥에 깔려 있는 죄책감을 자극할 의도에서 꺼낸 말이라면, 그 의도는 훌륭히 성공한 셈이었다. 지금 석대원의 귓전에는 자신의 숙소 문밖에서 들려오던 관아의 울먹임이 쟁쟁 되살아나고 있었으니까.

 ―상숙이 약속했단 말이야! 이번에 돌아오면 관아랑 또 시내 구경 가기로 상숙이 약속했단 말이야!

 그러나 석대원은 약속을 지키지 않았고, 관아는 그 없이 시내에 다녀오던 길에 납치당했다. 그는 만일 자신이 당시 관아와 함께 있었다면 어떻게 되었을까 하고 생각한 적이 여러 번 있었다. 만일 그랬다면?
 '관아가 납치되는 일만큼은 막을 수 있었겠지. 그 충직한 비밀 호위 영감도 목숨을 건졌을 테고.'
 석대원은 이런 종류의 죄책감을 외면할 수 있을 만큼 자기합리화에 능하지 못했다.
 그때 육건이 기습적으로 말했다.
 "얼마 전 관아의 행적을 파악했네."
 "그게 정말입니까?"
 석대원은 자신도 모르게 목소리를 높였다. 육건이 좁고 주름진 인중을 일그러뜨리며 묘한 웃음을 지었다.
 "일전에 내가 본 교의 힘을 우습게 보지 말라고 말한 것 기억하나? 명존의 밝은 눈은 천하 구석구석을 비추고 계신다네. 집쥐처럼 조심성 많은 자들이라도 그 눈으로부터 완전히 벗어날

수는 없지."

 으쓱거리는 기색이 역력했지만 석대원으로서는 관심 밖의 문제였다. 그는 다급히 물었다.

 "관아는 지금 어디에 있습니까?"

 "내가 아까 말하지 않았던가? 저 멀리 북쪽에 있는 산서 지방이라고."

 '산서?'

 산서라고 하니 자연스럽게 떠오르는 곳이 있었다. 모용풍이 기록한 ≪비세록≫에는 비각에 대해 많은 분량을 할애하고 있었다. 비각의 본거지가 자리 잡은 지역이 바로 산서, 그중에서도 중심부라고 할 수 있는 태원이었다. 아니나 다를까, 육건이 냉소를 지으며 석대원의 예감을 사실로 확인시켜 주었다.

 "지난번에 금부도에서 한 방 먹은 게 분했던지, 이번 납치 사건의 배후에는 비각 아이들이 도사리고 있더군. 비이목의 강남 총담이란 사가 총지휘를 맡았던 모양일세."

 "……비각."

 뿌드득.

 하얀 식탁보 위에 얹어 둔 석대원의 주먹 아래에서 얇은 판때기가 깨지는 듯한 기음이 울려 나왔다. 식탁보를 들춘다면 탁자 표면에 입혀 놓은 반질반질한 옻칠이 그의 주먹이 놓인 곳을 중심으로 거미줄 같은 방사형 실금들로 깨져 나간 것을 발견하게 될 터였다.

 육건은 잠깐 사이에 살벌하게 변해 버린 석대원의 얼굴을 조심스럽게 살피며 말했다.

 "알다시피 우리 무양문에는 인재들이 많다네. 십군의 군장들 중 몇 명만 보내도 관아를 구출해 오는 일이 그리 어렵지는 않으리라 보네. 하지만 군장들 대부분이 출정 중인 데다 남겨 둔 군장들 또한 상대적으로 취약해진 본 문의 수비를 담당하느라 자리를 비울 수 없는 형편이군. 그래서 자네에게……."

"소생이 가겠습니다."

석대원이 육건의 말을 자르며 단호한 목소리로 내뱉었다. 육건이 반색을 하고 나왔다.

"정말?"

"관아에게 약속한 것이 있습니다."

육건이 합죽한 하관으로 활짝 웃으며 고개를 끄덕였다.

"어린아이와의 약속도 소중히 여기다니 과연 대장부로군!"

그러나 육건은 틀렸다. 석대원은 약속을 지키지 않았기 때문이다. 그는 자신의 잘못을 바로 잡고 싶었다. 관아를 만나 약속을 어긴 것을 사과하고 싶었다.

"언제 떠나면 되겠습니까?"

석대원의 목소리에서는 조급한 마음이 그대로 배어 나오고 있었다. 육건이 그 마음에 호응해 주었다.

"빠르면 빠를수록 좋지. 놈들이 관아를 언제 어디로 옮길지는 아무도 모르는 일이니까."

"그렇다면 부탁하신 여진인들 문제를 처리하는 대로 곧장 떠나겠습니다."

"그래 주면 나로서는 곱절로 고마운 일이지."

자리에서 일어서는 석대원에게 육건이 친절한 얼굴로 말했다.

"교주께도 승인받은 임무인 만큼 필요한 것이 있다면 뭐든지 말하게. 총력을 기울여서 지원해 줄 테니까."

잠시 생각해 보았지만 딱히 필요한 것은 없었다. 육건의 입

장에서는 무양문의 일이라고 여기는 게 당연할 테지만, 그래서 총력 지원 운운하는 것이겠지만, 비단 관아의 문제가 아니라도 비각과는 청산해야 할 빚이 너무 많은 석대원이었다. 그는 마음속으로 결론을 내렸다. 이것은 내 일이라고.
"한로를 잘 부탁드립니다."
석대원은 이 말을 남기고 육건의 방을 나섰다.

순찰당이 몇 개월 전 새로 임명된 객원순찰통령에게 붙여 준 시비 아이는 열다섯 싱그러운 나이답게 사과 속살처럼 뽀얀 피부를 가지고 있었다. 늦어도 묘시卯時(오전 6시 전후) 정각에는 기침을 하던 여느 때와 달리 조식도 놓칠 만큼 늦잠을 자 버린 한로는 멍한 머리를 애써 세우며 침실에서 걸어 나오다가 그 아이와 마주쳤다. 송단松蛋이라는 이름의 그 아이는 한로를 보기 무섭게 복도 구석으로 몸을 피하며 고개를 숙였다. 한로의 눈길이 아이의 손에 들린 약 쟁반에 가 닿았다.
"무슨 약이냐?"
한로가 무뚝뚝하게 물었다.
"지난밤에 통령 나리께서 달이라 하신 약이옵니다."
송단의 조심스러운 대답에 한로의 안색이 확 변했다.
"소주께서 어디 편찮으시다더냐?"
한로의 방은 석대원의 방 바로 앞에 자리하고 있었다. 자연 송단이 석대원에게 약 쟁반을 가져가는 길이라고 생각할 수밖에 없었던 것이다.
"그게 아니옵고……."
"그게 아니면?"
"통령 나리께서는 매일 아침 식전에 노야께 달여 드리라고

명하셨습니다."

"내게?"

"예. 중기를 보하는 보약이라고 일러 주셨습니다."

그러면서 약 쟁반을 눈썹 높이로 받쳐 올리니, 한로는 난생처음 받아 보는 보약 대접에 잠시 어찌할 바를 모르게 되었다.

"허, 늙은 종이 골골거리는 게 뭐 대단한 일이라고 손수 보약까지 지어 오셨단 말이냐?"

한로가 어이없다는 투로 묻자 송단이 재빨리 대답했다.

"손수 지어 오신 것이 아니라 교주님께서 내려 주신 것으로 알고 있사옵니다. 지난밤에 광명전에서 사람이 다녀갔사옵니다."

그러고 보니 늦잠만 잔 것이 아니었다. 석대원과 함께 저녁 식사를 마친 뒤에 이상하게 졸음이 쏟아져 잠깐 눈을 붙일 요량으로 숙소로 들어온 것인데, 해가 미륵봉 위로 훌쩍 오르도록 내처 잠들고 만 것이었다.

"식으면 약효가 떨어지오니 어서 드시옵소서."

송단의 말에 한로는 먹먹한 마음이 저절로 일었다. 그는 석대원의 침실 쪽을 흘깃 돌아본 뒤 약사발을 잡아 입가로 가져갔다. 양약고구良藥苦口라고 약은 몹시도 썼지만, 자신의 노쇠함을 염려하는 젊은 주인의 고마운 배려가 입안의 쓴맛을 감로처럼 바꾸어 주는 듯했다. 약 쟁반 위에 입가심용으로 놓인 편강片薑을 우물거릴 때, 송단이 말했다.

"약을 드시는 동안에는 돼지고기와 찬물을 올리지 말라는 통령 나리의 분부가 계셨습니다."

"기억하마. 고맙다."

평소 얼음처럼 싸늘하기만 하던 한로로부터 짤막하게나마 사례를 들은 게 기쁜지 송단의 하얀 뺨이 금세 발그레해졌다. 사

과 속살이 사과 껍질을 입는 듯한 모습이었다. 그렇게 상기된 얼굴로 송단이 말했다.

"그리고 노야를 뵈러 오신 손님이 두 분 계십니다."

"나를? 소주가 아니고?"

"예, 노야를 뵈러 오신 분들이었습니다."

한로는 입안의 편강을 꿀꺽 삼키고는 고개를 갸웃거렸다. 송단의 말은 보약 이상으로 뜻밖이었다. 한로는 무양문도들 중에서 석대원이 아닌 자신을 만나러 올 사람이 있을 리 만무하다고 생각하고 있었다. 어제 은밀히 다녀간 양각천마 최당처럼 무양문도가 아니라면 몰라도.

"이상하구나. 모셔 와 보거라."

잠시 후 송단이 데려온 두 사람을 바라보았을 때 한로는 자신의 판단이 옳았음을 알게 되었다. 송단이 데려온 두 사람은 무양문 안에 머물기는 하되 무양문도는 아니었다. 백련교도도 아니었고, 심지어는 한족도 아니었다. 한로로서는 이름도 제대로 외우지 못하는 금부도 출신 여진인들이었다.

"작별 인사를 올리려고 찾아뵈었습니다."

얼굴에 점점이 잡힌 화상 물집 자국만 아니면 꽤나 차분한 인상이었을 장년인이 허리를 깊이 구부리며 직각으로 꺾은 왼손의 주먹 부분을 오른쪽 옆구리에 가져다 대었다. 그러자 그 옆에 서 있던 가죽조끼 차림의 다부진 청년이 장년인의 동작을 따라 했다.

"작별 인사라니, 갑자기 그게 무슨……."

영문을 몰라 묻던 한로는 두 여진인들에게서 불현듯 이상한 점 하나를 발견했다. 두 사람 사이의 공간을 언제나 묵직하게 채워 놓았던 물건 하나가 보이지 않는다는 사실을 깨달은 것이었다. 두 사람의 손목에 쇠사슬로 연결되어 있던 철궤!

"자네들…… 쇠사슬은 어떻게 하고……?"

장년인이 오랜 구속으로 말미암아 살갗이 검푸르게 죽어 버린 자신의 왼쪽 손목을 내려다보더니 빙긋 웃었다.

"석대원 공자님께서 지난밤에 찾아오셔서 손수 잘라 주셨습니다."

"소주께서? 소주께서 왜 자네들의…… 아, 아니, 잠깐만. 자네들도 쇠사슬을 자르는 데 반대하는 입장이 아니었던가?"

거듭된 충격에 머릿속이 뒤죽박죽이 되었는지 한로의 질문에는 두서가 없었지만, 장년인은 질문에 담긴 의도를 정확하게 파악하고 찬찬히 대답해 주었다.

"그랬습니다만 공자님께서 하시는 말씀을 들어 보니 더 이상은 버티기 힘들다는 판단이 들었습니다. 애당초 저희 둘은 축융의 소유권이 공자님께 있음을 보이기 위한 장식물이나 마찬가지였습니다. 장식할 사람이 떠난다면 장식물도 무용해지겠지요. 그래서 섬으로 돌아가기로 마음먹었습니다."

'장식할 사람이…… 떠나?'

그 비유에 담긴 속뜻이 한로를 펄쩍 뛰게 만들었다.

"하면 소주께서 어디를 가셨단 말인가?"

이 말에 장년인이 의아하다는 표정을 지었다.

"모르고 계셨습니까? 공자님께서는 어젯밤 저희 둘의 쇠사슬을 잘라 주신 뒤 곧바로 원로에 오를 거라 말씀하셨습니다. 하여 그분께는 그 자리에서 작별 인사를 올렸지요. 그리고 노야께는 오늘 아침에 인사를 드리려고 이렇게 찾아온 것인데, 오늘따라 기침이 늦으셔서 지금까지 기다린 것입니다. 그동안 베풀어 주신 우의에 감사드립……."

한로는 한가한 작별 인사 따위를 더 이상 듣고 있을 수 없었다. 그는 두 사람에게서 몸을 돌려 석대원의 방으로 달려갔다.
쾅!
방문이 비명을 지르며 안으로 활짝 열렸다.
"소주!"
그러나 방 안에는 아무도 없었다. 주로 엉망인 채로 한로의 손길만 기다리던 침대 위 이부자리도 지금은 손님을 받아도 될 만큼 깨끗이 정돈되어 있었다. 한로는 반사적으로 벽에 붙박인 검가를 향해 고개를 돌렸다. 검가 위는 텅 비어 있었다. 그 위에 마땅히 걸려 있어야 할 혈랑검은 방 안 어디에도 보이지 않았다. 그는 공포를 닮은 경악에 휩싸였다. 검동은 있는데 검이 없다니!
그때 침대 머리맡 다탁 위에 놓인 쪽지 한 장이 한로의 눈에 꽂히듯이 들어왔다. 그는 한달음에 달려가 쪽지를 집어 들었다. 쪽지에는 생김새만큼이나 투박하고 거친 석대원의 필치가 남겨져 있었다.

음식에다 장난친 것은 이번이 마지막일 테니 너무 화내지 마시오. 해결할 일이 있어 강북에 다녀오겠소. 때맞춰 약 잘 먹고 몸조리 잘하며 기다리시오. 다시 만났을 때도 비실거리면 다른 비복을 찾아보겠소.

"이럴 수가……."
한로의 입장에서는 청천벽력 같은 일이 아닐 수 없었다. 그는 쪽지를 움켜쥔 채 그 자리에 풀썩 주저앉고 말았다.

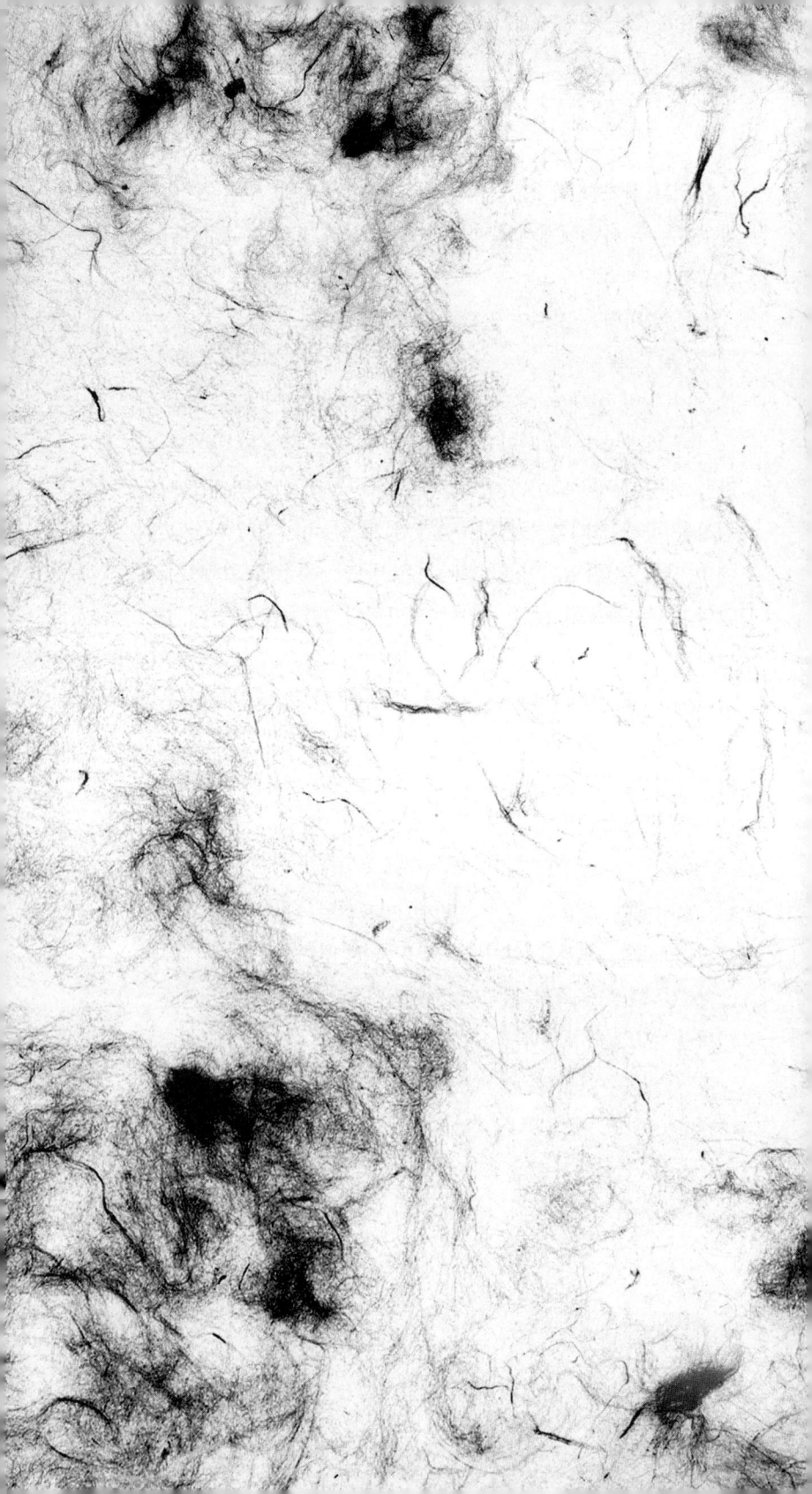

상량上梁

(1)

 그 잿더미 속에서 상량문上樑文을 찾아낸 것은 실로 기적이라고밖에 할 수 없을 터였다.
 비록 화마의 악랄한 발톱을 완전히 피하지는 못하여 제문의 앞뒤를 눌러 주는 용구龍龜(상량문 양쪽에는 건물을 화재로부터 지켜 달라는 의미에서 수신을 상징하는 '용' 자와 '구' 자를 적어 넣음)는 불타 사라졌지만, 그리고 앞머리에 적어 놓은 상량일도 심하게 훼손되어 언제인지 알아보기 힘들었지만, 그 옛날 상량문을 작성할 당시 초대 문주가 품었을 웅심이 그대로 드러나는 굳건한 필획만큼은 더러운 검댕 밑에서도 생생히 살아남아 그것을 내려다보는 현임 문주의 눈시울을 달아오르게 만들었다.
 "사부님께서 지켜보고 계셨나 봅니다."
 어깨 너머에서 울려온, 이제는 유일한 사형제가 되어 버린 막내 사제 석대전의 말에 사자검문의 현임 문주 관룡봉은 훅 달아오르는 두 눈을 질끈 감아야만 했다. 눈물 따위를 흘리며 낭비할 시간이 그에게는 주어지지 않았다. 이 잿더미 밑에서 죽어간 방기옥, 당맹벽, 도춘, 당호, 그밖에 숱한 동문……. 그들은 그가 눈물 흘리는 것을 결코 허락하지 않을 것이었다.

우르릉—.

비가 시작되려는지, 노을 대신 짙은 먹장구름들을 전함처럼 밀어 보내는 서녘 하늘로부터 천둥소리가 무겁게 울려 나왔다. 한때 사자검문이라 불리던 잿더미 위로 때 이른 어둠이 깔렸다. 그러나 관룡봉은 양끝이 시커멓게 그을린 대들보의 한 토막을 양손으로 받든 채 석상처럼 서 있기만 했다. 잿더미에 박힌 두 발이 너무나도 무거웠다. 보이지 않는 원혼들이 그의 발목을 족쇄처럼 조이는 듯했다.

어둠이 짙어지고, 공기가 젖은 솜처럼 점차 무거워지더니, 이윽고 빗방울이 떨어져 내렸다.

툭. 툭. 후드득.

비는 금세 장대비로 바뀌어 찻종지만큼이나 큼직한 빗방울들로써 잿더미 위에 서 있는 관룡봉을 두들겨 대기 시작했다. 그 충격이, 그 아림이 생존한 자의 의무를 일깨우고 있었다.

"문주, 돌아가셔야지요."

뒷전에 서 있던 석대문이 나직이 관룡봉을 불렀다. 관룡봉은 꿈에서 막 깨어난 사람처럼 어깨를 움찔거렸다. 그가 천천히 돌아섰다. 어둠과 빗물에 짓눌린 백여 개의 얼굴들이 그를 향하고 있었다. 그들이 딛고 선 폐허만큼이나 황량한 얼굴들. 사자검문의 현실은 이토록 참혹했다. 그러나 생존한 그에게는 이 황량함과 참혹함 속에서 미래를 만들어 나가야 할 의무가 있었다.

스스로 짓씹어 넝마처럼 너덜너덜해진 관룡봉의 입술이 천천히 벌어졌다. 그 사이로 흘러나온 것은 양손으로 받쳐 든 제문의 필획만큼이나 굳건한 의지를 품은 맹세였다.
"바로 이 자리에서 사자검문을 다시 시작하겠다. 앞으로는 어느 누구도 감히 불태우지 못할 가장 위대한 건물을 짓겠다."

(2)

작살처럼 내리꽂히는 늦여름의 햇살 아래 상량식을 기다리고 있는 그 건물은 아쉽게도 그리 위대해 보이지 않았다.
번듯한 것은 건물 외벽을 따라 두른 여덟 개의 원형 기둥과 가운데 공간을 채운 열여섯 개의 사각 기둥뿐이었고, 지붕은커녕 외벽조차도 완전히 올리지 못해 휑한 내부가 군데군데 들여다보이는 상태인지라, 사람이 거하는 건물이라기보다는 탐욕스러운 청소동물들에게 여기저기 파 먹힌 커다란 초식동물의 사체처럼 보이는 것도 사실이었다. 사실 두 달 남짓한 짧은 기간 안에 중건된 건물이 위대해 보인다면 그쪽이 오히려 이상할 터였다. 더구나 그 기간 중 절반 가까이가 잿더미를 치워 내고 독물에 오염된 구역을 복토覆土하는 데 허비되었음에랴.
그러나 한 건물의 가치를 어찌 외관의 대소와 미추로만 판단할 수 있겠는가. 흙과 나무와 인간의 의지와 그것들이 어우러져 이룩한 역사를 지키기 위해 감연히 목숨을 던진 무사들의 주검 위에 다시 지어진 그 건물은 누가 뭐래도 위대할 수밖에 없었다.
건물 앞에 모여 상량식을 기다리고 있는 참석자들은 묘하게 경직되어 있었다. 그들 대부분은 두 달여 전 독중선의 횡액으로부터 살아남은 사자검문의 문도들인데, 들뜨고 벅찬 기대감보다는 어둡고 무거운 비장함이 그들 모두를 하나의 얼굴로 빚어 놓은 흙 인형처럼 보이게 만들었다. 기쁨을 온전히 누리기에는 그들의 어깨 위에 지워진 짐이 너무 무거운 탓이리라.

 불과 두 달여 전만 해도 사자검문이라 당당히 불리던 그 일대는 복토되어 검붉은 속살을 올려 낸 황량한 흙바닥과 그 위에 이제 막 기초를 다져 놓은 십여 채 건물 터들이 전부라고 할 수 있었다. 그 일대에서 중건할 필요 없이 온전히 남겨진 유일한 구조물은 경내를 빙 두른 높다란 회벽 담장뿐.

 그 담장 너머로 난데없는 노랫소리가 울려 퍼졌다.

 연꽃이 떨어지네, 연꽃이 떨어지네.
 한 잎 두 잎 연꽃이 떨어지네.
 어화이야, 좋을시고 우리 재신.
 가난한 거지들을 구하실 양 동전 비를 뿌려 주시네.
 연꽃이 떨어지네, 연꽃이 떨어지네.
 한 잎 두 잎 연꽃이 떨어지네.

 구성진 노랫소리가 이어진 것은 한 남자의 정기 충만한 목소리였다.

 "개방의 우근이 사자검문의 영웅들께 인사드리오! 선물도 챙겨 오지 못한 가난한 거지라도 환영해 주시겠소?"

 높은 제관祭冠에 홍포 제의祭衣를 차려입고 상석에 앉아 있던 장년인이 자리에서 일어섰다. 차가운 인상에 청죽처럼 후리후리한 체구, 허리에 두른 요대의 왼편에서는 사자검문의 장문영부와 다름없는 금사신검이 흔들리고 있었다. 사자검문의 제삼

대 문주인 관룡봉이었다.
"천하의 누가 개방 방주님을 박대하겠습니까? 머리카락으로 융단을 지어서라도 환영하오니 어서 들어오십시오!"
관룡봉의 카랑카랑한 외침이 끝나기 무섭게 임시로 만들어 단 정문이 활짝 열리고 십여 명의 남자들이 사자검문의 앞마당으로 걸어 들어왔다. 선두에 선 사람은 누덕누덕 기운 옷과 전혀 어울리지 않는 번쩍거리는 교금사 철포를 허리에 둘러 맨 개방 방주, 철포결 우근이었다.
"오셨습니까, 형님."
관룡봉과 나란히 서 있던 장신의 적삼 장년인이 우근을 향해 포권을 올렸다. 금번 상량식에 참석하기 위해 이틀 전부터 사자검문에 머물고 있던 석가장의 가주 석대문이었다. 석가장은 지난 두 달간 사자검문의 형제로서, 또 전우로서 물심양면으로 전폭적인 지원을 아끼지 않았다. 그들의 지원이 없었다면 사자검문의 재건은 기약할 수 없는 먼 일이 되었을 것이 분명했다.
석대문을 발견한 우근이 볕에 그을린 얼굴 한가득 건강한 웃음을 지었다.
"아우님! 늦어서 미안하네. 일찌감치 출발하려고 했는데 복잡한 일이 좀 생겨서 말이야."
"늦다뇨. 아직 식이 시작되지도 않았습니다."
상석 쪽으로 성큼성큼 다가온 우근은 우선 사자검문의 당대 주인인 관룡봉의 앞에 몸을 똑바로 세운 뒤 두 주먹을 모아 얼굴 높이로 올려 보였다.
"강동의 명문 사자검문이 과거의 아픔을 딛고 다시 일어서게 된 점, 개방을 대표하여 진심으로 축하드리는 바이오."
사실 우근과 관룡봉은 두 달 전 석가장에서 열린 승전연 겸

위로연에서 이미 안면을 튼 사이였다. 나이로 보나 강호의 명성으로 보나 우근 쪽이 훨씬 윗길이라서 당시에는 자연스럽게 상하가 나뉘었는데, 지금은 공개석상이기도 하거니와 주객의 구별이 분명한지라 우근 쪽에서 최대한 예의를 차리려 하는 눈치였다. 관룡봉도 자세를 바로 하고 마주 포권하며 우근에게 답례했다.

"폐문의 행사에 불원천리 찾아와 주셔서 감사드립니다. 귀방과 방주님의 축하가 소생을 비롯한 폐문의 문도들에게 얼마나 큰 힘이 되는지 아마 모르실 겁니다."

두 사람이 하는 양을 지켜보던 석대문이 우근의 옆구리 옷자락을 슬며시 당기며 속삭였다.

"그만하면 됐습니다. 이제 평소대로 하셔도 됩니다."

우근은 눈을 끔뻑이다가 관룡봉에게 슬며시 물었다.

"그래도…… 될까?"

관룡봉이 냉막해 보이는 하관 위로 하얀 금을 그렸다.

"됩니다."

우근이 기다렸다는 듯 상체를 펴 올리며 웃음을 터뜨렸다.

"하하! 나란 인간은 어릴 적에 뭘 잘못 먹었는지 점잖은 척만 하면 창자가 꼬여 버린단 말이지. 소주 같은 천하미향天下味鄕에서 큰 잔치 앞두고 창자에 탈이 나면 큰일 아닌가."

"형님께는 이만저만한 큰일이 아니겠지요."

석대문이 우근의 귓가에 얼굴을 가져다 대더니 조그만 목소리로 덧붙였다.

"오신다는 소식을 듣고 제가 특별히 준비해 둔 게 있습니다."

"먹는 건가?"

벌써부터 번들거리는 우근의 입가를 즐거이 훔쳐보며 석대문

이 말했다.
"작년에 함께 먹은 태호 잉어 요리 기억하시죠?"
우근의 동공이 약에 취한 것처럼 활짝 열렸다.
"그 기똥찬 사품 요리를 어떻게 잊겠는가!"
"그 집 주인을 초빙했지요. 싱싱한 잉어도 궤짝으로 들여놓았으니 아마 기대하셔도 좋을 겁니다."
"궤, 궤짝……."
우근은 대꾸도 제대로 못 하고 커다란 개처럼 침을 줄줄 흘리기 시작했다. 그 모습을 보며 실소하던 석대문이 관룡봉의 뒤쪽에 서 있던 두 사람을 불러 우근에게 인사시켰다. 한 사람은 지난 두 달간 관룡봉과 잿더미 위에서 숙식을 함께하며 사자검문의 중건에 온 힘을 쏟아 온 석대전이요, 또 한 사람은 십오륙 세 정도 되어 보이는 건강한 안색의 소년이었다. 소년의 짙은 눈썹과 단정한 오관이 검은 격자무늬가 들어간 감색 무복의 상의와 무척 잘 어울려 보였다.
"무더위에 원로를 오시느라 고생 많으셨습니다."
"또 보는군, 석 이가주. 잘생긴 얼굴이 이 모양으로 탄 걸 보니 고생은 내가 아니라 자네가 한 것 같으이."
석대전과 인사를 마친 우근이 자신을 향해 넙죽 읍례를 올리는 소년을 돌아보았다. 소년이 또랑또랑한 목소리로 말했다.
"우 방주님을 뵙습니다!"
"흐음, 너도 처음 보는 얼굴은 아니구나. 일자수미검 이 대협네 아들이지?"
"기억하시네요. 이호라고 합니다."
"맞다, 네 이름이 이호였지. 사숙 중에 그 이름을 가지신 분이 있어서 기억하고 있단다. 손버릇이 좋지 못한 양반이라 좋은 기억은 아니긴 하지만. 몸은 이제 다 나은 거냐?"

"많은 분들이 걱정해 주신 덕분에 이젠 건강해졌습니다."

"잘됐구나. 한데 부친과 숙부들은 어디 가고 너 혼자 여기 와 있는 거냐?"

우근이 주위를 두리번거리며 묻자 잘생긴 소년, 이호가 공손히 대답했다.

"부친께서는 막내 숙부님의 재활 치료를 도우시느라 오늘 상량식에 참석하지 못하셨습니다. 그리고 저는 사문에 머물다가 사부님께서 같이 가자고 하셔서 이 자리에 오게 된 것입니다."

"사부님? 아하!"

우근은 그제야 이호가 석대문의 제자로 들어갔음을 기억해 낸 눈치였다.

사절검은 지난번 군조와의 싸움에 나서 주는 조건으로 석대문에게 이철산의 아들 이호를 제자로 받아들여 줄 것을 요청했다. 물론 사절검의 도움이 간절했기 때문은 아니었지만 그들의 의기에 감동받은 석대문은 흔쾌히 승낙했고, 이호는 그 자리에서 아홉 번 머리를 조아림으로써 그를 사부로 모셨다. 약식으로 치러진 그 배사지례拜師之禮는 천하제일 신의 구양정인이 주인으로 있는 악양의 활인장에서 치러졌고, 자리를 함께하던 우근은 졸지에 원치도 않는 참관인이 되어 그 모든 과정을 지켜보게 되었던 것이다.

우근이 솥뚜껑 같은 손을 이호의 머리 쪽으로 뻗으며 말했다.

"고놈, 생긴 것도 그렇고 말하는 것도 그렇고 참말로 똘똘하구나. 하지만 네 사부의 검법을 배우려면 피똥을 싸도록 노력해야 할 게다."

공들여 정돈한 머리카락을 순식간에 난발로 헝클어 버리는

것을 보면 우근의 손버릇도 이호라는 이름의 사숙만큼이나 좋지 않은 듯했다. 이호가 조금 질린 얼굴로 물었다.
"정말로 피똥까지 싸야 하나요?"
"암, 싸야 하고말고. 독중선을 수수깡처럼 꺾어 버린 게 바로 네 사부의 검법인데."
우근이 당연하다는 듯이 고개를 주억거렸다. 듣고 있던 석대문이 두 사람의 대화에 끼어들었다.
"형님, 수련법이 갑자기 바뀌어 가뜩이나 고생하는 아이 겁주지 마시고, 함께 오신 분들이나 소개해 주십시오."
"참, 내 정신 좀 보게."
우근이 제 이마를 치더니 뒤를 돌아보았다.
"우리 막 아우는 이미 알지?"
우리 막 아우, 개방의 소주 분타주 개천봉 막운래가 상석을 향해 포권을 올리려는데, 성질 급한 우근은 그의 주먹이 한데 모이기도 전에 다른 사람들을 소개하고 있었다.
"그리고 저분들은 정말 멀리서 오신 분들일세. 사실 내 출발이 늦은 데는 저분들 책임이 크다고 할 수 있지. 개봉에서 막 출발하려는 참에 불쑥 찾아오시는 바람에 출발이 이틀이나 지연되고 말았지 뭔가."
석대문은 우근이 가리키는 두 사람을 바라보았다. 사실 그들이 은연중에 드러내는 범상치 않은 기파가 계속 마음에 걸려 우근에게 소개를 재촉한 것이었다.
"족하가 강동제일인이시오?"
북경 표준말도 아니고 강남 사투리도 아닌 억센 억양이 귀에 설었다. 석대문은 우근의 뒷전에서 성큼 걸어 나와 자신을 빤히 올려다보는 작달막한 남자에게로 시선을 고정시켰다.

나이는 마흔두서너 살 정도 먹었을까. 그 남자는 억양만이 아니라 전체적으로 낯선 외양을 하고 있었다. 머리 위로 주먹만 하게 틀어 올린 몽치상투도 낯설고, 상의의 깡총하니 짧은 아랫자락도 낯설고, 이 날씨에 저러고 다녀도 괜찮을까 걱정마저 드는 토끼 털가죽 토시와 각반도 낯설고, 두 발에 신고 있는 투박한 짚신도 낯설었다. 하지만 가장 낯선 것은 남자의 왼쪽 어깨에 걸려 있는 물건이었다. 강호인이 사용하는 무기로는 좀처럼 보기 드문, 시위를 풀어 둥글게 부려 놓은 활이었다. 소뿔과 몇 종의 목재를 섞어 탄성을 향상시킨 복합궁 같은데, 이 나라에서 사용하는 것들보다는 크기가 꽤 작아 보였다. 과거 몽고의 기병들이 저처럼 작은 활을 사용해 중원은 물론 멀리 서역까지 정벌했다는데…… 그것일까?
　"석대문이라고 합니다."
　석대문이 포권을 하자 남자가 툭 내뱉었다.
　"해동궁海東弓."
　"예?"
　"내 활 말이오. 몽고 것이 아니냐는 얘기를 하도 들어서 미리 얘기해 두는 거요."
　활 쪽을 힐끔거린 것이 눈에 거슬린 모양이었다. 석대문이 표정을 더욱 부드럽게 하여 물었다.
　"해동이면 고려국을 말씀하시는 것인지?"
　"지금은 조선이오. 뭐, 이 나라 사람들은 고려나 조선이나 한 가지로 생각하는 모양이지만, 고려는 고려고 조선은 조선 아니겠소. 이 나라 사람들에게 원나라 사람 아니냐고 물으면 아마 기분 좋아하지는 않을 게요."
　석대문이 주먹을 다시 모으며 사과했다.

"소생이 과문하여 결례를 범했습니다. 조선이라면 군자의 나라에서 오신 분이시군요."

남자가 짧고 굵은 목을 왼쪽 어깨 위로 삐딱하니 기울였다.

"그런 나라는 세상 어디에도 없소. 위정자들은 배부르고 민초들은 먹고살기 힘든 나라들만 있을 뿐."

이래저래 추어올려 주는데도 돌아오는 반응들이 영 신통치 않자 석대문은 약간 무안해졌다. 하지만 이어지는 말을 들어 보니 사고방식 자체가 원래 염세적인 것 같았다.

"사실 나는 조선 출신이 아니오. 그보다 북쪽인 요동에서 나고 자랐으니까. 삼산三山 일대에서 조그만 문파 하나를 세웠는데 관서關西(산해관의 서쪽, 여기서는 중국)로 들어와 보니 아는 사람이 한 명도 없더구려. 관외 사정에는 어찌 그리도 관심들이 없는지……. 뭐, 어쨌든 손님으로 왔으니 소개는 정식으로 하리다. 반갑소. 나는 삼산파三山派 장문인인 장연충張衍充이라고 하오."

"아는 사람이 없긴 왜 없어? 삼산파라고 하니까 내 제자 놈이 대번에 알더만."

우근이 불쑥 끼어들자 장연충이 코웃음을 쳤다.

"그 소 닮은 친구는 글러 먹었소."

"잉? 남의 멀쩡한 제자를 두고 왜 글러 먹었다는 거요?"

"흥, 내 활을 보더니 몽고궁은 오랜만에 본다는 헛소리를 해 댔거든."

"내 보기에도 착각하기 딱 좋더구먼, 그걸 가지고 뭘 글러 먹었다고까지……."

그러자 장연충이 눈길만이 아니라 몸까지 완전히 우근에게 돌리며 예의 억센 억양으로 물었다.

"내가 이 자리에서 해동궁과 몽고궁 사이의 절대로 착각할 수 없는 차이점에 대해 다시 한 번 설명해야겠소?"

"아, 아니오."

아마도 짧은 설명은 아닌 모양이었다. 서둘러 손사래를 치던 우근이 석대문을 돌아보며 화제를 돌렸다.

"아, 글쎄 이분이 개봉 총타 앞에서 개방 방주를 만나겠다고 부득부득 우기셨다지 뭔가. 성깔이라면 우리 거지들도 만만한 게 아니어서 하마터면 총타를 지키던 친구들하고 큰 싸움이 날 뻔했는데, 때마침 내가 나서는 바람에 좋게 해결할 수 있었지."

석대문은 이상한 생각이 들었다. 우근의 괄괄한 성격에 작은 싸움을 큰 싸움으로 키웠다면 말이 되지만, 큰 싸움이 날 걸 좋게 해결했다니? 아니나 다를까, 지레 켕기는 구석이 있었던지 우근이 곧바로 이실직고하고 나왔다.

"뭐, 자네도 얘기해 보니 이분 말씀하는 품새가 우리네 방식 하고는 약간 다르다는 걸 알겠지? 솔직히 말해, 저 뒤에 계신 양반을 알아보지 못했다면 나도 참지 못했을걸세. 그랬다면 무시…… 뭔가에 멍깨나 들었겠지."

"무시천궁無矢天弓. 제대로 맞으면 멍으로는 안 끝날 게요."

장연충이 우근의 부실한 기억력을 보완해 주었다. 우근이 고개를 끄덕거렸다.

"그래, 무시천궁. 시범을 봤는데 정말 대단하더군. 화살도 안 메긴 빈 활로 슝, 하니까 삼십 보 떨어진 데다 세워 둔 이따맣게 굵은 송판이 쩍……. 무양문의 대적용이 살아 있다면 정말로 난형난제였겠어."

무시천궁이 어떤 종류의 무공인지는 모르지만 천하의 철포결이 저리 감탄하는 걸로 봐서 예사 재주는 아닌 듯했다. 정식으로 싸운다면 설마 우근이 패하리라고는 생각하기 힘들었지만,

그래도 우근 정도 되는 사람에게 진심으로 인정받는다는 것은 쉬운 일이 아니었다. 게다가 상대의 무기가 활이라면 우근처럼 근접전을 장기로 삼는 권사에게는 더더욱 까다로울 수밖에 없을 터였다. 석대문은 묵묵히 고개를 끄덕였다. 천하는 과연 광막하여 요동의 궁벽한 곳에서도 용 같고 범 같은 고인이 웅크리고 있었던 것이다.

그건 그렇고…….

석대문의 시선이 장연충에게서 두 번째 남자에게로 옮겨 갔다. 우근은 그 남자를 알아보았기 때문에 장연충과의 싸움을 피할 수 있었다고 했다. 그렇다면 중원 강호에도 제법 알려진 인사일 터.

중키에 색깔 없는 수수한 마의 단삼을 입은 그 남자는 솟구친 눈초리와 매부리 진 콧대와 비좁은 인중 때문에 전체적으로 잔인한 인상을 풍기고 있었다. 특히 눈길을 끄는 것은 허리띠 뒤춤에 묶여 오른쪽 허벅지 뒤로 늘어뜨려 놓은 칼 한 자루.

석대문은 그 남자가 장연충과 함께 걸어 나올 때 왼발부터 내디뎠던 것을 기억하고 있었다. 그렇다면 왼손잡이는 아니라는 뜻. 아마도 엉덩이 뒤로 돌린 왼손으로 칼집 밑부분을 잡아 올린 다음, 오른손 역시 뒤로 돌려 칼자루를 역수逆手로 쥐고서 발도하는 방식인 것 같았다. 상대하는 입장에서는 상궤를 벗어나 좌방 중단으로부터 기습적으로 날아드는 첫 칼에 당황하고 말리라.

석대문의 시선을 느꼈는지 남자 쪽에서 먼저 주먹을 모았다.

"삼산파에서 호법을 맡고 있는 사람이오. 도귀刀鬼라고 불러 주시오."

"아!"

스스로를 칼 귀신, 도귀라고 소개하는 남자를 향해 석대문이 급히 공수해 보였다. 도귀라는 남자는 흰빛이 더 많은 머리카락과 눈가에 자글자글 들어찬 잔주름으로 미루어 우근이나 장연충보다도 여러 살 연상으로 보였다. 자신에게는 숙부뻘에 가까운 연장자인 셈이었다.

"석대문입니다. 결례를 용서하시길."

그러면서도 머릿속으로는 저 나이 대의 솜씨 좋은 도객들 중에서 이름을 감추고 살아야 할 만한 사람들의 명호를 더듬어 보았다. 거기에 살인자의 얼굴과 역수로 발도하는 특이한 도법의 소유자라면?

그 순간, 도약하기 직전의 맹수처럼 몸을 웅크린 저 남자가 역수로써 발도하는 장면이 석대문의 머릿속에 그려졌다. 강철 빛이 번갯불처럼 상상의 세계를 갈랐다. 아무것도 돌아보지 않고 누구도 용서하지 않고 무엇에도 무자비한, 불고不顧, 불용不容, 불비不悲의 무시무시한 일격! 그러자 석대문의 사고 위로 마치 끈으로 붙들어 맨 것처럼 한 사람의 이름이 딸려 올라왔다.

'하지만 그 사람이 왜?'

석대문이 알기로 그 사람에게는 이름을 감춘 채 중원에는 전혀 알려지지 않은 관외 소문파의 호법으로 자신을 꾸며야 할 만한 이유가 전혀 없었다. 비록 같은 관외이기는 하지만 일방을 지배하는 강성한 방회의 주인으로서 오랫동안 명성을 날려 온 사람이 무슨 까닭으로 그래야 한다는 말인가?

그때 석대문의 귓전으로 우근의 전음이 날아들었다.

—알은체하지 말게.

석대문이 쳐다보자 우근이 눈짓을 보냈다.

—나중에 설명해 주겠네.

자신의 짐작이 맞았다는 심증이 굳어지는 가운데에도 석대문은 여전히 의혹을 거두지 못하였다. 관외의 유명인사가 이름을 감추고 도귀라는 흔하디흔한 별호로 자신의 앞에 나타난 데에는 과연 어떤 사연이 숨어 있는 걸까?

어쨌거나 오늘 행사의 주인은 자신이 아니기에 석대문은 두 이방인을 관룡봉에게 인사시켰다. 잠시 소외된 데 대해 불쾌함을 느낄 수도 있으련만, 관룡봉은 사소한 결례에는 개의치 않는 관대한 주인으로서의 풍모를 보여 주었다.

주객 간의 인사가 끝나고 손님들이 모두 자리를 잡자 곧바로 상량식이 시작되었다.

기초부터 중건한 건물에는 새로 지은 상량문을 올리는 것이 일반적이지만, 사자검문의 생존자들은 자신들이 잿더미에서 찾아낸 옛 상량문을 목판 형태로 도려내 중건 일자만 더하여 새로운 대들보 위에 붙이는 것으로써 새로운 상량문을 대신하기로 결정했다. 초대 문주와 이 대 문주인 방령, 방기옥 부자의 업적과 희생을 기리는 의미에서였다.

건물의 네 귀퉁이에 술을 부음으로써 천지신명께 시작을 고하는 헌례獻禮는 이제 막 걸음마를 뗀 두 살배기 꼬맹이에 의해 행해졌다. 관룡봉은 사형이자 전임 장문인이 남긴 형수와 조카를 돌보기 위해 평생토록 독신으로 살 것을 맹세했고, 조카가 장성하면 사자검문의 다음 대 문주 자리를 물려줄 것임을 모든 문도들 앞에서 공표했다. 그날 죽어 간 선열들을 잊지 않는다는 의미에서 개명한 그 꼬맹이의 이름은 방사희方思犧.

"어부, 어부부, 까르륵!"

아무것도 모르는 두 살배기 꼬맹이는 술잔을 들고 다니며 여기저기 뿌려 대는 헌례를 단지 재미있는 놀이라고 여겼는지 뒤

똥 걸음으로도 바장거리며 돌아다녔다. 부군상夫君喪을 치르느라 소복을 벗을 수 없는 꼬맹이의 모친은 관룡봉의 거듭된 권유에도 불구하고 오늘 행사에 참석하지 않았다. 소복 입은 여자가 눈에 띄면 행사에 부정이 낀다는 세간의 미신을 꺼린 때문이었다. 조신하고도 숙부드러운 그녀의 성정과 행실을 잘 아는 관룡봉이기에 오늘 아침 그녀의 품에서 꼬맹이를 건네받으며 다만 고개를 깊이 숙였을 따름이었다.

다음 식순은 독축讀祝.

관룡봉이 상량문의 사본을 받쳐 들고 제사상 앞으로 걸어 나갔다. 쏟아지는 햇볕이 그가 쓴 높은 제관의 금장 테두리 위에서 백금빛으로 바스라지고 있었다.

"……이에 기둥을 세우고 들보를 올리나니[立柱上梁] 하늘이 다섯 가지 빛으로 감응하시고[應天上之五光] 땅이 다섯 가지 복을 준비하시도다[備地上之五福]."

제문을 낭독하는 관룡봉의 카랑카랑한 목소리가 늦여름의 드높은 하늘 위로 울려 퍼진 뒤, 스무 명의 문도들에 의해 동아줄로 당겨진 대들보가 아름드리 동체를 꿈틀거리며 지면 위로 두둥실 떠올랐다. 이를 지켜보던 참석자들 모두가 상량호上梁號를 외치기 시작했다.

"대들보가 올라갑니다! 대들보가 올라갑니다! 대들보가 올라갑니다!"

어느 순간부턴가, 또 어느 자리부턴가 상량호 속으로 낮은 웅얼거림이 섞여 들었다.

"사자물겁…… 사자부동…… 사자무적……."

사자는 겁먹지 아니하고 사자는 흔들리지 아니하며 그러므로 사자에겐 적이 없다. 얇은 선지 위에 떨어진 먹물 방울처럼 그

열두 자가 상량호를 외치던 참석자들 속으로 전파되어 나갔다. 한 입, 두 입, 세 입……. 입에서 입으로 건너뛸 때마다, 혀에서 혀로 굴러 넘을 때마다 열두 자는 더 커지고 더 세지고 더 간절해졌다. 그러고는 마침내…….

"사자물겁! 사자부동! 사자무적! 사자물겁! 사자부동! 사자무적! 사자물겁! 사자부동! 사자무적!"

이전 상량호는 더 이상 울리지 않았다. 그 자리를 대신한 것은 아무리 무거운 대들보라도, 설령 태산처럼 무거운 대들보라도 능히 받쳐 올릴 것만 같은 단합의 외침, 결연한 맹세였다.

석대문은 침착하고 단정하던 평소의 모습을 던져 버리고 부릅뜬 눈으로 사자검문의 십이자계명을 목이 터져라 외쳐 대는 아우 석대전과, 그 뒷전에서 권심拳心이 터져 나가도록 움켜쥔 주먹을 허공에 내지르며 한목소리로 고함을 질러 대는 문도들의 모습에서 사자검문의 미래를 보았다.

이 세상에 무너지지 않는 건물은 없다. 그리고 무너진 건물은 다시 일어설 수 없다.

이 세상에 쓰러지지 않는 사람은 없다. 그러나 쓰러진 사람은 다시 일어설 수 있다.

그러므로, 비록 지금은 등뼈 같은 대들보만 댕그라니 올라탄 엉성한 건물에 불과하지만, 저 건물이 두 번 다시 사악한 자들에 의해 무너지는 일은 없으리라는 믿음이 생겨났다. 왜냐하면 동생 같은 사람들이, 한번 쓰러졌지만 그 아픔을 딛고 다시 일어선 사람들이 저 건물을 떠받쳐 줄 것이기에. 좋은 강철은 불과 망치 아래에서 더욱 단단해지는 것이다. 석대문은 천둥처럼 울려 퍼지는 열두 자 구호 속으로 나직이 읊조렸다.

다시 일어선 자 더욱 굳셀지니…….

두 번 다시 쓰러지지 않을지니…….
 대들보가 마침내 자리를 잡았다. 대들보에 묶여 있던 수십 가닥의 동아줄들이 잔뜩 긴장하고 있던 몸뚱이를 느슨히 풀며 바닥으로 후드득후드득 떨어져 내렸다. 수레바퀴만 한 도르래들을 줄줄이 매단 거중기가 삐걱거리며 물러나고 토지신께 바치는 술이 그 자리를 적셨다.
 "천신이시여! 지신이시여! 일월성신이시여! 굽어살피소서! 굽어살피소서! 웨에이!"
 "웨에이! 웨에에이!"
 불붙은 지방과 축문이 모든 이들의 축원을 싣고 하늘로 올라갔다. 몇몇 참석자들은 개인적으로 준비해 온 지전을 살라 하늘로 던져 올렸고, 그것으로써 오늘 상량식이 모두 끝났다.

(3)

 인간은 본시 흥이 많은 동물이라서 언제 어디서건 술과 음식만 충분히 갖춰지면 얼마든지 즐길 준비가 되어 있었다. 그래서인지 상량식을 뒤따른 피로연은 변변한 지붕 밑도 아닌 차일 친 야외에서 벌어졌지만 모든 참석자들을 만족시킬 만큼 흥겹고 성대하게 이어졌다.
 소주 경내 애주가들 사이에서는 이미 자자한 얘기지만, 강북에서 시집온 석가장 안주인의 술 내리는 솜씨는 웬만한 양주가釀酒家 종부의 것에 못지않았다. 그녀는 불행을 딛고 새로이 일어서려는 시동생의 사문을 격려하기 위해 석가장 술 창고의 묵직한 자물통을 거리낌 없이 열었고, 아래로는 백로황白老黃(白酒와 老酒와 黃酒, 중국의 서민적인 술)에서부터 위로는 소흥紹興, 금준金

樽, 오량五粮, 거기에 입소문으로만 떠돌던 귀하디귀한 자오란까지, 수십 단지의 술동이들이 담자 지게 양쪽에 주렁주렁 매달려 사자강 계단 위로 운반되어 왔다.

"오오!"

"크, 죽여주누먼!"

뚜껑이 일제히 개봉되고, 분수처럼 넘쳐흐른 아찔한 주향이 늦여름의 하오를 흥겨운 빛깔로 물들였다.

잔치를 빛내 줄 요리를 책임진 것도 석가장에서 파견 나온 숙수들이었다. 그들 중 일부는 독문의 횡액이 닥치기 직전 석가장으로 피신한 사자검문의 식솔들이었다. 석가장 안주인의 배려로 그간 석가장 주방에서 호구를 이어 오던 이들인지라 옛 주방이 있던 자리에 마련된 간이 주방에 서서 음식을 만들다가도 가끔씩 주도와 철 냄비 손잡이를 쥔 손길을 멈추고 눈시울을 붉히곤 했다. 물론 후덕한 석가장 안주인은 사자검문에 정식 주방이 세워지고 그 아궁이에 다시금 불이 지펴지는 날이 오면 그들의 복귀를 조건 없이 허락해 주겠노라 약속한 터였다.

녹차 잎을 곁들여 쪄 낸 차과육茶鍋肉, 옛 대가의 이야기가 얽힌 동파육東坡肉, 광동에서 올라온 도미와 게와 새우가 한 접시 위에서 어우러진 삼선화혼三鮮華婚, 거기에 오리, 닭, 두부를 비롯한 수많은 채소 요리들…….

미향으로 이름 높은 강동의 맛깔스러운 음식들이 줄줄이 밀려 나오고, 거기에 더하여 식도락가로 유명한 의형을 위해 석가장 가주가 특별히 준비한 한 궤짝의 태호 잉어들은 네 가지 각기 다른 굉장한 요리들로 바뀌어, 입맛이 다른 관외인들마저도 까칠한 눈썹을 이마 위로 밀어 올리게 만들었다.

먹고 마시고 노래하고 춤추는 가운데 어느덧 긴 여름날이 저 물었다.

 놀기는 한데서 놀아도 잠은 처마 밑에서 자야 했기에 손님들은 아쉬움을 뒤로하고 사자강을 내려가야 했고, 흥겹던 야연장野宴場도 노인네 이빨처럼 점차 듬성듬성해지더니 술시戌時(오후 8시 전후) 말에 이르러 완전히 파장하게 되었다.

 그로부터 두 시진이 지나, 칠월의 마지막을 알리는 그믐달이 사자검문을 굽어보는 사두암의 둥근 바위 머리 위에 낚싯바늘처럼 걸릴 무렵.

 사자검문의 후원과 뒷문을 지나 사두암 정상으로 이어진 좁다란 산길을 어둠을 도와 오르는 두 사람이 있었다. 화려하고 거추장스러운 잔치 옷 대신 검박하고 행동에 편리한 검고 누런 무복으로 갈아입은 그들은 강동의 양대 문파를 이끄는 젊은 주인들인 석대문과 관룡봉이었다.
 불과 두 시진 전까지만 해도 사자강 위를 떠들썩하게 만들던 피로연의 흥겨움은 어디에다 벗어 두었는지, 지금 두 남자의 얼굴은 그들을 둘러싼 그믐밤만큼이나 냉정하게 가라앉아 있었다. 어둠 속에서 차갑게 빛나는 그들의 눈빛은 전장에 나선 장수의 그것인 양 팽팽히 긴장되어 있었고, 가파른 산길을 야행하는 그들의 몸놀림에서도 술기운에 흐트러진 기미는 한 점 찾아볼 수 없었다. 늦더위에 허옇게 말라붙은 조릿대 잎사귀들이 작디작은 바스락거림으로 그들의 행적을 좇고 있었다.
 본래에는 제법 운치 있는 산행로라 부를 만한 산길이건만, 두 달여 전 독문과의 전투 시 다수의 인원에 의한 탈출로와 추격로로 쓰인 터라 여기저기 부러진 나뭇가지들이며 표토 위로 드러난 나무뿌리들이 당시의 긴박한 상황을 그대로 보여 주는

듯했다. 그러니 길을 오르기가 아무리 수월해졌다 한들 두 사람의 마음이 편할 리는 없었다. 특히 석가장의 문지기 화 노인이 군조의 발길을 묶기 위해 스스로를 폭사시킨 장소를 지날 적에는 그믐의 어둠 속에서도 참혹한 화마의 자취를 똑똑히 알아볼 수 있어 그들의 마음을 더욱 무겁게 만들었다.

자정을 넘긴 늦여름 산길은 밤벌레들의 공연장이었다.

쓰으쓰으— 쯔르르르— 링. 링. 링.

쓰르라미, 베짱이, 귀뚜라미, 방울벌레……. 풀숲 밑에 몸을 감춘 채 한철을 만끽하는 온갖 밤벌레들의 울음소리가 그믐밤의 침묵을 점점이 깨트리고 있었다. 그 나른한 공연장을 아래로부터 헤쳐 건너 사두암 정상 부근에 이르자, 침침한 바위 그늘 아래에서 누군가 두 사람을 향해 손을 흔드는 것이 보였다. 곧바로 낮고 굵은 목소리가 뒤따랐다.

"이쪽일세."

두 사람은 즉시 목소리가 울린 방향으로 발길을 틀었다. 어깨 높이로 뻗어 나온 관목 가지들을 헤치고 들어가자 네댓 평쯤 되는 자그마한 공터가 나왔다.

사두암 정상을 이루는 거대한 화강암이 뿌리 쪽에서 쐐기 모양으로 쪼개지면서 역경사의 우묵한 바위 홈을 만들어 놓은 그 공터에는 세 사람이 자리를 잡고 석대문과 관룡봉이 오기를 기다리고 있었다. 개방 방주 우근과 요동 삼산파에서 왔다는 두 명의 관외인들이었다. 연회 말미까지 남아 있다가 사자강 아랫마을에 잡아 놓은 숙소로 돌아가겠다며 떠난 이들인데 불과 두 시진 만에 다시금 얼굴을 마주하게 된 것이었다.

"자리를 정리하고 오느라 조금 늦었습니다. 오래들 기다리셨습니까?"

세 사람에게 눈인사를 보낸 석대문이 묻자 우근이 대표로 대답했다.
"아닐세. 우리도 맞춤하게 왔으니 신경 쓰지 말게."
그러는 동안에도 관목 숲 앞까지 나아가 산 아래쪽의 동정을 살피던 삼산파의 호법 도귀가 이윽고 사람들이 모인 곳으로 돌아와 낮은 목소리로 말했다.
"주위를 경계하려면 바위 위쪽 정상으로 올라가는 게 나을 것 같소."
그러더니 동의를 기다리지도 않고 저 먼저 훌쩍 자리를 뜨는데, 돌출된 바위 부리를 탁탁 찍으며 역경사의 위태로운 바위벽을 뛰어오르는 몸놀림은 마치 등 뒤에 보이지 않는 날개라도 돋친 듯 경쾌하기 그지없었다. 저 아래 연회장에서와는 달리 시위를 걸어 둔 해동궁을 어깨에 멘 삼산파 장문인 장연충이 아무 말 없이 그의 뒤를 따르고, 이어 우근도 석대문과 관룡봉에게 눈짓을 보내고는 원숭이처럼 손발을 놀려 바위를 타고 올라갔다.
오밤중에 산꼭대기에서 만나자는 것만으로도 모자라 더한층 보안을 꾀하려 드는 세 사람을 보며 석대문은 안색을 더욱 무겁게 굳혔다. 예사로운 일은 아니리라 생각했지만, 생각보다 더 중대한 용건이 있는 모양이었다. 그는 관룡봉과 눈빛을 짧게 교환한 뒤 신법을 펼쳐 사두암 정상으로 뛰어올랐다.
사두암 정상에서 내려다보는 야경은 오직 괴괴하기만 했다. 자정을 훌쩍 넘긴 시각인 데다 등잔 기름이 귀한 시대인 탓에 발아래로 펼쳐진 넓은 평야에는 빛 한 점 찾아볼 수 없었다. 때마침 야공에 걸린 그믐달도 구름 속으로 숨어들어 괴괴한 분위기를 더해 주고 있었다.

한발 앞서 정상에 도착한 세 사람을 향해 다가간 석대문이 도귀에게 포권을 올렸다.

"후배가 정식으로 인사를 올리겠습니다. 방주님의 위명은 어릴 적부터 익히 들어 왔습니다."

도귀의 표정이 묘해졌다.

"나를 아시오?"

"소생이 비록 과문한 남부 촌놈에 불과하지만 수십 년간 관외에서 첫손가락에 꼽혀 온 절세의 도객을 어찌 몰라보겠습니까, 온 방주님."

석대문의 말에 도귀가 귀 쪽으로 길게 찢어진 눈을 우근에게로 돌렸다. 그 눈빛이 여간 매서운 것이 아니었지만, 우근은 나는 아무 말 안 했다는 듯 메기입을 지어 보이며 고개를 저었다. 그러자 도귀, 천산철마방의 현 방주이자 천산 자락에 이무기처럼 눌러앉아 좀처럼 움직임을 보이지 않는다 하여 관외괴망關外怪蟒이라는 별호로도 불리는 삼불도三不刀 온교穩狡가 고개를 작게 끄덕이더니 이제까지와는 달리 선배의 위엄이 담긴 목소리로 석대문에게 말했다.

"강동제일인은 검술뿐 아니라 견문도 고절한가 보구려."

"감당키 어려운 말씀입니다."

"하지만 이후로 방주라는 호칭은 삼가 주시면 고맙겠소. 나는 오래전부터 천산철마방의 방주가 아니었으니까."

삼불도 온교임은 인정하나 천산철마방의 방주임은 부인하는 이 말에 석대문이 어리둥절한 얼굴로 우근을 돌아보았다. 우근이 눈썹을 역팔자로 모으며 어깨를 으쓱거렸다.

"개봉에서 저 얘기를 들었을 때 나도 지금의 자네와 비슷한 표정을 지었던 것으로 기억하네."

장연충이 빳빳한 눈썹을 쭝긋거리며 대화에 끼어들었다.

"형님께서 현재 우리 삼산파의 호법인 점에는 거짓이 없으니, 정히 호칭이 필요하면 그냥 호법이라고 부르셔도 될 게요."

그러면서 손을 내밀어 자신의 어깨를 듬직하게 짚어 주는 장연충과 한차례 친근한 눈빛을 교환한 온교가 다시 석대문에게로 고개를 돌렸다.

"과거에 얽힌 세세한 사연을 밝히지 못하는 점, 가주께서 양해해 주시기 바라오."

석대문으로서는 양해하고 싶지 않아도 양해할 수밖에 없었다. 온교와 장연충이 최소한 적으로서 찾아온 것이 아님은 알고 있었기 때문이다. 그러나 적이 아니라 하여 스스로를 흔쾌히 열어 주기에는 아직 불확실한 부분이 너무 많았다. 지금은 하루하루가 벼랑 끝에 올라선 것처럼 위태로운 시국. 비록 혼란의 중심에서는 어느 정도 벗어나 있다고는 하나 이 강동 땅 또한 언제 그 드센 소용돌이에 삼켜질지 모르는 상황이었다.

그때 다섯 사람이 모인 뒤 줄곧 입을 다물고만 있던 관룡봉이 입을 열었다.

"부르신 목적을 알려 주십시오."

머리 꼬리 다 떼어 버린 단도직입적인 요구였다. 무명이나 다름없는 장연충은 제외하더라도, 삼불도, 철포결, 판검대인 같은 쟁쟁한 명사들을 앞에 둔 관룡봉이지만 어려워하거나 위축된 기색은 전혀 엿볼 수 없었다. 이곳 사두암은 어디까지나 사자검문의 영역이었고, 그는 사자검문의 주인으로서 그 사실을 똑똑히 인지하고 있었다.

이에 석대문은, 사자검문의 전대 문주 방기옥이 목숨과 맞바꾸며 내린 최후의 결단이 진실로 가치 있는 것이었음을 다시 한

번 실감했다. 사자검문의 창시자인 냉면무정검 방령과 가장 닮은 이는 친아들인 방기옥도, 의조카인 석대전도 아니었다. 언제 어디서든 본연의 청랭함을 잃지 않는 저 대나무처럼 꼿꼿한 관룡봉이었다.

그러나 관룡봉의 솔직 담백한 됨됨이에 대해 알 기회가 전혀 없었던 온교와 장연충은 무례하다 여긴 듯 표정을 살짝 굳혔다. 그 기색을 눈치챈 석대문이 관룡봉을 거들고 나섰다.

"솔직히 말씀드려 저 또한 몹시 궁금하군요. 다른 곳도 아닌 사자검문의 경내에서 이렇게 은밀히 회동할 필요가……."

석대문은 말을 멈추고 고개를 돌렸다. 등 뒤에서 고치실처럼 가늘고 길게 이어지던 밤벌레들의 울음소리가 어느 순간부턴가 부자연스럽게 끊긴 것을 알아차렸기 때문이다. 그 직전 그의 예민한 청각이 잡아낸 것은 분명 인위적인 소리, 정확히는 인간의 옷자락이 뭔가 꺼끌꺼끌한 표면에 쓸리는 소리였다.

이 시각, 사두암 정상에는 강호 전체를 통틀어도 쉽게 찾아보기 힘든 고수들이 여럿 자리하고 있었다. 주위의 기척을 감지해 내는 능력 또한 난형난제였는지, 석대문이 경계심을 드러낸 것과 거의 동시에 우근이 걸터앉은 바위 턱에서 벌떡 몸을 일으키고 온교가 길게 찢어진 눈을 매섭게 빛냈다. 그러나 세 사람의 단련된 반사 신경이 저마다 예비해 놓은 모든 두 번째 동작들을 앞지른 것은, 가장 늦게 움직인 장연충의 첫 번째 동작이었다. 그것은 놀랄 만큼 단호했고, 쾌속했고, 무엇보다도 결정적이었다.

쓔아아앗ㅡ.

어금니를 시리게 만드는 날카로운 소성簫聲이 장연충이 잡아 튕긴 해동궁의 시위와 사두암 바위 뿌리의 완만한 경사면을 따라 둥글게 군락해 있는 솔숲의 한 지점을 일직선으로 관통했다. 석대문은 그 일직선의 궤적 뒤에 꼬리처럼 따라붙는, 좁고 기다랗고 뿌연 소용돌이에 감싸인 공기의 통로를 볼 수 있었다. 다음 순간 푹, 하는 둔탁한 타격음이 터져 나오고, 곧이어 소나무에 붙어 있던 무엇인가가 바닥으로 떨어지는 소리가 들렸다. 장연충을 제외한 네 사람이 그믐밤의 고적함을 세찬 옷자락 소리로 찢어 내며 솔숲을 향해 신형을 날렸다.

현장에 가장 먼저 도착한 것은 가장 나이가 많은 온교였다. 하지만 순위와 경신술의 고하는 무관하다고 보는 것이 옳을 터였다. 온교의 얼굴에 어린 초미의 다급함이 그 증거였다.

"늦었어."

온교가 짧게 탄식했다. 뒤이어 그 자리에 도착한 석대문은 온교의 발치에 널브러져 있는 남자를 내려다보았다. 바위틈에 박힌 소나무 뿌리 위에 비스듬히 걸쳐진 그 남자의 얼굴은 약단지 밑바닥에 눌어붙은 고약처럼 시커멓고 끈적끈적한 액체로 범벅이 되어 있었다. 코와 입, 심지어 귓구멍과 눈구멍마저도 죽은피를 꾸물꾸물 흘리고 있는데, 그 형상이 마치 까만 지네들이 구멍에서 기어 나오는 듯했다.

"독인가?"

군조의 청갑귀산으로 죽을 고생을 한 탓에 독이라면 치를 떨게 된 우근이 씹어 뱉듯이 물었다. 남자를 내려다보던 석대문이 침중한 목소리로 대답해 주었다.

"흘리는 피의 색깔이나 상태로 봐서 그런 것 같습니다."

해동궁의 줌통을 왼손에 움켜쥔 장연충이 사람들이 모인 곳으로 터덜터덜 걸어오며 말했다.

"사로잡을 작정으로 무시천궁의 수위를 조절했는데, 독단을

깨물 정신이 남은 걸 보니 너무 약하게 쏘았던 모양이오."

그러나 석대문이 판단하기에 저 장연충에게는 아무 책임이 없었다. 죽은 남자가 입고 있는 검은 야행의의 오른쪽 견갑골 부위는 봉두棒頭에 직격당하기라도 한 것처럼 움푹하게 함몰되어 있었다. 적중과 동시에 근육을 끊고 뼈를 분지름으로써 우반신을 순식간에 마비시켜 버리는, 그러나 생명에는 지장을 주지 않는 절묘한 한 수였다. 그럼에도 불구하고 남자가 독단을 깨문 것은 불가항력적인 일.

석대문은 못내 언짢다는 양 혀를 끌끌 차고 있는 장연충을 새삼스러운 눈길로 돌아보았다. 화살도 걸지 않은 빈 시위를 한 번 퉁겨 이토록 깔끔히 상황을 결정지어 버린 것을 보면, 과연 저 요동인에게는 천하의 개방 방주를 감탄시킬 만한 구석이 충분히 있었던 것이다.

책임에 관해서는 석대문과 같은 생각을 하고 있었던 듯, 자리에 쭈그리고 앉아 죽은 남자의 상태를 살피던 온교가 몸을 바로 세우더니 장연충을 돌아보며 말했다.

"아우님의 책임은 아니네. 이들이 조직에 들어가 가장 먼저 받는 것이 어떤 상황에서도 자결할 수 있는 훈련이니까."

"조직? 어떤 조직을 말씀하시는 건지?"

석대문이 묻자 온교가 무겁게 대답했다.

"비이목."

"비이목?"

"비각이 부리는 밀정 조직의 이름이오."

석대문은 자신도 모르게 우근을 돌아보았다. 올봄 무당산에서 죽을 고생을 겪다 살아 돌아온 우근으로부터 들은 얘기 한 토막이 생각났기 때문이다.

우근은 당시 자신을 잡기 위해 무당산에 펼쳐진 삼엄한 천라지망의 배후에 관부의 기관 한 곳이 깊숙이 개입해 있었다고 말했다. 천하에 저 혼자만 잘난 줄 아는 태행산의 칠성노조 같은 광망한 위인마저 수족으로 부린다는 그 신비하고도 대단한 기관의 이름이 바로 비각, 방금 온교가 비이목이라는 밀정 조직의 본체라고 지목한 곳과 동일한 이름을 가지고 있었던 것이다.

우근은 석대문에게 확인이라도 시켜 주듯 고개를 끄덕였다.

"비각의 밀정이 대체 왜 이곳에 있는 겁니까?"

석대문이 물었다. 온교는 우근과 석대문과 관룡봉의 얼굴을 하나씩 둘러본 뒤 말했다.

"비각은 언제나 당신들을 주시해 왔소."

"언제나?"

"그렇소. 더욱이 무양문이 발호하고 강북의 백도들이 그에 대항하기 위해 결집하는 현 시점에는 당신들을 향한 감시의 수위가 더욱 높아졌을 것이오. 어느 편도 아니지만 어느 편도 될 수 있는 게 바로 당신들이니까."

옆에서 팔짱을 끼고 있던 장연충이 코웃음을 쳤다.

"한쪽은 식인호고 한쪽은 독사인데 어느 편을 들까? 누구 편을 들더라도 물려 죽기 십상이구먼."

우근이 이를 갈며 말했다.

"무양문의 패도도 마음에 들지는 않지만, 비각이라면 더더욱 편들고 싶은 마음이 생기지 않는군."

온교가 말을 이어 갔다.

"당신들이 작년부터 겪어 온 모든 불길한 사건들의 배후에는 비각이 도사리고 있었소. 실종된 강동삼수의 일인, 마약에 홀린 개방의 소주 분타주, 일조령에 출몰한 가짜 혈랑곡도, 군산 철

군도에서 모습을 드러낸 거경. 그들이 무양문 타도의 명분하에 무당파와 손을 잡았을 때 우 방주는 무당산의 우거진 초목 속에서 사경을 헤매야만 했고, 그들의 비호 아래 목숨을 부지해 온 독중선은 해묵은 원한을 갚기 위해 이 강동 땅에 피바람을 몰고 왔소. 그리고 지금 이 순간 천하를 혼란의 도가니로 빠트리고 있는 무양문의 발호에도 그들은 깊숙이 개입해 있소. 그리고 그들은······."

온교는 말을 맺지 못하고 입술을 깨물더니 고개를 쳐들었다. 저 관외의 괴인은 검은 장막처럼 머리 위에 펼쳐져 있는 밤하늘로부터 대체 무슨 광경을 보고 있는 것일까? 사람들의 시선은 목울음을 우는 짐승의 것처럼 가늘게 불근거리는 그의 턱 근육에 고정되었다. 그가 말을 맺은 것은 잠시의 시간이 흐른 뒤 그의 시선이 다시 사람들에게로 내려온 뒤였다.

"······그들은 내게서 천산을 앗아 간 자들이기도 하오."

이 말이 얄팍한 입술 사이로 굴러떨어진 순간, 석대문은 자신들을 향한 온교의 눈 속에서 그의 지난 삶을 들여다볼 수 있었다. 고단한 잔주름에 덮인 그의 눈은 절망으로 곤두박질쳤다가, 사막처럼 황폐해졌다가, 용암같이 타올랐다가, 마침내 칼이 되었다. 그의 머리 위에 걸린 그믐 달빛처럼 파르스름한 원독怨毒을 품은 칼이.

계절이 거인처럼 무겁게 몸을 수그리는 칠월 그믐의 사두암. 찬 기운을 품은 한 줄기 밤바람이 석대문의 머리 위를 스치고 지나갔다. 그는 자신도 모르게 작게 진저리를 쳤다.

예감.

운명적인 냄새를 짙게 풍기는 위험하면서도 장대한 결전이 자신의 목전에 당도해 있는 것 같은 예감이 들었기 때문이다.

그런 석대문에게, 삼불도의 명성을 날리게 만들어 준 세 자루의 칼 대신 복수를 위한 오직 한 자루의 칼을 품은 눈으로, 온교가 말했다.
 "강동제일인 석대문, 나는 그들에 맞서 싸울 동지를 구하기 위해 당신을 찾아온 거요."

매신장부 賣身葬父

(1)

쩍! 쩍! 쩍! 쩍!
 장작을 패는 데 쓰던 손때 묻은 도끼는 참나무 기둥 중간에 박힌 녹슨 못걸이에 날 아래턱을 괸 채 놀고 있었다. 그런데도 장정 키 높이만 한 땔감 우리를 꽉 채우도록 쌓인 반 아름드리 통나무들은 무서운 속도로 쪼개지고 있었다. 저런 기세라면 올 한 해 땔감 걱정은 하지 않아도 될 듯. 그러나 그렇게 쪼개져 마당 한가운데 수북이 쌓여 가는 장작개비들을 바라보는 우춘 于春의 얼굴은 곱지 않았다. 집성촌인 우로촌 于老村의 유일한 포정 庖丁(도축인)이면서도 독실한 불교 신자이기도 한 그로서는 눈이 휘둥그레질 만큼 빠른 속도로 자신의 겨울나기 땔감을 장만해 주는 저 풍채 좋은 승려, 아니, 승복만 걸친 땡추가 여전히 마음에 들지 않았기 때문이다. 아무리 생각해도 목적이 불순했다. 승복을 입은 몸으로 고기, 그것도 개고기를 구하기 위해 장작을 패다니!
　한 식경쯤 전의 일이었을 게다.
　여름철 날벌레 쫓을 목적으로 개박하 잎을 끼워 놓은 주렴을 들추며 우춘의 육방肉房(정육점)으로 들어온 것은 파랗게 깎은 민머리에 아홉 개 계인이 선명하게 찍힌 승려였다. 나이는 사십이 조금 넘었을까. 비록 흙먼지로 덮인 얼굴에 그늘이 가득하긴 했지만, 그럼에도 불구하고 그 승려의 풍채는 무척이나 훌륭한 편이었다. 머리만 깎지 않았다면 장군이라고 해도 믿을 정도였다.
　"아이고, 이 누린내 나는 곳에 어인 일이십니까."
　말은 그리해도 누린내 나는 육방을 찾아오는 탁발승이 아주 없는 것도 아니어서, 우춘은 자신의 처마 밑으로 들어온 풍채 좋은 승려를 기꺼운 마음으로 맞아들였다. 풍족하지 못한 살림일망정 백미 한두 되 공양하는 것은 어렵지 않다고 생각하면서.
　풍채 좋은 승려가 우춘을 향해 합장의 예를 올리며 풍채만큼이나 중후한 목소리로 물었다.
　"바깥에서 보아하니 가마솥에 뭔가를 삶으시는 것 같던데, 무엇을 삶으시는지 여쭤 봐도 되겠습니까?"
　우로촌 같은 작은 마을에 있는 육방이 대개 그렇듯, 우춘의 육방에서는 생고기뿐만 아니라 삶은 고기나 발효한 고기와 같은 가공육들도 취급하고 있었다. 가게의 매대 옆에 아궁이와 가마솥을 마련해 둔 것은 그 때문인데, 오늘 그 가마솥 속에서는 뭔가가 푹푹 삶기고 있었다. 우춘은 반쯤은 당황하고 반쯤은 부끄러워하며 대답했다.

"실은 황구를 삶는 중이었습니다. 오늘 해거름에 마을 어른의 생일잔치가 열리기로 했는데, 그 어른께서 개고기를 무척 좋아하시는 바람에……."

포정이 개를 잡는 것은 당황할 일도, 부끄러워할 일도 아니건만 그래도 수도하는 불제자 앞에서 부정한 얘기를 꺼낸 것 같은 마음에 우춘의 목소리는 점점 기어들어 갈 수밖에 없었다. 한데 그 대답을 들은 풍채 좋은 승려가 뜻밖에도 반색을 하고 나서는 것이었다.

"아, 역시 그랬군요. 다행입니다."

개고기가 삶기는 일에 불제자가 왜 다행이라는 걸까? 상대의 반응이 몹시도 의아하여 고개를 갸웃거리는 우춘에게 풍채 좋은 승려가 재차 물어 왔다.

"혹시 파와 마늘은 넣고 삶는 중이신지?"

"누린내를 잡으려면 파, 마늘은 기본이지요. 그것만이 아니라 생강과 백두구白荳蔻와……."

"아, 파와 마늘이면 됩니다."

되긴 뭐가 돼? 이제 표정까지 슬슬 변해 가는 우춘에게 풍채 좋은 승려가 세 번째로 물었다.

"간은? 간은 어떻습니까? 혹시 밍밍하지는 않겠지요?"

우춘은 공경심을 담아 가슴 앞에 모아 둔 양손 바닥을 슬그머니 떼어 냈다. 육방에서 유래된 말 중에 양두구육羊頭狗肉이라는 것이 있는데, 어쩌면 저 그럴듯한 풍채가 사이비 땡추를 위장하기 위한 가면일지도 모른다는 의심이 든 것이다. 그는 합장을 푼 손으로 팔짱을 끼며, 그래도 아직까지는 풍채 좋은 승려라고 믿고 싶은 그 승려의 위아래를 훑어보았다.

"소금 팍팍 치고 장도 넉넉히 풀었으니 밍밍하지는 않을 것 같소만…… 한데 그런 건 왜 자꾸 물으시는지?"
 풍채 좋은 승려가 마침내 본색을 드러냈다.
 "혹시 소승에게 조금 나눠 주시면 안 되겠습니까?"
 "개고기를요?"
 "예."
 독실한 불교 신자와 풍채 좋은 승려 간의 관계는 이 단계에서 끝났다고 봐도 좋았다. 이제부터는 개고기를 삶는 포정과 그 개고기에 눈독 들인 양두구육의 땡추 간의 관계가 시작될 차례였다. 포정이 눈썹을 찌푸리며 물었다.
 "돈은 있으신지?"
 양두구육의 땡추는 뻔뻔하기까지 했다.
 "가난한 탁발승이 어찌 돈으로 음식을 살 수 있겠습니까. 자비로운 마음으로 보시해 주신다면, 소승은 오늘이 다하기 전에 주인장의 복락을 기원하며 《소심경小心經》의 오관게五觀揭를 아홉 번 암송해 드리겠습니다."
 《소심경》 중의 오관게라 하면 주로 발우 공양을 할 때 암송하는 게송으로서 공양받은 물자를 귀중히 사용하여 부처와 중생의 은혜에 보답한다는 내용을 담고 있었다. 그러나 이미 쳐다보는 눈길부터 달라진 우춘이었다. 양두구육의 땡추가 읊어 대는 오관게 따위가 아홉 번 아니라 여든한 번인들 무슨 응보를 기대할 수 있겠는가.
 "고기 장사 하는 사람이 돈도 안 받고 고기를 내줄 수는 없는 노릇이지. 고기를 원하면 돈을 가져오든가, 아니면 그에 합당한 일을 할 수밖에."
 이 냉정한 말에 양두구육의 땡추가 고개를 푹 숙였다. 삶은 문어의 대가리처럼 붉게 달아오른 머리통 위로 굵은 핏줄들이

도드라지는 것이 보였다. 덩치로 보아하니 여간내기가 아닐 것 같은데 혹시라도 패악을 부리면 어쩌나 싶은 마음에 우춘은 나무 도마 위에 꽂아 둔 포도(庖刀)를 힐끔거렸다. 다행히 그가 우려한 일은 벌어지지 않았다. 땅이 꺼져라 한숨을 내쉰 양두구육의 땡추가 숙인 고개를 들더니 풀 죽은 목소리로 말했다.

"돈은 없습니다. 소승에게 합당한 일감을 주십시오."

그래서 안내한 곳이 육방의 뒤쪽에 자리 잡은 자신의 집 안마당. 그곳의 땔감 우리를 가득 채우고 있는 통나무들을 장작으로 패는 일이 양두구육의 땡추가 해야 할 그 합당한 일감이었다.

각설하고, 부정한 탐심을 버리지 못한 양두구육의 땡추에게 한 쌍의 맨손만으로 통나무를 쩍쩍 쪼개는 신통방통한 재주가 있다는 사실은 무척이나 놀라운 일이 아닐 수 없었다. 초기에는 받침대로 쓰이는 등걸 위에 통나무를 제대로 추려 세우지 못해 애를 먹는 듯하더니만, 일단 그 일에 익숙해지자 놀라운 속도로 장작개비들을 쌓아 나가기 시작한 것이다. 그 작업의 시작과 끝을 모두 지켜본 우춘은 혀를 내두르지 않을 수 없었다. 근동에서 힘깨나 쓴다고 소문난 우춘의 형제들 셋이서 함께 달려들어도 반나절은 족히 걸릴 일을 저 양두구육의 땡추 혼자 한 식경 만에 해치워 버린 셈이었다.

쩍!

마지막 남은 통나무가 양두구육의 땡추가 내리찍은 대수롭지 않아 보이는 손짓 아래에서 팔뚝 굵기의 장작개비 네 쪽으로 쪼개졌다. 그것들을 주워 산처럼 쌓인 장작더미 위로 던져 올린 양두구육의 땡추가 구부리고 있던 무릎을 펴 올리며 우춘을 돌아보았다.

"말씀하신 일을 모두 끝냈습니다."

그러나 이대로 개고기를 넘겨주기엔 미운 마음이 여전히 풀리지 않았다. 우춘은 점심때를 넘기며 부쩍 우중충해진 하늘을 올려다본 뒤 애써 차가운 목소리로 말했다.

"금방 소나기가 퍼부을 것 같은데 장작을 한데다 놔두면 곤란하지. 저 우리 안에 넣어야 일이 끝나는 거요."

"듣고 보니 과연 그렇군요. 소승의 생각이 짧았나 봅니다."

하늘을 슬쩍 올려다본 양두구육의 땡추가 선선히 동의하더니 장작더미 쪽으로 성큼성큼 걸어갔다.

"시간을 너무 지체한지라 어쩔 수 없군요. 잠시간 눈과 귀가 어지러우시더라도 양해해 주시기 바랍니다."

"눈과 귀가 어지럽다니, 그게 무슨……."

우춘의 질문은 더 이상 이어지지 못했다. 장작더미 뒤편에 버티고 선 양두구육의 땡추가 말을 타듯 자세를 낮추고는 양손을 허리춤에 갖다 붙이는 광경을 목격했기 때문이다. 저것은 마치…….

스스스―.

양두구육의 땡추가 꺾어 내린 손바닥 위에서 벌레의 울음소리 같은 기음이 울리기 시작했다. 우춘이 평생 한 번도 본 적 없는 기묘한 장작 운반이 시작된 것은 다음 순간의 일이었다.

"헙! 헙! 헙!"

짤막한 기합 소리와 함께 양두구육의 땡추가 양손 바닥을 번갈아 내지르기 시작했다. 굳은살로 뒤덮인 두꺼운 손바닥이 허공을 한 번 후려치고 돌아갈 때마다 장작더미를 구성하던 장작개비들이 한 무더기씩 공중으로 날아올라 십여 걸음 떨어진 땔감 우리 속으로 휙휙 처박히고 있었다. 그 속도가 어찌나 빠르던지. 또 그 정돈됨이 어찌나 정확하던지.

눈과 귀가 어지러울 거라고 했지만, 그것은 어지러움을 넘어 기절초풍할 광경이 아닐 수 없었다. 이야기 속에서나 듣던 강호 고수의 장풍을 직접 목격하게 된 우춘은 자신의 입이 쩍 벌어진 것조차 알아차리지 못할 만큼 넋이 빠지고 말았다.

빠져나간 넋은 금세 돌아왔다.

'어이쿠! 내가 무슨 짓을 한 거지?'

저런 기절초풍할 강호 고수를 감히 장작이나 패는 잡부로 써먹었다는 사실을 깨달은 것은 산처럼 쌓여 있던 장작더미가 거의 바닥을 드러낼 무렵이었다. 큰 덩어리가 처리된 뒤로 더 이상 장풍은 사용되지 않았다. 바닥에 떨어진 자잘한 불쏘시개감들까지도 일일이 주워 땔감 우리 속에 갈무리한 양두구육의 땡추, 아니, 기절초풍할 강호 고수가 우춘을 향해 물었다.

"마당이 지저분한데 비질까지 해야겠지요?"

"아니요! 괜찮습니다!"

우춘이 화들짝 놀라 대답하자 기절초풍할 강호 고수가 이상하다는 표정으로 되물었다.

"정말 그래도 되겠습니까?"

"되고말고요! 일은 끝났습니다. 아주 잘해 주셨습니다. 개고기를 드릴 테니 어서 저를 따라오십시오."

개고기를 준다는 말에 기절초풍할 강호 고수의 얼굴이 달덩이처럼 환해졌다.

"아미타불, 주인장의 자비심에 감사드립니다."

상대가 양두구육의 땡추라면 저러한 불호며 합장 모두 가증스럽게 비쳤겠지만, 지금은 아니었다. 우춘은 굽실거리며 기절초풍할 강호 고수를 육방으로 안내했다.

환한 얼굴로 우춘을 뒤따르던 기절초풍할 강호 고수가 문득 생각난 듯 물었다.

"파와 마늘이 듬뿍 들어간 것은 맞겠지요?"

"예? 아, 예! 아주 듬뿍 들어갔으니 안심하셔도 됩니다."

잠시 말이 없던 기절초풍할 강호 고수가 재차 물어 왔다.

"밍밍해도 안 됩니다."

"밍밍하지 않다니까요. 진짜 안 밍밍해요. 믿으셔도 됩니다."

무고한 죄인처럼 간곡히 고하면서도 우춘은 궁금해지지 않을 수 없었다. 저 기절초풍할 강호 고수에게는 대체 무슨 사연이 있기에 파와 마늘, 그리고 밍밍한 것에 저리도 집착을 하는 것일까?

우춘은 미처 알지 못하지만, 그럴 만한 사연이 있었다. 오늘 하루 우로촌의 육방 주인 앞에서 풍채 좋은 승려와 양두구육의 땡추와 기절초풍할 강호 고수로 변신을 거듭한 문제의 장년승, 해담海淡은 지금으로부터 한 시진쯤 전에 자신에게 떨어진 늙수그레한 타박을 떠올리고 있었다.

"밍밍해."

조아리고 있던 맨머리 위로 떨어진 늙수그레한 타박에 해담은 고개를 살짝 들어 올렸다.

"입에 맞지 않으십니까?"

해담이 조심스럽게 묻자, 그 앞에 앉아 있던 구부정한 노승이 젓가락을 한 번 더 놀려 나무 바리때 안에 든 나물밥을 집어 먹더니 바리때 가장자리에다 탁 소리 나게 젓가락을 부딪쳤다.

"밍밍하다고. 맛대가리라고는 더럽게 없어."

"아, 예."

대답은 이리하지만 솔직히 말해 맛대가리 더럽게 없다고 폄

하받을 음식은 아니었다. 먹어 보지도 않고 그걸 어떻게 아느냐고? 먹어 봤으니 아는 거다. 윗사람보다 먼저 음식에 입을 대지 않는다는 불선찬不先饌(윗사람보다 먼저 먹지 않음)의 예법을 어겨 가며 시주 받는 과정에서 몰래 먹어 본 바, 박나물과 방풍나물이 들어간 저 조밥은 요 며칠 구한 음식들 중에는 그래도 상품이라 할 만했던 것이다.

예법을 모르지 않는 해담이 불선찬을 어긴 까닭은 바리때를 받아 본 노승이 타박을 하면 어쩌나 하는 걱정 때문이었다. 노승을 모시고 다니는 내내 그를 가장 괴롭힌 문제가 삼시 세끼마다 겪어야 하는 부당한 타박, 바로 음식 투정이었기 때문이다. 그것은 다시 생각해 봐도 인내심에 금이 가는 일이 아닐 수 없었다. 음식 투정이라니! 대외적으로는 소림사 최고 항렬로 알려진 적자배寂字輩 중에서도 방장승인 적공寂空의 다음 자리를 차지하는, 그러면서도 나이는 심지어 적공보다 여섯 살이나 더 많은 일세의 고승이 대갓집 늦둥이처럼 음식 투정이나 부리다니!

해담의 이런 마음을 아는지 모르는지 노승은 젓가락으로 바리때 안의 나물밥을 뒤적거리며 계속 타박을 해 대고 있었다.

"너희들처럼 어린애들은 모르겠지만, 내 나이쯤 되어 가지고 이 땡볕 아래 수천 리 길을 가려면 제때제때 영양 보충을 해 줄 필요가 있어. 안 그러면 노중에 초상 치르기 딱 좋다고."

줄줄이 틀린 말이었다. 우선 올해로 마흔셋인 해담은 어린애가 아니었고, 맹하를 넘겨 부드러워진 이 초가을 볕은 땡볕이 아니었으며, 속인도 아닌 불제자가 노중 아니라 대웅전 부들방석 위에서 입적한들 세속의 초상을 치를 리도 없었다. 뭐, 그래도 고승으로 이름은 높은 양반인 만큼 송장 떠메고 가까운 절에 찾아가 약식으로나마 다비식은 올릴 수 있을 테지만.

이 모든 오류들을 뱃속에 하릴없이 묻어 둔 채 해담이 노승에게 공손히 여쭈었다.
"하면 어린 소질이 땡볕 아래 수천 리 길을 가시는 사백님의 영양을 보해 드리기 위해 어떤 공양을 올리면 되겠습니까?"
"나 고기 먹고 싶다."
노승이 위아래 어금니가 모두 빠져 합죽해진 하관을 오물거리며 말했다. 계율을 따르는 승려의 입에서 나온 것이라고는 믿어지지 않는 참람한 발언이지만, 해담은 노승을 상대로 감히 계율을 논할 수 없었다. 아니, 해담이 아닌 누구라도 그럴 터였다. 왜냐하면 바로 저 노승의 정체가 불문의 태두로 알려진 소림사에서 자그마치 사십 년에 가까운 세월 동안 계율로 발생하는 모든 문제들에 대해 부합과 위반을 판단하고 그에 따른 집행까지 관장하는 계율원주이기 때문이었다.
'……정확히는 노망기가 든 계율원주라고 해야겠지.'
그 점이 중요하다고 생각하며 해담은 도움을 바라는 눈길을 노승의 뒷전에 시립해 있는 사형 해운海雲에게로 던졌다. 소림사 십팔나한 중 가장 연장자면서 성정 또한 온후독실하여 다음 대 방장승으로 가장 유력시되는 그가 고개를 작게 끄덕였다. 바라는 대로 해 주라는 뜻이었다.
"어떤 고기로 올릴까요?"
해담이 넌지시 물었다. 그러자 노승의 총기 없는 눈동자가 별안간 또렷해졌다. 잘못 쌓아 놓은 짐짝처럼 구부정하던 허리도 청죽처럼 꼿꼿이 올라갔다. 그러고는 이제껏 골난 아이처럼 비죽거리던 입술을 가지런히 하여 이렇게 꾸짖는 것이었다.
"해담, 방금 구업口業을 저질렀구나!"
"예?"

해담은 바보처럼 눈을 끔벅거렸다. 왜 구업을 저질렀다고 하는지는 금방 알아차렸다. 하지 말라는 것이 참으로 많은 게 불제자인 탓에 '고기'라는 말도 그대로 입에 담아서는 안 되었다. 부정한 고기는 아예 입에 담아선 안 되고, 율법에서 허용하는 세 가지 고기라 할지라도 깨끗할 '정淨' 자를 붙여 '정육淨肉'이라고 불러야 하는 것이다. 하지만…… 하지만 먼저 고기 먹고 싶다고 한 게 누군데!

해담이 속으로 열불을 삭이든 말든 노승, 적인寂仁은 사십 년을 계율원주로 살아온 사람답게 구업을 저지른 데 대한 빠르고도 적절한 징계를 내렸다.

"본래 계율원에 들어와 천팔십 배를 시행해야 마땅하겠지만, 막중한 임무를 수행하는 중임을 감안하여 정구업淨口業 진언을 삼 회 암송하는 것으로써 징계를 대신하겠다."

말로써 범한 잘못을 씻어 주는 정구업 진언은 다행히도 무척 짧았다. 해담은 자리에 무릎을 꿇고 앉아 양손 바닥을 모으고 진언을 외웠다.

"수리수리 마하수리 수수리 사바하, 수리수리 마하수리 수수리 사바하, 수리수리 마하수리 수수리 사바하."

눈을 뜨고 올려다보자 소림사 계율원주가 근엄한 얼굴로 고개를 끄덕이고 있었다.

"이후로는 항시 삼가고 경계함으로써 불제자의 본분을 잊지 않아야 할 것이야."

지당하신 말씀이 길어지기 전에 해담은 얼른 고개를 조아렸다.

"사백님의 가르침을 명심하겠……."

"개고기."

"예?"

해담은 조아린 고개를 번쩍 치켜들었다.

"나 개고기 먹고 싶다고."

방금 근엄한 목소리로 훈계하던 소림사 계율원주는 어디로 가 버린 걸까? 나뭇등걸 위에는 얼굴에 짜증이 덕지덕지 붙고 양어깨는 삐뚜름하니 기울어진 늙은 투정쟁이가 햇볕에 녹아내리는 눈사람처럼 방만한 자세로 앉아 흐리멍덩한 눈으로 그를 쳐다보고 있었다.

"하지만 그 개고……."

해담은 양손으로 황급히 제 입을 틀어막았다. 또 한 번 구업을 저지를 뻔한 것이다. 구업을 저지르면 또 한 번 계율원주를 만나야 할 것이고, 또 한 번 정구업 진언을 암송해야 할 것이고, 그 모든 과정이 끝난 다음에는 또 한 번 투정쟁이를 만나야 할 것이다. 이번에 남행南行하는 동안 이와 비슷한 무의미한 반복을 한두 번 경험한 것이 아닌 까닭에, 해담은 얼른 말을 고쳐 반복의 사슬로부터 벗어났다.

"하지만 그 공양물은 정육에 포함되지 않는지라 소질이 구해 오기가 좀 곤란하지 않을까요?"

소림사 계율원주는 귀가 너무 밝아 아랫사람의 작은 구업도 어김없이 잡아내는 반면, 저 늙은 투정쟁이는 귓구멍에 말뚝이라도 박은 양 남의 말을 당최 들어 주는 법이 없는 사람이었다.

"안 돼. 반드시 개고기여야 해. 나 개고기 못 먹은 지 꽤 됐다고."

그러면서도 머릿속으로는 김이 모락모락 올라오는 개고기를 떠올리고 있는지 헤 벌어진 입으로 침을 줄줄 흘리는 것이었다.

해담은 안락한 노망의 바다에 또다시 스스로를 내던진 사백을 망연한 눈으로 쳐다보다가 시선을 그 머리통 너머로 천천히

올렸다. 사형 해운이 안쓰러움을 감추지 못한 얼굴로도 아까와 비슷한 의미의 고갯짓을 보내오고 있었다.

해담은 한숨을 푹 내쉬었다. 소림사 계율원주에게 개고기 공양이라니! 오늘 부처님께서는 이 가련한 나한승에게 참으로 황망스러운 일을 내려 주시려는 모양이었다.

"소질이 그 공양물로 구해 오겠습니다."

"밍밍하면 안 돼."

"알겠습니다."

대답하고 돌아서는 해담의 뒤통수에 노망 든 사백의 요구가 추가되었다.

"그리고 파하고 마늘 듬뿍 넣어서 삶은 거야 해. 누린내 많이 나면 나 안 먹을 거야."

파, 마늘을 포함한 다섯 가지 자극적인 향신료 또한 불제자라면 마땅히 삼가야 할 종목이지만, 이미 개고기의 능선을 넘어선 이상 그 정도 금기는 장애물이라고 할 수도 없을 터였다.

"……예."

해담은 오랜만에 남쪽 바람이나 쐬고 오자는 사형의 제안을 딱 잘라 거절하지 못한 자신의 유순함을 원망하며, 사백이 팽개치듯 건넨 바리때를 받아 들고서 수풀을 벗어났다. 음식을 버리는 것도 큰 죄에 해당되는 만큼, 사백이 뒤적거리다 남긴 나물밥으로나마 끼니를 때울 수 있게 된 일을 불행 중 다행으로 생각하면서.

(2)

'반짝이는군. 하지만 너무 작아.'

해담은 사형 해운의 손바닥 위에 놓인 물건을 물끄러미 내려다보다가 노상에 우두커니 선 채로 상념에 잠겨 들었다.

흔히 강호인은 원체 편벽하여 한번 진 원한을 절대로 잊지 않는다고들 한다. 한데 해담이 직접 경험한바 장사치들의 편벽함도 강호인의 그것에 못지않은 듯했다. 천하에 명성이 쟁쟁한 소림사 십팔나한 중에서도 무공 방면으로 가장 높은 성취를 이룬 자신이 장사치가 품은 원한에 겁을 먹는다면 우스운 얘기지만, 만일 그 장사치가 '상왕商王'이라면 얘기가 달라졌다. 북경 보운장의 장주이자 천하 상권의 이 할을 실소유하고 있다고 알려진 천하제일 거상 왕고는 자신에게 소림사를 포함한 백도 전체를 소금에 절인 오이처럼 쪼그라트릴 능력이 있다는 점을 일 년 넘는 경제 봉쇄령을 통해 입증해 보였다.

지난해 여름 전격적으로 시행된, 아들 왕삼보의 죽음과 관련 있는 모든 백도 문파들을 앉은 채로 굶겨 죽이겠다는 왕고의 일성으로부터 시작된 경제 봉쇄령은 일 년이 넘는 이 시점까지도 여전히 혹독한 효력을 발휘하고 있었다. 보운장주의 살명부殺名簿에 오른 백도 문파들은 작년 가을을 넘기기 전에 자신들의 곳간 바닥이 어떤 모양으로 생겼는지를 확인하게 되었고, 심지어 어떤 문파에서는 겨울을 나는 과정에서 그 빈 곳간을 허물어 땔감으로 사용해야만 했다는 비참한 낭설까지 나돌기에 이르렀다.

'그게 정말로 낭설이었을까?'

지난겨울은 유난히도 추웠다. 좌선에서 깨어나면 가장 먼저 콧수염에 맺혀 있는 고드름들부터 떼어 내야 할 만큼 차가운 선방 안에서 그 겨울을 지나보낸 해담으로서는 그 낭설이 실제로 벌어진 일일지도 모른다는 생각을 떨칠 수 없었다. 소림만 해도

왕고의 경제 봉쇄령을 견뎌 내느라 사찰 소유의 산림을 깡그리 저당 잡히는 바람에 월동용 땔감을 구할 수 없었기 때문이다. 소림 공부에 정진하면 철골동인처럼 한서불침寒不侵을 이룰 수 있다고들 하지만, 직접 해 보니 그 짓도 길어야 반나절이었다. 넉 달이 넘는 겨울철 내내 한서불침하며 지내는 것은 피와 살을 가진 인간으로서 불가능한 일이었다.

'그래도 봄 들어 형편이 나아진 곳들도 있었지.'

무당을 필두로 한 건정회 소속 문파들이 그랬다. 수완가로 알려진 무당파의 장문도장이 대체 무슨 재주를 부렸는지는 알 수 없지만, 그들은 나라로부터 적지 않은 양의 금곡金穀을 정기적으로 지원받는 데 성공하여 경제 봉쇄령 이전의 살림으로 돌아갈 수 있었다고 한다. 다른 성省에 사는 유력한 신도들의 집에 구걸이나 다름없는 시주 행각을 다녀온 해벽海劈 사형에게 그 얘기를 전해 들었을 때…….

'그들이 부러웠음을 솔직히 고백합니다, 아미타불.'

해담이 당시 속심에 빠졌던 스스로를 뉘우치며 눈을 감고 마음속으로 불호를 읊조렸다. 세존은 언제나처럼 침묵의 답변으로써 용서해 주셨다.

눈을 뜨자 다시 사형의 손바닥이 보이고, 다시 반짝이고 너무 작은 물건이 보이고, 그리고 해담은 다시 상념에 잠겨 들어갔다.

'따지고 보면 소림도 지원받은 것이 아주 없지는 않았어.'

작년 여름 해담의 사부인 나한당주와 함께 본사로 귀환하신, 정말로 이야기 속에서나 들어 보았던 전설적인 광자배曠字輩 태사조 한 분께서 곤궁에 허덕이는 제자들을 위해 광대한 도력을 발휘하신 것이다. 태사조께서 속세에서 거두신 망아 대사백—

정식 항렬로는 사조라 불러야 옳겠지만 다들 그렇게 불렀다―의 손에 이끌려 올봄 소림의 산문으로 들어온 황금 스무 관을 실은 나귀들을 보았을 때, 해담을 비롯한 배고픈 제자들은 오랜만에 눈을 빛내며 주먹을 불끈 쥘 수 있었다. 장사치의 패악질이 아무리 드세더라도 저 돈이면 최소 오 년은 버틸 수 있겠구나, 하면서. 그때만 해도 그들은 알지 못했다.

'그 전설적인 사조께서는 도력만큼이나 광대한 자비심을 가지고 계셨지.'

황금 스무 관 중 구 할에 해당하는 열여덟 관이 올봄 기승을 부린 역병으로 말미암아 황폐해진 하남 일대의 난민들을 구제하기 위해 풀려 나갔다. 남은 두 관 중 한 관은 왕고의 조치로 덩달아 타격을 입을 수밖에 없었던 사찰 인근의 상인들과 백성들을 지원하는 과정에서 사라졌다.

아! 태사조께서는 심지어 공정하기까지 하셨다. 그래서 마지막 남은 한 관 중 절반을 뚝 잘라 그동안 없는 살림을 꾸려 가느라 부득이하게 끌어다 쓴 고리 빚 중 급한 것들을 정리하셨다. 그 결과 장사치의 패악질에 시달려 아홉 달 동안 말라비틀어진 소림의 몫으로 남은 것은 달랑 황금 반 관. 정구업 진언을 여러 번 암송해야 할 비유겠지만, 이야말로 소 한 마리 잡아 꼬리만 달랑 쥐게 된 격이랄까.

비록 황금 반 관을 작은 돈이라고 할 수는 없겠지만, 아쉽게도 소림사는 온 강호가 알아주는 큰살림이었다. 뜻밖의 횡재로 한껏 들떴던 소림은 세 달이 지나기도 전에 다시금 곤궁 속을 허우적거리게 되었다. 그리고 그 곤궁의 파편이 지금 이 순간 사형 해운의 굳은살 박인 투박한 손바닥 위에서 가련한 빛을 발하고 있었다. 해담은 그 파편에 초점을 맞췄다. 그것은 아무리

잘 봐줘도 두 냥 이상은 나가지 못할 은 막대였다.
긴 상념을 접고 해담이 마침내 입을 열었다.
"그게 다요?"
"이나마도 아끼고 아껴서 남은 걸세."
"그래도 닷 냥은 남은 줄 알았는데……."
"자네도 봤잖아. 장강을 건너오는 데 예상 밖으로 큰돈이 들었네."

사형의 말마따나 장강을 건너기가 쉽지는 않았다. 무양문의 발호로 시국이 어수선하다 보니 도강하는 선박들에 대한 관의 관리가 더욱 매서워졌고, 이참에 미뤄 둔 이갑里甲(명나라 때 국가에서 백성들에게 세금처럼 부여하는 부역)이나 정리하겠다고 마음먹었는지 사공들 찾아보기도 힘들게 되었다. 배편이 줄어들다 보니 뱃삯은 자연히 뛰어올랐다. 때문에 평소 도강세까지 포함하여 두 당 반 냥이면 건너던 것을 곱절이 넘는 두당 한 냥씩이나 지불하고야 가까스로 건널 수 있었다. 음식과 잠자리, 나아가 파와 마늘을 듬뿍 넣어 삶은 간간한 개고기까지도 어찌어찌 시주받을 수 있었지만, 뱃삯만큼은 그리되지 않는 야박한 풍속이 아쉬울 따름이었다.

각설하고, 그로 인해 소림사 방장의 바로 밑 사제이자 계율원주이기도 한 적인 사백과 강호에 이름 높은 십팔나한 중 두 명으로 이루어진 해담 일행은, 조금 과장해 표현하면 콧구멍 속에라도 숨길 수 있을 것 같은 저 짤막한 은 막대 하나를 노자 삼아 수천 리 길을 가야 하게 생겼다. 그러니 제아무리 낙천적인 해담이라도 미간에 깊이 파인 골 주름을 좀처럼 펴지 못할 수밖에 없었던 것이다.

설상가상이라고 이 일행 중에는 해담의 골 주름을 더욱 깊게 만드는 또 다른 요인이 끼어 있었다.
"……."
 자신의 승복 소맷자락을 쥐고 흔드는 손길에 해담은 고개를 돌렸다. 등 뒤에서는 사백 적인의 얼굴이 그를 기다리고 있었다. 늙어 쪼그라진 얼굴, 그러나 눈빛은 기이하리만치 반짝거리고 있었다. 그 눈빛을 대한 해담이 미간의 골 주름을 더욱 깊이 접어 넣었다. 적인 사백이 합죽한 입술을 오물거리며 물었다.
 "사부님, 근데 우리 지금 어딜 가는 거예요?"
 적인 사백에게 사부되는 어른이라면 강호제일 신승이자 불문 제일인이라는 칭송까지 받던 범도凡途 사조였다.
 오 년 전 소림사에 적을 둔 모든 제자들의 애통 속에 입멸하신 범도 사조께서는 과거 무양문주 서문승에 의해 자행된 치욕적인 십년봉문十年封門이 끝난 직후 적인 사백을 제자로 거두셨다. 적인 사백이 비록 나이는 여섯 살 많아도 십년봉문 직전에 입문한 방장 스님의 손아래인 데에는 그런 사연이 감춰져 있었는데, 그건 그렇다 치고…….
 이번 여행을 통해 해담이 새삼 확인하게 된 사실 중 하나는 현재 자신의 외양이 젊은 시절 범도 사조의 그것과 무척 닮았다는 점이었다. 이는 과거 적인 사백이 온전한 정신일 때에도 자주 하시던 말씀인 만큼 틀림이 없을 터였다. 비록 외모에 국한될망정 사문을 빛낸 존장과 닮았다는 점은 기꺼운 일이겠으나, 나이를 망각하고 저렇듯 어린 시절로 돌아가 버린 적인이 어미 오리를 쫓는 새끼 오리처럼 졸졸 따라다니며 사부라고 불러 대는 일만큼은 견디기 어려웠다.
 난감해진 해담을 구해 준 것은 이번 남행에 동행을 제안함으로써 결과적으로 해담을 이 모든 곤란들에 빠트리게 만든 장본

인, 해운이었다.

"사부님, 지금 사부님께서는 제자들과 함께 강동으로 가시는 중입니다."

"강동……."

"예, 환우로 불편하신 방장 스님을 대신하시어 광비 태사조님께서 분부하셨지요. 강동으로 가서 석가장의 젊은 장주와 개방 방주를 만나 보라고요. 기억나십니까?"

직계 제자인 해운이 공손히 아뢰자 아이처럼 해맑던 적인 사백의 눈이 몽롱해졌다. 사백이 이번 남행 동안 무시로 바꿔 내보이는 세 가지 눈, 엄정한 계율원주의 눈과 반짝이는 어린아이의 눈과 흐리멍덩한 노망 환자의 눈 중에서 세 번째 것이었다. 그런 눈으로 사백이 말했다.

"강동이면 적수寂叟의 고향이군. 좋은 친구였는데 아쉽게도 단명했지. 그 친구, 틈만 나면 고향 마을 자랑을 하곤 했어. 뒷동산에 국화가 피면 정말 예뻤다고 말이야. 강동이라, 지금 그곳에는 국화가 피었을까?"

적수라면 해담이 나한당에서 수련하던 이십여 년 전에 세상을 뜬 적자배 사숙이었다. 건강은 그리 좋지 않았지만 머리가 총명하고 경전 해석에 밝아 지금도 장경각에 가면 적수 사숙이 주석한 불경들을 여러 권 찾아볼 수 있었다.

"피다마다요. 우리가 도착할 때쯤에는 만발할 겁니다."

흘러가 버린 시간 속을 먼지처럼 떠돌고 있는 사부에게 대답하며 해운이 눈짓을 보냈다. 해담은 묵묵히 고개를 끄덕인 뒤 장시간 멈췄던 걸음을 다시금 떼어 놓기 시작했다.

하늘은 맑고 공기는 달았다.

어제 이맘때 지나간 소나기로 걷기에 딱 좋을 만큼 촉촉해진 관도 위를 늙고 젊은 세 승려가 앞서거니 뒤서거니 하며 걷기를 두 시진여.

멀리 자리하던 산등성이가 부쩍 가까워진 곳에는 자그마한 개울 하나가 흐르고, 그 위에는 우마차가 교차하여 지나갈 수 있을 만큼 넓긴 하지만 자신이 우마차의 봇줄을 쥔 사람이라면 걱정이 들 만큼 낡아 보이는 나무다리 하나가 놓여 있었다. 다리 양편에는 여러 그루의 버드나무들이 부는 바람 속에 가늘게 몸을 버석거리며 늦더위로 달궈진 몸뚱이를 식히고 있었다.

한데 이상한 점이 하나 있었다. 대저 다리란 건너라고 만든 것이지 구경하라고 만든 것이 아닐진대, 괴이하게도 그 나무다리 주위로는 제법 많은 사람들이 둘러서서 다리 가운데를 향해 시선을 모으고 있었던 것이다.

"사부님, 저 앞에 무슨 구경이라도 난 모양이에요."

해담은 적인을 돌아보았다. 적인이 두 눈을 불길하게 반짝거리며 말을 이었다.

"신 난다, 약장수라도 왔나 봐요."

도회 장터에서 은창자후銀槍刺喉 따위의 시범을 보이는 약장수들 중 절반 이상이 소림 출신임을 주장하는 마당인데 정통 소림승이, 그것도 불법을 수호하는 네 가지 보물[四大武寶] 중 하나로 꼽히는 소림 공부의 고수가 약장수의 출현에 저리 환호한다는 것이 해담의 대답을 궁하게 만들었다. 난감해진 그를 이번에도 어김없이 끼어들어 구해 준 것은, 노망 난 사부를 반년 넘게 수발해 온 온후독실한 제자였다.

"제자들도 무엇 때문에 사람들이 저리 모여 있는지 궁금하군요. 여기서 잠시 쉬고 계시면 무슨 연유인지 알아보고 오겠습

니다."

시간은 어느덧 유시酉時(오후 5시~7시)로 접어들고 있었다. 밤이슬을 피할 도회로 들어가기 위해서는 저 다리를 반드시 건널 필요가 있긴 하지만, 호기심 많은 쭈그렁바가지 동자승을 사람들에게 노출시키는 것은 소림의 높은 체면을 생각해서라도 일절 삼가야 할 일이었다.

"소질이 다녀오겠습니다."

해담이 얼른 말한 뒤 사형에게 전음을 보냈다.

―기다리는 동안 주의를 돌리시게 떡이라도 드리세요.

고개를 끄덕이는 사형을 뒤로하고 해담은 다리 쪽으로 걸음을 재촉했다.

해담이 모여 있는 사람들을 어깨로 밀치며 앞쪽으로 나가 보니, 뜻밖에도 그 나무다리 한가운데에는 상복 차림을 한 여자 하나가 목에 나무로 만든 팻말을 건 채 무릎을 꿇고 앉아 있는 것이었다. 얼굴을 깊이 숙이고 있는 탓에 나이를 짐작하기는 힘들지만, 거칠고 푸한 상복의 목깃 위로 드러난 새하얀 목덜미가 그 여자의 나이가 그리 많지 않음을 보여 주고 있었다.

해담의 시선이 여자의 목에 걸린 팻말에 가 닿았다. 팻말에는 네 글자가 굵은 먹 글씨로 쓰여 있었다.

매신장부賣身葬父(몸을 팔아 부친의 장례를 치름)

옛날 동영董永이라는 가난한 효자가 부친의 장례를 위해 스스로를 노비로 팔았다는 일화에서 유래된 매신장부는 유교의 충효사상과 맞물려 지금은 효행의 전범처럼 자리 잡은 말이기도 했다. 해담은 궁금해졌다. 저 상복 차림의 여자에게는 대체 무슨 사연이 있기에 중인환시리에 스스로를 팔겠다고 나선 것일까?

"조 사부에게 저렇게 장성한 딸이 있었단 말이지?"

"그렇다더군."

해담은 앞에 서 있는 두 남자가 수군거리는 소리에 귀를 기울였다. 종아리가 훤히 드러나는 단출한 베잠방이 차림으로 보아 근동 사는 사람들 같았다. 두 남자의 대화가 이어졌다.

"아니, 딸이 있다는 걸 어찌 그리 숨기고 살았대, 조 사부는?"

"숨기고 산 게 아니라 모르고 산 거지. 조 사부 고향이 산서란 건 알지?"

"알지. 그래서 숭의방崇義幇이 단골로 훈련하던 장소가 바로 저 산꼭대기였잖아. 비적 마른 양반이 산을 어찌나 잘 타는지, 밑에 있는 젊은 애들이 아주 죽을 맛이었다고 하더군."

"그래, 고향이 산서의 어느 산골이라는데, 거기 살던 시절에 애인이 있었다고 하더군. 강호로 나오며 그 애인과 헤어졌는데, 애인의 태 속에 자기 씨가 든 것까지는 몰랐던 모양이야."

"아이고, 저번에 금릉성金陵城에 갔을 적에 공연 구경한 게 있는데 완전히 그 내용 그대로군. 거기서도 장성한 딸이 얼굴도 모르는 아비를 찾아……."

"자네 구경 얘기는 됐고, 그래서 저 처자가 조 사부를 찾아온 거라네. 슬하에 자식이 많은 것도 아니고 조 부인 성정도 너그러운 편이고 하니, 아마 숭의방에 변고만 없었다면 부녀 상봉을 제대로 했을 걸세."

"에잇, 저게 다 백련교 마귀들 때문이로군."

"누가 아니래나. 그 물건들 때문에 이 꼴을 보는 거지."

갑자기 등장한 백련교 얘기에 해담은 호기심이 일었다.

"아미타불, 소승이 몇 마디 여쭈어도 되겠습니까?"
 두 남자가 해담을 돌아보았다. 그중 모들뜨기 눈에 양 볼에 마맛자국이 가득한 남자가 물었다.
 "처음 보는 스님인데, 행각 나온 분이시오?"
 "그런 셈이지요."
 "시절이 수상하여 행각 다니시기에 고생이 많겠습니다그려. 그래, 스님께서는 무엇이 궁금하신지요?"
 "본의 아니게 시주분들의 대화를 엿듣게 되었는데, 백련교 마귀들이라면 혹시 무양문을 가리키는 말씀이신지?"
 "그렇소. 아주 악랄한 자들이지요."
 마맛자국 남자가 목소리에 결기를 담아 대답하자 옆에 서 있던 광대뼈가 툭 튀어나온 남자가 '쉿.' 하면서 옆구리를 쿡 찔렀다. 미륵을 믿는 백련교도 넓은 의미로 보면 불교에 포함된다고 할 수 있는 만큼, 입을 함부로 놀려 쓸데없는 화를 부르는 것을 경계하려는 민초들의 위축된 마음이 그대로 들여다보이는 듯했다. 해담은 안색을 애써 온화하게 꾸미며 두 남자를 안심시켰다.
 "소승은 선종의 종통을 따르는 사람입니다. 백련교와는 아무 상관도 없으니 두 분께서는 걱정하지 않으셔도 됩니다."
 천생이 순박해서 그런지 아니면 해담의 풍채가 그럴듯해서 그런지, 이 한마디에 두 남자의 얼굴에서 긴장의 기미가 가셨다. 해담이 다시 물었다.
 "무양문 사람들이 이곳을 다녀갔습니까?"
 "며칠 전인 지난달 말에 다녀갔지요. 수천 명이서 우르르요."
 마맛자국 남자가 침을 튀기며 말하자 광대뼈 남자가 고개를 흔들며 수정해 주었다.

"수천 명은 헛소문이고, 그들을 직접 본 숭의방 문지기 곽 노인의 말에 따르면 한 오십 명쯤 되었다고 하더군요."

 저 말이 아니라도 이런 작은 도회에 수천 명은 상식적으로 말도 안 되는 소리일 테고, 오십 명이라고 해도 소문과 한 군데쯤은 쑥밭으로 만들 수 있을 터였다. 무양문의 호교십군에게는 그럴 만한 능력이 충분히 있었다.

 "그렇군요. 한데 그 무양문 사람들이 조 사부를 죽였습니까?"

 해담의 질문에 광대뼈 남자가 한숨을 푹 쉬고는 대답했다.

 "직접 죽인 것은 아니지만 그런 셈이나 마찬가집니다."

 "소승이 아둔해서 그런지 시주님의 말씀을 잘 알아듣기가 힘들군요. 조금 더 자세히 말씀해 주시면 감사하겠습니다."

 소시에 글방깨나 다녔는지 광대뼈 남자는 농군 같은 수더분한 차림과는 어울리지 않게 언변이 좋았다.

 "조 사부는 아들을 하나 두었는데, 이런 시골에서 썩기 아까울 만큼 뛰어난 무골이었습니다. 낭중지추라고, 결국은 큰물로 나가 명성을 떨치게 되었지요. 스님 같은 분들에겐 다른 세상 얘기겠지만, 천룡검객天龍劍客 조비영趙飛英이라면 강호에서 모르는 이가 없다고 하더군요."

 "아아, 예."

 바로 그 세상에 몸담고 사는 해담이지만 천룡검객이라는 굉장한 별호로 불리는 젊은 영웅에 대해서는 금시초문이었다. 조비영이라는 이름자도 생소한 만큼 실제로는 다른 별호로 불리고 있지 않을까 짐작되는데, 굳이 그 점을 지적하여 이야기의 맥을 끊을 생각은 없었다.

 광대뼈 남자의 설명이 이어졌다.

 "우리 천룡검객이 강호 대의를 위해 바로 그 백련교의 마귀

들과 싸웠다고 하더군요. 작년 형산衡山에서라던가, 강호사에 길이 남을 굉장한 전투가 벌어졌고 꽤나 많은 마귀들이 우리 청룡검객의 절세 검법 아래 목숨을 잃었다고 합니다."

작년 형산이라면 무양문의 호교십군 중 두 곳이 용봉단을 토벌하기 위해 진군했다가 대패를 당한 시점이요 장소였다. 광대뼈 남자가 몹시도 자랑스러워하는 천룡검객은 당시 형산 전투에 참가했던 용봉단원들 중 하나인 것 같았다.

"한데 마귀들이 그때 당한 원한을 잊지 않았나 봅니다. 그 부친 되는 조 사부의 집까지 찾아와 행패를 부린 것을 보면 놈들이 우리 청룡검객을 얼마나 미워했는지 능히 짐작할 수 있겠지요."

천하의 서문숭이 이런 시골 마을 출신의 애송이를 어찌 신경 쓰겠는가. 그러나 바로 그 점이 해담의 안색을 더욱 굳어지게 만들었다. 서문숭이 코끼리라면 청룡검객은 수많은 지렁이들 중 한 마리에 지나지 않았다. 진정으로 두려운 사실은, 그 코끼리가 수많은 지렁이들 중 단 한 마리도 용서하지 않기로 작심했다는 것이었다. 그 가족들에게까지도 화가 미칠 만큼.

"한데 무양문 사람들이 조 사부를 직접 죽인 것은 아니라는 말씀은……?"

해담이 다시 본론으로 돌아가 물었다. 대화에 어지간히도 끼고 싶었는지 마맛자국 남자가 냉큼 대답했다.

"아, 마귀들이 조 사부를 죽이지는 않았습니다. 대신에 양 겨드랑이의 근맥을 끊고 숭의방의 현판을 끌어내렸지요. 병신이 된 사부 밑에서 어떤 제자가 무술을 배우려 하겠습니까. 현판도 부서지고 제자들도 흩어진 문파에 조 사부 부부만 덩그러니 남게 되었지요. 그러니 그게 직접 죽인 것과 무에 다르겠습니까."

그 말도 크게 틀리지는 않다고 생각할 때, 광대뼈 남자가 빼앗긴 대화의 주도권을 찾아가려고 나섰다.
"사실 조 사부와 조 부인을 죽인 자들은 따로 있습니다. 서너 해쯤 전엔가 이 지역으로 스며들어 와 뿌리를 내리려고 하던 혈모회血帽會라는 자들이 있는데, 조 사부의 숭의방에게 꺾여 뜻을 이루지 못했지요. 그자들에겐 조 사부를 그 모양으로 망가뜨린 마귀들이 보살님이나 다름없었을 겁니다. 그래서 옳다구나 하고 나타나 해묵은 원한을 청산하자며 조 사부에게 싸움을 걸었지요."
마맛자국 남자가 다시 끼어들었다.
"조 사부, 이 양반도 참 보통 성질이 아닌 것이, 몸이 그 꼴이 됐으면 졌다고 인정하고 물러나는 게 순리일 텐데 성질을 참지 못하고 그 싸움을 받아들였다가 그만……."
광대뼈 남자가 마맛자국 남자를 돌아보았다.
"그게 어디 성질 때문인가? 마귀들이 나타나 행패를 부린 시점부터 조 사부는 더 이상 살고 싶지 않았던 거야. 그래서 혈모회의 싸움을 받아들인 거고."
"아, 참고 기다리기만 하면 청룡검객이 돌아와서 다 해결해 줄 텐데 그걸 못 참고 왜 싸워?"
"쯧쯧, 이제 보니 자네는 아무것도 모르는군."
"모르긴 뭘 몰라?"
"숭의방에 쳐들어간 마귀들이 제일 먼저 한 일이 뭔지 아는가? 회칠을 입힌 천룡검객의 머리통을 조 사부 부부에게 던진 거였다고. 조 부인은 그때 이미 정신을 놓았고. 조 사부가 정작 참지 못한 것은 바로 그때였지. 눈이 뒤집혀서 마귀들에게 덤벼들었다가 그 꼴이 되고 만 거야."

"그, 그게 참말인가? 놈들이 정말로 처, 청룡검객의 머리통을 가져왔다고?"

"그렇다니까."

"허! 그렇다면 부자가 한가지로 머리통이 잘린 셈이로군. 혈모회 놈들이 조 사부의 머리통을 잘라 갔으니 말일세."

광대뼈의 남자가 다리 쪽을 돌아보며 말했다.

"그래서 저 처자가 더욱 딱하다는 거지. 조 사부에게 그런 변고만 벌어지지 않았더라도 최소한 부친의 얼굴은 볼 수 있었을 게 아닌가."

마맛자국 남자가 부르르 진저리를 쳤다.

"사람 머리통을 참외 꼭지 따듯이 자르다니, 마귀들도 그렇고 혈모회란 놈들도 그렇고 인두겁을 쓰고서 어떻게 그런 끔찍한 짓들을 저지르는지, 원."

"내 얘기가 바로 그걸세."

대회에서는 소외되었지만 사정을 파악하는 데는 그쪽이 오히려 나았다. 초면인 행각승을 의식하지 않고 나오는 얘기들이 더 진솔하고 자세할 테니까. 그러나 해담은 그 진솔하고 자세한 얘기들을 듣는 동안 마음이 점점 무거워지는 기분을 떨칠 수 없었다.

큰 파도가 지나간 다음에는 작은 파도들이 뒤따르기 마련이었다. 현재 무양문이 천하를 상대로 펼치는 과격하고 극단적인 행보는, 명분의 옳고 그름을 따지기에 앞서 크고 작은 여파를 수반할 수밖에 없었다. 겉으로는 드러나지 않지만 분명 실재하고는 있는 수많은 삶들이 그 여파의 날카로운 물마루에 무방비로 노출되어 있었던 것이다. 저 낡은 다리 건너편에서 벌어진 조 사부의 비극이 그 예라 할 터였다.

'균형은 이미 무너졌어.'

이 생각과 함께 해담의 머릿속으로 누군가의 차분하고 온화한 목소리가 울려 퍼졌다.

―천하인들이 누리는 평화란 줄 위에 올라서 있는 광대와 같다네. 한번 균형이 무너지면 광대는 줄 아래로 떨어질 수밖에 없지. 그렇게 무너진 균형을 회복하는 데에는 많은 희생이 따르기 마련일세.

남행에 나서기 전, 소실산 중턱의 찰각암察覺庵으로 찾아뵌 광비 태사조께서는 그렇게 말씀하셨다.

―자네들이 강동으로 가서 만나야 할 개방 방주와 석가장주는 그 희생을 최소화하기 위해 애쓰는 사람들이네. 소림이 돕는다면 작지 않은 힘이 되어 줄 테지.

천하제일 대방 소리를 듣는 개방이라면 몰라도 남부의 일개 가문을 너무 높이 평가하시는 것은 아닌가 싶기도 했지만, 태사조의 말씀에 토를 달 수는 없었다.

―균형은 이미 무너졌어. 노납은 걱정이 된다네. 얼마나 많은 삶들이 그 균형과 함께 무너져 내릴는지.

태사조께서 걱정하신 대로였다. 해담이 장강을 건넌 뒤 마주친 '무너진 균형'으로 인한 비극은 이번 조 사부의 것이 처음이 아니었던 것이다.

문제는 그것들조차도 시작에 불과하다는 것. 무당파를 필두로 한 건정회와 장강을 도강하려는 무양문이 본격적으로 격돌하는 날에는 조 사부에게 닥친 비극 정도는 술자리 안주거리로도 오르지 못할 터였다. 게다가 장강 북쪽에는 무양문에 버금가는 또 하나의 강자, 신무전이 기다리고 있었다. 북악과 남패가 불꽃처럼 맞붙는 날, 얼마나 많은 슬픔과 아픔이 강도 도상을 뒤덮을지는 누구도 알지 못할 터였다.

"아미타불, 아미타불……."

해담은 자신도 모르게 합장하며 불호를 되뇌었다. 광대가 균형을 잃고 떨어진 줄은 천 길 낭떠러지 위에 걸려 있었다. 광대는 앞으로 한참을 더 추락해야만 바닥에 부딪힐 것 같았다. 흔적조차 남기지 못하고 처참하게 부서져 버린 광대가 눈에 보이는 듯했다. 누가 그 광대를, 평화를 다시 줄 위로 끌어 올려 줄 것인가?

합장한 해담의 뒤통수 위로 동굴 속에서 굴러 나온 듯한 굵은 목소리가 떨어져 내린 것은 바로 그때였다.

"조 사부의 고향이 산서라고 했습니까?"

해담은 놀랐다. 나한당에서 수석 교두를 맡고 있는 그의 주의력은 결코 허술하지 않았다. 비록 사람들 틈바구니에 섞여 있다고는 하나, 누군가 이토록 가까운 거리까지 다가오도록 알아차리지 못했다는 점은 분명 예사로운 일이 아니었다.

'대체 어떤 자가……?'

내심 경계하며 뒤를 돌아본 해담은 또 한 번 놀라고 말았다. 해담 본인도 결코 작은 체구는 아닐진대, 두 발짝도 떨어지지 않은 거리까지 다가와 있는 사람은 단지 거구라는 말만 가지고는 충분히 표현하지 못할 어마어마한 체구를 가지고 있었기 때문이다. 자신의 머리 꼭대기가 그 사람의 목젖에도 미치지 못하고 있었다. 목소리가 뒤통수 위에서 떨어져 내린 것도 무리는 아니었다.

 칙칙한 흑의를 걸친 그 거대한 남자는 빗질이 불가능해 보일 만큼 엉망으로 헝클어진 머리카락과 먹물을 칠한 것처럼 얼굴 하관을 빽빽이 덮고 있는 짧은 수염에도 불구하고 서른 살은 넘지 않은 청년으로 보였다. 아니, 자세히 보니 그보다 더 젊을 거라는 생각도 들었다. 하지만 평범한 청년은 절대로 아니었다. 해담을 앞두고 얘기를 나누던 두 남자가 이제야 막 발견한 것처럼 화들짝 놀라는 품이, 저 흑의 거한이 평범한 청년일 리 없음을 대변해 주고 있었다. 저 덩치를 이제야 발견했다고? 정말로?

 '설마…… 이기혼연以棄渾然의 경지에 올랐단 말인가?'

 곧바로 그럴 리 없다는 생각이 들었다. 스스로를 버림으로써 천지의 조화와 하나를 이룬다는 이기혼연은 도가의 최고봉이라는 무당파에서도 이야기로만 전해지는 극고한 경지였다. 속인, 그것도 서른도 안 된 젊은이라면 결코 도달할 수 없는 천외천의 영역이었던 것이다. 하지만, 그렇다면 흑의 거한을 떠도는 저 기묘한 동화감同和感은 무엇으로 설명할 수 있단 말인가?

 실제로 그들의 주위에는 제법 많은 구경꾼들이 모여 있었지만 흑의 거한에게 눈길을 주는 사람은 그들밖에 없는 것 같았다. 숲 속의 나무처럼, 길가의 바위처럼, 흑의 거한은 이 시간과 이 공간 안에 그렇게 자연스럽게 섞여 들어 있었다.

 흑의 거한은 자신을 올려다보며 잔뜩 긴장하고 있는 승려에게는 별 관심이 없는 듯했다. 그는 근동 사는 두 남자에게 앞선 질문을 다시 던졌다.

"조 사부의 고향이 산서 맞습니까?"

그제야 정신을 차린 광대뼈 남자가 고개를 끄덕였다.

"마, 맞소. 산서요."

흑의 거한이 나무 밑동처럼 굵은 목을 슥 돌려 다리 위에 무릎 꿇고 있는 상복 차림의 여자를 바라보았다. 그 여자는 해담이 처음 본 이래로 미동조차 하지 않고 있었다. 흑의 거한은 흑백이 선명한 눈동자를 여자에게 고정한 채 물었다.

"그렇다면 조 사부의 따님 되는 저 처자분도 산서 출신이겠군요."

"조 사부가 고향에 두고 온 애인에게서 태어났다고 하니 산서 출신이겠지요."

그러자 흑의 거한이 큼직한 웃음을 지었다. 야인의 냄새를 물씬 풍기기는 해도 위협적이라기보다는 친근한 느낌을 주는 웃음이었다. 하지만 그 웃음이 머문 시간은 무척 짧았다. 무슨 생각을 떠올렸는지 갑자기 인상을 찌푸린 그가 팔짱을 끼더니 떡메처럼 큼직한 주먹으로 자신의 볼을 툭툭 두드리기 시작했다.

흑의 거한의 덩치로부터 비롯된 놀라움에서 아직까지 헤어나오지 못하는 마맛자국 남자와 비교할 때, 광대뼈 남자는 그래도 뱃심이 두둑하다고 칭찬할 수 있을 것이다. 그것은 별로 거리끼는 기색도 없이 흑의 거한을 상대로 오히려 질문까지 던지는 것만 봐도 알 수 있는 일이었다.

"산서 출신이란 게 어떻다고 웃는 거요?"

"산서 출신이면 살 가치가 충분해서 웃었지요."

매신장부에 응하겠다는 말에 광대뼈 남자는 물론 해담까지 안색이 굳었다. 광대뼈 남자가 가자미눈을 하고서 다시 물었다.
"한데 지금은 왜 우거지상을 하는 게요?"
흑의 거한이 어깨를 으쓱거렸다.
"돈이 없거든요."
뭔가를 사려는데 돈이 없다면 확실히 문제이기는 했다. 해담은 어제 소림사 계율원주에게 공양할 개고기를 구하는 과정에서 그 문제를 직접 겪어 본 바 있었다. 그러나 흑의 거한이 굳이 돈 때문에 곤란해할 필요는 없을 것 같았다. 상황의 추이가 묘하게도 어제 해담이 육방에서 겪은 것과 비슷한 방향으로 흘러갔기 때문이다.

(3)

"비켜! 썩 비키지 못해!"
소림사 나한승의 눈썰미는 보통 사람의 것보다 훨씬 뛰어났다. 덕분에 해담은 나무다리 건너편에 모여 있는 인파를 기세 좋게 가르며 등장한 그 아홉 남녀를 보았을 때, 자신의 예상과 달리 혈모회의 '혈모'가 붉은 모자를 뜻하는 용어가 아님을 즉시 알아차렸다. 하긴 머리통 위에다가 불그죽죽한 물건을 뒤집어쓰고 있는 것은 맞았다. 다만 그 물건이 가죽이나 천으로 만든 진짜 모자가 아니라 각자의 머리 가죽에 붙은 머리카락이라는 점이 그의 예상을 빗나가게 만든 것이다.
길게 기른 머리카락을 원통형의 모자 모양으로 둥글게 똬리 틀어 정수리에 얹은 채 기세등등하게 서 있는 팔남일녀들. 머리카락의 색깔이 피처럼 붉은 것은 아마도 홍화나 꼭두서니 같은 염료로 물들인 때문이리라.

"난리 났네. 난리 났어."

칠 척이 넘어 보이는 흑의 거한 앞에서도 당당함을 잃지 않던 광대뼈 남자가 목을 움츠렸다. 그 친구 되는 남자 또한 마맛자국 가득한 얼굴이 허옇게 변한 채 뒷걸음질을 치고 있었다. 해담이 그들에게 물었다.

"저자들이 조 사부를 죽였다는 그 혈모회인가요?"

"보고도 모르시오?"

광대뼈 남자가 반문으로 답변을 대신했다.

'흠, 개고기를 얻기 위한 장작감이 제때에 등장해 준 셈인가?'

해담은 일이 재미있게 흘러간다고 생각하며 앞에 있는 흑의 거한을 슬쩍 돌아보았다. 비슷한 생각을 하는지 다리 건너편을 쳐다보는 흑의 거한의 두 눈이 소년의 것처럼 반짝이고 있었다. 그 반짝이는 눈이 향한 곳, 혈모 아닌 혈모를 쓴 팔남일녀 중 한가운데에 서서 좌우로 각각 넷씩을 날개처럼 거느리고 있던 남자가 다리 쪽을 향해 한 걸음을 성큼 내디뎠다. 흑의 거한과 비교할 때, 신장은 머리 위 혈모까지 보태더라도 한 자 넘게 모자라지만 체중은 오히려 더 나갈 것 같은 비대한 체구의 소유자였다.

"바로 저자가 혈모회의 회주인 혈사신血邪神이라오."

광대뼈 남자가 입속말처럼 조그만 목소리로 설명해 주었다. 시골 도회 악당에게 달리기에는 너무 거창한 별호가 아닐까 싶은 생각도 들었지만, 일찍이 천룡검객을 배출한 영웅의 고장이 아니던가. 혈사신이 아니라 지옥대마왕이 왕림한들 그리 놀랄 일은 아닐 터였다.

그 혈사신이 기세 좋게 소리쳤다.

"어이, 계집! 낯짝 좀 돌려 봐라!"

그러나 혈사신으로부터 오륙 장 떨어진 나무다리 중앙에 무릎 꿇고 있는 상복 차림의 여자는 미동조차 하지 않았다. 귀가 먹지 않은 이상에는 완벽히 무시하는 것이 아닐 수 없었다.

"어라? 저것이 감히……."

혈사신의 투실투실한 얼굴이 머리 위의 혈모처럼 붉게 달아올랐다. 씨근덕거리는 콧숨 소리가 다리 건너편에 있는 해담의 귀에까지 들려오는 듯했다. 그러더니…….

"야! 이 쌍년아! 본 좌의 말이 말같이 안 들려! 저년을 콱……."

이어진 욕설은 해담처럼 신실한 불제자로 하여금 정구업 진언은 있어도 정이업淨耳業 진언은 없는 현실을 한탄하게 만들 만큼 상스러운 것이었다.

"……해 버릴까 보다!"

현실이 혈사신의 욕설대로 돌아간다면 잠시 후 끔찍한 봉변을 당할 운명에 처한 상복 차림의 여자가 마침내 자리에서 일어섰다. 장시간 무릎 꿇은 다리가 말을 듣지 않았는지 그녀는 한두 차례 하체를 휘청거리다가 다리 난간을 붙잡은 뒤에야 몸을 바로 세울 수 있었다. 해담은 비로소 그녀의 생김새를 찬찬히 볼 수 있게 되었다.

'촌색시다운 얼굴이야.'

한데 그다음부터가 이상했다.

처음에는 수수한 얼굴이라고 생각했다. 한데 두 번째로 보니 도톰한 입매가 예뻤다. 세 번째로 보니 길쭉한 눈꼬리가 특이했고, 네 번째로 보니 갸름한 얼굴선이 가련했다. 곧이어 해담은 여자의 얼굴에 단단히 달라붙어 버린 자신의 시선을 떼어 내기 위해 열심히 불호를 외워야 했다.

'아미타불, 아미타불…….'

속세 나이 마흔셋이면 아직 한창때라고 할 수 있지만 해담은 불제자, 그것도 서른 해 가까이 수양을 쌓은 소림사의 나한승이었다. 세존께 맹세하거니와 초면의 여자로 인해 수양이 흔들린 적은 단 한 번도 없었다. 하면, 저 조 사부의 서녀庶女가 그 정도로 절색이라는 뜻일까?

이런 생각을 하며 다시 보니, 아니었다. 그녀는 단지 촌색시였다. 입매가 조금 예쁘고 눈꼬리가 조금 특이하고 얼굴선이 조금 가냘픈, 그러나 전체적으로는 수수한 생김새라고 할 수 있는 촌색시. 해담은 고개를 갸웃거렸다.

'내가 대체 뭘 본 거지? 무슨 생각을 한 걸까?'

한 가지 흥미로운 사실은, 소림승의 부동심을 흔들고 지나간 그 기묘한 인상印象이 일대에 모인 모든 이들에게도 한가지로 닥쳐든 것 같다는 점이었다. 곁에 있는 광대뼈 남자와 마맛자국 남자는 말할 것도 없거니와, 상스러운 욕설을 토해 내던 입을 헤벌린 채 여자의 얼굴에서 시선을 떼지 못하는 혈사신이 그 사실을 입증해 주고 있었다. 그렇다면 흑의 거한은 과연 어떨까?

해담이 곁눈질로 살핀 흑의 거한은 팔짱을 낀 채 큼직한 주먹으로 짧은 수염이 뒤덮인 자신의 턱을 툭툭 두드리고 있었다. 그 느긋한 모습으로부터 속마음을 읽어 내기란 불가능할 것 같았다.

그때 조 사부의 서녀가 혈사신을 향해 입을 열었다.

"당신은 누군데 나를 욕하는 건가요?"

혈사신이 얼빠진 표정을 고치고 급히 대답했다.

"나, 나는…… 본 좌는 혈사신이다!"

상복 차림의 여자가 눈썹을 찡그렸다.

"혈사신?"

"그렇다. 본 좌가 누군지는 들어 봤겠지?"

"혈사신은 누군지 몰라요. 하지만 당신처럼 생긴 사람에 대해서는 들어 봤어요. 숭의방의 조 사부를 죽였다는 호소삼胡小三이 바로 당신인가요?"

거창한 별호와 대비되는 조촐한 본명이 여자의 입을 통해 공개되자 혈사신은 눈에 띄게 당황한 기색을 드러냈다.

"어?"

"그 조 사부가 제 부친이란 건 알고 있나요?"

"어?"

"그러니까 당신이 제 부친을 죽인 살인자라는 말이로군요."

바보처럼 '어?' 소리밖에 못 하는 혈사신을 대신하여 대거리를 하고 나선 자는 팔남일녀 중 홍일점인 말상 여자였다. 정수리에 얹은 머리카락 모자가 가장 높아서 일행 중 가장 키가 커 보이는 그 여자가 혈사신 옆으로 나서며 말했다.

"정당한 비무였지. 정당한 복수였고. 분수를 모르던 조가 놈은 그래서 내 남편 손에 죽은 거다. 관에서도 이미 그렇게 판결 낸 것을 너 따위가 감히 어쩌겠다는 거냐?"

이 카랑카랑한 말이 조 사부의 서녀를 제대로 찌른 것 같았다. 그녀는 어깨를 축 늘어뜨리며 구슬픈 목소리로 중얼거렸다.

"당신의 말이 맞아요. 나 따위가 뭘 어쩌겠어요. 나는 단지 부친의 장례를 치르고 싶을 뿐이에요. 다른 뜻은 없어요."

해담이 보기에 조사부의 서녀에게는 자신의 감정으로써 주위 사람들을 쥐락펴락하는 천부적인 능력이 있는 것 같았다. 그녀가 구슬피 말하자 모여 있던 사람들이 낮게 웅성거리기 시작했다. 물론 그 웅성거림의 대부분은 그녀의 처지를 안타까이 여기

는 것들이었다. 개중에는 결기를 드러내며 혈모회 사람들을 흘겨보는 이들까지도 있었다.

"언제까지 넋 놓고 있을 거예욧!"

분위기가 심상치 않다고 여긴 듯 말상 여자가 팔꿈치로 혈사신의 옆구리를 내지르며 뾰족하게 소리쳤다. 그제야 정신을 차린 혈사신이 동그란 눈을 한껏 부릅뜨고 조 사부의 서녀에게 물었다.

"네가 몸뚱이를 팔려고 한다는 게 사실이냐?"

조 사부의 서녀는 자신의 목에 걸린 '매신장부' 넉 자가 적힌 나무 팻말을 내려다보았다.

"그래요."

혈사신이 콧방귀를 뀌었다.

"누구 맘대로 팔아? 너는 조가 놈이 삼 년 전 본 좌에게 큰 빚을 지고도 갚지 않았다는 사실을 알고 있느냐?"

"그게 무슨 말인가요? 제 부친께서 생전에 당신에게 빚을 졌다는 뜻인가요?"

"암, 그렇고말고."

"이상하군요. 이곳에 온 뒤 많은 사람들과 얘기를 나눠 봤지만 그런 얘기는 들어 보지 못했어요."

해담은 조 사부의 서녀가 산골 출신 처녀답게 세상 물정에 너무 어두운 것은 아닌가 걱정이 들었다. 강호의 그늘에서는 온갖 거짓된 부채들이 만들어졌다. 무도한 힘이 존재한 적도 없는 빚을 얼마나 간단히 만들어 내는지를 그는 잘 알고 있었다.

그 무도한 힘에게 순진한 산골 처녀가 항의했다.

"부친께서 세상을 하직하신 뒤 당신들이 부친의 땅과 건물을 차지했다고 들었어요. 그걸로도 부족한가요?"

"부족하다마다."

"부족하다고요? 차용증은 있나요?"

이즈음에 이르러 혈사신은 뻔뻔한 본색을 완전히 회복한 것처럼 보였다. 그는 주위를 둘러보다가 누군가에게로 턱짓을 보냈다. 그러자 아홉 명의 혈모회 회원 중 왼쪽 끄트머리를 차지하고 있던 말라깽이가 자신의 왼쪽에 있는 아낙 하나를 홱 낚아챘다. 그녀의 곁에 있던, 아마도 남편이 아닐까 싶은 삼베 조끼 차림의 남정네가 헛바람을 삼키며 아낙네의 팔을 붙들었지만 말라깽이의 독살 맞은 눈길 한 번에 주춤주춤 뒷걸음질을 쳤다.

"본래 강호의 빚은 종이쪽에 새기지 않는 법이지. 그러나 그 빚은 모든 사람들이 알고 있단다, 얘야."

혈사신이 거들먹거리자 말라깽이가 뼈다귀를 쳐다보는 들개의 눈을 하고서 아낙에게 물었다.

"아줌마, 새끼가 몇이지?"

"여, 여섯입니다요."

"방댕이도 부실해 보이는 게 더럽게도 많이 싸질러 놨군. 잘 키우려면 힘 좀 들겠어. 그건 그렇고, 숭의방 조가 놈이 우리 혈모회에 빚을 지고 있었다는 것은 알고 있겠지?"

"예?"

"새끼가 몇이라고?"

"바, 방금 여섯이라고 말씀을 드렸…….."

"여섯이 많기는 하지만 너무 걱정 말라고. 내일쯤에는 그 수가 반으로 줄 수도 있으니까."

그제야 말뜻을 알아들은 듯 아낙이 손으로 입을 가리며 눈을 홉떴다. 말라깽이가 다시 말했다.

"그건 그렇고, 조가 놈이 우리에게 빚을 졌다고. 우리 회주님

께 말이야. 기억나나?"

"예! 기억납니다!"

"다행이군. 아주 큰 빚이었어. 아줌마 같은 사람들은 얼마인지 알지도 못할 만큼 큰 빚. 내 말이 맞지?"

"맞습니다! 맞고말고요!"

말라깽이는 그제야 아낙을 풀어 주고 혈사신을 돌아보았다. 부하의 일 처리에 매우 만족한 듯 혈사신이 입술을 비틀어 올렸다.

"들었니, 애야? 네 아버지가 글쎄 이러고 가셨단다. 너무 늦게 온 너는 자세한 사정을 전해 듣지 못했겠지만 말이다."

조 사부의 서녀는 도톰한 입술을 잘근잘근 깨물다가 혈사신에게 물었다.

"그래서 당신은 제게 뭘 원하는 거죠?"

참으로 기이한 것이, 분해 어쩔 줄 몰라 하는 기색이 저토록 뚜렷한데도 표정과 동작과 목소리 모두가 남자의 욕구를 불끈거리게 만들고 있었다. 아니나 다를까, 혈사신의 얼굴에 탐욕스러운 기운이 개기름처럼 번들거리기 시작했다. 그는 보라색 혀를 내밀어 입술을 한차례 핥은 뒤 그녀에게 말했다.

"네가 팔 수 있는 게 있다면 돈이든 물건이든 사람이든 그건 모두 내 거야. 병신이 된 네 아비가 뒈진 순간부터 그렇게 결정돼 버렸지. 너는 거부해서는 안 돼. 거부하면 효녀가 아니지."

혈사신의 옆에 있던 말상 여자가 재빨리 덧붙였다.

"우리는 너를 기루에 팔 거야. 처녀여야 제값을 받을 수 있지. 너는 반드시 처녀로 팔려야 해."

"반드시?"

혈사신이 불만스러운 얼굴로 아내를 돌아보다가 표독스러운 눈동자와 마주치고는 얼른 고개를 돌렸다. 그리고 해담은 다른 의미에서 고개를 돌렸다.
'세존이시여, 제자는 오래 참았나이다.'
해담은 저 악당들이 벌이는 수작을 더 이상 봐 넘길 수 없었다. 굳이 고통에 빠진 중생을 계도해야 한다는 불제자로서의 의무를 떠올리지 않더라도, 승복 속에 가려져 있던 그의 남성성이 그렇게 명령하고 있었다. 노한 듯 두려운 듯 어깨를 떨고 있는 저 상복 차림의 여자에게는 남자로부터 남성성을 이끌어 내는 뭔가가 감춰져 있는 것 같았다.
그러나 해담은 생각과는 달리 앞으로 나서지 못했다. 그는 자신의 어깨를 돌아보았다. 크고 억세 보이는 손 하나가 그 위에 얹혀 있었다. 사고의 촉수가 누군가에게 부지불식간 어깨를 내주었다는 놀라움에 가 닿은 것은 잠시의 시간이 흐른 뒤였다. 크고 억세 보이는 그 손은 그만큼이나 자연스럽게 소림 고수의 경계 거리를 허물고 들어온 것이다.
'이 시주는 오늘 여러 번 나를 놀라게 만드는군.'
그 손의 주인, 흑의 거한이 해담에게 물었다.
"스님께서 사시려고요?"
"예?"
흑의 거한이 해담의 어깨를 누르던 오른손을 치우며 나무다리 쪽을 턱으로 가리켰다. 흑의 사내의 말뜻을 그제야 알아들은 해담이 얼굴을 붉히며 고개를 내둘렀다.
"아, 아닙니다. 소승이 감히 그럴 리가…….."
"다행이군요."
뭐가 다행이라는 걸까 해담이 궁금해하는데, 흑의 거한이 짧은 수염으로 뒤덮인 하관 가득 큼직한 미소를 지으며 친절히 설

명해 주었다.

"물건을 살 사람이 너무 많으면 흥정을 하는 데 도움이 되지는 않겠지요."

말인즉 옳았다. 살 사람이 많아지면 물건 값이 올라가는 것이 시장의 이치였다.

그때 나무다리 건너편에 있던 혈사신이 조 사부의 서녀를 손가락으로 가리키며 장군처럼 호통을 질렀다.

"본 좌가 말한다! 네 아비의 빚을 네 몸뚱이로 대신하겠다!"

그 모습을 본 흑의 거한이 어깨를 으쓱거렸다.

"자칫하면 흥정에 나서기도 전에 팔려 버리겠군요. 그럼 소생은 이만……."

그러고는 나무다리를 향해 걸음을 옮겼다. 숲 속의 나무가, 길가의 바위가 보호색과도 같은 동화를 스스로 벗어던지고 움직이기 시작한 것이다.

"헉!"

"저 사람 좀 봐!"

해담이 예상했던 반응이 뒤를 따랐다. 사람들은 마치 수면 위로 막 떠오른 고래를 발견한 뱃사람들처럼 동요했다. 그리고 그 점에 관해서는 다리 건너편에 있던 아홉 개의 붉은 모자들도 예외가 아니었다. 뒤룩거리는 뱃살 속에 들어 있는 것이 배포는 아니었던지, 가장 비대한 혈사신이 가장 심한 동요를 드러냈다.

"뭐, 뭐냐, 넌?"

그러면서 허리춤에 매달린 도끼의 손잡이를 움켜잡아 갔지만, 흑의 거한은 혈사신을 포함한 아홉 개의 붉은 모자들에게는 별다른 관심을 주지 않았다. 다리 가운데로 성큼성큼 걸어 나간 그가 조 사부의 서녀에게 말했다.
 "내가 당신을 사겠소."
 조 사부의 서녀는 다리 주위에 모여 있는 모든 사람들이 그러하듯 얼빠진 얼굴로 흑의 거한을 쳐다보다가 떨리는 목소리로 물었다.
 "당신이 매신장부에 응하겠다는 말씀인가요?"
 "그렇소. 단, 돈으로 몸값을 치르지 않겠소."
 "그러면 무엇으로 치르시겠다는……?"
 "피로."
 흑의 거한의 관심이 아홉 개의 붉은 모자들에게로 향한 것은 이 짧은 대답이 떨어진 직후임이 분명했다. 해담의 눈에 비친 그 커다란 뒷등이 별안간 맹수처럼 위험한 기세를 뿜어냈기 때문이다. 그 기세가 자신을 향한 것일 리 없음을 모르는 바는 아니나, 그럼에도 불구하고 해담은 자신도 모르게 전신 가득 공력을 끌어 올리고 말았다. 만일 뒷전에서 울린 늙고 메마른 탄성이 아니라면 십팔나한의 체면에 걸맞지 않게 뒷걸음질까지 쳤을지도 모르는 일이었다.
 "무문無門의 수인囚人을 여기서 보는구나!"
 고개를 돌린 해담은 황급히 머리를 조아렸다. 잠시 기다리라고 해 놓고 이제껏 까맣게 잊어버리고 있던 적인 사백이 어느 틈엔가 자신의 등 뒤에까지 다가와 있었기 때문이다. 저만치에서 헐레벌떡 달려오는 사형 해운의 당황한 모습으로 미루어 연화구품신보蓮花九品神步라도 발휘하신 모양이었다. 그건 그렇다 치고, 무문의 수인이라니? 그게 대체 무슨 뜻일까?
 "혹시 저 청년을 이르시는 겁니까?"
 고개를 들고 조심스럽게 묻던 해담은 곧바로 실망할 수밖에

없었다. 허공을 향해 열린 혼탁한 노안은 현재 사백의 정신이 어느 영역에 머물러 있는지를 알려 주고 있었다. 노망난 노인네가 하는 말에 무슨 심오한 뜻이 깃들어 있겠는가.

그때 다리 위에 있던 흑의 거한이 조 사부의 서녀에게 물었다.

"팔겠소?"

해담은 그 방향을 향한 자신의 귓바퀴가 조금 길어지는 기분이 들었다. 그리고 이 주위에 모인 모든 사람들이 같은 기분일 거라고 믿었다.

조 사부의 서녀가 입술을 깨물더니 흑의 거한에게 대답했다.

"선친의 장례를 치를 수 있게 해 주신다면 소녀를 당신에게 팔겠어요."

"흥정 끝."

짧게 말한 흑의 거한이 거목의 줄기 같은 팔을 슥 뻗어 여자의 목에 걸린 나무 팻말을 벗겨 냈다. 그가 본격적으로 움직이기 시작한 것은 그 직후였다.

휘이익!

검은 장막처럼 커다란 그림자가 다리 중앙에 선 여자의 머리 위를 훌쩍 타 넘어갔다. 그 그림자가 아홉 개의 붉은 모자들 앞에 내려설 즈음, 해담의 뒷전에 서 있던 적인 사백이 또다시 알아들을 수 없는 탄성을 늘어놓았다.

"광풍이로다! 노도로다! 그러나 문이 없으니 어디로 나갈꼬? 매미가 껍데기를 벗기 전에는 아이를 죽일 수 없는 것을……."

비록 종잡을 수 없는 말이기는 하지만 한 가지만큼은 들어맞았다. 흑의 거한의 움직임은 정말로 벌판을 몰아치는 광풍노도와도 같았다.

혈사신이 움켜쥔 도끼는 뽑혀 나올 기회를 만나지 못했다. 흑의 거한이 그것을 허락하지 않았기 때문이다.
 흑의 거한이 등에 멘 붉은 검은 뽑혀 나올 이유를 찾지 못했다. 그에게는 다른 무기가 있었기 때문이다.
 퍽! 따다다다닥ㅡ.
 커다란 그림자가 몰아치고, 가죽 부대를 쇠메로 후려치는 듯한 둔탁한 소음 한 번과 마른 나뭇가지가 부러지는 듯한 섬뜩한 소음 몇 번으로 상황이 끝나 버렸다. 아홉 개의 붉은 모자들은 나무다리가 시작되는 곳에 넝마처럼 널브러져 있었고, 그중 첫 번째 둔탁한 소음의 제물인 혈사신은 일견하기에도 향후 정상적인 삶을 유지하기 힘든 신세가 되어 버린 것 같았다. 나머지 여덟 졸개들 중 일곱 남자들 또한 무사하지는 못했다. 그들에게 달린 사지 중 한두 군데는 흑의 거한의 폭풍 같은 손 속 아래 부러진 뒤라는 것을 해담은 알고 있었다. 그나마 온전한 것은 백지장처럼 하얘진 얼굴로 후들후들 떨고 있는 말상 여자 하나뿐인데, 그 까닭이 여자에 대한 흑의 거한의 배려심 같은 것과는 무관하다는 사실을 해담은 잠시 뒤에 알게 되었다.
 흑의 거한은 오른손에 쥐고 있던 무기를 바닥에 던졌다. 네모난 원형을 알아보기 힘들 만큼 쪼개진 매신장부의 나무 팻말이 그가 만들어 놓은 작품들 사이에 떨어졌다. 이어 그는 바닥에 대자로 뻗어 있는 혈사신의 불룩한 배 위에 한 발을 척 올려놓았다.
 "조 사부의 시신은 어디에 두었느냐?"
 흑의 거한이 묻자 혈사신이 핏물을 게워 내며 헐떡거렸다.
 "헉, 허억, 그, 그게……."
 "살인을 할 생각까지는 없다. 하지만 생각이란 언제 바뀔지

모르는 법이지. 조 사부의 시신은 어디에 두었느냐?"

"우리 방회 뒷마당…… 헉, 그 뒷마당에 묻었습니다."

"조 사부의 목을 잘랐다고 들었다. 머리와 몸을 함께 묻은 것이냐?"

이 질문에 혈사신을 대신해 대답한 것은 어느새 흑의 거한의 등 뒤로 다가온 조 사부의 서녀였다. 그녀는 독기 어린 눈으로 혈사신을 노려보며 말했다.

"저자가 부친의 유골로 요강을 만들었다고 들었습니다."

이 끔찍한 말에 해담은 불호를 읊조렸고 흑의 거한은 눈빛을 차갑게 굳혔다.

"생각을 바꾸게 만드는 자로군."

혈사신은 흑의 거한의 생각이 바뀌는 것을 결코 바라지 않는 것 같았다.

"거, 거짓말이었습니다! 사람들을 겁주기 위해 소인이 거짓말을 했던 겁니다! 조 사부가 소인의 도끼에 주, 죽은 것은 맞지만, 그것도 그가 소인의 도끼에 뛰어든 것이나 마찬가지였습니다! 게다가 머리통으로 요강을 만들다니요! 소인은 죽은 개만 봐도 밤에 악몽을 꾸는 놈입니다요! 정말입니다! 제 부하들에게 물어보십시오!"

흑의 거한이 주위를 둘러보자 부러진 팔다리를 움켜잡고 죽는 시늉을 하던 남자들이 틀림없는 사실이라며 앞다퉈 외쳐 대기 시작했다. 흑의 거한이 조 사부의 서녀를 돌아보았다.

"거짓말을 하는 것 같지는 않소. 그래도 저자의 목숨을 원하시오?"

조 사부의 서녀는 흑의 거한과 혈사신을 번갈아 쳐다보며 갈등하는 기색을 보였다. 이윽고 그녀는 잔뜩 곤두세우고 있던 어깨에서 힘을 풀었다.
"은공께 살인까지 청할 수는 없군요. 하지만 저자가 계속 악행을 저지르도록 놔두기는 싫습니다. 소녀는 소녀처럼 기구한 딸들이 세상에 다시 생기는 것을 원치 않습니다."
"그는 두 번 다시 악행을 저지르지 못할 거요."
"그러면 되었습니다. 선친의 시신을 수습하여 장례를 치르는 것이 소녀의 바람이었으니까요."
"아, 그 일이 남았구려."
흑의 거한의 눈길이 혈모회 아홉 명 중 유일하게 사지가 멀쩡한 말상 여자에게로 옮겨 갔다.
"조 사부의 시신은 당신이 수습해 와야겠소."
"예? 제, 제가 왜……?"
"나는 워낙에 변덕이 심한 놈이라 언제라도 생각을 바꿀 수 있소. 남편 없이 살고 싶다면 그러지 않아도 되오."
악한과 악녀 간의 애정은 뜻밖에도 깊은 모양이었다.
"내 남편에게 손대지 마세요! 당장 시신을 수습해 오겠어요!"
"충고하건대 아주 좋은 관으로 모셔 와야 할 거요. 만약 관이 상주의 눈에 차지 않으면 그 안에 남편이 들어가게 될지도 모르니까."
말상 여자가 떠나는 장면까지 본 해담이 참았던 숨을 몰아쉬며 일행에게로 몸을 돌렸다.
"사형 보시기에 저 청년의 경지가 어떤 것 같소?"
해담의 질문을 받은 해운이 이마에 주름을 잡으며 잠시 생각하더니 천천히 고개를 흔들었다.
"고수인 것은 분명한데, 상대하는 자들이 너무 약해서 뭐라 평가하기가 어렵군. 자네 보기에는 어땠나?"

"저도 사형 생각과 비슷하오. 하지만……."

해담은 흑의 거한을 처음 보았을 때 떠올린 이기혼연의 경지에 대해 언급하려다가 마음을 고쳐먹었다. 말도 안 되는 소리라고 대꾸할 게 뻔했기 때문이다. 그런데 정작 말도 안 되는 소리를 한 사람은 따로 있었다.

"그는 검객이다. 그것도 검왕과 고검에 필적할 만한 경지에 오른 절정의 검객이지."

오후 들어 처음으로 듣는 계율원주의 엄정한 목소리에 해자배의 두 나한승은 표정이 변했다.

"바, 방금 검왕과 고검이라고 하셨습니까?"

"왜? 내 말을 믿지 못하는 게냐? 하긴 나도 믿기 힘든데 너희들이야 오죽할까. 하지만 저 청년이 진심으로 검을 뽑는다면 우리 셋이 달려들어도 상대가 되지 못할 게다. 참으로 놀라운 일이야. 천하의 어느 고인이 저런 인재를 길러냈을꼬?"

소림은 본디 날붙이를 무기로 사용하지 않았다. 계도戒刀를 전문으로 수련하는 무승이 아주 없는 것은 아니지만, 그 또한 칼날을 무디게 만들어 날붙이로서의 흉험함을 제거한 뒤에야 사용할 수 있었다. 그 날 없는 칼, 무인계도無刃戒刀의 최고 달인이 바로 저 계율원주 적인이었다. 적인의 무인계도가 소림의 불법을 수호하는 네 가지 보물 중 첫 번째로 꼽히는 데에는 그럴 만한 이유가 있었던 것이다. 한데 그 적인이 말했다. 자신과 십팔나한 둘이서 함께 달려들어도 저 흑의 거한 하나를 당해 낼 수 없을 거라고. 나아가 검왕, 고검에 필적하는 검도 고수라고……. 아니, 이게 말이나 되는 소리인가?

"사백님, 외람된 말씀이오나 소질이 판단하기로 저 청년이 그 정도의 고수라고는……."

온후독실한 해운과는 달리 해담은 떠오른 생각을 심중에 담아 두는 성격이 아니었다. 그는 사백을 상대로 자신의 의견을 감연히 피력했고, 그다음에는 좌절했다.
"사부님, 근데 약장수는 벌써 가 버린 거예요?"
계율원주에서 동자승으로 돌아간 사백이 불문제일인의 젊은 시절을 닮은 그를 향해 칭얼거리고 있었다. 해운이 얼른 막아서며 사부를 달랬다.
"내일도 온다고 했으니 너무 실망하지 마십시오. 아마 더 재미있는 구경거리를 가지고 올 겁니다."
갑자기 만사가 한심해져 버린 해담은 다리 쪽을 향해 고개를 돌렸다. 그곳에서는 부친을 장사 지내기 위해 몸을 판 여자와 땡전 한 푼도 들이지 않고 그녀를 산 남자가 대화를 나누고 있었다.
"은공의 하늘같은 은혜에 감사드립니다."
"감사를 받으려고 당신을 산 것은 아니오."
이 말의 의미를 나름대로 해석했는지, 한동안 입술을 잘근잘근 깨물던 조 사부의 서녀가 흑의 거한을 똑바로 쳐다보며 물었다.
"하면 은공께서는 소녀에게 무엇을 바라시나요? 바라시는 것이 있다면 무엇이든 말씀하십시오. 그것이 어떤 일이든 소녀는 반드시 그대로 행하겠습니다."
여인으로서는 무척이나 큰 용기가 수반되지 않고서는 감히 내뱉지 못할 다짐을 들었음에도 흑의 거한의 표정은 태연하기만 했다. 그가 물었다.
"산서 출신이라고 들었소. 맞소?"
이 물음이 의외였는지 조 사부의 서녀가 잠시 머뭇거리다가

고개를 끄덕였다.

"그렇습니다. 태원 북서쪽에 있는 산골 출신이지요."

"바로 그 태원에 가는 길이오. 한데 혼자서 다니는 게 처음이라 모든 게 너무 낯설고 불편하더구려. 당신이 나를 태원까지 안내해 주시오. 그것으로 이번 일에 대한 대가를 치른 것으로 합시다."

'그것이었나?'

아까 여자가 산서 출신이라는 말에 반색을 하던 흑의 거한의 얼굴이 해담의 머릿속에 떠올랐다. 야인 기질이 물씬 풍기는 외모와는 어울리지 않는 음전한 요구이긴 해도, 길잡이 없는 초행길이 얼마나 고달픈지를 수차례의 행각 수행을 통해 충분히 배운 해담으로서는 고개를 끄덕일 수밖에 없었다.

"달리 바라시는 것은 정말로 없고요?"

미심쩍어하는 기색을 감추지 않는 여자의 질문에 흑의 거한이 씩 웃으며 짧게 대답했다.

"없소."

흑의 거한을 빤히 쳐다보던 여자가 뜻 모를 한숨을 길게 내쉬더니 고개를 끄덕였다.

"알겠어요. 소녀가 은공을 태원까지 안내해 드리겠습니다."

그러자 흑의 거한이 솥뚜껑처럼 커다란 손을 얼굴 앞에 모아 흔들어 보이며 여자를 향해 말했다.

"길동무가 되었으니 통성명이 필요할 것 같구려. 나는 석대원이라고 하오."

'석대원? 들어 본 이름 같은데…….'

언제 어디서 들었는지는 떠오르지 않지만, 앞으로는 절대로 잊어버리지 않을 이름이 될 것 같았다. 해담이 이런 생각을 할 때, 조 사부의 서녀가 석대원이라는 이름의 흑의 거한에게 말했다.
"박복한 계집이라 아비의 성을 물려받지도 못했지요. 별수 없이 어미의 성을 물려받아 사皀라는 성을 쓰고 있답니다. 그리고 이름은……."
잠시 말을 멈춘 그녀의 얼굴에 처음으로 미소가 떠올랐다. 저 하늘로 번져 가는 붉은 노을처럼 남자의 마음을 흔적 없이 파고드는 마력적인 미소였다. 그런 미소를 머금은 도톰한 입술이 하나의 이름을 꺼내 놓았다.
"효梟, 올빼미라는 뜻이에요."

초상회담 礁上會談

(1)

 안개가 낀 밤이었다. 이물에 내건 등불조차 제대로 보이지 않을 만큼 짙고 두터운 안개였다. 그 축축한 회흑색 장막이 사방을 덮어 버린 탓에 뱃전을 쉴 새 없이 두드리는 세찬 물소리와 그에 따른 선체의 흔들림만 아니라면 종리관음은 자신이 물 위에 떠 있음을 알아차리지 못했을 것이다.
 이곳은 뱃길 험하기로 소문난 장강삼협長江三峽 중에서도 뱃사람들이 더욱 경계한다는 서릉협西陵峽. 환한 대낮에도 건너기 힘들다는 그 악명 높은 서릉협에 캄캄한 밤, 그것도 안개마저 이리 짙게 끼었으니 뉘라서 감히 배를 띄울 수 있을까? 선봉船蓬(배 위에 지은 나무집) 지붕에 올라앉아 용형대도를 품에 끌어안은 채 시커먼 물살 위에서 어둠과 뒤엉키는 안개를 바라보던 종리관음은 고개를 절레절레 흔들고 말았다. 아무리 생각해도 이건 정신 나간 짓이었다.
"왜 그러는가? 멀미라도 나는가?"
선봉과 왼쪽 뱃전 사이, 사람 하나 겨우 지나갈 만한 통로에 서 있던 사람이 종리관음에게 물었다. 날렵한 흑청색 상의에 통이 좁은 회색 바지를 입고 장검 한 자루를 등에 결질러 멘 그 사람은 종리관음으로 하여금 이 정신 나간 짓에 동참하지 않으면 안 될 수밖에 없도록 강제한 장본인이기도 했다.
호교십군의 일군장이자 종리관음의 직속상관인 제갈휘.
그 앞에서 감히 정신 나간 짓 운운할 수는 없는 노릇이라서, 종리관음은 얼른 적당한 변명을 주워섬겨야 했다.
"아닙니다. 주위의 이목을 피해야 하는 일일 텐데 저처럼 등불을 켜고 가도 되는 건지 염려되어서 그렇습니다."
제갈휘는 이물의 장대 위에 걸린 조롱박만 한 유등 호롱을 슬쩍 돌아본 뒤 싱긋 웃었다. 북슬북슬한 턱수염에 어린 습기가 유등 불빛을 받아 반들거렸다.
"이런 안개 속에서는 아무리 안력이 뛰어난 고인이라도 저 불빛을 발견할 수 없을 걸세. 그걸 아니까 저렇게 내걸었겠지. 안 그렇소, 사공 양반?"
유선형으로 날렵하게 빠진 이물과는 달리 뭉툭한 면으로 툭 잘린 배의 고물 쪽, 세 길이 넘는 기다란 장대 노로써 강물을 휘젓던 사공이 구부정한 상체를 이쪽으로 돌리더니 삿갓 쓴 머리를 크게 끄덕였다.
"그렇고말고요, 신선이 아니고서야 못 할 일이 분명합죠."
"아무도 보지 못할 등롱을 뭐 하러 내건 거요?"
종리관음의 물음에 사공이 곧바로 대답했다.

"강안江岸에서야 볼 수 없지만 같은 높이의 강물 위라면 얘기가 다릅니다요. 수면 가까운 곳에 깔린 안개에는 강물처럼 흐름이 있어서 배를 저어 나아가다 보면 굴처럼 뚫린 곳들이 언뜻언뜻 나옵죠. 쇤네들은 그 뚫린 곳을 통해 다른 배에서 내건 등불을 알아볼 수 있습니다요."

늙수그레하고 비루한 말투이긴 해도 그 안에는 오랫동안 강상에서 먹고살아 온 사람만의 직업적인 경륜이 담겨 있었다. 쪽배 한 척 구경하기 힘든 유주幽州의 심산유곡에서 낳고 자란 종리관음으로선 뭐라 반박할 말을 찾을 수 없었다. 그가 입을 다물자 제갈휘가 사공에게 물었다.

"제법 온 것 같은데 얼마나 더 가야 하오?"

사공은 노질을 멈추고 구부정한 허리를 펴더니 안개 덩어리들이 뭉클거리며 굴러다니는 주위를 둘러보았다. 종리관음의 눈에는 시커먼 강물 말고 무엇 하나 분간이 안 되건만 전문가의 눈은 과연 다른 구석이 있는 모양이었다. 사공이 손을 들어 우현 너머를 가리키며 말했다.

"저 건너편이 공명 선생께서 병서를 감췄다는 병서벽兵書壁일 테니 약속한 장소에 가까이 온 것 같습니다요."

"그 장소란 데가 암초라고 했던가요?"

제갈휘의 물음에 사공이 고개를 주억거렸다.

"그렇습니다요. 이대로 조금만 더 올라가면 독각섬여초獨角蟾蜍礁라고 부르는 암초가 하나 나옵지요. 대개 암초 주위로는 물살이 더욱 거세지는 법인데, 희한하게도 그 암초 주위에서는 강류끼리 부딪쳐 상쇄되는 탓에 배의 흔들림이 훨씬 줄어들지요. 거기가 바로 약속 장소입니다요."

"올 사람이 누구인지는 여전히 말하지 않을 셈이오?"

종리관음이 목소리에 날을 세워 물었다. 그러자 사공은 주위를 둘러보느라 약간 들춰 올린 삿갓을 급히 내려쓰고는 고개를 납죽 조아렸다.
 "아이고, 그 말씀은 쇤네처럼 천한 뱃놈에게는 죽으라는 말씀과 같습니다요."
 이곳까지 오는 동안 여러 차례 겪은 바 있는 비루함을 가장한 회피요, 엄살 뒤에 숨은 의뭉이었다. 천생이 표리일체로 강직한 종리관음은 저런 유형의 인간을 그리 좋아하지 않았다. 어금니를 지그시 사려 문 그가 재차 사공을 추궁하려는데, 제갈휘가 웃으며 만류했다.
 "뱃삯을 주지는 못할망정 죽으라고 해서는 안 되지 않겠는가. 묻지 않을 테니 사공 양반은 두려워 마시오."
 "군장님, 저자는 평범한 사공이 아닙니다. 아마도 저자는 장강……."
 제갈휘가 손을 슬쩍 들어 종리관음의 말을 가로막았다.
 "그가 장강수로채의 인물이든 아니든, 그리고 이 배가 하왕채의 수상녹이든 아니든, 우리를 공짜로 태워 준 고마운 사공이고 배임에는 분명하지 않겠나. 그러니 더 이상은 그를 못살게 굴지 말도록 하세나."
 종리관음이 눈을 크게 떴다.
 "처음부터 알고 계셨습니까?"
 "물론 알고 있었네. 그리고 저 사공을 보내 우리를 이곳으로 부른 사람이 누구인지도 짐작하고 있지."
 "예?"
 종리관음의 눈이 더욱 커졌다. 하지만 그를 대하는 제갈휘의 표정은 너무나도 덤덤하여, 심지어는 이곳이 삼협 중에서도 가

장 악명 높은 서릉협의 한복판이라는 사실마저 망각하고 있는 것은 아닌지 의심스러울 지경이었다.

돌이켜 보건대, 일군장 제갈휘를 주장으로 하는 일군과 십군의 연합군인 일로군이 서릉협 남쪽 하안에 위치한 평선강平善堽이라는 자그마한 도회에 도착한 것은 그제 저녁, 날짜로는 팔월 초나흘의 일이었다.

본래 일로군의 계획은 서릉협으로부터 이천 리 동쪽으로 떨어진 강서성 구강九江에서 장강을 도강, 강북으로 진출하는 것이었다. 그런데 구강으로 이어진 파양호 호반을 따라 진군하던 중 뜻밖의 소식을 접하게 되었다. 북경 보운장의 장주 왕고가 무양문의 강북행을 돕기 위해 마련해 놓은 구강의 도강로가 하루아침에 무용지물로 바뀌어 버렸다는 매우 안 좋은 소식이었다.

강서성 도지휘사 육벽의 사고사.

강호에서 벌어지는 문제라면 대체로 적당한 선에서 눈감아 주는 것이 관부의 상례이기는 하지만, 일천에 달하는 무장 집단이 장강을 도강하여 강북으로 진입하는 것은 그런 상례로써 넘길 수 있는 일이 아니었다. 더구나 일로군의 뒤를 이어 도착할 이, 삼로군까지 합하면 그 수가 물경 삼천. 도지휘사 정도 되는 뒷배가 아니고선 감당할 사안이 아닌 것이다. 무작정 도강을 꾀하다가는 강북의 백도인들과 싸워 보기도 전에 장강의 수영水營들에 주둔한 관군들부터 상대해야 할지도 모르는 상황. 삼로군이 복건을 출발하기 전, 무양문의 군사 육건은 그 일만큼은 반드시 피해야 한다고 거듭 경고한 바 있었다.

다행히 무양문에게는 왕고라는 훌륭한 전략적 동반자가 있었다. 왕고는 노환 중임에도 불구하고 비명에 세상을 뜬 둘째 아들의 사문을 위해 강서성 도지휘사 육벽에게 손을 써 주었고, 구강을 통한 도강 계획은 순조롭게 삼로군에게 전달되었다. 남은 일은 총주장인 제갈휘가 육벽을 만나 정식으로 도강 승인을 받아 낸 뒤 당당하게 장강을 건너는 것뿐이었다.

한데 구강을 코앞에 두고 일이 틀어졌다. 도강증에 도장을 찍어 줄 육벽이 위소의 사택에서 잠자던 중 갑자기 발생한 원인 불명의 화재로 허망하게 죽어 버린 것이다.

계획의 변경은 부득이해 보였다. 물론 그 점에 동의하지 않은 사람이 아주 없지는 않았지만. 아니, 축생이라고 해야 정확할까?

"그래서 새로 온 도, 도지휘…… 뭐라는 새끼가 감히 이 어르신들의 발길을 가로막는다 이 말이우?"

"……."

"간단하네. 그 새끼 죽여 버리고 후딱 건너가 버립시다."

"……."

"일군장님?"

"……."

강서성을 종단하는 보름여 동안 종리관음은 이와 비슷한 종류의 대화 아닌 대화를 여러 번 접할 수 있었고, 그 경험을 통해 십군장 마석산의 진정한 천적이 교주 서문승처럼 강성剛性한 자도 아니요, 이군장 좌응처럼 고덕高德한 자도 아니요, 인간과 짐승을 본능적으로 구별하여 인간에게는 인간다운 대접을, 짐승은 짐승다운 대접을 해 주는 저 능소능대한 제갈휘라는 사실을 똑똑히 알게 되었다. 말 같지도 않은 말에 대한 가장 좋은 대꾸는 완전한 무시. 제갈휘는 그것을 몸소 실천했고, 마석산은

처음에는 당황하고 다음에는 화내다가 종국에는 얌전해졌다. 뜻밖에도 남이 성질을 받아 주지 않으면 제풀에 흐물흐물해져 무력해지고 마는 체질인 모양이었다.

　각설하고, 제갈휘를 주장으로 하는 일로군이 구강에서 하루를 보내며 새로 세운 계획은 도강로를 스스로 개척하는 것. 다시금 왕고의 도움을 기다리는 것은 성산도 높지 않거니와 시일이 너무 소요될 것 같았다.

　새로운 도강로를 개척하기 위해서는 수영이 드문 상류 쪽으로 올라갈 필요가 있었다. 무력해진 마석산을 제외한 일로군의 간부들이 도강의 최적지로 선정한 곳은 삼협 중에서도 가장 동쪽에 위치한 서릉협. 삼협의 격류를 헤쳐야 하는 난관은 있겠지만, 의창宜昌에 주둔한 수영의 눈만 피할 수 있다면 도강에 큰 무리가 없을 것 같았다. 수영 한 군데의 눈을 가리는 것은 어렵지 않았다. 자신에게 들이밀어진 뇌물이 독인지 꿀인지 판단할 능력을 갖춘 진장鎭將이라면 애당초 본영에서 외따로 떨어진 삼협의 수영까지 밀려났을 리 없을 테니까. 제갈휘는 세심한 사람이어서 만에 하나 그런 능력을 갖춘 진장이 있을 경우를 대비, 북경 보운장으로 전령을 급파하는 것도 잊지 않았다. 이것저것 다 무산되면 어쩔 수 없이 정면 돌파. 복건에서 소식을 접할 서문숭의 성정에 비춰 볼 때 어쩌면 그쪽을 더 즐거워할지도 몰랐다.

　일단 계획을 수립한 일로군은 호북성의 남부 지역을 서진하기 시작했다. 그 과정에서 과거 용봉단에 협력한 문파 두 곳을 멸절한 일은 망외의 소득이라고 하기도 뭣한 유희에 불과할 터였다. 그렇게 진로를 튼 지 열하루 만에 목적지인 서릉협을 코앞에 둔 평선강에 도착한 그들은 작은 강마을 한 곳을 반강제로 세내어 주둔지를 구축하는 한편, 도강을 앞둔 마지막 정비에 들어갔다.
 여장을 풀기 무섭게 뱃멀미 약을 구해 오라며 부군장 이하 십군의 간부들을 닦달하는 마석산과는 달리, 제갈휘는 부군장인 종리관음 한 사람만을 데리고 서릉협이 내려다보이는 봉우리에 올랐다. 종리관음의 눈에 비친, 장강 너머로 펼쳐진 북안의 봉우리들을 바라보는 제갈휘의 얼굴은 어딘지 모르게 우울해 보였다.
 "마음에 걸리시는 일이라도 있으십니까?"
 종리관음의 물음에도 제갈휘는 고개를 천천히 흔들 뿐 아무 말도 하지 않았다.
 갈대 줄기로 엮은 삿갓을 쓴 늙수그레한 사공이 편지 한 통을 들고서 일로군이 주둔한 강마을로 찾아온 것은 그다음 날인 오늘 새벽의 일이었다.

 "편지에는 누가 보냈는지 적혀 있지 않았잖습니까?"
 종리관음이 물었다.
 "그랬지."
 "속하는 잘 이해가 되지 않는군요. 그런데도 우리를 부른 자가 누구인지 어떻게 짐작하신다는 말씀인지?"
 제갈휘는 안개에 가려진 강 건너편으로 시선을 돌렸다.
 "자네도 편지를 보았으니 알겠지. 편지에는 저 건너편에 건정회가 진을 치고 우리를 기다리고 있다는 내용이 적혀 있었네."
 "그렇습니다. 하지만 굳이 그 편지가 아니더라도 건정회가 우리의 도강을 기다리고 있다는 것은……."
 "물론 우리도 파악하고 있는 사항이지. 백련교의 이목은 도

처에 깔려 있으니까."

제갈휘는 '본 교'라는 표현을 사용하지 않았다. 언제나 그냥 '백련교'라고 칭했다. 무양문도이되 백련교도는 아니었기 때문이다. 그가 교단을 호위하는 열 명의 군장들 중 수좌라는 점을 감안하면 분명 올바르지 않은 언사라 할 터이나, 직속상관에 대한 존경심이 골수에까지 스며들어 있는 종리관음의 귀에는 전혀 거슬리게 들리지 않았다. 본 교면 어떻고 백련교면 어떤가. 그는 오래전부터 교단을 수호하는 가장 강력한 검이요, 자신을 포함한 일군에게는 가장 빛나는 영웅인 것을.

제갈휘가 시선을 강 건너에 고정한 채 물었다.

"나는 그 편지를 건정회 무리 내에 있는 누군가가 보냈다고 판단하네. 그 점은 자네도 마찬가지겠지?"

종리관음은 잠시 생각하다가 고개를 끄덕였다.

"속하의 생각도 그렇습니다."

편지를 가져온 사공의 은밀한 행태를 보아도 그 점은 쉽게 짐작할 수 있었다. 그래서, 바로 그 이유 때문에, 편지를 가져온 사공의 말을 좇아 일엽편주에 몸을 싣고 이곳까지 순순히 따라온 제갈휘를 보며 정신 나간 짓이라고 염려했던 것이다. 제갈휘는 일로군의 주장이자 무양문의 최고 핵심 인물이었다. 건정회가 그 한 사람을 잡기 위해 이 일대에 천라지망天羅之網을 펼쳐놓았다고 해도 그리 이상한 일은 아닌 것이다.

그런데 제갈휘의 생각은 조금 다른 모양이었다.

"그러니 누가 보냈는지 짐작하겠다는 걸세."

"예?"

"그 무리에 속해 있으면서 내게 이런 편지를 보낼 만한 인물은 아무리 생각해도 한 사람밖에 떠오르지 않거든."

"그 사람이 대체 누굽니까?"

제갈휘는 종리관음의 질문에 대답하는 대신 허리를 펴고 주위를 둘러보았다.

"다 온 모양이군."

그러고 보니 그네를 탄 듯 요동치던 배가 희한하게도 잠잠해져 있었다. 그 점을 깨달은 종리관음이 이물 쪽을 바라보니 안개가 만들어 낸 장막과 장막 사이로 노적가리처럼 생긴 그림자 하나가 솟아 있는 것이 눈에 들어왔다. 포말로 부서지는 강수면 위로 둥그스름하게 솟아 있는 몸통이며 그 위로 불룩하니 얹힌 머리통이 마치…….

"어떻습니까요, 참말로 두꺼비처럼 생겼습죠?"

사공이 장대 노를 세게 휘저어 배를 그림자 쪽으로 붙이며 물었다. 딱히 목소리를 낮추지 않은 만큼 제갈휘와 종리관음 사이에 오간 대화를 모두 엿들었을 텐데도, 그는 평범한 사공인 체 그런 내색을 전혀 드러내지 않았다. 제갈휘 또한 평범한 사공을 대하듯 응할 뿐이었다.

"섬여蟾蜍(두꺼비)라더니 정말로 그렇구려. 저 위에 달린 게 독각獨角이라는 그 뿔이오?"

제갈휘가 두꺼비의 머리통 앞쪽에 비스듬히 튀어나온 한 길쯤 되는 바위 돌기를 가리키며 묻자 사공이 삿갓 아래로 음충맞은 웃음을 지었다.

"실은 뿔이 아니라 그 물건입니다요."

"그 물건?"

"왜 있잖습니까, 수컷한테 달린 물건. 음경."

난데없는 소리에 제갈휘와 종리관음 모두 뜨악한 얼굴이 되었다. 그러거나 말거나, 사공은 선설자善說者처럼 구성진 이야

기 한 자락을 풀어 놓기 시작했다.
"먼 옛날 장강이 처음 만들어지던 시절에 삼협에는 머리통에 음경이 돋은 못된 두꺼비가 살았다고 합니다요. 생김새만큼이나 밝히는 놈인지라 언감생심 제 주제도 모르고 무산巫山의 신녀에게까지 흑심을 품었다나요. 놈을 두려워한 신녀는 옥경玉京으로 상주문을 올렸고, 그 상주문을 읽은 상제께서는 크게 노하시어 놈을 붙잡아다 삼협의 끄트머리에 팽개치시고 돌덩이로 만들어 버리셨다고 합습죠. 그게 바로 저 독각섬여초입니다요. 삼협의 뱃사람들은 저 암초 주위로 물살이 잠잠해지는 까닭도 놈의 양기가 수신의 음기와 상쇄되기 때문이라고 믿습지요."
"허! 아무리 옛날이야기라고는 하지만 머리에 음경이 달린 두꺼비라니⋯⋯."
종리관음이 어이없어하자 사공이 또 한 번 음충맞게 웃었다.
"이 삼협이란 곳이 원래 그런 데입죠. 이상하고 괴특하고⋯⋯. 쇤네 같은 뱃사람들은 이곳에서 무슨 일이 벌어진다 해도 놀라지 않을 겁니다요."
사공의 말은 틀리지 않았다. 지금 자신들이 벌이는 일도 정상의 범주에서는 크게 벗어나 있었으니까.
'안개 낀 서릉협에서 밤뱃놀이라니⋯⋯. 이상하고 괴특하다고 해도 할 말이 없겠지.'
종리관음은 욱신거리는 관자놀이를 엄지손가락으로 지그시 누르며 생각했다. 제갈휘는 물론 저 늙은 사공조차도 여유를 잃지 않는데, 자기 혼자만 전전긍긍하고 있다는 점이 그의 기분을 더욱 나쁘게 만들었다.
그때 자욱한 안개를 뚫고 어떤 소리가 울려 왔다.

구우꾹— 구우꾹— 구우꾹—.
　물수리의 울음소리를 닮은 그 소리가 들리자 사공이 왼손을 둥글게 말아 입으로 가져다 대었다. 곧바로 사공에게서도 비슷한 소리가 울려 나왔다.
　구우꾹— 구우꾹— 구우꾹—.
　종리관음은 저 소리가 뱃사람들, 그것도 장강수로채의 수적들 사이에서 통용되는 일종의 신호라는 것을 짐작할 수 있었다. 바야흐로 무슨 일인가가 시작된다는 뜻. 그는 품에 끌어안고 있던 용형대도의 손잡이를 움켜쥐고 선봉 지붕 위로 몸을 세웠다.
　잠시 후 독각섬여초 뒤편에서 물소리와 구별되는 노 젓는 소리가 술멍술멍 일더니 백황색 불빛 하나가 모습을 드러냈다. 그러고는 종리관음이 탄 것과 비슷한 크기와 모양새를 한 배 한 척이 안개와 물살을 헤치며 암초 뿌리를 돌아 나오는 모습이 눈에 들어왔다.
　제갈휘가 자못 기대된다는 듯이 눈을 빛내며 중얼거렸다.
　"내 평생 가장 흥미로운 회담장에 초대받은 것 같군."
　그 말에 담긴 용어 하나가 종리관음의 신경을 건드렸다.
　"회담……입니까?"
　"아마도."
　뒷전에서 사공의 외침이 들려왔다.
　"배를 고정시키겠습니다요!"
　장대 노를 당겨 올린 사공이 발치에 놓인 밧줄 타래를 들고 이물 쪽으로 나아가더니 밧줄 끝에 고를 묶어 빙빙 돌리기 시작했다. 사공의 손을 떠난 올가미가 두꺼비의 이마 위로 불룩 솟은 음경에 정확히 걸렸다. 한발 앞서 손을 써 놓은 것인지, 종리관음은 방금 올가미가 걸린 음경 위에 또 다른 올가미 하나가

걸려 있는 것을 볼 수 있었다.
"여러 사람이 오르기에는 조금 좁아 보이는군. 여기서 기다릴 텐가, 함께 갈 텐가?"
제갈휘가 밧줄이 걸린 암초 위를 올려다보며 물었다. 종리관음은 촌각도 지체 않고 대답했다.
"모시겠습니다."
제갈휘가 그럴 줄 알았다는 듯이 씩 웃고는 이물 쪽으로 걸음을 옮겼다. 선봉 지붕에서 훌쩍 뛰어내린 종리관음이 상관의 뒤를 바짝 쫓았다.

(2)

이물에서 몸을 날린 제갈휘와 종리관음은 물살에 팽팽히 당겨진 뱃줄을 두어 번 찍고 독각섬여초라는 이름의 암초에 올라섰다. 암초 위는 물이끼로 미끄러웠다. 아래에서 올려 보던 것과는 달리 장정 십여 명이 함께 올라서도 될 만큼 널찍한 그곳에는 이미 두 사람이 자리를 잡고 서서 새로운 방문객들을 기다리고 있었다.
안개와 어둠 속에서도 흑백으로 선명히 대비되는 경장 무복을 차려입은 청년들.
하얀 쪽은 스물두서너 살쯤 먹은 애송이로 보이지만 검은 쪽은 제법 나이가 들어 서른다섯은 족히 되는 것으로 보였다. 영준해 보이는 애송이와는 달리, 농군을 닮은 수더분한 이목구비와 볼따구니까지 뒤덮은 까칠한 수염 때문에 원래 나이보다 더 들어 보이는 것인지도 몰랐다. 다만 반달 모양의 눈구멍 안에 자리 잡은 새까만 눈동자만큼은 어린 소년의 것만큼이나 활기로 반짝이고 있었다.

 종리관음의 시선이 두 청년이 입고 있는 무복의 왼쪽 가슴 자락으로 내려갔다. 흑의에는 백금사로, 백의에는 흑금사로 각각 수놓아진 두 글자가 그의 눈초리를 매섭게 만들었다.

 신무神武.

 세간에 남패 무양문과 쌍벽으로 일컬어지는 북악 신무전에서 나온 자들이었다. 종리관음은 마치 눈빛을 가위 삼아 도려내기라도 하려는 듯 그 두 글자를 뚫어져라 노려보면서도, 머리로는 기억을 더듬어 보았다. 무양문 밥을 먹은 지 한두 해가 아님에도 신무전에서 나온 사람들과 이처럼 가까운 거리에서 얼굴을 맞대기는 이번이 처음이었다. 혹자는 신기하게 여길지 모르지만, 무양문에 적을 둔 무사들 대부분이 그러할 터였다. 본래 북악과 남패는 얼굴을 마주쳐서 좋을 게 없는 사이였다. 산동과 복건이라는 물리적인 거리도 그렇거니와, 그들이 얼굴을 마주친다는 것 자체가 천하가 충분히 시끄러워졌다는 증거였기 때문이다. 바로 지금처럼.

 수더분한 인상의 흑의 청년이 사람 좋은 미소를 지으며 제갈휘와 종리관음을 향해 큼직한 주먹을 모아 보였다. 손등과 새끼손가락의 바깥 면에까지 촘촘히 뒤덮인 무쇠 징처럼 거무튀튀한 굳은살들이 종리관음의 눈길을 끌었다. 일견하기에도 외가의 권장 무공을 극한까지 수련한 손이었다. 하지만 그것이 비단 외가 방면에만 국한될까?

 "고검 선배를 뵙게 되어 영광입니다. 함께 오신 분은 용형마도 종리 형이시겠지요?"

 호칭에 차등을 두어 제갈휘에게는 선배, 종리관음에게는 형이라고 불렀지만, 종리관음은 그 점에 대해 별반 불쾌히 여기지

않았다. 물론 저 흑의 청년의 정체가 자신이 짐작한 그 사람이라는 전제하에서였다. 한 발짝 앞에 있던 제갈휘가 그 점을 곧바로 확인시켜 주었다.

"자네가 소 전주의 대제자인 철인협이겠군. 반갑네."

제갈휘가 담담히 미소 지으며 마주 포권하자 흑의 청년, 소철의 후계자로서 북악 신무전의 다음 세대를 이끌고 나가기로 오래전부터 내정된 철인협 도정이 새까만 눈동자 가득 흥미롭다는 기색을 떠올리며 물었다.

"편지를 보낸 사람이 소생인 줄 아시고 계셨습니까?"

"호시탐탐 도강을 노리는 적장에게 대담하게도 밀서를 보내 장강 한가운데에서 만나자고 할 만한 괴짜가 자네 말고는 쉬 떠오르지 않더군."

"괴짜라, 하하, 칭찬으로 받아들이겠습니다. 그리고 소생과 함께 온 이 친구는……."

닉살 좋게 웃어넘긴 도정이 뒷전에 서 있는 백의 청년을 돌아보다가 눈을 찡그렸다.

"이봐, 강호에 명성 높으신 선배님을 앞두고 얼굴이 그게 뭔가? 꼭 저승사자라도 만난 사람 같잖아."

'그렇게 웃지는 않는 편이 좋을 게다. 어쩌면 네게 진짜로 저승사자가 될지도 모르니까.'

종리관음이 이런 생각을 하며 긴장을 늦추지 않는 동안, 백의 청년이 굳은 표정을 여전히 풀지 못한 채 제갈휘와 종리관음을 향해 포권을 올렸다. 비록 경직된 기색을 감추지 못하고 있긴 하지만, 탄탄하면서도 유연해 보이는 어깨와 그 어깨 너머로 삐죽 올라온 금장용각金裝龍刻의 검자루, 거기에 길쭉길쭉한 손가락과 잘 다듬어진 손톱은 그 청년이 나이답지 않은 높은 경지에 오른 검수임을 은연중에 드러내고 있었다. 철인협의 두 사제가 청년 검객으로서 강북 무림에 이름을 날리고 있다는 사실을 머릿속에 떠올린 것도 그즈음이었다. 아니나 다를까.

"구양현이라고 합니다."

백의 청년이 자신을 소개하자 제갈휘가 빙긋 웃었다.

"일야참구룡一夜斬九龍이었군. 신의께서는 강녕하신가?"

이 물음에 백의 청년, 신무전주 소철의 셋째 제자이자 몇 해 전엔가 악명 높던 수적 집단인 구룡채를 하룻밤 사이에 소탕한 일로 명성을 얻은 구양현이 흠칫 어깨를 떨며 제갈휘를 올려다보았다.

"소생의 부친을 뵌 적이 있으신지요?"

"과거 한차례 은혜를 입은 적이 있네. 지금의 자네보다 두어 살 어릴 때던가, 혈기에 겨워 하늘 높은 줄 모르고 싸돌아다니던 시절이었지. 나중에 뵙거든 한번 여쭈어 보게나. 신의께서 기억하고 계실지는 모르겠지만."

말은 비록 친근하지만, 도정을 대할 때와 달리 포권을 취하지 않는 것이 구양현을 눈 아래로 굽어보는 제갈휘의 마음가짐을 짐작게 해 주었다. 뒤집어 말하면, 자신의 눈에는 그저 농군처럼 비칠 뿐인 도정에게는 제갈휘로부터 격식을 갖춘 예를 받을 만한 자격이 있다는 뜻이었다. 생각이 거기에 미친 종리관음은 고개를 갸웃거렸다. 자신이 아는 제갈휘는 누구의 제자, 혹은 어디의 후계자라는 직함으로써 사람을 평가할 만큼 속되지 않았다. 그렇다는 것은 저 도정이…….

'정말로 그 정도 인물이란 말인가? 군장님께서 제대로 된 상대로서 인정해 줄 만한?'

도정을 향한 종리관음은 눈이 더욱 가늘어졌다. 그런 그의

심정을 아는지 모르는지, 도정이 순박한 웃음을 지으며 두 사람을 향해 고개를 넙죽 숙였다.

"먼저 이런 황당한 장소로 모신 점부터 사과드려야겠지요."

제갈휘는 어둠과 안개와 급류로 둘러싸인 암초 주위를 한차례 둘러보고는 말했다.

"황당한 장소인 것만은 분명하군. 하지만 덕분에 재미있는 경험을 하게 되었으니 사과할 것까지는 없네."

"그리 말씀해 주시니 후배의 마음이 편해지는군요."

"한 가지 궁금한 게 있네만······."

"얼마든지 하문하시지요."

아랫사람처럼 공손히 응대하는 도정에게, 제갈휘가 이마에서 미간까지 깊게 파인 흉터의 골을 손가락으로 문지르다가 물었다.

"하왕채라 하면 장강을 무대로 살아가는 강상호걸江上豪傑들 중에서도 자존심이 높기로 유명하다 알고 있는데, 신무전의 대제자가 그들을 수족처럼 부리게 된 비결을 알 수 있을까?"

도정이 시선을 암초 아래로 슬쩍 돌렸다. 두꺼비의 음경에 뱃줄을 건 두 척의 수상녹이가 뱃전을 사이좋게 맞댄 채 하류 쪽을 향해 매달려 있었다. 머리에 똑같은 삿갓을 쓴 사공 둘이서 뭔가 이야기를 나누는 모습이 나무뿌리처럼 갈라진 안개 사이로 내려다보였다. 시선을 다시 제갈휘에게 맞춘 도정이 대답했다.

"얼마 전 암살당한 하왕채의 검은 물고기알[黑鯤]은 욕심 많고 난폭하다는 소문과는 달리 아랫사람들로부터 제법 신망을 얻었던 채주였나 봅니다. 신임 채주에 오른 그의 옛 수하인 철갑장어[鐵鰻]는 전임자의 유지를 이어받아 장강이 이번 전란에 휩쓸리지 않기를 희망하더군요."

"흐음, 그래서?"

"그러려면 무엇보다 앞서 이 장강에 전선이 형성되는 것을 막아야겠지요. 강물이 인간의 피로 물드는데 장어며 가물치 따위의 물고기들이 어찌 무사하기를 바랄 수 있겠습니까. 그래서 후배가 내민 손을 잡게 된 것이지요."

제갈휘가 잠시 생각하다가 물었다.

"그 말인즉, 자네 또한 장강에 전선이 형성되는 것을 원치 않는다는 뜻으로 받아들여도 되겠는가?"

도정이 벙긋 웃으며 고개를 끄덕였다.

"정확합니다."

"이유는?"

"그 대답을 드리기 전에……."

도정이 말꼬리를 길게 잡아 늘이며 두 발을 어깨 넓이로 슬쩍 벌렸다. 그러자 제갈휘가 표정을 가볍게 굳히며 말했다.

"그만두라고 충고하고 싶군."

"충고를 따르지 못하는 후배의 입장을 헤아려 주십시오."

잘 나가던 대화가 갑자기 이상한 방향으로 튀고 있었다. 제갈휘는 대체 무엇을 그만두라는 것인지, 또 도정은 그만두지 않고 무엇을 하겠다는 것인지 이해하기가 어려워진 종리관음은 눈을 끔벅이며 두 사람을 번갈아 쳐다보았다…….

그러고는 이해했다!

눈을 두어 차례 끔벅이는 동안, 그리고 시선이 제갈휘와 도정을 한차례 왕복하는 동안, 종리관음은 두 사람 사이에서 최소 다섯 합 이상의 공수攻守가 이미 진행되었음을 알아차렸다.

공격하는 쪽은 도정, 수비하는 쪽은 제갈휘.

두 쌍의 발바닥을 암초의 미끄러운 물이끼 위에 딱 붙인 채, 두 사람은 서로를 마주 보며 지극히 담담한 표정을 유지하고 있었다. 그들 사이 두 자 남짓한 공간 안에서 잔상으로 뿌옇게 흩어지는 네 개의 팔을 제대로 포착할 눈썰미가 없다면 그들이 이전 그대로의 자세로 대화를 나누는 것이라 착각했을 터였다. 암초 위를 맴돌던 안개가 뒤늦게 자지러지며 가을 들판의 메뚜기 떼처럼 후드득 달아났다.

직속상관이 공격을 받고 있는 마당에 종리관음처럼 충직한 수하가 어찌 가만히 보고만 있으리오. 그는 당장이라도 용형대도를 꼬나 쥐고 저 정중동靜中動의 괴이한 전장으로 뛰어들고 싶었다. 그리하여 무도하고 무람없는 신무전의 젊은 놈에게 본때를 보여 주고 싶었다. 하지만 두 사람 사이를 간간이 오가는, 현재의 상황과는 거리가 매우 떨어진 평범한 대화가 그를 불충한 수하로 남도록 강요하고 있었다.

"이럴 필요가 있을까?"

목덜미를 사납게 움켜 오는 응조鷹爪를 고개를 틀어 슬쩍 비켜 내고 왼쪽 견정혈을 매섭게 찔러 오는 삼엽지三葉指를 왼손 손등으로 가볍게 걷어 내며, 제갈휘가 언짢은 투로 물었다.

"막상 일을 벌이고 나니······."

말을 하는 동안 가슴 앞으로 회수한 양손을 쌍뢰관홍雙雷貫虹의 수법으로 모아 뻗어 낸 도정이 쏴아아, 하고 물밀듯 일어나는 파공破空의 경파勁波 뒤로 말을 마무리했다.

"······이럴 필요가 있었는지 저도 의문스럽군요."

그 말이 채 끝나기도 전, 오른손 손바닥을 가슴 앞으로 내리찍는 대운압정大雲壓頂의 수비로써 도정의 쌍뢰관홍을 풀어 버린 제갈휘가 다시 물었다.

"후회할 텐데?"
"다행히 그런 거 안 하고 사는 놈입니다."
 이 문답이 오가는 동안에도 세 번의 공수가 이루어졌다. 살기까지는 아니더라도 그 안에 도사린 위험함과 맹렬함만큼은 암초 주위를 굽이치는 삼협의 격류마저 무색하게 만들 정도였다.
"점점 마음에 드는군."
 이 말이 끝난 순간, 제갈휘로부터 최초의 반격이 시작되었다.
 삐이잇—.
 왼손 인지와 중지를 모아 세운 검결지에서 호각 소리 같은 날카로운 파공성이 터져 나오는가 싶더니, 뭐가 어떻게 돌아가는지도 모르는 사이 파파팍, 옷깃 날리는 소리가 세차게 울리며 도정의 두 발바닥이 암초에서 떨어졌다.
"헛!"
 자의인지 타의인지 판단하기 힘든 몸놀림으로 허공에 붕 떠오른 도정이 말 대신 탄성을 토해 낸 것도 이때가 처음이었다. 스무 호흡을 채 넘기지 않는 그들만의 전장에 외부인이 개입한 것도 이때가 처음이었다.
"사형!"
 아마도 종리관음과 비슷한 심정이 아니었을까? 어깨 위로 불룩 튀어나온 검자루를 힘껏 움켜쥔 채 전장을 향해 주춤거리기만 하던 구양현이 짤막한 경호성을 외치며 뛰쳐나왔다. 곧장 발검할 작정이었는지, 구양현의 어깨 너머로 휘황한 신기神氣에 휩싸인 검광이 번쩍이는 고개를 내밀었다. 검자루의 생김새만큼이나 범상치 않은 보검인 듯.
 그러나 그 전장을 주재하는 두 전사는 외부인의 개입을 바라지 않았던 모양이다. 사제에 의해 모습을 드러낸 범상치 않은

보검은 검자루의 머리를 찍어 누르는 사형의 손바닥에 의해 다시 검집 속으로 들어가고 말았다.
"멍청이, 거치적거리지 말고 내려가 있어."
이어진 도정의 뒷발질이 졸지에 멍청이로 전락한 청년 기협을 암초 밖으로 날려 버렸다. 그래도 진짜 멍청이는 아니란 점은 증명하고 싶었던지, 암초와 배를 연결한 뱃줄에 한쪽 발목을 걸고 편복도괘蝙蝠倒掛의 수법으로써 한 바퀴 맴돌아 균형을 되찾은 구양현은 자신이 타고 온 배의 갑판 위에 사뿐히 내려섬으로써 구겨진 체면을 어느 정도 복구하는 데 성공했다. 물론 두 사람에게 정신이 쏠린 종리관음에겐 이미 관심 밖의 일이었지만.
"부군장도 아래에서 기다리겠는가?"
제갈휘가 시선을 도정에게 고정한 채 물었다.
"여기 있겠습니다."
종리관음은 양손의 힘줄이 도드라질 만큼 꽉 움켜잡고 있던 용형대도를 옆구리 뒤로 물리며 암초 가장자리로 자리를 피했다. 애송이와 한가지로 멍청이 취급을 받고 싶지 않거니와, 무엇보다도 도정에 의해 시작된 저 괴이한 박투의 연유를 알고 싶었기 때문이다.
"실망시켜 드리고 싶지는 않으니 후배가 조금 더 힘을 써 보도록 하겠습니다."
조금 전까지만 해도 사제가 서 있던 자리에 몸을 세운 도정이 두 다리를 기마세騎馬勢로 낮추며 말했다. 그러고는 편 것도 구부린 것도 아닌 양손을 부드럽게 휘저어 허공의 여덟 방위를 순차적으로 짚어 나가기 시작하는데, 그 모습이 마치 한판의 잘 짜인 춤사위를 보는 듯했다. 곧고, 휘고, 감고, 맴도는 수인手印

이 팔문八門 위에 연꽃처럼 맺히는 광경을 지켜보던 제갈휘가 무거운 목소리로 중얼거렸다.
"팔진수……."
'잘 보셨습니다.'라고 답하듯 도정의 입가에 예의 사람 좋은 웃음이 벙긋 떠오른 순간, 종리관음은 눈을 부릅뜨고 말았다. 암초 주위를 둘러싼 안개가 도정을 향해 거대한 회오리를 그리며 빨려드는 것을 목격했기 때문이다. 몇 배로 농밀해진 습기가 순식간에 의복 앞자락을 적셔 오고 있었다.
"하앗!"
깔때기 속으로 떨어지는 물처럼 도정이 맺어 놓은 여덟 개의 수인을 향해 쏟아져 내린 안개의 회오리가 한 소리 맑은 기합과 함께 제갈휘를 향해 머리를 틀었다. 안개로 빚은 듯한 여덟 개의 회흑색 손바닥들이 두 사람 사이 이 장 남짓한 공간을 미친 말처럼 질주했다. 그리고…….
두두두두—.
제갈휘의 몸 위에서 여덟 개의 장영掌影들이 연쇄적으로 폭발했다. 꼿꼿함을 유지하던 그의 몸이 휘청 흔들리고, 축축한 물기의 장막이 사방으로 회오리쳐 나갔다.
화악!
종리관음은 신체 전면을 세차게 두드리는 모래알보다도 작은 물방울의 파편들로 말미암아 눈조차 제대로 뜰 수 없을 지경이었다. 폭발의 파장이 주위를 휩쓸고 지나가는 동안에는 두 사람 사이에서 무슨 일이 벌어지고 있는지 알아낼 방도가 거의 없었다. 시야가 차단된 상황에서 유일하게 의지할 수 있는 수단은 소리일 터인데, 그 소리마저도 너무 순간적으로 지나가 버렸기 때문이다.

쏫.

용형대도를 바위에 박아 넣지 않으면 그대로 날려 가 버릴 것 같은 안개의 급류 속에서, 종리관음의 청각이 기어코 잡아낸 것은 얇은 면도가 종이를 베고 지나가는 듯한 작고 섬뜩한 절삭음이었다. 그는 손바닥으로 얼굴 앞을 가린 채 생각했다. 누가, 무엇을, 벤 것일까?

이윽고 안개의 장막이 걷히고, 시야가 회복되었다.

제갈휘와 도정은 원래의 자리에 그대로 서 있었다. 방금 전에 있었던 소동이 마치 꿈이었다고 말하듯, 두 사람의 표정과 혈색은 덤덤하기만 했다.

종리관음은 시야가 가려진 사이 생겼을 변화를 두 사람으로부터 찾고자 눈동자를 빠르게 움직였다. 양손을 자연스럽게 늘어뜨린 채 서 있는 제갈휘에게서는 자신과 마찬가지로 물에 흠뻑 젖은 점을 제외하면 이전과 다른 어떠한 변화도 찾을 수 없었다. 그리고 맞은편에 있는 도정에게서는…….

도정의 왼손이 오른쪽 가슴을 향해 천천히 올라갔다. 손가락이 스치자 그 부위의 흑의가 먼지처럼 부서져 내렸다. 그렇게 드러난 가슴팍의 맨살은, 그럼에도 불구하고 멀쩡해 보였다. 혈흔도, 멍도 보이지 않았다.

"놀랍군요. 검 없이도 이 정도 검기라니."

도정의 감탄에는 진심이 담긴 듯했다. 하지만 제갈휘는 별로 기뻐하지 않는 것처럼 보였다. 그는 도정의 드러난 가슴팍에 시선을 고정한 채 눈썹을 찌푸리며 말했다.

"자네의 몸뚱이도 놀랍군. 갈비뼈 한두 대는 부러지지 않을까 예상했는데. 무슨 무공인지 알려 주겠는가?"

"철령간鐵靈干, 선견지명이 있으신 사부님께서 장차 강호의 선배에게 두들겨 맞고 다닐 불쌍한 제자를 위해 십 년 전쯤에 창안하신 무공이지요."

자만하는 듯한 도정의 대답에 제갈휘가 고개를 끄덕였다.

"무쇠 방패……. 명실상부로군."

종리관음은 제갈휘의 촌평으로부터 도정의 가슴팍이 온전한 까닭을 알게 되었다. 제갈휘가 봐준 것이 아니었다. 도정이 '견뎌낸' 것이었다. 다른 것도 아닌 고검의 검기를. 놀랍지 아니한가!

도정이 기마세로 낮추고 있던 무릎을 세워 올리며 자세를 바로 하더니 두 손을 천천히 모았다.

"더 하다가는 정말로 후회하게 될 것 같군요. 이쯤에서 멈추겠습니다."

제갈휘가 눈을 가늘게 접으며 물었다.

"말은 그리해도 선을 넘을 생각은 처음부터 없지 않았나?"

"못 당하겠군요. 꼭 후배의 머릿속에 들어갔다 나오신 분 같습니다."

도정이 뒤통수를 긁으며 시실시실 웃었다. 싸움과 대화, 두 방면 모두로부터 밀려나 제삼자처럼 멀뚱하니 보고 있기만 하던 종리관음이 더 이상 참지 못하고 입을 열었다.

"속하가 아둔해서 그런지 지금 이 상황을 도무지 이해할 수가 없군요."

두 사람의 시선이 종리관음에게로 옮아 왔다. 입은 미소 짓고 말 또한 친근하지만 눈빛만큼은 양측 모두 얼음을 품고 있었다. 구밀복검口蜜腹劍. 암초 위의 싸움은 아직 끝나지 않았던 것이다. 도정이 종리관음에게 물었다.

"종리 형께서는 무엇이 궁금하신지?"

서너 살 연하로 알고 있는 도정에게 오히려 어린 취급을 받는

듯한 기분이 들었지만 기이하게도 불쾌하지는 않았다. 왜 불쾌하지 않을까 의아해하면서, 종리관음은 도정을 향해 가장 궁금한 점을 물어보았다.

"대체 왜 이런 일을 벌인 것이오?"

"그게…… 제 입으로 설명하기는 좀 그런데…….'

난처한 듯 계면쩍어하는 얼굴로 어물거리던 도정이 도움을 구하는 눈길로 제갈휘를 돌아보았다. 제갈휘가 픽 웃고는 대신 대답해 주었다.

"북악이 남패의 적수로 부족함이 없다는 점을 보여 주기 위해서 그랬겠지."

"예?"

"일종의 시위라고나 할까. 자신들이 진심으로 나서면 우리도 골치깨나 아플 거다, 이런 뜻의."

어이가 없어진 종리관음이 도정을 돌아보았다. 도정이 계면쩍음을 덮으려는 듯 히죽 웃었다. 하지만 종리관음의 눈에 비친 그 웃음은 더 이상 순박해 보이지 않았다. 고검의 검기를 맨몸뚱이로 견뎌 낸 자의 웃음이 어찌 순박해 보이겠는가.

도정이 두 사람에게 말했다.

"후배가 진심으로 나서 봤자 천하의 고검 선배를 어찌 상대할 수 있겠습니까."

제갈휘가 낮게 코웃음을 쳤다.

"신무전의 다음 대 주인께서는 거짓말도 잘하는군. 팔진수나 철령간 모두 소 전주의 것이지 자네의 것은 아니네. 자네가 내게 보여 준 것은 소 전주의 제자일 뿐, 진정한 자네가 아니었어."

도정이 또다시 뒤통수를 긁었다. 하지만 특유의 유들유들함을 무너뜨리지는 않았다.

"선을 넘지 않으려면 어쩔 수 없었습니다."

선을 넘을 작정이었다면 제갈휘를 상대로 진검을 겨룰 용의도 얼마든지 있다는 뜻이었다. 그러나 도정의 도발적인 발언에도 제갈휘는 흔들리지 않았다.

"자네의 진면목은 다음 기회에 보기로 하지."

"실망시켜 드리지 않으려면 죽도록 노력해야겠군요."

"실망이라니? 지금도 충분히 감탄했다네. 두어 달 전엔가 강동 석가장의 장주를 만난 뒤부터 다음 세대의 강호도 그리 나쁘지는 않을 거라는 기대를 품어 왔네만, 오늘 자네를 보니 그 기대가 더욱 굳어지는군."

도정이 눈을 동그랗게 떴다.

"인중지룡이라는 강동제일인을 두꺼비 같은 소생과 비교하시다니요. 황송해서 몸 둘 바를 모르겠습니다."

제갈휘가 눈을 찌푸렸다.

"겸손한 것까지는 좋은데 그 두꺼비 소리만큼은 취소하는 편이 낫겠군."

"예?"

"이 암초에 얽힌 전설에 관해서는 아는가?"

난데없는 물음에 도정이 정말로 두꺼비가 된 것처럼 눈을 끔뻑이다가 대답했다.

"여색에 환장을 한 두꺼비가 천벌을 받아서 돌로 변했다는 얘기는 들었습니다만……."

"안다니까 하는 얘기네만……."

제갈휘가 손부채를 부치듯 오른 손바닥을 슬쩍 내두르며 말을 이었다.

"천벌을 받고도 흉측한 물건을 빳빳이 세우고 있으니 참으로

고약한 두꺼비라는 생각이 안 드는가?"

그 손짓을 따라 일어난 경풍 한 줄기가 도정의 오른쪽 어깨 옆을 지나쳤다. 다음 순간, 도정의 뒤쪽 다섯 자쯤 떨어진 곳에 비스듬히 서 있던, 사공이 못된 두꺼비의 음경이라고 부르던 뾰족한 바위 돌기의 부리 부분이 몸체로부터 스르르 미끄러져 나가더니 암초 아래로 굴러떨어졌다.

첨벙.

장강의 검은 물결 위로 커다란 물소리가 튀어 올랐다. 넋 빠진 얼굴로 그 광경을 지켜보던 종리관음은 그제야 아까 자신의 귀가 안개의 급류 속에서 잡아낸, 마치 얇은 면도가 종이를 베고 지나가는 듯한 작고 섬뜩한 절삭음의 정체를 알게 되었다.

햇볕에 눈이 녹듯 도정의 얼굴에서 웃음기가 가셨다.

"귀두…… 귀두가……."

끄트머리가 잘려 나간 음경을 쳐다보며 딸꾹질을 하는 사람 같은 얼굴로 빈망한 단어를 몇 차례 더듬거리던 도정이 퍼뜩 떠올린 듯 맨살을 드러낸 자신의 오른쪽 가슴팍을 내려다보았다. 제갈휘가 진재 실력을 발휘한 과녁이 자신의 몸뚱이 위에 있지 않았음을 비로소 알아차린 얼굴이었다. 만일 제갈휘가 마음을 독하게 먹었다면 저 깔끔하고도 무서운 횡액을 당한 것은 필시…….

도정은 한숨을 푹 내쉬고는 조그맣게 덧붙였다.

"두꺼비 소리는 취소하지요."

제갈휘가 담담한 목소리로 말했다.

"소 전주의 철령간은 충분히 훌륭했네만, 나 역시 선을 넘을 생각이 없었다는 점을 알아 두게나."

유들유들한 기색이 한풀 꺾인 도정의 얼굴을 보고 있노라니 종리관음은 목 뒤쪽 근육에 저절로 힘이 들어가는 것을 느낄 수 있었다. 아무렴 그렇지, 도정 스스로의 힘만으로 견뎌 냈으리라 생각한 것은 섣부른 판단이었다. 고검은 역시 고검이었던 것이다!

휘이이ㅡ.

상류로부터 불어온 일진의 바람이 암초 위를 스치고 지나갔다. 기이한 형상으로 덩어리진 안개가 두 사람 사이를 비집고 지나갔다. 그 회흑색의 꼬리를 눈길로써 붙잡던 제갈휘가 주의를 환기시키듯 말했다.

"자네나 나나 자리를 오래 비우면 곤란해질 사람들이겠지. 본론으로 들어가도록 하세."

두꺼비로 인해 저상된 기운을 떨치려는지 낮은 헛기침을 한 도정이 말문을 열었다.

"본론은 방금 말씀하신 그 '선'에 대한 것입니다."

"선이라……."

"전선 말입니다."

"계속해 보게."

"아까 소생이 장강 전선을 바라지 않는 이유를 물으셨죠? 장강에 본격적으로 전선이 형성되면 본 전은 북악신무라는 강호의 허명 때문에라도 그 전선에 어쩔 수 없이 참가해야 합니다. 백도의 명숙입네 행세하는 셈속 빠른 늙다리들은 본 전을 가장 치열한 전장에 세우려 할 테고요. 어쩌면 고검 선배가 이끄는 일로군과 맞붙여 놓을지도 모르겠군요."

도정은 북악신무를 허명이라고 일축했다. 그것만으로도 충분히 기함할 일인데, 나아가 백도 전체를 싸잡아서 비하하는 듯한 그의 언행에 종리관음은 점점 더 어이가 없어졌다. 하지만 시시각각 표정이 바뀌는 종리관음과 달리 제갈휘는 처음과 여일하

게 담담한 기색을 유지하고 있었다.

"신무전의 차기 전주와 무양문의 일군장이라면 북악남패의 초전初戰으로는 모양새가 적당하겠지."

제갈휘가 북슬북슬한 턱수염을 문지르며 혼잣말처럼 중얼거렸다.

"어디 적당하다 뿐이겠습니까. 천하가 시끌벅적해지겠지요. 얘들이 진짜로 붙나 보다 하면서요……."

말꼬리를 늘이던 도정이 정색을 하고 제갈휘에게 물었다.

"선배께서는 그렇게 되는 것을 바라십니까?"

제갈휘는 잠시 생각하다가 고개를 저었다.

"나는 자네를 베고 싶지는 않네. 신무전도 깨트리고 싶지 않고. 물론 내가 자네를 베어야 할 날이 올지도 모르고 본 문이 신무전을 깨트려야 할 날이 올지도 모르지만, 최소한 지금은 아닌 것 같군."

"동감입니다. 언젠가는 선배를 상대로 선을 넘어야 할지도 모르지만, 지금은 아닙니다. 당초부터 우리의 싸움이 아니었으니까요."

"북악남패의 싸움은 아니었지."

종리관음은 입을 다문 채 두 사람의 대화를 듣고 있을 수밖에 없었다. 날카롭게 벼린 진검을 서로에게 겨누고 있는 것 같은 진지하고도 긴박한 분위기가 그로 하여금 두 사람의 대화에 끼어들 엄두를 못 내도록 만들고 있었다.

무공 한 가지만을 놓고 본다면 도정은 아직 제갈휘의 적수가 되지 못했다. 설령 도정이 진재실학을 감추고 있다고 하더라도 이 점만큼은 변하지 않으리라고 종리관음은 굳게 믿었다. 하지만 무공을 제외한 다른 부문들, 시국을 꿰뚫어 보는 판단력, 일을 성사시키는 추진력, 사람을 상대하는 외교력 등을 놓고 보면 도정은 제갈휘와 난형난제인 것처럼 보였다. 이야말로 저 도정이 제갈휘만큼이나 유능한 주장임을 보여 주는 증거가 아닐까?
'그럴 리가 없다!'
종리관음에게 있어 제갈휘는 절대적인 존재였다. 오죽하면 교주인 서문숭보다 존경하고 따르겠는가. 그러나 마음속으로 아무리 부정하려 애를 써도 스스로 인정해 버린 도정의 보석 같은 가치가 훼손될 것 같지는 않았다. 후계자를 고르는 신무전주의 안목은 탁월했다. 도정은 이미 훌륭한 지도자였던 것이다.
그러는 사이에도 두 사람 간의 대화는 진지하게 이어졌다.
"무양문의 도강을 막기 위한 전선이 삼협 건너편에 펼쳐져 있는 것은 아십니까?"
도정이 묻자 제갈휘가 고개를 가볍게 끄덕였다.
"물론 알지. 본래 구강에서 우리의 도강을 도와줘야 할 강서성 도지휘사에게 갑자기 닥친 변고가 단순한 사고가 아니라는 점도 짐작하고 있네."
"육벽의 사고사는 신무전과 무관한 일입니다."
도정이 무고를 호소하는 피고처럼 절절히 말하자 제갈휘는 뭘 그리 정색하느냐는 듯 선선히 동의해 주었다.
"나도 그렇게 생각하네. 신무전의 방식은 분명 아니니까. 어쨌거나, 신무전은 아니더라도 저 건너편에 진을 치고 있는 다른 누군가는 우리가 이 삼협을 통해 도강하기를 바라는 것 같더군. 이유는 잘 모르겠지만."
"그것을 아시면서도 삼로군을 삼협의 남안으로 집결시키신 까닭은……?"
"정면 돌파."

제갈휘의 단호한 한마디에 도정의 안색이 어두워졌다. 제갈휘가 어깨를 으쓱해 보였다.

"내 말은 아니고, 복건을 출발하기 전 문주께서 내게 하신 말씀이네. 그 어른의 평소 신조이기도 하지."

도정이 둘둘 말아 올린 소매 밖으로 드러난 팔뚝 살을 문지르며 조금 질린 목소리로 말했다.

"과연 남패지존다운 신조로군요. 호방하고, 과격하고, 그리고 소름이 돋는군요."

"호방하고, 과격하고, 소름이 돋게 만드는 분인 것만은 틀림없네만, 실전에 임한 장수의 자율권 정도는 보장해 줄 줄 아는 관대한 주군이기도 하지."

"자율권······. 참 좋은 말이죠. 불필요한 희생을 원치 않는 장수에게는 더더욱."

도정이 한 말이 마음에 드는지 제갈휘가 부드러운 미소를 지으며 고개를 끄덕였다.

"이제 자네가 준비해 온 본론이 무엇인지를 들을 때가 온 것 같군."

도정이 떫은 감을 베어 문 아이처럼 볼을 우그러뜨렸다.

"정말 못 당하겠군요. 그것까지도 아셨습니까?"

"설마 드잡이나 한판 붙자고 이 밤중에 삼협 한복판으로 나를 불러낸 것은 아니었을 테니까."

제갈휘의 말에 도정이 표정을 풀며 히죽 웃었다.

"소생이 그 정도로 괴짜는 아닙니다."

제갈휘가 양손을 펼쳐 보이며 말했다.

"부디 나로 하여금 자율권을 발동하고 싶은 마음이 들게 할 만큼 흥미로운 이야기이기를 바라네."

"반드시 그런 마음이 드실 겁니다."
도정이 자신 있는 목소리로 대답했다.

북악 신무전과 남패 무양문의 주장들이 만난 이곳은 먼 옛날 신녀에게 음심을 품은 못된 두꺼비의 전설이 어린 서릉협의 자그마한 암초 위였다. 어둠과 안개와 물소리로 둘러싸인 이 천험의 장소에서 양측의 주장들은 향후의 국면에 큰 영향을 미칠지도 모르는 중대한 회담을 가졌다.
만일 누군가가 있어 그 회담의 시작과 끝을 지켜본 유일한 참관자로서의 소감을 종리관음에게 묻는다면, 그는 머지않은 미래 도정의 영도 아래 새롭게 변모될 신무전에 대한 경계심을 토로할 수밖에 없을 터였다.
장강후랑추전랑長江後浪推前浪(장강의 뒷물결이 앞물결을 밀어낸다)이라고 했던가.
오늘 종리관음이 장강의 격류 위에서 마주친 저 괴상하고도 놀라운 뒷물결에게는 그럴 만한 능력이 충분히 있어 보였다.

수능별리차 誰能別離此

(1)

짤깍, 짤깍, 짤깍…….

그 암마쇄暗碼鎖(다이얼식 자물쇠, 몇 개의 다이얼을 돌려 정해진 숫자나 문자의 배열을 맞추면 자물쇠가 열림)에는 다섯 개의 돌림 쇠가 일렬로 장치되어 있었다. 그리고 다섯 개의 돌림 쇠 표면마다에는 아홉 개의 각기 다른 글자들이 새겨져 있었다. 지금 그 돌림 쇠들이 짤깍거리는 금속성을 발자국처럼 남기며 순차적으로 돌아가고 있었다. 닫힌 공간의 어둠 속에서 조심스러우면서도 익숙한 움직임으로 돌림 쇠를 돌리는 손가락은 백옥처럼 하얗고 빙어처럼 길쭉했다. 섬섬옥수.

……짤깍, 짤깍.

퉁.

암마쇄 내부에 있는 용수철이 묵직한 울림으로 꽉 다물린 입을 벌리며 자신의 비밀한 문자열을 알고 있는 섬섬옥수를 환영했다. 걸쇠가 풀린 암마쇄는 서탁 위로 잠시간 치워지고, 암마쇄에 의해 보호받던 육중한 배나무 서랍이 소리 없이 서탁 아래로 미끄러져 나왔다. 서랍 안은 텅 비어 있었다. 비밀한 다섯 자의 문자열로써 무장한 암마쇄는 실상 아무런 비밀도 품고 있지 않았던 것이다.

짙은 어둠을 넘어 빈 서랍을 응시하던 한 쌍의 눈이 살짝 흔들렸다. 암마쇄가 언제나 비밀을 품고 있지는 않았다는 것을 그 눈의 주인은 기억하고 있었다. 그럼에도 난엽처럼 매끄러운 눈꼬리가 자꾸만 일그러지는 것은, 비밀의 부재로 말미암아 기대할 수 없어진 보상에 대한 아쉬움 때문이었다.

그러나 눈의 주인은 이내 아쉬움을 접을 수 있었다. 암마쇄가 머지않은 미래에 다시금 비밀을 품게 될 것임을 알고 있기에. 그 비밀이 자신에게 바라는 보상을 가져다줄 것임을 알고 있기에.

퉁.

짤깍, 짤깍, 짤깍, 짤깍, 짤깍.

암마쇄가 열릴 때의 역순으로 비밀의 무장을 갖춰 나갔다. 눈의 주인은 세심한 사람이어서 자신이 손대기 전 다섯 돌림 쇠들의 배열 상태를 똑똑히 기억하고 있었다. 그 상태로 맞춰 놓는다면 자신이 암마쇄에 손댄 사실을 누구도 알아차리지 못하리라 믿었다. 그러나 아무리 세심한 사람이라도 이처럼 짙은 어둠 속에서는 실수를 저지르기 쉽다는 점을, 눈의 주인은 그때까지만 해도 알지 못했다. 그렇게 알지 못한 채로 닫힌 공간을 떠나갔다.

암마쇄가 걸린 서랍 아래의 마룻바닥.

그곳에는 머리카락 한 올이 떨어져 있었다. 눈의 주인이 이 방에 들어오기 전까지는 암마쇄의 걸쇠에 물려 있던 머리카락이었다.

그 머리카락은 눈에 보이지도 않을 만큼 가늘었다. 떨어짐을 느끼지도 못할 만큼 가벼웠다. 그러나 그 가늘고 가벼운 머리카락에 갈라져 절망의 구렁에 빠진 남자가 있었다. 누구도 갈라놓지 못하리라 믿어 온 남자의 성채를 그 머리카락이 무참히 갈라놓고 만 것이다.

그것은 더위가 죽순처럼 뻗쳐 자라던 초여름 무렵이었다.

(2)

맹혹하던 여름의 막바지에 서서 다음 계절을 묵묵히 준비하는 청록들은 어제와는 또 다른 완숙해진 빛을 세상에 보여 주고 있었다. 그러나 그 아래를 걸어가는 남자는 발아래로 밀려가는 모래색 흙길에만 시선을 줄 뿐, 고개를 올려 그 빛을 바라볼 줄 몰랐다. 마주치는 몇몇이 남자를 향해 알은체를 해 보지만 그조차 깨닫지 못한 듯 죄인처럼 얼굴을 떨군 채 지나갈 따름이었다. 축 처진 어깨와 비척거리는 걸음은 도축장으로 끌려가는 소를 연상케 했다.

그렇게 걷고 걸어 당도한 곳은 청동 빛 기와를 인 아홉 자 높이의 담장을 어깨 양쪽으로 길게 펼치고 있는 대문 앞.

이때에 와서야 비로소 고개를 든 남자, 백운평이 대문 위에 걸린 편액을 올려다보았다. 가장자리에 금장을 넣은 오동나무 편액에는 사람 머리통만큼이나 큼직한 세 글자가 힘 있는 필치로 쓰여 있었다.

청룡대

 신무전을 떠받드는 네 개의 기둥, 사방대 중 수좌이자 전 내 사천여 식구들의 큰살림을 꾸려 나가는 곳이었다. 그 앞에 선 백운평은 핏기 없는 얼굴을 일그러뜨렸다. 실제로는 그럴 리 없건만 저 대문 안쪽으로부터 왠지 장사치의 약삭빠른 냄새가 풍겨 오는 듯한 기분이 들었기 때문이다. 그러나 이곳은 그에게 있어 처가가 되는 곳. 장인이 거주하는 곳이기도 했다. 바로 그 장인의 부름이 지금 그를 이곳에 오도록 만들었다. 오고 싶은 마음이야 눈곱만치도 없지만, 개인적인 호불호로써 행동을 결정하기에 그는 지나치게 예의 바른 사람이었다.
 정문 양편에 나눠 서 있던 수문 무사들이 백운평을 향해 깍듯이 허리를 접어 왔다. 그중 더 나이 든 쪽이 정중히 말했다.
 "오신다는 통고를 받았습니다. 안으로 드시지요."
 백운평은 말없는 목례 한 번으로 청룡대의 대문을 통과했다.
 하얀 수련이 흐드러진 아담한 연당蓮塘을 지나 청룡대주의 집무실이 자리 잡은 휘록당輝祿堂의 돌계단을 오르자, 마당 쪽으로 뚫린 남면南面을 들보에 걸어 맨 대나무 발들로써 가려 막은 긴 회랑이 나타났다. 여름 볕을 막을 요량으로 연이어 늘어뜨린 대나무 발들 위에는 여의주를 입에 문 커다란 청룡 한 마리가 푸른 비늘로 덮인 몸뚱이를 꿈틀거리고 있었다. 그림 방면에도 조예가 깊은 휘록당의 주인이 대나무 발들을 병풍 삼아 직접 그렸다는 용유죽림도龍遊竹林圖. 하지만 그 장한 청룡이 지금 백운평의 눈에는 그저 뱀처럼 비칠 따름이었다. 아가리 가득 누런

황금을 탐욕스레 베어 물고 있는 배덕背德의 뱀.

그 뱀을 외면하고자 떡갈나무로 짠 마룻바닥만을 애써 내려다보며 걸음을 옮겨 놓던 백운평은, 회랑 모퉁이를 막 돌아서다가 멀리서 들려오는 어떤 소음에 발길을 멈추었다.

"……올 때가…… 이제 그만……."

"그래도 사위…… 차마 못 보이……."

"……그만하라니까! 자네가 정녕……."

두 사람의 대화 소리인 듯한데, 감정이 격해지는 듯 점차 커지고 날카로워지다가 어느 순간 칼로 자른 듯 뚝 끊겼다. 기이한 여운을 품은 정적이 회랑을 따라 밀려왔다.

백운평은 대화 소리가 끊긴 이유를 알 수 있을 것 같았다. 회랑이 끝나는 곳에 자리 잡은, 그의 장인이자 이 휘록당의 주인이기도 한 청룡대주 증천보의 집무실 앞에는 식당의 계산대처럼 보이는 탁자와 의자 한 조가 마련되어 있었다. 바로 거기에 앉아 있던 남자 하나가 회랑 모퉁이를 막 돌아선 그를 발견하고는 마치 누군가에게 통지라도 하려는 듯 헛기침 소리를 쿨룩쿨룩 내는 것을 보았기 때문이다.

챙 없는 동그란 비단 모자에 흑금사 당초문唐草紋이 들어간 주황색 화복 차림의 그 남자가 살집 좋은 몸을 의자에서 일으키더니 불필요하다 싶을 만큼 큰 목소리로 백운평을 반겼다.

"여어! 매제가 왔군. 오랜만일세."

그 남자의 이름은 증혁曾爀. 청룡대주 증천보에게는 장자, 백운평의 처 증평에게는 큰오라버니가 되는 사람이었다. 새끼 돼지의 옆구리처럼 보드랍고 통통한 볼 살과 화복 가슴팍에 달린 금단추처럼 동글동글한 눈 때문에 무인이라기보다는 상인에 가까운 인상을 풍기고는 있지만, 가전의 무음섬전지無音閃電指에 달통한 지법의 고수로 유명한 만큼 생김새로만 판단해서는 큰 코다치기 십상일 터였다. 청룡대가 관장하는 금화전장金華錢莊의 총관이기도 한 그는 현재 증천보의 밑에서 다음 대 청룡대주가 되기 위한 본격적인 수업을 받는 중이었다. 백호, 주작, 현무의 삼 대와는 달리 상가商家를 본바탕으로 삼는 청룡대의 특성이 이 같은 부자 세습을 가능케 해 주었다.

"오랜만에 뵙는군요, 형님."

항렬로 손위 처남이기도 하거니와 나이를 따져도 증혁 쪽이 십여 살 위였다. 아랫사람으로서의 예를 갖춰 몸을 숙여 보인 백운평이 메마른 목소리로 말했다.

"장인어른께서 부르신다는 전갈을 받고 찾아왔습니다."

"안 그래도 매제가 찾아올 것이라는 말씀이 있으셨지. 한데 공교롭게도 손님이 찾아오셔서……."

증혁은 닫힌 집무실 문을 힐끔거린 뒤 통통한 볼에 보조개까지 잡아 가며 살갑게 굴었다.

"빈실로 가세. 기다리는 동안 내가 말동무라도 해 줌세."

백운평은 대답 대신 집무실 쪽을 돌아보았다. 아까 저 안으로부터 울려 나온 대화 소리, 그중 주판알을 튕기듯 마디가 탁탁 튀는 목소리는 장인 증천보의 것이 분명했다. 그런데 그런 장인의 목소리에 맞서는 듯한 다른 누군가의 목소리가 묘하게도 귀에 익었다. 대관절 누구이기에 청룡대주의 집무실에서 천룡대주를 상대로 언성을 높일 수 있는지가 궁금했다. 신무전 내에서 그럴 만한 사람이라면……?

"자, 여기서 이럴 게 아니라……."

그런 백운평의 생각을 휘저으려는 듯 증혁이 다시금 재촉하는데, 집무실 문이 밖으로 활짝 열리며 한 남자가 모습을 드러

냈다.
"내 볼일은 끝났으니 너는 기다릴 필요 없다."

그리 크지 않은 목소리건만 마치 머리 위에서 천둥이 떨어지는 것처럼 맹렬하고 난폭한 느낌이 들었다. 백운평은 집무실 밖으로 성큼 걸어 나오는 그 남자를 향해 급히 허리를 숙였다.

"호숙虎叔께서 와 계셨군요. 조카가 인사 올립니다."

백일색白一色의 남자였다. 화강암으로 빚은 듯 다부진 몸뚱이를 눈처럼 하얀 무복으로 감싸고 어깨 뒤로도 마찬가지로 하얀 견폐肩蔽(망토)를 오금 아래까지 늘어뜨린 그 남자가 실지렁이 같은 흉터들로 뒤덮인 오른손을 내뻗어 백운평의 뒷덜미를 잡아챘다. 백운평으로서는 피하려도 피할 방도가 없는 날벼락 같은 한 수였다.

"너!"

못된 장난을 치고 달아나다 붙들린 개구쟁이처럼 목덜미를 답삭 당겨 올려진 백운평은 두 뼘 남짓한 거리까지 닥쳐온 그 남자의 얼굴과 꼼짝없이 마주해야 했다. 멋들어진 옷차림과는 달리 덥수룩하게 헝클어진 반백의 머리카락 아래로 호랑이의 것을 닮은 형형한 눈이 백운평을 무섭게 쏘아보고 있었다. 그러나 독안獨眼, 하나뿐인 눈이다. 다른 눈은 둥근 가장자리를 백금으로 두른 잿빛 가죽 안대에 가려져 있는.

"꼴이 이게 뭐냐?"

독안 남자가 물었다.

"그간 격조했습니다. 용서해 주시……."

말을 하는 동안 백운평은 몸을 움츠려 독안 남자의 손아귀에서 슬그머니 뒷덜미를 빼내려 했다. 그러나 독안 남자는 그런 시도를 용납하지 않았다.

"내가 물었다, 꼴이 이게 뭐냐고!"

독안 남자가 백운평의 뒷덜미를 다시 잡아채며 목소리를 높였다. 그때 활짝 열린 집무실 문 안쪽에서 작달막한 노인 하나가 걸어 나오며 두 사람을 향해 낮게 혀를 찼다.

"쯧, 어린애도 아닌 어엿한 장부를 그리 쥐 잡듯이 해서야 쓰겠는가."

가슴 깃에 금실로 어린魚鱗 모양을 수놓은 푸른색 화복 차림의 그 노인은 이 휘록당의 주인이자 백운평에게는 장인이 되는 청룡대주 증천보였다. 미간 중앙에 돋은 검은 사마귀가 마치 불상에 찍힌 백호白毫처럼 두 사람을 굽어보는 듯했다. 증천보를 돌아본 독안 남자가 코웃음을 쳤다.

"장부는 얼어 죽을……. 몇 살을 처먹건 제 앞가림도 못 하는 놈은 어린애에 불과하오."

그러면서 틀어쥐고 있던 백운평의 뒷덜미를 홱 뿌리치니, 그 바람에 몇 발짝 비틀거리던 백운평이 몸을 바로 세우고 증천보를 향해 예를 올렸다.

"부르심을 받고 왔습니다."

하지만 마뜩잖은 감정이 그대로 배어 나오는 침울한 목소리. 아까 난폭하게 굴던 독안 남자에게 인사하던 것과는 마음의 뿌리부터가 다른 목소리였다. 그런 백운평을 복잡한 감정이 담긴 얼굴로 잠시 쳐다보던 증천보가 눈길을 독안 남자에게로 돌렸다.

"이야기가 끝났으면 자네는 그만 돌아가 보시게나."

그 말을 들은 독안 남자, 신무전이 자랑하는 대외 전투 부대, 백호대의 대주이자 천산만악을 뛰어다니는 그 어떤 호랑이보다 더욱 무섭다고 평가받는 독안호군獨眼虎君 이창李昌은 증천보와

백운평을 번갈아 쳐다보더니 고개를 흔들었다.
"그럴 생각이었는데 이 녀석 꼴을 보니 나도 이 녀석에게 볼 일이 있다는 것이 떠올랐소. 형님은 이 녀석과 일을 보시오. 나는 여기서 기다리고 있겠소."
증천보가 이창에게 물었다.
"기다릴 생각이면 빈실에 가 있으면 아니 되겠는가?"
"왜 그러시오? 혹시 이 아우가 여기 있으면 안 되는 이유라도 있소?"
이창의 대서는 반문에 증천보의 동그란 눈이 실처럼 가늘게 접혔다. 그러나 상대는 호랑이, 기 싸움에서는 신무전주 소철에게도 꺾인 적이 없다는 호전성의 상징과도 같은 인간 호랑이였다. 이창은 꿈쩍도 하지 않고 증천보의 눈길을 받아 내었다. 그의 독안이 불똥을 뚝뚝 흘리는 듯했다.
호랑이와 인간의 눈싸움에서 먼저 고개를 돌린 쪽은 곱절의 눈을 가진 인간이었다. 증천보가 백운평을 돌아보며 말했다.
"요 며칠 바빴다고 들었네."
"아……."
긍정도 부정도 아닌 짧은 탄사로 대답을 대신했지만 증천보는 개의치 않는 듯 제 할 말을 이어 갔다.
"나 같은 늙은이야 한가한 게 복이라 하겠지만 자네처럼 방장한 나이에는 적당히 바쁜 것이 오히려 좋은 일일 테지. 안 그런가, 사위?"
이번에는 짧은 탄사조차 꺼내지 않았다. 백운평은 두 손으로 아랫배에 모아 덮은 공손한 자세로, 그러나 전혀 공손하지 않은 마음으로 장인의 얼굴을 물끄러미 쳐다보았다. 궁금했다. 무슨 말을 꺼내려고 저런 사설을 늘어놓는지가.

그 시선이 부담스러운지 중천보가 헛기침을 두어 번 하더니 집무실 문설주에 기대선 이창을 흘깃 쳐다보고는 다음 말을 꺼냈다.
"폐관을 준비 중이라는 얘기를 들었네."
"폐관……."
백운평의 입꼬리가 비틀렸다. 어찌 된 일인지 근래 들어 자주 듣게 된 얘기였다.
"그 사람이 그러던가요?"
그 사람이 누구인지 덧붙일 필요는 없었다. 중천보가 고개를 끄덕였다.
"맞아. 평泙이에게 들었지."
평이, 짤깍, 중평, 짤깍, 내 아내, 짤깍, 저 노인의 딸, 짤깍, 그리고…… 배신, 짤깍.
한 사람으로 이어지는 모든 언어들 사이로 짤깍거리는 금속성이 섞여 들었다. 다섯 번의 금속성이 끝났을 때, 백운평의 머릿속에는 시구 한 토막이 일렬로 맞춰져 있었다.

―누가 우리를 갈라서게 만들쏜가[誰能別離此].

"평이가 어제 찾아와 자네가 조만간 폐관에 들 거라는 얘기를 하더군. 그래서 바쁜 줄 알면서도 이리 청했네."
아내의 부친, 중천보가 특유의 탁탁 튀는 듯한 어조로 말했다.
"폐관 얘기를 꺼낸 것은 제가 아니라 그 사람입니다. 저는 아직 결정을……."
지그시 깨물고 있던 입술을 벌려 저간의 사정을 설명하려던 백운평은 곧바로 마음을 고쳐먹었다. 구구했다. 아니, 가증스

러웠다.

 아내 증평의 입에서 폐관 수련 얘기가 나오기 시작한 것은 백운평에게 사형제가 되는 도정과 구양현이 백상, 비응 양당의 젊은 무사들을 이끌고 건정회를 지원하기 위해 신무전을 떠난 이 달 보름께부터였다. 아내와는 말 자체를 섞고 싶지 않은 그였기에 거듭된 권유에도 가타부타 답변을 주지 않았는데, 오늘 장인이 하는 말을 들어 보니 아내는 그가 폐관에 들어가는 것을 기정사실로 만들려고 싶은 모양이었다. 아니, 아내를 부추겨 기어이 그렇게 만들고자 하는 사람은 아마도…….
 '그녀가 어제 찾아와 내가 폐관에 들 거라는 얘기를 전했다는 말도 사실이 아닐 테지.'
 백운평은 증천보의 얼굴을 똑바로 쳐다보았다. 예전의 불그레한 안색은 어디로 갔는지 사포로 문지른 가죽 같은 피부가 고희에 가까운 장인의 나이를 새삼스레 떠올리게 만들었다. 그리고 상인의 눈동자 속으로 스쳐 가는 어떤 징조를 본 순간, 감추고자 하는 자 특유의 불안한 떨림을 발견한 순간, 그는 지그시 문 어금니 아래로 소리 없이 되뇌었다.
 뱀. 배덕의 뱀…….
 "……계속 말씀하시지요."
 증천보가 잠시 주저하다가 말문을 떼었다.
 "기왕지사 폐관에 들어갈 것이라면 하북으로 가는 것이 어떻겠는가?"
 백운평은 눈을 찡그렸다.
 "하북이라면, 소생의 본가를 말씀하시는 것입니까?"
 "그래, 자네의 본가. 가뜩이나 공사다망하던 자네가 아니던가. 아마 사돈어른들께 인사 올린 지도 제법 오래되었으리라 보네. 그러니 번잡한 머리도 식힐 겸, 본가에 머물면서 수련에 매진하는 것이 좋지 않을까 생각하네."

틀린 말은 아니었다. 저번 원단에 인사 올린 것이 마지막이었으니 부모님을 뵌 지도 반년을 넘긴 것이 사실이기 때문이었다. 더구나 요즘처럼 외롭고 힘든 때, 못난 자식을 무조건적인 애정으로 보듬어 주시는 부모님을 뵙고 싶은 마음이 간절하기도 했다. 하지만 그 제안을 하는 사람이 장인이라는 점이 마음에 들지 않았다. 왜냐하면 그 장인이 바로 견리사동見利思動, 이익 없이는 움직이지 않는 것으로 유명한 장사꾼 중의 장사꾼 증천보이기 때문이었다.

그래서 백운평은 생각해 보았다.
이번 일로 장인이 볼 이익은 과연 무엇일까?
"변변치 못한 가장일망정 장기간 집을 비워 안사람을 쓸쓸하게 만들고 싶지는 않습니다."

백운평은 이 대답 속에 칼날을 담았다고 믿었지만 증천보는 그 칼날을 담담히 받아 내었다. 그러고는 오히려 반격했다.

"그 문제라면 염려 말게. 여필종부女必從夫 아니겠는가. 평이에게는 함께 갈 채비를 하라고 일러 두었네."

자신의 치부를 눈치챈 골치 아픈 사위를 멀리 보내 버리려고 폐관이란 수단을 동원한 것이라고 여겼다. 그래서 그 치부의 증거이자 증인인 아내를 끌어들이면 당황할 것이라 짐작했다. 그러나 장인이 준비한 패는 한술 더 뜨는 것이었다. 아내까지 데리고 본가로 들어가라는 패는 백운평의 예상에 없던 것이었다.

의외의 반격을 당한 백운평이 응대할 말을 쉬 찾지 못하고 머뭇거리고 있는데, 문설주에 기대서서 팔짱을 낀 채 두 사람의 이야기를 듣고 있던 이창이 특유의 맹렬하고 난폭한 목소리로

불쑥 끼어들었다.
 "그것참 괴이쩍구나! 하북의 천추백가千秋白家가 비록 이백 년 전통에 빛나는 명문이기는 하지만, 북악대종의 적전嫡傳 제자가 신무전을 놔두고 어찌 다른 곳에서 수련을 한단 말이오? 게다가 마누라까지 대동하라니! 형님은 폐관 수련이 무슨 유람이라도 되는 줄 아는 모양이오."
 증천보의 날카로운 눈이 또 한 번 이창을 향했다. 이창은 여전히 꿈쩍도 하지 않았다. 백운평이 보기에, 눈빛으로 저 호랑이를 꿈쩍하게 만들 사람은 천하에 존재하지 않을 것 같았다.
 이창이 그 꿈쩍하지 않는 외눈으로 백운평을 돌아보았다.
 "네 아버지도 네 녀석이 그 꼴을 하고서 기어들어 오는 것을 반기시지는 않을 게다."
 하북 출신인 이창은 천추백가의 당금 가주이자 하북 강호의 쟁쟁한 명숙인 북관비붕北關飛鵬 백적견白寂堅과는 젊은 시절부터 호형호제 해 온 사이였다. 백가의 가내 출입도 한집안 사람만큼이나 빈번했던지라 백적견의 장자인 백운평은 코흘리개 적부터 그를 숙부처럼 받들며 자라 왔다. 숙부는 숙부되 호랑이처럼 무서운 숙부. 그래서 호칭도 호숙이었다.
 "송구스럽습니다."
 장인을 앞두고 다른 사람에게 굽실거리는 사위가 못마땅했던 것일까? 증천보의 길쭉한 눈초리에 노기가 어렸다. 그러나 그 노기가 똑바로 겨눈 사람은 뜻밖에도 백운평이 아닌 이창이었다.
 "자네는 대체 언제까지 이곳에 있을 셈인가?"
 "형님이 저 녀석과 볼일을 마칠 때까지."
 청룡과 백호, 신무전을 대표하는 두 대주의 시선이 세 번째로 사납게 얽혔다. 특히 증천보가 보내는 시선은 이창이 무슨 불공대천지수라도 되는 양 노기를 넘어선 독기마저 서린 듯하여, 옆에서 지켜보는 백운평을 당혹스럽게 만들었다.
 그러던 어느 순간, 증천보가 긴 한숨을 내쉬며 만궁彎弓처럼 팽팽히 당겨 놓았던 시선을 무너뜨렸다.
 "……자네답군. 자네는 그런 사람이지."
 증천보의 맥 풀린 말에 이창이 코웃음을 치며 어깨를 으쓱거렸다. 증천보는 갑자기 늙어 버린 사람처럼 지친 얼굴을 백운평에게로 돌렸다.
 "내 제안에 대해 어찌 생각하는가, 사위?"
 사실 폐관에 들 생각이 전혀 없는 것은 아니었다. 일정 기간 스스로를 세상으로부터 격리하는 폐관은 자신이 지금 겪고 있는 번민의 고리를 끊는 데 도움이 될 터였다. 열이틀 전 금록당으로 불쑥 찾아온 신무전의 군사 운소유의 권유도 백운평의 그런 생각에 힘을 실어 주었다.

 ─폐관도 마음을 다스리는 방편 중 하나가 될 수 있겠지. 이번 임무를 마친 뒤에 한번 고려해 보게나.

 폐관을 하기 위해 아내까지 대동하고 하북의 본가로 들어갈 마음은 전혀 없었지만, 어쨌거나 폐관이 하나의 해법처럼 보이는 것만큼은 사실이었다.
 그러나 그 전에 반드시 해결해야 할 두 가지 일이 있었다. 하나는 열이틀 전 운소유로부터 받은 공적인 임무였다. 강호인에게 내려진 것이라기에는 조금 이상한 면이 있기는 하지만, 운소유가 임무 하달의 말미에 덧붙인 엄하고 신중한 당부는 백운평을 긴장시키기에 충분했다. 덕분에 지난 열이틀간, 그는 물귀신

처럼 정신을 감아 당기던 번민으로부터 벗어나 임무에 몰두할 수 있었다. 하기야 그 몰두라는 게 장인 증천보의 호출을 받은 즉시 깨져 나갈 만큼 유약한 것이기는 했지만. 그리고 그가 반드시 해결해야 할 다른 하나의 일은······.

백운평은 눈을 질끈 감았다.

과연 그 일을 자신이 해낼 수 있을까? 아니, 시도라도 해 볼 수 있을까?

어떤 진실은 칼보다 무서웠다. 칼은 육신을 베지만 그런 진실은 영혼마저도 벨 수 있기에. 진실에 베여 고통을 피처럼 흘리는 자신의 모습이 꽉 감긴 눈까풀 안쪽에 투영되었다. 그 무서운 칼을 내가 과연 움켜쥘 수 있을까? 휘두를 수 있을까?

백운평은 천천히 눈을 뜨고 자신의 대답을 기다리는 장인의 얼굴을 쳐다보았다.

"······생각해 보겠습니다."

이도 저도 아닌 대답이시만 증천보는 짧게 한숨을 내쉴 뿐 더 이상 사위를 몰아세우지 않았다. 그가 집무실 문간에 서 있는 이창을 돌아보았다.

"내 볼일은 마쳤네. 이제 자네 볼일을 보게나."

"알겠소."

백호대주가 일을 보는 방식은 청룡대주의 그것보다 훨씬 과격하고 명쾌했다. 이창은 다시금 내뻗은 오른손으로 백운평의 뒷덜미를 움켜잡더니 짧게 말했다.

"가자."

억세게 당겨진 옷깃에 숨통이 콱 막혀 버린 백운평이 캑캑거리면서 물었다.

"어디를 가자는······ 말씀이신지······?"

이창은 뒤도 돌아보지도 않고 걸음을 성큼성큼 내딛으며 앞서와 마찬가지로 짧게 대답했다.

"백호대."

코끼리의 것 같은 무지막지한 힘에 속절없이 끌려가던 백운평이 제 옷깃을 부여잡은 두 손에 힘을 주어 가까스로 숨통을 열었다.

"거, 거긴 왜……?"

이창의 세 번째 말 또한 길지는 않았다.

"가서 좀 맞자."

더 이상 말 같은 것은 없었다. 백운평은 반들반들한 회랑 위에 두 발꿈치로 긴 자국을 남기며 짐짝처럼 끌려갔고, 그런 사위를 증천보는 먹구름처럼 어둡게 가라앉은 얼굴로 바라보고 있었다.

(3)

그것은 차마 대련이라 부르기도 부끄러울 만큼 일방적인 대련이었다. 대련 상대가 신무대종 소철의 노쇠가 암묵적으로 받아들여진 후 신무전 내의 최강자로 자연스럽게 부각된 극강의 고수임과 동시에, 아무리 숙부 조카 부르며 지내는 사이라도 일단 병기를 맞댄 이상에는 결코 사정을 봐주지 않는 호전적인 투사였기 때문이다.

그 절대의 고수, 호전적인 투사에게 반의반 각 남짓한 시간 동안 정신없이 얻어터지다가 끝끝내는 멱살을 틀어 잡혀 연무장 바깥으로 보기 좋게 내동댕이쳐진 백운평은 잡초 듬성한 흙바닥에 대자로 드러누운 채로 석양이 비껴 내리는 초저녁 하늘

을 올려다보았다. 목검의 널찍한 면에 귀뺨을 얻어맞았을 때 터진 입술이 실룩거리더니 그 사이로 비소 같은 뇌까림이 흘러나왔다.

"참…… 묘하구나."

묘하게도, 후련했다. 비록 쑤시고 아프지 않은 데가 한 군데도 없을 만큼 엉망으로 깨진 대련이었건만, 한 인간의 괴로움을 수용하는 신경이 본래 정량적인 때문인지, 육체의 아픔이 밀고 든 자리만큼 정신의 혼란스러움이 덜어 내어진 기분이 든 것이다. 백호대의 숱한 훈련들로 돌바닥처럼 다져진 연무장의 흙바닥이 마치 푹신한 침대처럼 편안하게 느껴졌다.

"뭐냐, 벌써 끝내자는 거냐?"

백운평이 올려다보는 하늘 속으로 한 사람의 얼굴이 점령군처럼 무단하게 밀고 들어왔다. 사자 갈기처럼 부스스한 머리카락과 왼쪽 눈을 가린 백금 안대가 등진 석양빛으로 인해 검게 물들어 있었다. 그러나 하나뿐인 눈에서는 역광의 그늘을 무색하게 만들 만큼 강렬한 안광이 뿜어 나오고 있었다. 반의반 각 동안 그를 늘씬하게 두들겨 놓은 극강의 고수이자 호전적인 투사, 독안호군 이창이었다.

"호숙께서 보시기엔 어떨 것 같습니까?"

백운평이 물었다. 이글거리는 외눈으로 그를 내려다보던 이창이 대답했다.

"몇 판 더 해도 될 것처럼 보인다."

"그러면 더 해야겠죠."

백운평은 제발 더 누워 있으라고 사정하는 몸뚱이를 억지로 일으켜 세웠다. 마치 다른 사람의 몸뚱이를 억지로 일으켜 세우는 기분이었다. 하지만 그리 힘겹게 일어서서 부근에 널브러진 목검을 집어 들자 손잡이 바로 위에서 툭 꺾여 바닥으로 떨어지더니 조각조각으로 흩어져 버리는 것이었다. 마지막 접검 때 몰아닥친 이창의 충력기衝擽氣가 남긴 흔적인 듯. 때려 부수는 대신 속으로 침투하여 팽창과 응축을 교차하다 종래에는 갈아 뭉개 놓는다. 충력기에 실린 가공할 전사력纏絲力이 남긴 결과는 이러했다.

'만일 이게 실전이었다면…….'

몇 해 전 열린 소철의 고희연 때였을 것이다. 거나하게 취한 이창이 사람들 앞으로 나서서 충력기를 시범 보이던 광경이 백운평의 머릿속에 떠올랐다. 사람 키보다도 높은 석등 앞에 몸을 세우고 주취 어린 호흡을 몇 차례 가다듬은 다음 오른손 손바닥으로 석등의 중단을 지그시 밀어붙이는 이창. 곧이어 '옙!' 하는 기합을 실어 내딛은 진각震脚 한 번에 잔칫상 위에 있던 식기들이 요란히 달그락거리고, 잠시 후 석등이 서 있던 자리에는 손톱만 한 크기로 부서진 수만 개의 돌 조각들이 무릎 높이로 쌓여 있었다. 이에 놀란 사람들은 헛바람을 들이켜고, 상석에 앉아 있던 소철은 '저 패도를 뉘라서 감당할꼬.'라며 박수를 보냈다. 감지하기도 힘든 찰나에 내부로부터 휘돌아 퍼지는 무자비한 파괴. 그것이 바로 충력기였다.

그 광경을 되새기며, 백운평은 자신의 오른손 손바닥을 내려다보았다. 목검이 튀어나갈 때 생긴 것이라 짐작되는 붉은 지렁이 같은 멍 기운이 손금 위에서 회오리치고 있었다. 만일 아까의 대련이 실전이라서 이창이 사정을 봐주지 않았다면?

'목검만이 아니라 이 손의 모든 근육과 뼈 들까지도 조각조각 으스러졌겠지.'

백운평은 자신도 모르게 진저리를 쳤다. 아무리 대련이라도

그 가공할 기공과 다시 한 번 붙어야 한다고 생각하니 두려움이 일지 않을 수 없었다.

하지만 그 두려움이 현실로 이어지지는 않았다. 백운평이 새 목검을 가져오기 위해 검가가 있는 곳으로 비틀비틀 걸어가는데, 이창 쪽에서 휙 앞질러 가더니 들고 있던 목검—검법을 발휘하기 위해서가 아니라 오로지 상대를 두들겨 패기 위한 용도로만 사용되었던—을 검가 위에 던져 올렸기 때문이다. 그가 걸음을 멈추고 멀뚱히 쳐다보자 이창이 양손 바닥을 툭툭 털며 투덜거렸다.

"관두자. 시시해서 때릴 맛도 안 난다."

"……그런가요?"

그랬을 것이다. 실력 자체의 고하는 접어 두고라도, 사문의 팔진수八振手는커녕 가문의 천추검법千秋劍法조차 제대로 써 보지 못한 백운평이었으니까. 못한 것인가, 안 한 것인가. 백운평 본인도 명확히 알지 못했다.

가서 좀 맞자.

청룡대의 휘록당에서 짐짝처럼 질질 끌려가며 이창으로부터 이 말을 들었을 때에는 무척 당황했던 것도 사실이었다. 하지만 그렇게 끌려와 백호대의 연무장에 오른 뒤로는 기이할 만큼 차분해질 수 있었다.

그래, 맞자.

맞고 싶었다. 우유부단하고 흐리멍덩하게 구는 자신을 누군가 흠씬 때려 주기를 바랐다. 이처럼 시작도 하기 전부터 맞을 작정으로 나선 상대와 병기를 맞대었으니, 곤륜지회 이후 모용풍이 꼽은 신新오대고수 중 한자리를 당당히 차지하고 있는 이창이 시시함을 느끼지 않았다면 오히려 이상한 일이리라.

"다음에 한 번 더 불러 주시면 그때에는 죽을힘을 다해 버텨 보지요."

그래 봤자 결과는 달라지지 않겠지만. 그 점을 아는지 두들겨 패고서도 오히려 당당한 이창은 코웃음만 칠 따름이었다. 얻어터지고서도 오히려 미안한 백운평은 고개만 조아릴 따름이었고.

검가에 아무렇게나 걸어 두었던 백색 견폐를 내려 어깨에 두르던 이창이 문득 생각난 듯 백운평을 돌아보며 물었다.

"너 요즘 술 좀 먹고 다닌다며?"

"그 얘기는 어디서 들으셨습니까?"

"어디서 못 듣는지를 물어야 할 만큼 쫙 퍼졌다."

백운평은 쓰게 웃었다. 그가 '술 좀 먹고 다니기' 시작한 것이 지난달 중순부터였으니 달포 가까이 지난 지금쯤이면 신무전 전체가 알고 있다고 해도 놀랄 일이 아니었다. 그가 웃자 이창이 하나뿐인 눈알을 부라리며 얼굴을 들이밀었다.

"웃어?"

웃음이 쑥 들어간 백운평에게 이창이 이어 말했다.

"술 퍼먹고 다니다가 사제 놈한테도 밀린 녀석이 지금 우, 웃음이 나와?"

아마도 사제 구양현이 백운평을 대신해 사형 도정과 출정한 일을 두고서 나온 말인 것 같은데, 보다 중요한 점은 그 말이 더듬어 나온다는 데에 있었다. 이창에게는 독안호군 외에도 몇 가지 별명이 있는데 그중 하나가 눌언광자訥言狂者, 말더듬이 미치광이였다. 일단 흥분하여 말을 더듬기 시작하면 미치광이처럼 물불을 가리지 않는다는 뜻에서 붙은 별명이었다. 안 그래도 난폭한 성정에 광기까지 더해진다면, 그때는 알아서 기는 게 상

책이었다. 이는 신무전에 적을 둔 모든 이들에게는 상식처럼 알려진 일. 백운평도 알아서 기었다.

"사제에게 강호 경험을 쌓게 해 주시려는 사부님의 배려가 아닐까 생각합니다."

자신을 대신해 구양현이 선발된 일에 대해 서운한 마음이 없다면 거짓이겠지만, 백운평은 속마음을 드러내지 않았다. 그리고 사실 가라고 해도 갈 수 없는 것이 지금 그의 처지이기는 했다. 그에게는, 정말로 하기 싫지만, 그럼에도 반드시 해야만 하는 일이 있었기 때문이다.

"신무전에 부처님 한 분 나셨군."

그런 백운평을 못마땅한 눈으로 흘겨보던 이창이 끼고 있던 팔짱을 풀고는 오른손을 불쑥 뻗어 왔다.

"가자."

이번만큼은 아이처럼 뒷덜미를 붙잡히고 싶지 않다는 생각에 새빨리 몸을 눌린 것이 오히려 화근이 되었다. 독안호군의 명성을 빛내 준 절기가 충력기 하나만은 아니었기 때문이다.

노호십팔찰怒虎十八察.

호랑이의 가장 무서운 무기는 이빨이 아니라 발톱이라고 하던가. 허공에서 절묘하게 방향을 튼 이창의 금나수에 뒷덜미 대신 멱살을 틀어 잡힌 백운평은 꽉 조여 오는 숨통에 기침을 캑캑거리면서 물었다.

"이, 이 시각에…… 또 어디를 가, 가자시는 겁니까?"

"어디긴 어디야, 술집이지."

"예?"

"그동안 술 좀 배운 모양인데 오늘 숙질간에 코가 삐뚤어지게 취해 보자."

오늘 백운평에게는 코가 삐뚤어지게 취해서는 안 되는 이유가 있었다. 군사 운소유로부터 하달받은 임무가 마무리 단계에 이르러 있었기 때문이다. 그러나 감히 안 된다고 대답하면 말부터 더듬기 시작할 것 같았다. 그러면 또 한 번 패대기질을 당해야 할 터. 아니면 더 심한 꼴을 당하려나? 그보다는 술을 함께 마셔 주는 쪽이 낫다고 판단한 그는 포기한 얼굴로 고개를 끄덕였다. 호랑이의 투박한 입술이 길쭉하게 늘어났다.

땅거미가 깔리는 시각.
백운평이 이번에 끌려간 곳은 그가 싸구려 노주로 지난 달포 동안 스스로를 학대한 내춘루와는 입구에 드리운 주렴 장식부터 확연히 구별되는 고급스러운 주루였다. 그 주루 안에서도 가장 비싼 별실에 두 사람이 자리를 잡자 기다렸다는 듯 갖가지 미주가효들이 안으로 들어왔다. 술을 따라 줄 야리야리한 작인 酌人 기녀도 둘이나 대기하고 있는 것을 보니 백호대를 출발하기 전에 사람을 보내 예약해 놓은 모양이었다.
붉은 칠을 한 술 단지가 개봉되고 그윽한 주향이 별실에 가득 퍼질 때까지 입술을 꾹 다물고 있던 이창이 각각의 앞에 놓인 취옥잔 위로 술이 차오르자 비로소 말을 꺼냈다.
"백호대주가 금록당주보다는 괜찮게 벌 것이다. 내가 살 테니 부담 갖지 말고 마셔라."
그러고는 자신의 잔을 단숨에 비우는데 마치 주먹을 날리듯 호쾌하기 그지없었다. 그 모습을 지켜보던 백운평은 마음 한구석이 짠해지는 기분을 느꼈다. 물론 좋은 술 마실 돈이 없어서 싸구려 술집의 단골이 된 것은 아니지만, 어쨌거나 친하게 지내는 사이랍시고 배려해 주는 마음이 느껴졌기 때문이다. 불편한

장인 앞에서 끌고 나와 준 것도 고맙고, 대련을 방자하여 한바탕 때려 준 것도 고맙고, 이곳에 데려와 술을 사 주는 것도 고마웠다. 백운평은 그 고마운 마음을 담아 자신의 앞에 놓인 잔을 묵묵히 들었다.

이창이야 원래부터 소문난 호주가였고, 근래 들어 호되게 단련한 백운평의 주량 또한 이창의 것에 비해 그리 뒤지지 않았다. 주거니 받거니, 노주보다 스무 배나 비싼 산동 특산의 연대주煙臺酒를 별 얘기도 오가지 않는 가운데 열심히 마셨다. 연대주라 하면 낭연돈대狼煙墩臺(늑대 똥을 태운 연기로 신호를 보내는 봉화대)가 있는 산동 해안 지방에서 만든 술. 그 술 한 단지가 이름 그대로 봉화대에서 피어오른 연기처럼 사라져 버렸다.

새 단지가 별실로 들어오자 이창이 손짓 한 번으로 작인 기녀들을 내보냈다. 두 사람만 남게 된 별실에서 이창은 또다시 말더듬이가 되었다.

"네 앞에서 전주를 욕하고 싶지는 않지만, 저번에 전주께서 내리신 결정은 정말로 비, 비, 빙충맞은 짓이었다."

신무전이 있는 이곳 제남齊南 일대에서 신무전주 소철을 두고 저처럼 직설적인 말을 던질 수 있는 유일한 사람이 바로 이창일 거라는 생각이 들었다.

"저번 출정에 백호대를 제외시키신 일에 대해 불만이 많으신 모양이군요."

"불만이 아니다! 깡그리 트, 틀려먹었다는 거다! 천하에서 서문숭의 호, 호교십군을 상대할 수 있는 곳이 우, 우리 백호대 말고 어디 있다고!"

객관적으로 봐도 크게 틀리지는 않은 말이었다. 백호대가 보유한 천이백 명의 정예 무사들은 단일 집단으로는 강호 최강의 전력이라고 봐도 무방했다. 백호대를 상대하기 위해서는 호교십군 측에서도 최소 두 군데 이상은 나서야 할 터. 더욱이 백호대주 이창으로 말할 것 같으면 호교십군 군장들의 수좌인 고검 제갈휘와 한 반열로 꼽히는 강자 중의 강자가 아니던가.
"확전을 경계하고자 하시는 사부님의 사려가 담겨 있다고 봅니다만……."
백운평이 말꼬리를 조심스레 흐리자 이창이 앞에 놓인 술을 벌컥벌컥 들이켠 뒤 땅 소리 나게 내려놓았다.
"무양문 마귀들이 장강을 건너는 순간이 바로 화, 확전의 순간이란 걸 몰라서 하는 말이냐! 그, 그래서 내가 주장하는 거다! 피할 수 없는 싸, 싸움이라면 먼저 나가서 기세를 선점해야지!"
그러고도 한동안 더 씩씩거리던 이창이 길게 숨을 내쉬었다. 진정이 조금 된 듯.
"백상, 비응 양당이 출정하기 전에 백상당주를 만나서 물어봤다. 만일 무양문 마귀들과 마주치면 어떻게 할 거냐고. 그랬더니 그놈 하는 말이, 적당히 시늉만 하다 내뺄 생각이라나. 어차피 우리 싸움도 아니지 않느냐면서. 이게 대체 마, 마, 말이나 되는 소리냐고. 응?"
말미에 또다시 흥분하여 말을 더듬는 이창의 웅변을 들으며 백운평은 실소를 흘렸다. 시늉만 하다 내뺀다니, 사형다운 뻔뻔한 대답이라는 생각이 들었다.
신무전에서 사방대 대신 내삼당을 파견 보내기로 결정한 이면에는 군사 운소유의 입김이 적잖이 작용했음을 어렵지 않게 짐작할 수 있었다. 운소유는 지금은 무양문과 정면충돌할 시기가 아니라고 판단했고, 그 판단에 공감하여 따라 줄 사람이라고

여겼기에 사형 도정을 파견대의 주장으로 내보낸 것이리라. 만일 사방대, 그중에서도 특히 백호대를 보냈다면 단지 말을 하는 것만으로도 흥분해 버리는 이창의 불같은 성격과 호전적인 기질로 미루어 장강은 물론이고 서문승이 있는 복건까지 치고 내려가려 들 것이 분명했다. 승산 같은 것은 따져 보지도 않고서 말이다.

"그사이 내실에 더욱 치중하라는 분부도 있으신 만큼 조금 더 두고 보기로 하지요."

"답답하다! 나, 나는 답답하다고!"

갈비뼈가 부러지지 않을까 걱정이 들 만큼 제 가슴을 쾅쾅 두들겨 대는 이창을 보며 백운평은 또다시 실소하고 말았다. 오래전부터 느껴 온 점이지만 참 솔직한 어른이었다. 그러다가 문득 떠오른 생각이 있었다.

"혹시 아까 제 장인어른과 얼굴을 붉히신 것도……."

백운평이 이 말을 꺼내자 이창이 어깨를 움찔거렸다.

"뭐냐, 엿들은 게냐?"

"그런 건 아닙니다만, 두 분 모두 평소와는 달리 격앙되신 듯해서 드리는 말씀입니다."

이창은 인상을 우그러뜨리고 뭔가를 생각하다가 돌연 코웃음을 쳤다.

"흥! 팔은 안으로 굽는다고, 신주소가 때부터 가신 가문이었으니 전주가 무슨 결정을 내리든 그저 꼬리만 흔들 수밖에. 개꼬리를 단 청룡이라니, 이게 말이나 된다고 생각하느냐?"

"매사에 신중을 미덕으로 여기는 분이시죠."

"신중 따위를 미, 미덕으로 여기니 교활한 자, 자, 장사치 소리나 듣는 것 아니냐!"

이창이 버럭 소리를 질렀다. 면전에서 장인 욕을 듣는다는 것은, 그 장인이 가증스러워 견디기 힘들어하는 백운평으로서도 민망한 일이 아닐 수 없었다. 그는 반쯤 남은 두부 요리 접시 위에 시선을 내렸다. 그가 눈을 내리깐 채 침묵하자 이창이 거친 숨을 푹 몰아쉬었다.

"내가 애 데리고 뭐하는 짓이냐. 관두자, 관둬."

백운평은 괜스레 미안해져서 고개를 더욱 숙였다.

"송구합니다."

"네가 뭘 잘못했다고? 모두 전주, 군사, 네 장인, 이런 말랑말랑한 위인들 잘못인데."

"그래도……."

"제기랄, 술 사 주겠다고 끌고 와서 내 얘기만 지껄였나 보구나. 그래, 넌 요즘 무슨 문제가 있기에 열댓 살 먹은 애새끼처럼 헤매고 다니는 거냐?"

그 문제에 관해서는 더 이상 거론할 마음이 없는 듯, 이창이 화제를 백운평에게로 돌렸다. 그러자 백운평의 안색이 급속도로 어두워졌다. 호랑이의 등쌀에 이리저리 휘둘리느라 한나절 넘게 숨죽이고 있던 번민이 기다렸다는 듯이 사고의 수면 위로 고개를 내밀었기 때문이다. 그런 백운평을 쳐다보던 이창이 눈을 찡그리며 손바닥을 내저었다.

"내 앞에서도 입 다물고 있을 작정이면 그냥 가라. 가고 다시는 보지 말자. 난 답답한 놈하고는 안 마시고 안 본다."

사실을 말하자면, 백운평은 무척 지쳐 있었다. 번민하는 것도 힘들었지만, 그 번민을 혼자서만 품고 있는 것은 더더욱 힘들었다. 남에게 알릴 수 없는 번민이라 생각했고, 그래서 자신에게 내밀어 온 사형과 사제의 도움마저 거절할 수밖에 없었지

만, 어린 시절부터 가족처럼 의지해 왔던 저 이창에게만큼은 어느 정도 털어놔도 좋지 않을까 하는 생각이 들었다. 어쩌면 귀한 만큼이나 독한 연대주의 술기운 때문에 든 생각인지도 몰랐다. 침묵하던 백운평이 마침내 입을 열었다.

"……호숙."

"말해라."

"만일 누군가가 호숙의 믿음을 저버린다면 어떻게 하시겠습니까?"

이창의 부리부리한 외눈 속으로 시커먼 번갯불이 번뜩였다. 그가 하얀 송곳니를 드러내며 물었다.

"배신을 말하는 것이냐?"

배신. 믿음[信]을 저버리는[背] 것이니 배신이 맞다. 백운평은 고개를 끄덕였다.

"조조가 말했지. 내가 세상을 저버릴지언정 세상이 나를 저버리게 하지는 말라고. 나라면 배신당하기 전에 먼저 배신하는 쪽을 택할 것이다. 물론 나를 배신할 놈이 있다면 말이다."

이창의 말에 백운평은 열없이 웃었다. 조조는 그런 사람이었는지도 모른다. 이창 또한 그런 사람인지도 모른다. 그러나 자신은 아니었다. 그래서 배신을 당하고 만 모양이다.

"배신 얘기는 왜 꺼내는 것이냐?"

백운평은 대답할 수 없었다. 그러자 이창이 방패처럼 단단히 끼고 있던 팔짱을 풀어 술상 가장자리를 짚더니 그 위로 상체를 들이밀었다.

"그런…… 거냐?"

재우쳐 묻는 이창에게서는 마치 호랑이가 으르렁거리는 듯한 사나운 기세가 풍겨 나왔다.

"누구냐, 너를 배신한 놈이?"

백운평은 입을 꾹 다물었다. 저 질문에는 대답할 수 없었다. 그 점에 대해서만큼은 상대가 아무리 호숙이라도 마찬가지였다. 이창의 입에서 벼락같은 호통이 터져 나왔다.

"누구냐니까!"

그럼에도 백운평이 묵묵부답으로 일관하자 이창은 쿵, 소리를 내며 상체를 원래의 자리로 물리고 말았다. 심중의 못마땅함이 부글부글 끓어오르는 듯한 얼굴을 하고는 있지만 아까 한 말처럼 곧바로 내치지는 않는 것이, 차마 말 못 하는 조카의 내밀한 사정을 어느 정도 헤아려 준 듯했다. 이윽고 이창이 숨을 푹 몰아쉰 뒤 말했다.

"고집불통인 것은 예나 지금이나 똑같구나, 망할 녀석 같으니라고. 관두고 술이나 먹자."

사창 밖을 짓눌러 오는 어둠처럼 무겁고 답답한 분위기 속에서 두 사람은 몇 순배를 나눴다. 백운평이 슬쩍 화제를 돌렸다.

"호숙께서는 제 장인어른과 친한 사이시죠?"

"흥! 개 꼬리를 단 양반 말이냐?"

말은 저리해도 증천보와 이창이 사석에서는 형님 아우 하고 지낼 만큼 절친한 사이라는 것은 신무전 내의 모든 이들이 아는 사실이었다.

"하면…… 제 안사람과도 오래 알고 지내셨겠네요."

백운평이 장인 증천보에 이어 아내 증평까지 언급하자 이창이 더욱 영문을 모르겠다는 듯 외눈을 끔뻑거렸다.

"평이가 내겐 딸 같은 아이란 걸 몰라서 묻는 게냐? 그래서 내가 너희 둘을 짝 지어 준 게 아니냐. 두 사람 다 어릴 적부터 지켜봐 왔으니까."

안 그래도 그 점으로 인해 큰 화제를 불러온 결혼이었다. 양가 모두 누구의 눈치를 보며 혼사를 추진할 만큼 녹록한 집안들은 아니었지만, 그 '누구'가 독안호군 이창이라면 얘기가 달랐다. 외눈박이 호랑이가 추진하는 혼사를 누가 감히 반대할까. 혼사는 산동과 하북을 오가는 이창의 분주한 걸음에 실려 급속도로 진행되었고, 백운평은 반년이 채 지나기도 전에 초례상을 사이에 두고 난초 꽃처럼 청초한 증평의 얼굴을 마주하게 되었다. 그의 일생에서 가장 행복한 순간이기도 했다. 그러나 그 행복은…….

백운평이 이창에게 물었다.

"그 사람, 결혼 전에는 어땠습니까?"

"착하고 얌전한 아이였지. 중 형님에겐 순종적인 딸이었고. 그 아이가 어린 시절 나를 얼마나 따랐는지 안다면 너는 아마 질투가 나서 팔짝팔짝 뛰어야 할 거다."

"그랬군요. 그 사람…… 역시 순종적인 딸이었군요."

짤깍, 짤깍, 짤깍, 짤깍, 짤깍…….

환청 같은 금속성과 함께 백운평의 머릿속에서 다시금 다섯 자의 시구가 맞춰졌다.

누가 우리를 갈라서게 만들쏜가[誰能別離此].

머릿속 시구를 지워 버리려는 듯, 백운평은 자신의 앞에 놓인 술잔을 단숨에 비웠다. 산동이 자랑하는 명주가 쓸개처럼 쓰기만 했다. 그 쓰디쓴 여운이 얼굴의 어느 구멍인가를 통해 새어 나갔는지도 모른다. 과거를 추억하듯 허공에 흐뭇한 눈길을 주던 이창이 갑자기 표정을 바꿔 그에게 물었다.

"한데 그 아이 얘기는 왜 꺼내는 거냐? 혹시 두 사람 사이에 무슨 문제라도 있는 거냐?"

환갑 다 된 나이답지 않게 남녀 간의 문제에 감이 좋다는 생각이 들었다. 그러나 백운평은 이미 마음을 감출 준비가 되어 있었다.
"아닙니다. 요사이 제가 다른 일로 고민이 많다 보니 그 사람에게 소홀한 게 아닌가 싶어서 드린 말씀입니다."
"싱거운 녀석 같으니라고."
툴툴거리던 이창이 돌연 외눈을 부릅뜨며 말했다.
"평이에게 잘해라. 너와 평이 사이에 무슨 일이 생긴다면 너는 가장 먼저 나를 만나게 될 것이다."
이 년 전, 백운평과 증평의 결혼식이 끝나고 열린 피로연 자리에서 사형 도정은 새신랑 차림으로 하객들에게 인사하고 다니는 그에게 이런 농담을 던졌다.

─호랑이 아가리에 머리통을 집어넣을 용기가 없다면 한눈팔지 말고 백년해로해야 할 걸세.

그 농담이 그저 농담으로 끝날 것 같지 않다는 예감이 들었다.
'불같이 화내시겠지. 내게든, 누구에게든.'
어릴 적부터 아껴 주시던 어른을 실망시켜 드리고 싶지는 않지만, 그래도 반드시 매듭지어야 할 일이었다. 반드시 드러내야 할 진실이었다.
진실은 분명했고, 엄연했다.
그간 자학하듯 들이부은 싸구려 노주는 진실로부터 눈을 돌리려는 자기기만의 수단이었을 뿐, 진실 자체를 바꾸는 데는 아무런 역할도 할 수 없었다. 아니, 눈을 돌리려고 애를 쓸수록 진실은 더욱 분명하고 더욱 엄연한 목소리로 백운평을 질타했

다. 그는 더 이상 진실을 외면할 수 없었다. 결단이 필요한 시기가 마침내 닥쳐온 것이다.

머리가 차갑게 식었다. 백운평은 자리에서 일어섰다.

"먼저 가 봐야겠습니다."

이창의 외눈이 그림자처럼 백운평을 따라붙었다.

"실은 군사께서 지시하신 일이 있습니다. 그 일을 마쳐야 제 문제에 집중할 수 있을 것 같군요."

"삼절수사가? 무슨 일인데?"

백운평은 공사를 구분할 줄 아는 사람이었다. 아무리 친한 사이라도 보안이 걸린 공무를 누설할 수는 없는 노릇이었다.

"비밀로 행할 것을 여러 차례 당부하셔서 이 정도밖에 말씀드리지 못하겠군요. 호숙께서 양해해 주시기 바랍니다."

이창이 팔짱을 끼며 골난 것처럼 볼을 우그러뜨렸다.

"군계일학 같은 우리 군사님께서는 언제나 이렇듯 신비한 척하는군. 됐다, 비밀로 하라는 일인데 굳이 캐물을 이유는 없겠지."

"죄송합니다."

이창은 코웃음을 치며 파리라도 쫓듯 한 손을 내둘렀다.

"됐다니까. 나는 한잔 더 하고 갈 테니 너는 어서 가 봐라."

그런 이창을 향해 백운평이 깊이 읍례했다.

"오늘 여러모로 감사했습니다."

돌아서서 별실 문을 열고 나설 때, 백운평의 뒤통수 위로 호랑이의 경고가 다시 한 번 무겁게 실렸다.

"잊지 마라. 너희들 사이에 무슨 일이 생긴다면, 너는 가장 먼저 나를 만나야 한다는 것을."

(4)

운소유로부터 받은 임무를 추진하기 위해서는 백운평 본인은 물론이거니와 영리하고, 끈기 있고, 다리 힘 좋고, 무엇보다도 입이 무거운 네 명의 일꾼들이 필요했다. 다행히 신무전의 다음 세대를 이끌고 갈 내삼당에는 인재랄 수 있는 젊은이들이 적지 않았고, 그중 정보 수집 및 취급에 특화된 금록당에서 그 조건들에 부합하는 네 명을 선발하기란 그리 어렵지 않았다.

네 일꾼들이 각지로 파견되어 네 사람의 종적을 알아내는 데에는 보름이라는 기간이 소요되었다. 개중에는 임무를 완수한 일꾼도 있었고, 사정이 여의치 않아 그러지 못한 일꾼도 있었다. 결과야 어떻든 그들은 각자 행한 업무에 대한 보고서를 작성하여 당주에게 제출했고, 네 장의 보고서들은 다시 한 장의 보고서로 압축, 정리된 뒤 등잔의 불꽃 속으로 사라졌다.

백운평은 자신의 손으로 압축, 정리한 한 장의 보고서를 다시 한 번 찬찬히 훑어보았다. 임무를 완수했다는 데에 대한 작은 만족감이 번민에 지친 마음을 위로해 주는 것 같았다. 그러나 만족감이 머문 시간은 그리 길지 않았다. 자신에게 주어진 두 가지 일 중 한 가지는 이 보고서를 완성하는 것으로써 마칠 수 있었지만, 다른 한 가지 일, 자신의 모든 것이 걸려 있을지도 모르는 그 무섭고도 어려운 일은 이제 막 시작되었음을 알기 때문이었다.

백운평은 서탁 위에 앞서 작성한 보고서와 동일한 간지簡紙(두껍고 질 좋은 편지지)를 올리고 문진으로 위아래를 눌렀다. 그런 다음 벼루 위에 놓아둔 세필을 다시금 들었다. 먹물을 머금은 세필을 간지 위로 가져가던 그의 오른손이 허공에서 우뚝 멈췄다.

눈동자가 등불 빛에 흔들리고, 그 아래로 껍질이 허옇게 일어난 입술도 가늘게 떨렸다. 꼭 이래야만 하나? 그냥 모른 체 넘어가도 되는 일 아닌가? 그 일을 하기로 마음먹은 후 무시로 그러했듯, 차라리 유혹이라 불러야 옳을 만큼 치열한 갈등이 그의 심지를 두드리고 있었다.

 그러나 진실은 분명했고 엄연했다. 진실을 직시하는 일은 더 이상 선택의 영역이 아니었다. 이제 그것은 어떤 조건도 붙을 수 없는 정언적定言的인 당위가 되어 있었다. 백운평은 흔들리는 눈동자에 애써 힘을 주었다. 떨리는 입술을 질끈 깨물었다. 멈췄던 그의 오른손이 비로소 움직이기 시작했다.

 그로부터 한 식경이 지난 후, 백운평은 앞서 작성한 보고서와 거의 같은 내용을 하얀 지면에 얹은 채 먹물을 말리고 있는 간지를 내려다보았다. 거의 같다 함은 같지 않은 부분도 있다는 뜻. 사본은 사본이되 원본과 완전히 같지는 않은 사본인 셈이었다. 그 같지 않은 부분을 잠시 들여다보던 그가 쓰게 웃었다. 이 와중에도 혹여 사문에 누를 끼칠까 우려하여 사본의 일부를 변조해 놓은 스스로가 참으로 소심히 여겨졌기 때문이다.

 쓴웃음과 먹물이 함께 말랐다. 백운평은 종이를 조심스럽게 접어 봉투에 넣은 뒤 앉아 있던 의자를 뒤로 물렸다. 그가 두 통의 보고서를 작성한 서탁의 상판 바로 밑에는 배나무로 만든 서랍이 달려 있었다. 그 배나무 서랍을 열 수 있는 사람은 백운평 한 사람뿐이어야 했다. 그것은 신접살림을 장만하기 위해 북경을 다녀온 이 년 전의 어느 날부터 시작된 법칙이었고, 서탁의 본체와 배나무 서랍 사이에 걸쇠를 꿰지르고 있는 기묘한 모양의 자물통 하나가 그 법칙을 유지시켜 주었다.

 다섯 조각으로 구성된 비밀한 문자열을 정확히 맞춰야만 열리는 암마쇄.

 물론 서탁의 주인인 백운평은 그 암마쇄를 열 수 있는 비밀한 문자열을 알고 있었다. 그리고 그 문자열을 아는 사람이 세상에 자기 혼자뿐이라고 믿어 왔다. 한 올의 가느다란 머리카락이 서랍 아래 마룻바닥에 떨어져 있던 것을 발견한 그날 이전까지는 분명히 그랬다.

 당시 암마쇄의 걸쇠 틈에 그 머리카락을 끼워 넣으며 두렵고 간절한 마음으로 주문처럼 읊던 자신의 목소리가 머릿속을 공허하게 떠돌고 있었다.

 ─그럴 리가 없어. 그녀가…… 그럴 리가 없어.

 "후우우."
 한숨을 길게 내쉰 백운평은 암마쇄의 돌림 쇠를 굴리기 시작했다.
 짤깍, 짤깍, 짤깍, 짤깍, 짤깍.
 다섯 번의 금속성이 연달아 울리자 암마쇄가 퉁, 하는 용수철 음과 함께 걸쇠를 벌렸다. 백운평은 배나무 서랍을 앞으로 끌어당겼다. 텅 빈 서랍 안으로 보고서의 사본을 품은 봉투가 들어갔다. 봉투를 내려다보는 그의 눈동자는 또다시 가늘게 떨리고 있었다. 그토록 다짐했음에도 여전히 가시지 않은 미련, 분명하고도 엄연한 진실을 이제라도 외면하고픈 아집 같은 미련이 마지막 순간까지 그를 갈등하게 만들고 있었다.
 "해야만 하는 일이다. 너는 해야만 해."
 명령 같은 혼잣말이 빠져나온 배 속으로 미련이 우겨넣어졌다. 백운평은 배나무 서랍을 잡은 손에 힘을 주었다. 북경의 이

름난 장인이 짠 서랍이 소리 없이 서탁 아래로 미끄러져 들어갔다. 이제는 서랍을 봉할 시간. 그는 서탁에 얹어 놓은 암마쇄를 집어 들었다. 다섯 개의 돌림 쇠 위에 일렬로 배열된 비밀한 문자열이 등잔 불빛에 드러났다.

수誰, 능能, 별別, 리離, 차此…….

……누가 우리를 갈라서게 만들쏜가.

그러나 누구도 갈라놓지 못하리라 믿었던 '우리'는 이미 갈라져 있었다. 백운평 혼자만이 그 사실을 몰랐을 뿐이다. 그 사실을 안 것은, 그리고 '우리' 중 자신 혼자만 그 사실을 모르고 있었다는 사실까지도 안 것은, 암마쇄의 걸쇠가 자신 아닌 다른 사람의 손에 의해 열린 사실을 안 직후였다. 그 모든 앎들의 밀고자는 암마쇄의 걸쇠로부터 떨어져 마룻바닥 위에 놓여 있던 가느다란 머리카락 한 올이었다.

앎은 고통으로 직통되었다. 배신이 고통스러운 것은 믿음을 전제로 삼기 때문이었다. 내가 믿지 않는 자는 나를 배신할 수 없다. 고로 나를 배신한 자는 내가 믿는 자인 것이다. 믿음이 크면 클수록 배신의 고통 또한 클 수밖에 없었다. 그 고통을 몰아내려는 양, 백운평은 거친 손놀림으로 암마쇄의 돌림 쇠들을 굴렸다.

짤깍, 짤깍, 짤깍, 짤깍, 짤깍.

무심한 금속성과 함께 수, 능, 별, 리, 차의 다섯 글자가 조각조각으로 갈라져 돌림 쇠 너머로 섞여 들었다. 백운평이 손대기 이전과는 다른 배열로, 만일 이 시각 이후 누군가가 돌림 쇠의 문자열을 살핀다면 암마쇄가 한차례 열렸다가 닫혔다는 것을 발견할 수 있도록, 그리하여 이 배나무 서랍이 새로운 비밀을 품기 시작했다는 것을 알 수 있도록.

그것은 가장 믿었던 사람으로부터 배신당한 백운평이 피눈물을 쏟는 심정으로 파 놓은 최후의 함정이었다.

 귀월이 끝나 도삭산 귀문이 닫힌 지도 며칠이 지났건만, 열린 문 저편에서 빗물을 뚝뚝 흘리며 서 있는 백운평은 꼭 물귀신처럼 보였다. 운소유는 손가락 사이에 끼우고 있던 돌을 돌통 속으로 내려놓은 뒤 바둑판 맞은편에 무릎을 꿇고 공손히 앉아 있는 아이에게 말했다.
 "오늘은 여기까지 하자. 다음 수업은 모레 있을 테니 오늘 내 준 묘수풀이들을 그때까지 풀어 보도록 해라."
 "예, 스승님."
 대답한 아이, 과홍견이 조심스러운 손길로 바둑판 위에 놓인 흑백의 돌들을 쓸어 담기 시작했다. 잘그락잘그락. 돌들이 부딪는 소리 속에서 운소유의 시선은 다시금 문가에 선 백운평에게로 향했다. 백운평은 석상처럼 움직이지 않고 있었다. 열린 문으로 불어 들어온 바람이 궁촉의 불꽃을 흔들어 그의 젖은 얼굴 위에 기묘한 그림자를 일렁이게 만들었다.
 "들어오지 않고 무엇 하는가?"
 "이 꼴로 젖어 버려서 운 사부님의 침소를 더럽힐까 저어되는군요."
 대답하는 백운평의 목소리가 삼절각 지붕을 두드리는 빗소리만큼이나 음울하게 들린 까닭에 운소유는 눈썹을 찌푸렸다.
 "쯧쯧, 금록당에는 우의雨衣도 없던가. 견아, 금록당주께 수건을 가져다 드리렴."

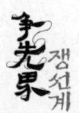

바둑 용구 수습을 마친 과홍견이 벽장에서 무명 수건을 꺼내 백운평에게 가져다주고는 문지방 앞에 얌전히 시립했다.
"몸을 따듯하게 해 줄 천지라도 한 잔 들겠는가?"
운소유의 제안에 무명 수건으로 머리와 어깨를 훔치던 백운평이 고개를 저었다. 운소유는 아이를 향해 고개를 끄덕였다.
"저는 이만 물러가겠습니다. 안녕히 주무십시오."
스승에게 취침 인사를 올린 과홍견이 뒷걸음질로 방을 나갔다. 백운평은 그제야 방 안으로 들어와 문을 닫았다. 서탁 맞은편에 자리를 잡은 그가 옆으로 치워 놓은 바둑판을 돌아보며 말했다.
"수업 중이셨던 모양인데 견아에게 미안하게 되었군요."
"끝낼 시간이 되었으니 그 아이에게 미안해할 필요는 없네. 그래, 날도 궂은데 이 시각에 어인 걸음이신가?"
운소유의 물음에 백운평이 품에서 넙적한 물건 하나를 꺼냈다. 빗물에 젖지 않도록 기름종이로 잘 감싼 물건이었다. 기름종이를 펼치니 얄팍한 봉서 한 통이 나왔다. 그 봉서를 서탁 위에 공손히 올려놓으며 그가 말했다.
"일전에 하명하신 건에 대한 보고서입니다."
운소유는 봉서를 잠시간 내려다보다가 시선을 백운평에게로 올렸다.
"날이 밝은 후에 집무실로 찾아와도 될 것을, 굳이 지금 이것을 전해야만 하는 특별한 이유라도 있는가?"
백운평은 눈을 내리깐 채 아무 대답도 하지 않았다. 그 침묵이 긍정의 다른 표현임을 모르는 바는 아니나 운소유는 더 이상 캐물으려 하지 않았다. 그는 과홍견 같은 어린아이가 아니었다. 지나친 간섭은 어엿한 장부인 그에게 부담으로 받아들여질 수도 있었다. 작게 고개를 끄덕인 운소유는 봉서 안에 든 보고서를 꺼내 펼쳐 보았다.

보고서에는 네 사람에 대한 인적 사항 및 현재의 행적이 단정한 필체로 적혀 있었다.

지위 : 묘두妙頭
이름 : 석반천錫盤天
나이 : 육십칠 세
거소 : 강서성 여산 향로봉香爐峰 동면 중턱 여간촌廬間村 / 현재 거주하지 않음
비고 : 이 년 전인 육십오 세까지는 생존이 확인되었으나, 그 후로 여간촌을 떠나 현재까지 연락이 두절됨. 여간촌을 떠나기 전 주변에 남긴 말들을 종합해 볼 때 다음 대 묘두를 발굴하기 위해 여행 중일 가능성이 높음. 예상 동선은…….

지위 : 각두覺頭
이름 : 이안李雁
나이 : 사십사 세
거소 : 경사京師(북경) 순천부順天府 망우하忙牛河 하류 패주촌覇州村 / 현재 거주함
비고 : 패주촌에서 이노대李老大라는 이름으로 어물전을 크게 경영하고 있음. 일 년에 한차례, 서문숭의 생일이 낀 시월에 북주의 무양문을 정기적으로 방문하는 것이 확인됨. 사교성이 좋고 원만한 성격으로 알려졌으며…….

묘두와 각두에 이어 보두普頭와 도두道頭까지.

각 항목들을 꼼꼼히 읽어 내려가던 운소유의 눈길이 멎은 곳은 후반부에 적힌 '명두대회明頭大會'라는 항목이었다. 그가 백운평에게 내린 임무 중 가장 핵심이 되는 부분이기도 했다.

"기간이 촉박했을 텐데도 잘해 주었군. 수고했네."

운소유의 칭찬에 백운평이 고개를 깊이 숙이며 답했다.

"운 사부께서 실망하지 않으셨다면 다행입니다."

"이처럼 훌륭히 해 주었는데 그 무슨 말인가."

운소유는 보고서를 접어 봉투에 넣은 다음 서탁 가장자리에 올려 두었다. 이어 백운평을 향하는 그의 눈매는 친척 조카를 대하듯 부드러웠다.

"임무를 하는 동안 궁금한 점은 없었는가? 가령 이런 일을 왜 시키는지, 같은?"

백운평은 잠시 생각하다가 대답했다.

"창공의 소리개가 보는 광막함을 나무 그늘의 올빼미가 어찌 헤아리겠습니까. 단지 지시하신 사안들을 빠트리지 않으려 애썼을 따름입니다."

과하다 싶을 만큼 겸손한 대답이었고, 실제로 그렇지는 않으리라 생각했다. 금록당주로서 고급 정보를 다년간 취급해 온 백운평이라면 자신이 수집한 정보가 어디에 어떤 방식으로 쓰일 것인지 정도는 능히 예측할 만한 준재이기 때문이었다. 그럼에도 저리 겸손을 부리는 까닭은 보안에 각별히 신중을 기해 달라는 자신의 당부에 끝까지 충실하고자 함일 터. 백운평을 향한 운소유의 눈매가 한층 더 부드러워졌다.

"내가 참 야박한 사람인 것이, 일만 시켜 놓고 그에 합당한 보상은 준비해 두지 못했네. 혹시 내가 해 주었으면 하는 것이 있으면 말해 보게나."

 그러자 백운평의 목젖이 아래위로 몇 차례 불근거렸다. 뭔가 하려는 말이 있다는 뜻일 텐데, 제법 시간을 들여 기다려도 입술이 좀체 열리지 않는 것이 이상했다. 목젖을 불근거리게 만드는 것이 마음이라면 입술을 다물게 만드는 것은 머리인 듯했다. 마음의 바람과 머리의 지시가 일치하지 않는다는 것은…….

 '그는 여전히 흔들리고 있군.'

 백운평을 향한 운소유의 눈빛 위로 한 겹 그늘이 깔렸다. 사실 그가 굳이 금록당까지 찾아가 이번 임무를 맡긴 데에는 공적인 필요성뿐만이 아니라 백운평 개인을 위한 윗사람으로서의 배려도 담겨 있었다. 임무를 수행하느라 한동안 분주히 돌아다니다 보면 어지러운 마음을 다스릴 수 있지 않을까 하는. 한데 저러고 있는 모습을 보니 기대한 만큼의 효과는 없는 모양이었다.

 잠시 후 백운평의 입술이 열렸다. 그리고 나온 대답은 운소유의 예상 범주 안에는 있되, 썩 달갑지는 않은 것이었다.

 "조만간 전을 비울 일이 생길지도 모르겠습니다."

 운소유는 문사 특유의 하얀 손으로 잘 정돈된 턱수염을 쓸어내리며 저 말에 담긴 속내를 헤아려 보았다.

 "폐관에 들려는가?"

 "폐관…….."

 자조하듯 입술을 비죽거리던 백운평이 말을 이었다.

 "그런 셈이지요."

 가타부타로 딱 떨어지는 대답이 아니란 점이 약간 마음에 걸렸지만 중요한 문제는 아니리라 넘어갔다.

 운소유가 다시 물었다.

"장소는 정하였는가?"

"장소도, 기간도 지금으로서는 말씀드리기 어렵군요. 운 사부께서 이해해 주시기 바랍니다."

그 문제에 관해서는 더 이상 묻지 말아 달라는 뜻이었다.

"보상을 묻는 말에 그 얘기를 꺼내는 이유는, 나더러 전주께 대신 고해 달라는 뜻 같군. 맞는가?"

"송구스럽습니다."

정말로 송구스러운 듯 고개를 푹 숙이는 백운평을 보며 운소유는 생각에 잠겼다. 사문이 아닌 장소에서 폐관 수련을 하려면 사전에 사부의 허락을 받아야 하는 것이 당연했다. 그 정도 상식을 모를 사람은 아닐 텐데도 그 단계를 굳이 건너뛰려는 데에는 사부와 얼굴을 마주하고 싶지 않은 나름의 이유가 있을 터. 단지 급작스럽게 노쇠한 사부에게 제자의 불민한 모습을 보이고 싶지 않아서일까? 아니면 다른 무슨 이유라도 있는 것일까? 그 속내가 무엇인지 궁금했지만 이 자리에서 캐물어 알아낼 수 있는 종류의 일은 아닌 듯했다.

"그리해 주겠네. 다만 시국이 시국이니만큼 너무 오랫동안 자리를 비우는 일은 피해 주기 바라네."

"감사합니다. 그럼 소생은 이만……."

백운평이 숙인 고개를 들고 자리에서 일어섰다.

몸을 돌려 방문 쪽으로 걸어가는 그의 뒷모습을 바라보는 동안, 운소유는 마음 밑바닥으로부터 까닭 모를 불길함이 스멀스멀 올라오는 것을 느꼈다. 뭔가 중요한 것을 그냥 지나보낸 느낌이랄까. 왠지 이대로 돌려보내고 나면 후회할 일이 생길 것만 같았다. 그런 예감이 운소유 본인도 의식하지 못하는 사이 백운평을 불러 세우도록 만들었다.

"이보게, 금록당주."

방문을 향하던 발길이 우뚝 멈췄다. 젖은 머리카락이 이마에 들러붙어 더욱 수척해 보이는 백운평의 얼굴이 운소유를 향해 돌아왔다. 그 열없는 눈이 불러 세운 이유를 묻고 있었다.

막상 얼굴을 다시 마주하였으나 적당한 말이 떠오르지 않았다. 예감은 어디까지나 예감이었고 운소유로 말하자면 가슴보다는 머리가, 감성보다는 이성이 발달한 전형적인 책사였다. 논리가 뒷받침해 주지 않는 예감을 섣불리 입에 담는 것은 그에게 있어서 익숙한 일이 아니었다. 결국 주저하다 꺼낸 말이라고는 하나 마나 한 당부가 전부였다.

"몸조심하게나."

눈빛만큼이나 열없는 미소와 함께 방문이 열리고, 한층 또렷해진 빗소리 속으로 백운평이 떠나갔다.

(5)

쏴아아—.

저녁나절부터 내리기 시작한 비가 밤이 되자 억수로 변했다. 가을을 알리는 비치고는 제법 많은 양인 듯했다. 백운평이 마치 그 빗물에 떠내려온 것 같은 몰골로 처소인 취운당翠雲堂으로 돌아온 것은 자정이 가까운 무렵의 일. 인사불성으로 늘어진 그를 금록당의 청년 둘이서 부축하고 있었다. 청년들의 얼굴은 빗속에서도 쉽게 알아볼 수 있을 만큼 불쾌해져 있었다.

"부군께서 이 지경으로 취하도록 두 분께서는 보고만 계셨단 말인가요?"

취운당 안주인의 원망 섞인 추궁에 백운평을 부축해 온 두 청

년은 고개를 제대로 들지 못했다. 소녀 시절부터 남다른 자색을 뽐내던 그녀는, 지금은 누구도 범접하기 힘든 냉연하면서도 기품 있는 미녀로 자리 잡은 뒤였다. 높지 않은 목소리로도, 성내지 않는 얼굴로도 상대하는 사람을 얼마든지 위축되게 만들 수 있었다. 그래서일까.

"죄송합니다. 그동안 고생했다고 저희들을 불러내 술자리를 열어 주셨는데, 그때에도 이미 만취해 계셨던 것을 저희들이 미처 알지 못했습니다."

한 청년은 변명을, 다른 청년은 해결책을 꺼내 놓았다.

"소인이 당장 선지각仙芝閣에 달려가서 술 깨는 약을 받아 오겠습니다."

선지각이라면 신무전의 양사 중 약사藥師 직책을 맡고 있는 구양자 소홍의 처소였다. 소철의 아들이기도 한 소홍의 해박한 약리藥理는 신무전 내에서는 물론이거니와 산동 전체에도 정평이 나 있었다. 그러나 취운당 안주인, 증평은 작게 한숨을 쉬고는 고개를 저었다.

"젊은 사람이 술에 취해 쓰러진 것이 무슨 자랑거리라고 이 오밤중에 존장의 휴식을 방해하겠어요. 요사이 과음하신 날들이 잦은 탓에 술 깨는 약이라면 이 집 약장에도 차고 넘치니, 그만두고 부군을 침대로 옮겨 주기나 하세요."

면목 없어 하는 두 청년에게 들려 침대로 옮겨진 백운평은 몸을 눕히기가 무섭게 천장이 떠나가라 코를 곯기 시작했다. 그의 숨결에서는 역한 술 냄새가 진동하고 있었다. 죄송하다며 거듭 사과하는 청년들에게 증평은 수고했으니 그만 돌아가 쉬라고 말했다.

그들이 돌아가자 증평이 수건과 물 대접을 들고 침대로 다가

왔다.

"여보, 여보? 정신 좀 차려 보세요."

몸을 잡고 흔들어 봐도 아무 소용 없었다. 백운평의 취한 육신은 마치 관절을 잃어버린 사람처럼 증평의 손길에 따라 이리저리 흔들려 다녔다. 얼굴을 살짝 찡그린 증평이 빗물에 젖은 겉옷과 신발을 벗기고 더러워진 발을 수건으로 닦아 주는 동안에도 백운평은 아무것도 알아차리지 못한 채 시체처럼 잠들어 있을 따름이었다.

발치로 밀려난 홑이불을 끌어다 남편의 몸 위에 덮어 준 증평은 침대 머리맡에 놓인 의자에 몸을 실었다. 백자처럼 새하얀 이마를 섬섬옥수로 괴고는 하아, 하는 한숨을 길게 내쉬는데, 남편의 방황을 걱정하는 아내의 애절한 마음이 그대로 배어 나오는 것 같았다.

정물처럼 움직임이 멈춰 버린 침실에서 한 식경 가까운 시간이 흘렀다.

의자에 석상처럼 앉아 있던 증평이 소리 없이 몸을 일으켰다. 이부자리를 살펴 주려는 듯 침대 쪽으로 다가온 그녀가 곯아떨어진 남편의 얼굴을 한동안 내려다보았다. 코 고는 소리가 그친 것도 한참 전이라 가슴의 기복과 그에 따른 목 밑의 들썩임만이 백운평이 여전히 숨 쉬고 있음을 보여 주고 있었다.

이윽고 상체를 세운 증평이 방 한가운데 있는 탁자로 걸어가 그 위에서 타고 있던 촛불의 심지를 주도炷刀(촛불 심지를 자르는 작은 칼)로 잘랐다. 톡 소리와 함께 실 같은 연기 한 가락이 피어오르더니 침실은 곧바로 짙은 어둠에 삼켜졌다.

증평은 다시 한 번 침대로 다가가 남편의 기색을 살핀 다음 발소리를 죽여 가며 문가 쪽으로 걸어갔다. 못걸이에 걸린 얇은

비단 겉옷을 내려 머리에 뒤집어쓴 그녀가 조심스럽게 침실 문을 열었다. 회랑 지붕을 두드리는 빗소리가 침실 속으로 삐죽 발을 들여놓았다가 그녀와 함께 모습을 감췄다.
 문이 닫히고 약간의 시간이 흐른 뒤.
 침대 위에 죽은 듯이 누워 있던 백운평이 스르르 몸을 일으켰다. 어둠 속에서 음울하게 빛나는 그의 두 눈에서는 한 점의 취기도 찾아볼 수 없었다. 그럴 수밖에 없었다. 그에게서 풍겨 나온 역한 술 냄새는 당원들을 불러내기 전 머리카락과 목덜미에 바른 독한 주정酒精에서 비롯된 것이기 때문이다. 오늘 하루 그는 한 모금의 술도 마시지 않았다. 지난 달포를 통틀어 오늘 밤처럼 정신이 맑은 적은 없었다.
 소리 없는 움직임으로 겉옷을 걸치고 신발을 신은 백운평이 아내를 뒤쫓아 침실을 나섰다.

 쏴아아―.
 밤비가 내리고 있었다. 그 밤비에 실려 한 사람의 행복했던 청춘이 허위허위 흘러가고 있었다.
 백운평이 증평을 처음 본 것은 지금으로부터 육 년 전인 열아홉 살 시절, 소철의 둘째 제자로 입문하여 신무전에 처음 발을 들인 날이었다. 당시 소철에게 정식으로 배사지례를 올리는 자리에서 그녀는 부친인 증천보의 옆자리에 열일곱 살 꽃다운 나이를 사뿐히 딛고 앉아 있었다. 그녀에게서는 막 벌어지기 시작한 난초 꽃 같은 청초한 아름다움이 향기처럼 피어오르고 있었다.
 눈길과 눈길이 마주치고, 뭐라 형용하기 어려운 기묘한 느낌이 온몸을 옥죄고 지나갔지만, 그때만 해도 그 느낌이 무엇을 의미하는지 알지 못했다. 부지불식간에 시작된 청춘의 열병은 백운평 스스로도 깨닫지 못할 만큼 천천히 익어 갔다. 그렇게 익고 또 익어 마침내 열매를 맺어 버린 그녀를 향한 연정을 발견한 것은 그로부터 삼 년이 지난 스물두 살 무렵, 사부의 명을 받들기 위해 넉 달 넘게 신무전을 떠나 있던 동안이었다.

지금도 그렇거니와 예전에도 산동의 해안 지방은 왜구들에 의한 피해가 심한 곳이었다. 수평선 너머에서 홀연 나타나 해안의 마을들을 닥치는 대로 약탈하고 나타날 때와 마찬가지로 홀연 사라져 버리는 왜구들을 관군의 힘만으로 막아 내기란 불가능한 일에 가까웠다. 봉화를 위해 설치한 돈대도 큰 효과는 발휘하지 못했다. 돈대의 봉화 연기를 보고 달려가 봐도 기다리는 것은 피 흘리고 통곡하고 불타 버린 한 폭의 지옥도뿐.

그러한 왜구들의 만행이 가장 극성을 부리던 때가 바로 삼 년 전이었다. 훗날 풍문으로 전해 들은바 왜국의 서쪽에 자리 잡은 강성한 호족 하나가 전란의 틈바구니에 무너진 것이 원인이라고 했다. 제 땅에서 쫓겨나 바다로 달아난 잔존 무리로 말미암아 모든 근린국의 해안이 몸살을 앓게 된 것이었다.

더욱 잦아지고 잔악해진 왜구들의 등쌀을 견디다 못한 도지휘사는 무림 문파들에게 정식으로 도움을 요청하기에 이르렀다. 산동 무림은 물론이거니와 강북 무림 전체를 통틀어 가장 영향력 있는 존재인 북악대종 소철은 그 요청에 감연히 부응했다. 천자의 신민 된 자로서 보국의 의무와 힘없는 백성을 구제한다는 협의의 기치 아래, 독안호군 이창을 위시한 백호대의 이백 정예 대원들과 백운평을 앞세운 내삼당 연합 선발대의 이백 청년 당원들이 산동 해안으로 급파되었다.

강북제일이라는 북악 신무전에서 파견 나온 토벌대의 무위는 명불허전이었다. 오랜 전란을 겪는 과정에서 독이 오를 대

로 오른 왜구들의 검술도 내외공을 충실히 단련한 그들 앞에서는 어린애 칼싸움 수준에 지나지 않았다. 정작 토벌대를 곤혹스럽게 만든 문제는 전투력의 고하가 아니었다. 첫 단풍이 물들 무렵에 시작된 토벌전은 잎이 떨어지고 나뭇가지에 눈이 쌓이고 그렇게 해를 넘기도록 마무리되지 않았다. 토벌 대상인 왜구들이 해안선을 따라 이동하는 데에 그치지 않고 내륙 깊숙한 산악 지대까지 숨어들어 간 탓이었다. 대륙의 문물에 어두우리라 생각한 왜구들이 뜻밖에도 교활하고 민첩한 산적들로 자리 잡은 것이다.

당초 길어도 두 달이면 끝나리라 예상한 파견 날짜가 야금야금 늘어나기 시작했다. 토벌대는 기약 없는 대기 상태로 하루하루를 무의미하게 흘려보내야만 했다. 보급품이 떨어졌다는 보고가 올라올 때마다 이창은 예의 더듬거리는 눌언으로 불같은 성질을 부렸고, 그 성질을 달래는 일은 온전히 백운평 한 사람의 몫으로 돌아왔다.

첫눈이 내리던 날, 이창으로부터 일상적인 들볶임을 당한 뒤 자신의 막사로 돌아온 백운평은 고단한 육신을 간이침대에 얹었다. 그렇게 누워 막사 천장에 사락사락 밤눈이 쌓이는 소리를 듣는 동안, 그는 자신의 가슴속에 숨어 있던 무언가를 발견하게 되었다. 그것은 한 사람을 향한 그리움. 열아홉 시절 첫 만남 이후 이토록 오랜 시간 동안 증평을 보지 못한 적이 없었다는 생각이 그의 젊은 심장을 우박처럼 두드리기 시작했다.

눈처럼 삽시에 쌓여 버린 그리움은 그 밤이 다하기 전 아픔으로 변하고, 뜬눈으로 아침을 맞은 백운평은 마침내 인정하지 않을 수 없었다. 증평을 향해 맺힌 연정의 열매가 자신의 가슴속에서 이미 흐드러지게 익어 있었다는 사실을.

신무전에서 백호대가 차지하는 비중은 금록당의 그것에 비할 수 없을 만큼 중요했다. 신무전의 본업이 왜구 토벌이 아닌 바에 자신의 자리를 지나치게 오래 비울 수 없는 것은 당연한 일. 신년을 나흘 앞둔 날 백호대의 복귀가 결정되었고, 토벌의 마무리는 백운평이 이끄는 내삼당의 청년 무사들에게 남겨졌다. 그 이별 자리에서였다.

―먼저 돌아가마. 뭐 부탁할 일이라도 있느냐?

먼저 돌아가는 자의 미안함이라고는 눈곱만큼도 찾아볼 수 없는 당당한 얼굴로 이렇게 묻는 이창에게, 백운평은 한 통의 편지를 내밀었다.

―북귀하시면 청룡보주의 따님에게 이 편지를 전해 주십시오.

―평이에게? 무슨 편진데?

―연서戀書입니다.

이 말을 들었을 때 이창의 얼굴에 떠오른 표정을 백운평은 삼 년이 지난 지금까지도 잊지 못했다. 놀란 듯, 성난 듯, 당황한 듯 온갖 종류의 표정들을 살벌한 얼굴 하나에 억지로 우겨 넣은 것 같은 표정. 그런 표정으로 한동안 백운평을 쳐다보던 이창이 낚아채듯 편지를 받아 갔다.

―내가 할 일이 생겼나 보구나.

그 '할 일'이란 것이, 처음에는 편지를 전해 주는 일이라고 생각했다. 며칠 뒤 백호대의 전령 한 명이 증평이 쓴 답신을 들고 찾아왔을 때에는 그것을 받아 주는 일까지라고 생각했다. 그러나 이창이 말한 진정한 '할 일'은 그때부터가 시작이었음을, 산악에 숨어들어 간 왜구들까지 남김없이 소탕하고 전으로 복귀한 두 달 뒤에야 알게 되었다.

신무전으로 복귀하던 날, 백운평은 마중 나온 사람들 틈에서 흐뭇한 미소를 짓고 있는 부친 백적견의 얼굴을 발견했다. 반가움과 의아함으로 급히 다가간 아들에게 백적견은 놀라운 이야기를 꺼냈다.

─중매쟁이가 본가로 청혼서請婚書를 가져왔더구나.

─예?

─증가에서 보낸 청혼서다. 증가의 가주께서 황송하게도 영애를 우리 백가의 며느리로 주시겠다는구나. 그 중매쟁이 말로는 너도 마음이 있다던데, 그래도 허혼서許婚書를 쓰기 전에 네 의중을 확인해야 할 것 같아 이렇게 찾아온 것이다.

너무 갑작스러웠던 탓일 게다. 백운평은 기쁨보다는 황망함에 휩싸인 채 기어들어 가는 목소리로 부친에게 물었다.

─그런 일이라면 소자를 본가로 부르시면 될 것을 어찌 이처럼 몸소 찾아오셨습니까?

─물론 그러려고 했지. 중매쟁이가 때려죽이려고 들지만 않았다면 말이다.

부친의 곁에 서 있던 중매쟁이가 신랑 집 집주인을 때려죽이고도 남을 만큼 억세 보이는 손을 흔들어 주었다. 바로 그날, 그 손에 의해 허혼서가 신부 집으로 전달되었다. 예비 사돈이 얼굴을 맞댄 자리에서 자질구레한 절차 무시하고 결혼 날짜까지 받아 낸 것도 바로 그 손의 주인이었다.

문득, 그 손의 주인이 사흘 전 남긴 말이 벼락처럼 정수리를 때려 왔다.

─잊지 마라. 너희들 사이에 무슨 일이 생긴다면, 너는 가장 먼저 나를 만나야 한다는 것을.

그 일만은 피하고 싶었다. 호숙의 실망한 얼굴을 보는 것은 백운평에게 너무 고통스러운 일이 될 테니까.

쏴아아―.
회상에 덮여 있던 빗소리가 어느 순간엔가 살아나 의식의 표면을 두드리고 있었다. 지금 백운평의 머릿속은 무시로 교차되는 과거들로 인해 몹시 혼란스러운 상태였다. 그럼에도 야묘처럼 번뜩이는 눈만큼은 저만치 앞서 가는 아내의 뒷모습을 놓치지 않고 있었다.

취운당을 벗어난 증평은 변변한 우장雨裝도 갖추지 않은 채 비와 어둠을 뚫고 어디론가 나아가고 있었다. 그녀의 걸음은 빠르면서도 안정되어 보였다. 친정의 전신이 비록 상가라고는 해도 당대의 고수로 이름 높은 증천보의 핏줄이 아니던가. 이 정도 비와 어둠에 발길이 묶일 허약한 규중지초閨中之草는 아니었던 것이다.

그래, 그래서일 것이다.
삼 년 전 호숙에게 들려 보낸 연서에 대한 화답으로 백호대의 전령이 가져온 증평의 답신에는 규방에 갇혀 지내는 처녀들이라면 감히 담지 못할 직선적이면서도 당돌한 마음이 시의 형식을 빌려 적혀 있었다. 그 시의 모든 구절들, 모든 글자들을 백운평은 영원히 잊지 못할 것이다.

임 소식 가져온 나그네
편지 한 통 내게 전하네.
그 편지 고이 접어 넣고
임과 함께 덮을 이불을 짓네.

영원토록 잊지 말자 솜을 넣어
우리 맺음 풀리지 말라 꿰매네.
아교와 옻칠이 함께 섞이니
누가 우리를 갈라서게 만들쏜가.

客從遠方來 遺我一封書
折紙小心揷 裁爲合歡被
著以長相思 緣以結不解
似膠投漆中 誰能別離此

누가 우리를 갈라서게 만들쏜가…….
 마지막 시구가 머릿속에 메아리친 순간 백운평의 두 눈 속에 새파란 귀화가 떠올랐다. 그는 한달음에 달려가 아내의 앞을 가로막고 그녀의 얼굴에 대고 외치고 싶었다. 당신! 바로 당신이 우리를 갈라서게 만들었어!
 아내와 자신은 이미 오래전부터 갈라져 있었다. 인정하기 싫은 그 현실이 백운평을 향해 처음으로 끔찍한 촉수를 뻗어 온 것은 작년 여름, 사형 도정의 부탁으로 한 가지 사건을 조사하는 과정부터였다.
 당시 곤륜지회 오대고수 중 한 사람인 천선자의 유적을 순례하기 위해 사천 청류산을 찾아간 구양현과 소소는 혈랑의 탈을 쓴 무리로부터 공격을 받아 절체절명의 위기에 처한 일이 있었다. 다행히 두 사람은 이대 혈랑곡주라는 석대원의 도움을 받아 위기에서 벗어날 수 있었고, 그 소식을 접한 도정은 사제인 백운평을 찾아와 두 사람의 사천행이 어떻게 외부로 새어 나갔는지를 조사해 달라고 부탁했다. 그들의 행로를 정확히 아는 사람은 신무전 내에서 우리 둘밖에 없지 않느냐고 하면서.

지금에 이르러 솔직히 고백하자면, 백운평은 그 사건을 그리 심각하게 여기지 않았다. 도정의 생각대로라면 정보가 새어 나간 곳이 자신 아니면 도정이란 얘긴데, 자신은 당연히 아닐뿐더러 도정 또한 그런 종류의 문제에 관해서는 빈틈이 없는 사람임을 알고 있었기 때문이다. 여행 중 어찌어찌 정체가 드러나서 흉적들에게 미행을 당하게 되었거니. 이것이 형식적인 조사 이후 그가 내린 결론이었다. 나설 데 안 나설 데 가리지 못하는 소소의 더펄거리는 성격도 그런 결론을 내리는 데 일조했다.

결론을 들은 도정은 '너무 쉽게 판단한 것 아닌가?'라며 고개를 갸웃거렸지만, 백운평으로서는 더 이상 파고들 사건이 아니라고 생각했다. 그러고는 사건 자체를 잊어버렸건만…….

백운평이 그 사건을 다시금 떠올린 것은 금랑호의 연꽃들이 새벽마다 봉오리를 틔워 내던 올해 초여름 무렵이었다. 지난해 말 군사 운소유로부터 비밀리에 명을 받아 관부 내 어떤 조직에 관해 정보를 수집하기 위해 북경과 산서로 파견된 금록당 당원 둘이 호수에 빠진 조약돌처럼 사라져 버린 것이 사건의 시초였다. 그들의 행적을 추적하기 위해 재차 파견한 당원들마저 연락이 끊기자 백운평은 비로소 '정보 누설'에 대해 심각하게 고려하지 않을 수 없게 되었다. 정보가 새어 나간 구멍은 자신의 주변에 있을 공산이 컸다. 자신의 서재에 있는, 암마쇄의 다섯 문자열로 보호받는 큼직하고 튼튼하고 중요한 문서들을 보관하기에 더없이 좋은 그 배나무 서랍에 생각이 미친 것은 바로 그때였다.

암마쇄의 문자열은 백운평 한 사람만이 알고 있었다. 암마쇄는 결혼 전 신접살림을 장만하는 과정에서 북경의 쇄건호동鎖鍵胡洞(열쇠와 자물쇠를 전문으로 파는 골목)까지 직접 찾아가 자물쇠 장인

에게 특별히 주문 제작해 온 물건이었다. 그가 가장 좋아하는 시구이자 그에게 가장 큰 행복감을 안겨 준 시구로써 비밀한 문자열을 새겨 넣으며, 그는 남몰래 미소 지었다. 나 아닌 누구도 열지 못하는 이 암마쇄처럼, 이제 우리 두 사람의 사이는 누구도 갈라놓지 못할 거야.

배나무 서랍에 걸린 암마쇄를 새삼스러운 눈길로 쳐다보는 동안, 백운평은 이제껏 꿈속에서도 생각해 보지 못한 무서운 가능성 한 가지를 떠올리기에 이르렀다. 암마쇄를 열 수 있는 사람, 다시 말해 암마쇄의 비밀한 문자열을 알고 있는 사람이 이 세상에 자신 혼자만이 아닐지도 모른다는 가능성.

그 시구는 아내, 증평도 알고 있었던 것이다!

그 순간 지난해 소소와 구양현이 겪은 일이 백운평의 머릿속에서 되살아났다. 그리고 사제에게 알려 주라는 사부의 지시로 자신이 직접 작성한, 천선자의 자취가 배인 청류산 적심관으로 찾아가는 행로 또한 저 암마쇄에 의해 며칠간 보호받은 적이 있었다는 기억까지도.

그럴 리가 없어. 그녀가…… 그럴 리가 없어.

덜덜 떨리는 손으로 암마쇄의 걸쇠에 머리카락 한 올을 끼워 넣으며 백운평은 스스로에게 끝없이 되뇌었다. 그럴 리가 없어야 했다. 반드시 그래야 했다. 그러나…….

그로부터 이틀이 지난 후, 백운평은 서랍 아래 떨어진 머리카락을 보았다. 머리카락이 떨어진 곳에는 마룻바닥이 있었지만, 그의 마음이 떨어진 곳에는 어떠한 바닥도 없었다.

백운평은 절망의 무저갱으로 추락했다.

후두두두!

바람이 휘몰아쳤다. 덩어리로 뭉친 빗물이 주먹처럼 얼굴을 후려쳐 왔다. 그러나 백운평은 걸음을 늦추지 않았다. 손차양을 올려 가까스로 지킨 시야는 여전히 아내의 뒷모습에 고정되어 있었다. 다 타고 남은 재처럼 메마른 독백이 빗물에 섞여 흘러내렸다.

"대체 어디까지 가려는 거요? 대체 어디까지 나를 떨어트려야 만족하겠소?"

진실의 순간은 시시각각 다가오고 있었다.

사흘 전 이창과 술자리를 갖는 동안 진실을 직시하겠노라는 결심을 세운 백운평이었다. 하지만 그렇다고 해서 진실이 가져올 두려움마저 이겨 낸 것은 아니었다. 자신이 설치해 놓은 미끼, 배나무 서랍에 넣어 둔 백련교의 묘각보도妙覺普道 네 명두에 관한 보고서 내용을 가지고 아내가 지금 찾아가는 사람과 마주쳤을 때, 자신이 어떻게 행동해야 할 것인지에 대해서도 딱히 생각해 두지 못했다. 그저 장인 증천보 본인이거나 증가의 사소룡四少龍이라 불리는 네 처남들 중 하나, 혹은 그들과 밀접하게 관련된 사람이겠거니 예상할 뿐.

내가 과연 그 사람을 징벌할 수 있을까?

내가 과연 내 아내를 징벌할 수 있을까?

코앞으로 닥쳐온 진실에 대한 두려움이 가시처럼 백운평을 찌르고 있었다.

어금니를 사려 물고 그 모든 상념들과 고통들을 참아 내던 백운평이 진창으로 변한 오솔길을 딛던 발길을 멈춘 것은, 앞서 가던 증평이 몸을 세운 것과 거의 같은 시간이었다.

밤보다 더욱 어두운 느낌을 주는 우연雨煙이 장막처럼 드리운

그곳은 신무전 중심부에 조성된 인공 호수인 금랑호의 기슭에 세워진 아담한 선착장이었다. 연회 때 띄우는 울긋불긋한 꽃배 십여 척이 정박되어 있는 그 선착장 안에는 꽃배를 장식할 등롱들을 보관하는 작은 판잣집 한 채가 서 있었다. 관리자 같은 것은 애당초 두지도 않은, 연회 전후가 아니면 아무도 관심을 주지 않는 외진 장소라 할 수 있을 것이다. 자정을 훌쩍 넘긴 시각이라 인적은 찾아볼 수 없었고, 끄트머리부터 갈백색 물이 들기 시작한 호숫가 억새만이 퍼붓는 비바람 속에서 몸을 흔들고 있을 따름이었다.

선착장 입구에 서서 잠시 주위를 두리번거리던 증평이 이내 판잣집 안으로 들어갔다. 백운평은 판잣집의 문이 닫힌 뒤에야 숨어 있던 버드나무 뒤에서 모습을 드러냈다. 닫힌 문에 고정된 그의 눈빛이 깜부기불처럼 떨리고 있었다. 저 안에서 아내는 누구를 만나고 있는 것일까? 장인? 처남? 아니면…… 설마……? 심장이 점점 빠르게 뛰었다.

두근. 두근. 두근. 두근.

백운평은 판잣집을 향해 다가갔다. 사방에서 모래를 쏟아붓는 소리 같은 드센 빗소리가 그의 기척을 가려 주고 있었다. 창틀 아래 쭈그리고 앉아 공력을 끌어 올리자 판잣집 안쪽으로부터 소곤거리는 말소리가 단속적으로 들려오기 시작했다. 주의를 집중하느라 가늘게 접혀 있던 그의 눈이 조금씩 커져 갔다.

"……잠들었어요."

"……던가?"

"걱정 말아요. 몇 번이나……. 아이, ……는데 계속 이렇게 세워 둘 작정이에요?"

"먼저 내게 줄 물건이 있지 않나?"

"제가 역겨운 술 냄새 참아 가며 이 순간을 얼마나 기다려 왔는데 재미없게 그따위 소리나 하실 거예요?"

 그러자 남자의 굵은 웃음소리가 낮게 깔리는가 싶더니, '흐으응.' 하는 아내의 콧소리가 그 위로 새털처럼 실렸다. 그러고는 사람의 말소리가 아닌 다른 소리들이 들려오기 시작했다. 비단 가리개가 바닥에 떨어지는 소리. 옷을 벗기는 소리. 입술끼리 짓눌리는 소리. 살과 살이 거칠게 비벼지는 소리. 그럴 때마다 비집고 끼어드는 여자의 달뜬 신음 소리. 잇달아 울리기 시작한 철썩거리는 살 부딪는 소리. 그리고…….

 두근! 두근! 두근! 두근!

 고막 바로 밑에서 울려 대는 듯한 자신의 심장 소리!

 아무 생각도 떠오르지 않았다. 그저 두 눈으로 직접 확인해야 한다는 본능적인 당위만이 육신을 추동할 뿐. 백운평은 구부린 무릎을 천천히 펴 올렸다.

 창틀에 코끝을 걸치자 판잣집 안에 깔린 짙은 어둠이 눈에 들어왔다. 신무대종의 가르침으로 쌓은 심후한 내공이 그 어둠을 뚫어볼 수 있게 해 주었다. 올여름 유난히도 뜨거웠던 햇볕에 말라 벌어진 천장의 아귀 틈새로는 빗물이 줄줄 떨어지고 있었다. 물기로 흥건한 마룻바닥에는 구겨진 옷가지들이 여기저기 널려 있었다. 그리고 물기로부터 제법 떨어진 밀짚 위. 그곳에는 눈처럼 새하얀 천 한 장이 깔렸고, 아래위로 단단히 포개진 남녀 한 쌍이 밀짚과 천 자락을 요 삼아 희끄무레한 동체를 꿈틀거리고 있었다. 음란한 그늘이 드린 여자의 하체 위에서 역동적인 진퇴를 거듭하는 남자의 강인한 허리가 백운평의 망막을 꼬챙이처럼 후벼 왔다.

 두근두근두근두근!

심장 소리가 미친 듯이 빨라졌다. 백운평의 부릅뜬 두 눈에 시뻘건 핏발이 돋았다. 이 안에 있으리라 예상한 장인은 어디로 간 것일까? 또 처남은? 아니, 그따위 인간들은 몽땅 지옥에나 꺼져 버리라고 해! 아무튼 이건, 이건 아니었다! 이것만은 아니었다!

아내를 뒤따르는 동안 떠올린 모든 상념들이 거짓말처럼 사라져 버린 것 같았다. 지금 이 순간 백운평이 떠올린 것은 오직 하나, 당장 판잣집 문을 박차고 들어가 저 더러운 연놈들을 죽여 버리겠다는 시퍼런 살의였다. 그는 허리춤에 꽂아 둔 비수의 손잡이를 움켜잡았다.

바로 그때, 여자의 몸 위에서 허리를 진퇴하던 남자가 움직임을 멈췄다. 남자가 여자의 보름달처럼 살진 젖무덤에 묻고 있던 머리를 들어 올리더니 굽힌 허리를 천천히 올려 세웠다.

백운평은 숨을 멈췄다.

눈앞에 드러난 남자의 저 뒷모습!

희끗한 머리카락이며 목덜미가 끝나는 지점에서 나무뿌리처럼 우람히 흘러내리는 어깨선, 겨드랑이 아래로 움푹 파인 허리선이 기이하리만치 눈에 익었다.

남자가 백운평이 숨어 있는 창 쪽으로 천천히 고개를 돌렸다. 남자의 얼굴을 목격한 순간, 그토록 드세게 고막을 울려 대던 심장 소리가 칼로 자른 듯 뚝 끊겼다. 이제껏 백운평이라는 인간을 위태롭게나마 지탱해 주던 마지막 희망이 심장 소리와 더불어 끊겨 버린 것 같았다. 그 대신 소리로 바뀌어 나오지 못한 영혼의 절규가 한 남자의 완전한 파괴를 고하고 있었다.

……!

완전히 파괴된 남자를 향해, 여자의 몸 안에 여전히 자신의 뿌리를 심어 놓은 남자가 말했다.
"잊지 않았겠지. 너희들 사이에 무슨 일이 생기면 너는 가장 먼저 나를 만나야 한다는 말을."

―

소철의 둘째 제자가 신공 수련을 위해 폐관에 들어갔다는 소식이 신무전 내에 나돌기 시작한 것은 밤새 내린 비로 하늘이 더욱 높고 파래진 다음 날이었다.

다음 권으로 이어집니다